『일리아스』, 호메로스의 상상 세계

『일리아스』, 호메로스의 상상 세계
— 과거를 그리는 서사시

초판1쇄 펴냄 2021년 9월 10일

지은이 조대호
펴낸이 유재건
펴낸곳 그린비
주소 서울시 마포구 와우산로 180, 4층
대표전화 02-702-2717 | **팩스** 02-703-0272
홈페이지 www.greenbee.co.kr
원고투고 및 문의 editor@greenbee.co.kr

주간 임유진 | **편집** 홍민기, 신효섭, 구세주, 송예진 | **디자인** 권희원 | **마케팅** 유하나
물류유통 유재영, 한동훈 | **경영관리** 유수진

ISBN 978-89-7682-662-6 03890

學問思辨行: 배우고 묻고 생각하고 판단하고 행동하고

독자의 학문사변행을 돕는 든든한 가이드 _그린비 출판그룹

그린비 철학, 예술, 고전, 인문교양 브랜드
엑스북스 책읽기, 글쓰기에 대한 거의 모든 것
곰세마리 책으로 통하는 세대공감, 가족이 함께 읽는 책

『일리아스』, 호메로스의 상상 세계

― 과거를 그리는 서사시 ―

조대호

그린비

차례

시인의 왼팔은 서사시 공연에 사용된 현악기 포르밍스에 걸쳐 있고
좌대의 오른쪽에는 『일리아스』의 한 구절이 대문자로 새겨져 있다.
"ΑΙΕΝ ΑΡΙΣΤΕΥΕΙΝ ΚΑΙ ΥΠΕΙΡΟΧΟΝ ΕΜΜΕΝΑΙ ΑΛΛΩΝ"
"항상 최고가 되고 남들보다 뛰어나거라"
영웅 세계의 가치가 이 한 줄에 담겨 있다.

일러두기

1. 그리스어 고유명사의 표기는 『일리아스』 원문에 쓰인 대로 이오니아 방언 형태를 좇지 않고, 좀 더 일반적인 앗티케 방언의 형태를 따랐다(예: 헤레 → 헤라, 아이데스 → 하데스). 하지만 널리 알려지지 않은 이름은 더러 이오니아 형태대로 적은 경우도 있다. 그리스어를 로마글자로 병기한 경우, 장음이 들어 있으면 모음 위에 줄표를 넣었다(예: Agamemnōn). 그리고 같은 자음이 중복될 경우 둘 다 읽었다(예: Odysseus → 오뒷세우스). 그 외의 외국어 고유명사는 2002년에 국립국어원에서 펴낸 외래어 표기법을 따라 표기했다.

2. 『일리아스』와 『오뒷세이아』의 인용은 천병희 교수의 번역을 따르되 필요한 경우 수정했다. 모든 인용은 권수와 행수를 함께 표시한다. '1:1'은 『일리아스』의 1권 1행을 가리킨다. 이와 구별하기 위해서 『오뒷세이아』의 인용은 '『오뒷세이아』 1.1-2'(『오뒷세이아』의 1권 1-2행)의 형식을 사용한다.

3. 그리스 원전의 인용은 각각의 인용 관례에 따라 원문의 권, 장, 절, 행 등을 표시하고, 대괄호 안에 번역본의 서지 정보를 넣었다(예: 『국가』 VII, 527c[『플라톤의 국가·정체』, 박종현 옮김, 서광사, 1997, 475쪽]).

4. 2차 문헌의 인용은 처음 인용에 전체 서지 정보를 표시하고, 그 이후에는 저자, 연도, 쪽수만을 표시했다.

5. 단행본·정기간행물에는 겹낫표(『 』)를, 논문·단편·영화 등에는 낫표(「 」)를 사용했다.

프롤로그

호메로스나 플라톤은 잘 몰라도 미하엘 엔데의 『모모』를 읽은 독자는 많을 것 같다. 모모의 온기와 회색 인간들의 냉기가 마치 온랭전선처럼 마주치는 이 동화 같은 소설에는 몇 장의 소박한 그림이 실려 있다. 내 기억 속에는 누더기를 걸치고 걸어가는 모모의 뒷모습과 이름 모를 도시 밖, 폐허로 남은 원형극장의 정경이 생생하다.

　　이 커다란 도시의 남쪽 끝머리, 밭이 시작되고 갈수록 누추해져 가는 오두막집들이 있는 곳, 빽빽한 소나무 숲에는 무너진 작은 원형극장이 숨어 있었다. 그곳은 저 옛날에도 화려한 극장은 아니었다. 말하자면 가난한 사람들을 위한 극장이었다. 우리가 사는 시대에, 곧 모모의 이야기가 시작되는 그 즈음에 이 폐허는 거의 잊혀져 있었다.[1]

미하엘 엔데는 로마 교외의 작은 도시에 머물면서 '모모의 이야기'를 썼다고 한다. 그러니 그림 속의 장소는 단순히 상상의 공간만은 아니었을 것이다. 집 밖으로 산책을 나간 작가는 분명 근처에서 그런 원형극장의 폐허를 쉽게 찾을 수 있었을 것이다. '영원한 도시' 로마 근처였으니까.

미하엘 엔데뿐만 아니라 많은 시인이나 예술가가 옛날의 흔적과 기억이 간직된 장소에서 새로운 상상을 길어 냈다. 하지만 새로운 상상을 위해 시간의 흔적과 과거의 기억을 깨끗이 지워야 한다고 주장하는 사람들도 있다. 20세기 초 미래주의 운동의 주창자들이 그랬다. 미래주의자들이 활동한 곳은 도서관과 박물관이 빼곡한 유럽의 유서 깊은 도시들이었지만, 그들은 결코 '뒤를 돌아보려고 하지 않았다'. 그들의 눈은 오직 미래를 향했기 때문이다. 그들에게 "훌륭한 과거"는 "죽어 가는 것, 병든 것, 불행한 죄수에게 주는 위안"[2]이었다. '영원한 도시'가 아니라 '새로운 도시'를 꿈꾸던 미래주의자들은 과거를 기억하는 모든 것을 혐오하고 공격했다. "어서 오라! 도서관 서고에 불을 질러라! 운하의 물길을 박물관으로 돌려 홍수를 일으켜라, […] 손도끼를 들어라, 그대의 손도끼와 망치를, 그리고 부숴라, 고색창연한 도시들을 부숴라, 무자비하게!"[3] 그들은 「미래주의의 기

---

1 미하엘 엔데, 『모모』, 한미희 옮김, 비룡소, 1999, 13쪽.
2 이택광, 『세계를 뒤흔든 미래주의 선언』, 그린비, 2008, 67쪽.
3 이택광, 2008, 68쪽.

초와 미래주의 선언」에서 이렇게 외쳤다. "폭발하듯 숨을 내쉬는 뱀 같은 파이프로 덮개를 장식한 경주용 자동차—포탄 위에라도 올라 탄 듯 으르렁거리는 자동차는 '사모트라케의 니케'보다 아름답다."[4]

태아와 모태를 잇는 탯줄처럼, 기억은 현재와 과거를 잇는다. 예술이나 사상은 말할 것도 없고 과학조차 상상 없이 생겨날 수 없지만, 그 모든 것을 낳는 상상의 원천은 기억이다. 고대 그리스인들이 예술과 문화를 주관하는 무사 여신들을 가리켜, 기억의 여신 '므네모쉬네'Mnēmosynē의 딸이라고 말한 이유가 무엇이겠는가? '그럼에도 불구하고' 어느 시대에나 새로운 미래를 위해 과거를 부정하면서 미래에 대한 상상을 과거에 대한 기억의 대척점에 두는 사람들이 있다. 특히, 과거와 기억을 삶의 족쇄로 여기는 시대에는 반反과거, 반反기억의 태도와 주장이 승리의 여신 니케Nikē의 날개를 달고 솟구친다. 그렇게 보면 과거와 기억에 대한 미래주의자들의 태도가 매우 과격하긴 해도, 이들의 반전통주의가 유별나게 새로운 것은 아니다. 서양에서 '반전통주의의 전통'은 과학혁명, 종교개혁을 거쳐 멀리 플라톤 철학으로까지 거슬러 올라간다. 2500년 전의 철학자 플라톤도 '뒤를 돌아보려고 하지 않았던' 사람이었기 때문이다. 특히, 타락한 현실 속에서 새로운 폴리스를 꿈꾼 플라톤의 대화편『국가』는 과거의 유산을 완전히 부정하면서 그 자리에 미래에 대한 상상을 앉힌 철학적 「미래주의 선언」이었다.

---

4 이택광, 2008, 65쪽.

◆◆◆◆

플라톤은 『국가』에서 새로운 나라의 밑그림을 그린다. 이 나라는 정의롭고 완전한 나라, "아름다운 나라"kallipolis[5]이다. 그런 뜻에서 플라톤의 『국가』는 이 "아름다운 나라"를 향한 정치적 기획이다. 물론 철학자는 세상을 바꾸는 것보다 세상을 해석하는 데 더 큰 공을 들였다. 플라톤의 주요 이론들—이데아론, 인간론과 영혼론, 덕 이론, 철인왕의 옹호, 죽음과 사후세계에 대한 새로운 상상 등이 "아름다운 나라"를 향한 거대한 정치적 기획 안에서 얽혀 든다. 하지만 플라톤은 그 모든 이론적 작업에 앞서 한 가지 실천적 작업을 강조했다. 새로운 그림을 그리기 위해 화판을 깨끗이 닦는 일, 과거의 기억과 전통을 싹 씻어 내는 일이었다. 그리고 플라톤에게 이런 정화 작업의 핵심은 호메로스의 가르침을 지우는 일이었다. 이유는 간단하다. 호메로스가 "전체 그리스를 가르쳤기"[6] 때문이다. 더 정확히 말해서 '잘못' 가르쳤기 때문이다. 대화 속에서 새로운 나라를 건설해 나가는 플라톤의 『국가』가 호메로스의 가르침을 단속하는 검열 규칙을 제정하는 것에서 시작해, 그의 후계자인 비극 작가들을 추방해야 한다는 주장으로 끝나는 것은 결코 우연이 아니다. 기원전 4세기의 플라톤에게 맨 처음 부숴야 할 도서관과 박물관은 바로 '호메로스의

---

5 『국가』 VII, 527c [『플라톤의 국가·정체』, 박종현 옮김, 서광사, 1997, 475쪽].

6 『국가』 X, 606e [박종현 옮김, 1997, 636쪽].

상상 세계'였던 것이다.

플라톤의 눈에는 호메로스가 가르친 거의 모든 것이 시빗거리였다. 호메로스는 그리스인들에게 사람의 모습을 한 신들에 대해 가르쳤고, 명예를 최고의 가치로 여기는 영웅들을 내세웠다. 호메로스의 영웅들이 명예를 추구하는 이유는 명예를 얻는 것이 불사의 존재가 되는 유일한 길이기 때문이다. 하지만 영웅들에게도 죽음 자체는 결코 바랄 만한 것이 아닌데, 죽은 자는 모두 허깨비들의 지하세계로 가야 하기 때문이다. 죽음 이후의 세계를 이렇게 비관적으로 그린 것도 바로 호메로스였다. 플라톤은 이 모든 가르침을 지우려 한다. 화판을 지우듯이 깨끗하게. 사람 같은 신들은 사람처럼 부도덕해서 도덕적인 삶의 길잡이가 될 수 없다. 명예를 추구하는 영웅들은 인정욕구와 경쟁심에 사로잡혀 다툼을 벌이면서 공동체에 대한 의무를 외면한다. 그들이 가진 죽음과 사후세계에 대한 잘못된 생각은 불멸성에 대한 헛된 꿈을 낳고 죽음에 맞서는 용기를 빼앗는다. 플라톤의 『국가』, 아니 플라톤 철학 전체가 호메로스의 가르침에 맞서 새로운 가르침을 모색하는, '호메로스에 대한 긴 반론'이었다.

이런 적대 관계는 싸움을 좋아하는 사람들 눈에만 잘 보이는 것일까? 『국가』를 연구하는 점잖은 학자들은 호메로스에 대한 플라톤의 반론이 갖는 의미를 축소하는 경향이 있다. 하지만 망치를 휘두르는 철학자 니체는 누구보다 둘 사이의 대립 관계를 정확히 짚어 내어 이렇게 말했다. "플라톤 대 호메로스: 이것이야말로 완전하고 진정한 적대 관계이다."[7] 내가 니체의 이 말에 동조하는 까닭은 실제로 플라톤의 주요 사상 가운데 그 어떤 것도 호메로스와의 적대 관계를 배경으로 하지 않고는 온전히 이해할 수 없기 때문이다. 플라톤은 사람의 모습을 한 올림포스 신들을 대신해 어떤 인격성도 갖지 않는 불멸의 이데아들을 내세운다. 플라톤의 이데아 세계는 '새로운 올림포스'다. 그는 명예를 추구하는 영웅들이 아니라 지혜를 열망하는 철학자들이 나라를 이끌어야 한다고 생각한다. 플라톤의 '철학자 왕'은 '새로운 아킬레우스' 혹은 '새로운 아가멤논'이다. 플라톤은 인간의 마음을 해부함으로써, 왜 지혜를 추구하는 이성이 명예를 추구하는 기개보다 더 높은 자리에 와야 하는지 증명하려고 했다. 그는 삶을 육체적 현존에 제한하는 호메로스의 가르침에 맞서 영혼과 육체의 분리 가능성을 옹호했으며, 육체가 없는 영혼의 삶, 즉 죽음 이전의 삶과 죽음 이후의 삶을 상상했다.

도대체 무엇이 '신 같은 시인' 호메로스와 '신 같은 철학자' 플라톤을 이렇듯 모든 문제에서 대립하게 만든 것일까? "철학과 시 사이의 오래된 불화", 좁게 말해서 호메로스의 서사시와 플라톤의 철학 사이의 '불화'는 어디서 온 것일까? ─호메로스와 플라톤의 적대 관계에 주목한 니체는 "최선의 의지를 가진 '저편 세계의 인간'이자 삶의 위대한 비방자"(플라톤)와 "아무 의도가 없는 삶의 숭배자이자 황금의 자연"(호메로스) 사이의 대립이 그 불화의 실체라고 말했다. 옳

---

7 프리드리히 니체, 「도덕의 계보」, 『선악의 저편·도덕의 계보』, 김정현 옮김, 책세상, 2002, 529쪽.

은 말이다. 하지만 나는 호메로스와 플라톤의 적대 관계를 또 다른 각도에서 바라볼 수 있다고 생각한다. 과거와 기억에 대한 두 사람의 상반된 태도가 중요한 문제다. 내가 생각하는 호메로스와 플라톤, 특히 『일리아스』와 『국가』의 적대 관계의 핵심에는 '서사적 기억'과 '철학적 기억' 사이의 대립이 놓여 있다.

잘 알려져 있듯이, 호메로스의 『일리아스』는 기원전 1200년 무렵 후기 청동기 시대의 전쟁을 다룬 서사시다. 그런 점에서 이 작품은 과거 지향적이다. 물론 『일리아스』가 불러낸 과거는 상상 속에서 재현된 과거이고, 따라서 이 작품이 기억하는 것은 역사적 과거가 아니라 상상 속의 과거이다. 그럼에도 불구하고 호메로스 이후의 그리스인들은 이런 '서사적 상상 속에서 소환된 과거의 기억', 즉 '서사시의 기억'을 통해 재현된 과거의 세계에서 삶의 방향과 좌표를 찾았으며, 이를 통해 호메로스는 '전체 그리스의 교사'가 될 수 있었다. 숨겨져 있는 것의 개시, 망각의 탈피a-lēthē를 '진리'alētheia로 여겼던 고대 그리스인들에게 호메로스 서사시의 기억은 '숨겨져 있던 과거의 개시'로서 '진리'였기 때문이다. 이런 진리 개념은 플라톤 철학에서도 여전히 유효하다. 그 역시 진리와 앎에 대해 이야기할 때마다 '과거'와 '기억'을 대화 안으로 끌어들이기 때문이다. '전생에서 본 이데아의 기억을 소환하기'로서의 '상기'에 대한 이론이 대표적인 경우지만, 그 밖에도 그의 대화편에는 기억에 대한 빛나는 통찰이 수없이 담겨 있다.[8] 하지만 플라톤은 기억에 대해 말하면서도, 기억 아닌 것을 '기억'으로 만드는 놀라운 마술을 발휘한다. 그가 말하는 기억은 구체적 장소와 시간을 벗어난 법칙 세계에 대한 '보편적 앎'을 가리킨다. 이 법칙의 세계는 경험적 현실에 앞선다는 뜻에서 '과거'이지만, 이 과거는 서사적 상상과 기억 속의 역사적 과거가 아니라 철학적 상상과 기억 속의 선험적이고 초월적인 세계다. 플라톤은 이 세계에 대한 기억으로 '서사시의 기억'을 대체하려고 했다. 물론『국가』의 철학적 이론들도 이렇게 변형된 기억 이론의 좌표 안에서 구축된다. 내가 호메로스와 플라톤의 적대 관계를 '서사적 상상 속에서 소환된 과거의 기억'과 '철학적 상상 속에서 소환된 선험적 세계의 기억' 사이의 대립으로 보는 것은 이런 이유 때문이다.

❖❖❖❖

　나는 이 책과 앞으로 나올 플라톤에 대한 책에서 '기억 투쟁'의 관점을 취해 호메로스의 서사시와 플라톤의 철학을 비교하려고 한다. '기억 투쟁'은 기억 연구가 관심을 끌기 시작한 20세기 후반에 등장한 용어다. 고교 역사책에 무엇을 기록하고 무엇을 지울 것인가, 5·18 민주화운동을 어떻게 기억할 것인가, 세월호를 어떻게 기억할 것인가 등이 모두 기억 투쟁의 소재다. 하지만 잘 따져 보면 기억 투쟁은 우리들 한 사람 한 사람의 마음속에서, 그리고 우리가 살아가는 사회적 현실 속에서 과거에도 일어났고 지금도 일어나며 앞으로도

---

8 조대호, 「플라톤 철학에서 기억과 영혼」, 『범한철학』, 제66권, 2012, 51~85쪽.

일어날 보편적 현상이다. '무엇을' '어떻게' 기억하는가에 따라서 우리 자신과 우리가 속한 사회의 정체성과 지향점이 달라지기 때문이다. 그렇게 본다면, 20세기 중반 이후 여러 방향에서 전개된 기억 이론들뿐만 아니라 인문학 전체가 기억을 둘러싼 싸움에 이런저런 방식으로 관여한다고 해도 지나친 말이 아닐 것이다. 삶의 지향과 세계 이해가 충돌하는 지점에는 언제나 '무엇을' '어떻게' 기억할 것인가에 대한 논쟁이 놓여 있다. 그런데 기계화와 속도, 신도시를 열망하는 미래주의가 '선언'에서 '현실'로 바뀐 우리의 시대에는 기억을 둘러싼 모든 인문학적 논의가 '반시대적' 성격을 띨 수밖에 없다. 걸인들의 깡통에도 QR코드를 붙여야 하고 온라인과 디지털 플랫폼을 통해 모든 것을 해결할 수 있다는 주장이 와와대는 과학과 기술 광신주의 시대를 사는 많은 사람은 과거를 넘어서야 할 것으로, 기억을 버려야 할 것으로 여기기 때문이다. 물론 호메로스와 플라톤을 비교하려는 나의 계획은 더욱더 '반시대적'이다. 수천 년 전의 논쟁을 다시 불러내는 것이니까. 나는 이 '반시대적 고찰'을 통해 호메로스와 플라톤을 상호 조명하고, 그 둘의 대립 관계를 드러냄으로써 기억에 대한 현대의 '반시대적 고찰'을 더 먼 곳으로 확장하려고 한다. 고전 연구자인 내게 이런 뒷걸음질은 만능을 자부하는 과학과 기술이 도달할 수 없는 삶과 의식의 깊은 진리를 드러내고 공동체의 삶에 필요한 기억과 상상을 찾아 가는 작업의 하나다.

이 작업은 호메로스에 대한 플라톤의 반박과 이를 통해 구축된 그의 대항 이론을 다뤄야 완결되겠지만, 그에 앞서 『일리아스』와 호메로스에 대한 이야기에 집중하려고 한다. 벽돌 같은 책의 무게 있는 논의를 피해 가능한 한 간결하게 호메로스의 세계와 『일리아스』에 대한 하나의 완결된 상을 독자들에게 제시하려고 한다. 호메로스와 플라톤을 비교할 때 핵심이 되는 영웅주의, 올림포스 신들에 대한 신앙, 죽음과 저승세계에 대한 상상 등이 본문의 주요 내용이지만, 거기 머물지 않고 '호메로스'에 대해 알려진 것이 무엇이고, 오랜 구술 서사시 전통으로부디 『일리아스』가 이렇게 출현했으며 이 작품의 고유한 점이 무엇인지, 『일리아스』가 후대에 어떻게 수용되었는지도 함께 다루려고 한다. 호메로스 연구에서 자주 논의되는 몇 가지 문제들('호메로스 문제', 트로이아 전쟁의 역사성 등)까지 쉽게 풀어서 소개하려고 했다. 독자들이 이 책을 통해 '호메로스'가 누구이고, 그가 어떻게 '전체 그리스의 교사'가 되었는지 더 잘 이해하게 되면 좋겠다. 무엇보다 중요한 것은 『일리아스』가 제시하는 서사적 기억과 상상의 세계가 어떤 것이고, 그것이 후대 세계에 남긴 빛과 그림자가 어떤 것인지를 함께 생각해 보는 일이다.

　비교에는 언제나 피상적 대비와 편향적 판단의 위험이 따른다. 이런 위험에 맞서 할 수 있는 일은 호메로스와 플라톤의 적대 관계를 가능한 한 '호메로스의 방식'으로 다루는 것이다. 호메로스는 『일리아스』에서 트로이아 군대와 그리스 군대의 10년 전쟁을 배경으로 이야기를 풀어내지만, 두 편의 싸움을 선과 악, 진리와 거짓, 아름다움과 추함의 대립으로 그리지 않았다. 『일리아스』를 읽어 본 사람은 누구나 이 말의 뜻을 이해할 것이다. 그리스 군대가 선인가, 트로이아 군대가 선인가? 아킬레우스가 선이고 헥토르가 악인가, 아니면 그 반대인가? 호메로스의 세계에는 영원한 적대 관계도, 영원한 친구 관계도 없다. 친구인 아가멤논과 아킬레우스가 서로 싸우고, 적인 프리아모스와 아킬레우스가 마주 앉아 연민의 눈물을 흘린다. 나는 이렇게 선악의 저편에서 세계를 바라보는 것이 호메로스가 남긴 위대한 유산이라고 생각한다. 호메로스와 플라톤을 비교하면서도 그런 유산을 존중하려고 한다.

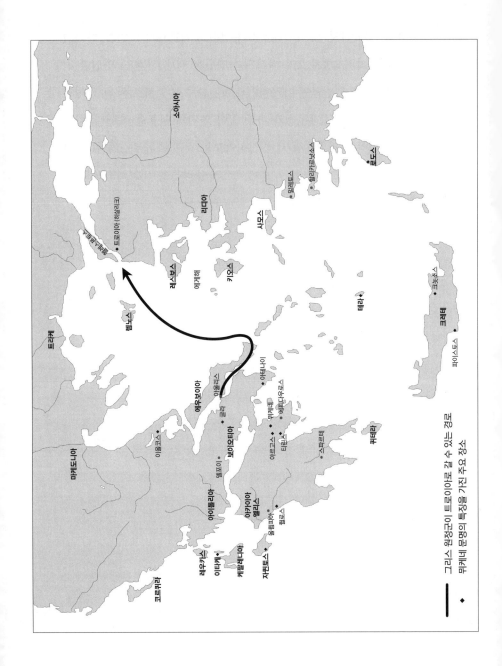

소아시아

트로이아(히살리크)

테네도스 섬

트라케

렘노스

레스보스

에게해

키오스

사모스

밀레토스

미칼레

에우보이아

아울리스

아르고스

테베

아테나이

에피다우로스

티린스

마케도니아

이올코스

펠포이

스파르테

보이오티아

미케네

타라

크노소스

크레테

파이스토스

퀴테라

레우카스

이타케

아이톨리아

케팔레니아

자킨토스

엘리스

올림피아

퓔로스

아카이아

일리리아

코르퀴라

— 그리스 원정군이 트로이아로 갈 수 있는 경로

◆ 위게네 문명의 특징을 가진 주요 장소

I.
『일리아스』와 '호메로스'

'일리오스의 이야기'

에게해 북동쪽 끝에 흑해로 이어지는 좁은 물길이 있다. '다르다넬스 해협'이다. 옛날 그리스 사람들은 이 해협을 '헬레스폰토스'('헬라스의 바다')라고 불렀다. 이 좁은 해협을 사이에 두고 유럽과 아시아가 갈라진다. 유럽 쪽에는 갈리폴리 반도[1]가, 아시아 쪽에는 차나칼레주가 속해 있다. '갈리폴리'는 '아름다운 나라'를 뜻하는 그리스어 '칼리폴리스'kallipolis[2]에서 나왔다. 하지만 이름과 달리 이 지역의 역사는 그렇게 아름답지 않다. 다르다넬스 해협과 인근 지역은 이미 청동기

---

1 터키 지명은 '겔리볼루'이다.
2 이 책의 12쪽 각주 5를 참고.

시대부터 끊이지 않는 분쟁의 장소였기 때문이다. 흑해의 풍부한 농산물을 비롯한 각종 물류가 오가는 해상 교통의 요지를 놓고 군사적 충돌이 끊이지 않았다. 페르시아의 대왕 크세르크세스는 물살이 빠른 이 해협을 건너 그리스를 침공했고, 젊은 마케도니아 왕 알렉산드로스는 복수를 다짐하며 같은 곳을 건너서 동방 원정에 나섰다.

이 지역의 분쟁은 20세기에도 되풀이되었다. 제1차 세계대전이 한창이던 1915년 4월, 연합군의 주축 영국군은 다르다넬스 해협을 거슬러 흑해 진입을 시도했다. 하지만 이 계획은 열세에 있던 터키 해군의 저항에 부딪혀 물거품이 되었다. 자존심이 상한 '무적 해군' 영국군은 해협 위쪽의 갈리폴리 반도로 상륙작전을 시도했지만, 이 역시 터키 군대의 필사적인 저항을 무너뜨리지 못했다. 1915년 4월부터 8개월 동안 연합군 25만 명, 터키 군 25만 명의 희생자를 낸 갈리폴리 전투는 인류 전쟁사 최악의 전투로 기록되었다. 연합군 측 사상자의 대다수는 오스트레일리아, 뉴질랜드, 인도 등 영연방에서 동원된 젊은이들이었다.[3]

'갈리폴리 전투' 혹은 '차나칼레 전투'라고 불리는 이 싸움의 현장에서 멀지 않은 곳에 3200년 전 전쟁의 무대가 있다. 다르다넬스 해협 입구에서 남동쪽으로 대략 7km 떨어진 곳에 있는 히살리

---

3 이 무모한 전쟁에서 죽어 간 젊은이들의 이야기는 영화 「갈리폴리」(Gallipoli, 1981), 「워터 디바이너」(The Water Diviner, 2014) 등의 소재가 되었다. 「차나칼레」(Çanakkale, 2012)는 터키 군의 '영웅적' 저항을 기리는 애국 영화이다.

크Hisarlik 언덕이다. 옛 성채의 흔적을 간직한 이 언덕 위에는 먼 옛날 '트로이아' 혹은 '일리오스'라는 이름의 번성한 도시가 있었다. 포도주 빛 바다와 높은 성벽의 도성 사이에 트로이아 들판이 펼쳐져 있었고, 들판을 에워싸고 스카만드로스와 시모에이스 강이 흘렀다. "강의 아름다운 물줄기 옆에는"(21:352) "느릅나무들과 버드나무들과 위성류나무들"이 줄지어 서 있었고, 강둑에는 "토끼풀과 골풀과 방동사니들"이 자라났다. "소용돌이치는 스카만드로스"(22:148)의 물줄기가 시작되는 샘터는 트로이아 여인들의 빨래터였고, 기름진 들판은 말들의 놀이터였다. 트로이아 들판에 10년 전쟁의 광풍이 몰려오기 전, 평화로운 트로이아의 모습은 그랬다.

『일리아스』, 즉 '일리오스의 이야기'는 트로이아 평원의 전장에서 펼쳐진 영웅들의 행적을 이야기하는 서사시다. 이 전쟁의 역사성에 대해서는 이미 고대 그리스 시대부터 추측과 논란이 많았다. 전쟁이 실제로 일어났다고 믿는 사람들은 후기 청동기 시대 말엽(기원전 1250~1180년)을 전쟁 시기로 잡는다. 이런 추측이 옳다면, 트로이아 전쟁 시기와 『일리아스』의 출현 시기 사이에는 대략 500년의 시간 간격이 있는 셈이다. 알려진 바로 『일리아스』는 기원전 700년 이후에 출현한 작품인데, 『일리아스』가 그토록 긴 시간의 간격을 뛰어넘어 과거의 사건을 이야기하는 것은 어떻게 가능했을까?

『일리아스』는 읽는 사람에게 놀라움과 함께 의문을 안겨 준다. 무엇보다 이 작품의 밀도 있는 구성과 흡인력이 우리를 놀라게 한다. 『일리아스』는 그리스 연합군과 트로이아인들 사이에 벌어진 10년 전쟁을 배경으로 하지만, 호메로스는 전쟁을 처음부터 끝까지 다루지 않았다. 로마의 시인 호라티우스Q. Horatius의 말대로 그는 사건의 "한 복판으로"in medias res[4] 곧장 뛰어들어 전쟁의 '한 부분'을 취하고 그 밖에 많은 일은 에피소드로 사용했다.[5] 그 '한 부분'이란 전쟁의 마지막 해에 일어난 하나의 사건, 즉 아킬레우스와 아가멤논의 불화 사건을 가리킨다.『일리아스』는 이 불화 때문에 그리스 군대의 대표 장수 '아킬레우스의 분노'가 어떻게 폭발했고, 그것이 그리스 군대에 어떤 파국을 낳았으며, 이 일이 또 어떻게 트로이아의 장수 헥토르의 죽음과 장례로 이어졌는지를 이야기한다. 그런 점에서 이 서양 최초의 서사시는 한 영웅의 분노의 발단, 전개, 결과를 다루는 '분노의 서사시'이다. 지금으로부터 2700년 전의 서사시가 어떻게 그렇게 높은 문학적 완성도를 지닐 수 있었을까?

하지만『일리아스』의 뛰어난 구성에도 불구하고, 작품의 한 줄한 줄을 꼼꼼히 읽다 보면 의문이 드는 곳이 한둘이 아니다. 작품의 곳곳에서 "발 빠른 아킬레우스", "투구를 흔드는 헥토르", "구름을 모으는 제우스", "올빼미 눈을 가진 아테네" 등 판에 박힌 문구들이 맥락 없이 등장한다. 엇비슷한 장면들이 큰 변화 없이 되풀이되기도 한다. 작품 전체를 가득 채운 대결 장면들 이외에도 무장 장면, 제사 장면, 손님맞이 등이 그런 전형적 장면에 해당한다. 심지어 앞에

4『시학』, 148행[『시학』, 천병희 옮김, 문예출판사, 2002, 174쪽].
5『시학』23, 1459a31-36[『수사학/시학』, 천병희 옮김, 도서출판 숲, 2017, 431쪽].

나왔던 대목이 한 글자도 바뀌지 않고 뒤에 그대로 반복되는 경우도 많다. 예를 들어, 『일리아스』 1권의 22~25행과 같은 권의 376~379행, 또 14권의 200~207행과 같은 권의 301~306행을 비교해 보시라. 이렇게 토씨 하나 바뀌지 않고 똑같은 행이 줄줄이 반복되는 곳이 한두곳이 아니다. 서양 문학사에서 최고의 찬사를 받는 영광을 누린 작품에 이런 반복이 어울리는 일인가?

맥락을 벗어난 수식어의 사용과 유사한 표현들이 등장하는 전형적 장면의 반복, 이런 것들은 분명히 오늘날의 관점에서 납득하기 어려운 결함이다. 아무리 서툰 작가도 하지 않을 실수를 '신 같은 호메로스'가 범하다니, 이게 무슨 영문일까? 하지만 바로 이런 '결함들' 안에 『일리아스』의 탄생 비밀이 숨겨져 있다고 말한다면 어떨까? 인간 탄생의 비밀이 몸 한복판의 별로 아름답지 않은 배꼽에 숨어 있는 것처럼 우리가 『일리아스』에서 발견하는 '결함들'은 이 작품과 그 모태가 되는 구술 서사시의 전통을 이어 주는 긴 탯줄의 흔적이다. 그래서 우리는 이 흔적을 따라가면서 『일리아스』가 어떤 종류의 작품이고, 어떤 과정을 거쳐 생겨났는지를 추적해 볼 수 있다. 이렇게 『일리아스』의 출현 과정을 복원하는 일은 폐허 속에 묻힌 청동기 시대 전쟁의 실상을 들춰내는 트로이아의 발굴 작업만큼이나 흥미롭다.

무사와 므네모쉬네

『일리아스』의 첫 행을 읽어 보자. 천병희 교수의 번역은 이렇다.

> 노래하소서, 여신이여, 펠레우스의 아들 아킬레우스의 분노를, […]
> (1:1)

하지만 본래 낱말 순서에 따라 그리스어 원문을 우리말로 옮기면 이렇게 달라진다.

> 분노를 노래하소서, 여신이여, 펠레우스의 아들 아킬레우스의, […]

첫 행, 첫 자리에 작품 전체의 주제어 "분노"$_{menis}$가 온다. 뒤이어 "여신"을 향한 기원과 분노를 수식하는 "펠레우스의 아들 아킬레우스의"가 이어진다. 『오뒷세이아』의 처음 두 행의 구성 방식도 이와 똑같다. 다시 천병희 교수의 번역을 인용해 보자.

> 말씀해 주소서, 무사 여신이여, 트로이아의 신성한 도시를 파괴한 뒤많이도 떠돌아다녔던 임기응변에 능한 그 사나이에 대해서 […][6]

---

6 『오뒷세이아』 1.1-2.

하지만 그리스어 원문은 다르다. 원문 『오뒷세이아』의 첫 낱말 역시 작품의 주제어 "사나이"aner고, 이어서 "무사 여신"에 대한 호소와 주제어에 대한 수식어 "임기응변에 능한"이라는 형용사가 온다.

사나이에 대해서 내게 이야기해 주소서, 무사 여신이여, 임기응변에 능한 (사나이), 그는
그토록 많은 곳을 떠돌아다녀서 […]

『일리아스』와 『오뒷세이아』의 첫 행을 비교하는 것만으로도 우리는 두 작품에 대해 많은 것을 알아낼 수 있다. 『일리아스』가 '아킬레우스의 분노'에 대한 이야기라면, 『오뒷세이아』는 '임기응변에 능한 사나이의 귀향' 이야기이다. 두 작품의 첫 행에서는 또 한 가지 중요한 공통점도 드러난다. 두 서사시 모두 무사 여신을 향한 기원에서 시작한다. "분노를 노래하소서, 여신이여", "사나이에 대해 내게 이야기해 주소서, 무사 여신이여". 『일리아스』와 『오뒷세이아』에서 '무사 여신'은 시문학을 포함한 모든 예술을 주관하는 아홉 명의 여신들 가운데 특히 서사시를 관장하는 여신 '칼리오페'Kalliopē를 가리킨다. 물론 『일리아스』와 『오뒷세이아』의 시인이 이 여신을 부르는 것은 도움을 청하기 위해서다. 시인은 노래 혹은 이야기를 잘할 수 있게 영감을 불어넣어 달라는 뜻으로 무사 여신에게 호소한다. 그렇다면 무사 여신에게서 오는 시적인 영감의 정체는 무엇인가? 시인에게 영감을 불어넣는 무사의 힘은 또 어디서 오는 것일까?

『일리아스』에서 우리는 무사 여신들에 대한 몇 가지 단편적 정보를 얻을 수 있다. 이들은 제우스의 딸로서 올륌포스에 산다(2:484-486). 하지만 그들이 머무는 곳은 딱히 정해져 있지 않다. 그들은 어디에나 있고, 그래서 모든 것을 알 수 있다. 이런 무사 여신들은 자신이 아는 것을 시인들에게 알려 주기도 하고, 신들 앞에서 아폴론의 수금 반주에 맞추어 번갈아 노래하면서 잔치 자리의 흥을 돋우기도 한다(1:603-604). 하지만 무사 여신들에게서 오는 영감의 정체나 그들이 가진 능력에 대해 더 충분한 대답을 얻으려면, 『일리아스』에서 잠시 눈을 돌려 이 작품보다 한 세대 정도 늦게 출현한 또 다른 서사시 『신들의 계보』*Theogonia*에 주목하는 것이 좋다. 신들의 탄생을 노래하는 이 서사시에서 헤시오도스Hesiodos(기원전 7세기)는 무사 여신들의 탄생과 활동에 대해 자세히 기록했기 때문이다.[7]

헤시오도스의 이야기에 따르면 무사 여신들은 기억의 여신 므네모쉬네Mnēmosynē와 크로노스의 아들 제우스 사이에서 태어났다.[8] 그들이 태어난 곳은 불사신들의 거처인 올륌포스에서 멀리 떨어진 곳, 피에리아이다. 이 은밀한 장소에서 제우스는 다른 신들의 눈을 피해 몰래 기억mnēmē의 여신과 사랑을 나누었다.[9] 헤시오도스는 두 신이 아홉 밤에 걸쳐 동침했고, 그렇게 해서 아홉 명의 무사 여신들

---

7 조대호, 「므네모쉬네와 므네메: 기억의 신화와 철학」, 조대호 외, 『기억, 망각 그리고 상상력』, 연세대학교대학출판문화원, 2013, 9~14쪽.
8 『신들의 계보』, 36행 이하[『신통기』, 천병희 옮김, 한길사, 2004, 29쪽 이하].
9 『신들의 계보』, 53~57행[천병희 옮김, 2004, 30쪽].

이 태어났다고 이야기한다.

　『신들의 계보』에는 무사 여신들의 이름이 단조롭게 나열될 뿐이지만, 그런 이름들에 주의를 기울이면 우리는 무사 여신들의 전문 영역이 어떻게 나뉘는지를 잘 알 수 있다. 노래 중에서도 특히 '명성'kleos을 노래하는 영웅 찬가의 여신 클레이오, 노래를 듣는 사람에게 기쁨을 안겨 주는 에우테르페, 시와 노래로 잔치의 흥을 돋우는 탈레이아, 시를 음악이나 춤과 함께 묶어 주는 멜포메네와 테릅시코레, 시로 듣는 이들에게 사랑의 욕망을 일깨우는 에라토, 신에 대한 풍성한 찬가들을 짓게 하는 폴륌니아가 있다. 그런가 하면 우라니에에는 노래를 인간적인 것 너머로 높이고, 마지막으로 언급되는 칼리오페는 시를 낭송할 때 아름다운 목소리가 흘러나오도록 돕는다. 무사 여신들 가운데 맏딸인 이 '아름다운 목소리'의 주인공이 서사시를 주관하는 무사 여신이다. 훗날 헬레니즘 시대의 학자들은 헤시오도스의 무사 이야기를 바탕으로 아홉 명의 무사 여신들에 맞추어 문예 분야를 아홉 개로 나누었다.[10]

　『신들의 계보』에 따르면 무사 여신들이 하는 일은 이렇게 저마

10　헬레니즘 시대에 정립된 견해에 따르면 무사 여신들이 각각 관장하는 영역은 다음과 같다. 클레이오(Kleiō < kleos, 소문·전언)—역사, 에우테르페(Euterpē < euterpes, 즐거움을 주는)—서정시와 피리 연주, 탈레이아(Thaleia < thaleia, 풍성한)—희극, 멜포메네(Melpomenē < melpein, 노래와 춤으로 기리다)—비극, 테릅시코레(Terpsichorē < terpsichoros, 춤을 즐기는)—춤과 시가, 에라토(Eratō < eros, 사랑)—연애시, 폴륌니아(Polymnia < hymnos, 찬가)—신에 대한 찬가, 우라니에(Ouraniē < ouranos, 하늘)—천문학, 칼리오페(Kalliopē < kallos + ops, 아름다운 목소리)—서사시·연설·철학·학문 등.

다 다르지만, 그들 모두에게 공통된 한 가지 일이 있으니, 바로 사람들에게 망각lēthē을 낳는 일이다. "사람들이 나쁜 일들을 망각lēsmosynē하고 근심에서 쉬게 하려는 것"[11]이 무사 여신들이 태어난 이유이다. 같은 이야기가 아래의 인용문에서도 되풀이된다.

> [···] 무사 여신들이
> 사랑하시는 자는 누구나 다 행복하도다. 그의 입에서 달콤한 목소리가
> 흘러나오기 때문이다. 누군가 최근에 불상사를 당하여
> 그 슬픔에 마음이 시들어 간다고 하더라도 무사 여신들의
> 시종인 가인이 옛사람의 영광스러운 행적과
> 올륌포스에 사시는 축복받은 신들을 찬양하게 되면 그는 즉시
> 슬픔을 잊고epilēthethai 더 이상 자신의 불상사를 기억하지memnētai 않기
> 때문이다. 여신들의 선물들이 금세 그의 마음을 다른 곳으로 돌려놓
> 았던 것이다.[12]

이 구절은 시문학과 시인의 본성에 대한 서양 최초의 문헌 기록이다. 여기에는 고대 그리스인들이 시문학, 특히 서사시의 역할에 대해 가지고 있던 생각이 잘 드러난다. 서사시는 "옛사람의 영광스러운 행적과 올륌포스에 사시는 축복받은 신들을 찬양"한다. 다시 말

---

11 『신들의 계보』, 55행[천병희 옮김, 2004, 30쪽].
12 『신들의 계보』, 96~103행[천병희 옮김, 2004, 32쪽].

해서 영웅시대의 "인간들과 신들의 행적"[13]이 서사시의 주제이다. 그런 점에서 서사시는 과거에 대한 기억과 회상이다. 하지만 무엇 때문에 시와 시인은 "축복받은 신들"과 "옛사람의 영광스러운 행적"을 기억하려고 할까? 헤시오도스에 따르면 그런 서사적 '기억'의 목적은—역설적으로—현재의 삶을 짓누르는 고통을 잊게 하는 것, 즉 '망각'을 낳는 데 있다. 과거사를 기억함으로써 현재의 불상사와 슬픔을 망각하고 살아갈 힘을 얻게 하는 것, 일종의 힐링 효과가 이야기에 담겨있다는 말이다.

우리 모두 일상에서 경험하듯, 이야기에는 사람을 사로잡는 힘이 있다. 이야기에 빠져든 사람은 현재를 잊는다. 영화나 드라마에 빠져들어 넋을 잃었던 우리 자신의 경험을 돌이켜 보기만 해도 쉽게 알 수 있지 않은가? 그런 이야기가 자랑할 만한 자신의 과거사에 관한 것이라면 더욱더 그렇다. 남자들이 왜 그렇게 축구와 군대 이야기에 빠져드는가? 이들은 과거의 소소한 '영웅담'을 기억하면서 지질한 자신의 현재 모습을 잊고 싶어 한다. 물론 이런 일들은 무의식적으로 일어날 때가 많다. 무사 여신의 탄생 목적이 "사람들이 나쁜 일들을 망각하고 근심에서 쉬게 하려는 것"이라는 말은 그런 뜻이다.

기억과 상상이 뒤섞인 지난 시절의 영웅담 속에는 언제나 과장, 조작, 거짓이 섞여들기 마련이다. 헤시오도스도 이를 잘 알고 있었다. 그렇기에 그는 무사 여신들의 입을 빌려, 기억을 통해 망각을 낳

---

13 『오뒷세이아』 1.338.

는 무사 여신들의 노래 속에는 언제나 참과 거짓이 혼재한다고 말한다. 무사 여신들은 하루하루 굶주린 배를 채우기에 급급한 목자들을 불러내어 거짓과 진실이 뒤섞인 노래를 부르게 한다.

> 들에서 야영하는 목자들이여, 불명예스러운 자들이여, 배腹뿐인 자들이여.
>
> 우리는 진실처럼 들리는 거짓말pseudea을 많이 할 줄 안다.
>
> 그러나 우리는 원하기만 하면 진실alēthea도 노래할 줄 안다.[14]

헤시오도스의 이야기는 신들에 대한 이야기, 즉 신화mythos이다. 대다수의 신화에는 합리적인 핵심이 담겨 있는데, 무사 탄생의 신화도 마찬가지여서, 그 신화의 베일을 벗기면 몇 가지 중요한 사실이 드러난다. 그 가운데 하나는 서사시가 기억의 산물이고 시인들은 기억의 보존자라는 점이다. 무사 여신들이 시인들에게 주는 영감의 배후에는 기억이 있다. 다시 말해서 기억을 불러내는 것, 이것이 무사가 불어 넣는 '영감'enthousiasmos이라고 할 수 있다. 무사 여신의 아버지가 제우스라는 것도 우리의 흥미를 끈다. 어떻게 시문학과 예술을 주관하는 여신들의 아버지가 천상의 최고 권력자 제우스일까? 헤시오도스는 분명 시문학이나 서사시에 제왕적 권위가 속한다는 뜻으로 그런 말을 했을 것이다. 하지만 어떤 뜻에서 시문학이 제왕적 권

---

14 『신들의 계보』, 26~28행[천병희 옮김, 2004, 27~28쪽]

위를 가질 수 있을까?

헤시오도스는 배고픈 시인의 자존심과 인정 욕망을 무사 탄생의 신화에 담았을 수 있다. 하지만 우리는 시문학이 갖는 제왕적 권위를 다른 관점에서도 설명할 수 있다. TV나 영화 속 역사극의 한 장면을 떠올려 보라. 남한산성에 갇힌 뒤 오랑캐에게 보낼 문서를 놓고 최명길과 김상헌이 논쟁을 벌인다.[15]

> **최명길** '마땅히 한汗이 멀리서 우리나라에 왔기에 국왕이 사람을 보내어 문안한다'는 내용으로 말하는 것이 좋겠습니다. 이렇듯 회계會稽의 치욕을 당하여 어찌 굴복하는 말을 피하겠습니까?
>
> **김상헌** 한 번 한이 왔다는 말을 듣고 먼저 겁을 내어 차마 말하지 못할 일을 미리 강구하니, 신은 실로 마음 아프게 여깁니다.
>
> **최명길** 범려范蠡와 대부 종大夫種이 그 임금을 위하여 원수인 적에게 화친하기를 빌었으니, 국가가 보존된 뒤에야 바야흐로 와신상담臥薪嘗膽도 할 수 있는 것입니다.
>
> **김상헌** 적중의 허실虛實을 환하게 알지도 못하면서 스스로 대부 종과 범려에 비교한단 말입니까?

---

15 『인조실록』 34권, 인조 15년 1월 2일의 기록.

왕 앞에 모인 대신들이 누구인가? 그들은 아직 젖니가 빠지기도 전에 고전을 줄줄이 외우고 시문의 능력을 겨루는 과거시험을 거쳐 정승의 반열에 오른 문관들이 아닌가? 그들의 머릿속에는 시문과 고사가 가득하다. 시문이 교육의 중심을 차지하고 시문의 능력이 통치의 핵심이 되는 시대의 정치, 그런 '시문의 정치'에서 시문학이 제왕적 권위를 누리는 것은 전혀 이상한 일이 아니다. 이에 대해서는 나중에 다시 살펴볼 것이다.[16] 지금은 다시 기억의 문제로 돌아가서 서사시와 기억의 관계에 대해 이야기해 보자.

서사시의 기억

므네모쉬네, 즉 그리스 서사시의 모태인 '기억'은 문자가 없던 시기인 구술 시대로 거슬러 올라간다. 대략 이 시기는 그리스 세계에서 알파벳이 상용화된 기원전 8세기 이전이다. 후대 그리스 문명의 기원을 이루는 뮈케네 문명(대략 기원전 1600~1200년)이 몰락한 뒤 알파벳이 도입될 때(기원전 800년 무렵)까지 그리스인들은 문자 없는 입말의 삶을 살았다. 그래서 그 시기를 일컬어 '암흑시대'(대략 기원전 1050~750년)라고 부른다. 문자가 없던 탓에 그 시기에 대한 어떤 기록도 남아 있지 않기 때문이다. 물론 기원전 800년 이후 페니키아

---

16 이 책의 283~284쪽을 참고.

인들의 자음 문자에 모음 몇 개를 더해 만든 알파벳이 그리스인들이
사용한 최초의 문자는 아니었다. 이미 기원전 12세기 이전, 후기 청
동기 시대의 뮈케네 그리스인들에게도 '선형문자 B'Linear B라고 불리
는 문자가 있었다.[17] 이 문자는 알파벳과 전혀 다른 음절 문자이지만,
이 문자가 새겨진 점토판들을 해독한 결과 그것이 그리스어를 기록
한 것이라는 사실이 밝혀졌다. 하지만 알파벳 이전의 그리스 문자는
청동기 문명이 몰락하면서 완전히 사라졌고, 그 후로 문자 없는 시대
가 이어졌다.

하지만 문자가 없어도 이야기는 있다. 특히, 중요한 과거 사건
에 대한 기억과 상상이 담긴 이야기는 입에서 입으로, 한 세대에서
다음 세대로 전해진다. 트로이아 전쟁 이야기는 그렇게 구술 전승을
통해 후대 사람들에게 전해진 이야기들 가운데 가장 사람들의 흥미
를 끄는 이야기였다. 왜 그랬을까? 그 이유는 트로이아 전쟁 이야기
가 그리스인들의 민족적 정체성을 형성한 서사였기 때문이다. 기원
전 1200년 무렵의 어느 때, 그리스 세계의 여러 지역에서 모인 10만
의 연합군이 1000척이 넘는 군선을 타고 에게해의 바닷길을 가로질
러 소아시아의 번성한 도시 트로이아로 향했다. 트로이아의 철옹성
이 보이는 해변의 들판에서 그리스 군대는 10년 동안 전쟁을 치렀고
마침내 도성을 정복했다! 이집트 탈출과 가나안 정복 이야기가 히브
리인들의 민족 서사시였다면, 트로이아 전쟁 이야기는 그리스인들

---

17 존 채드윅, 『선형문자 B의 세계』, 김운한·김형주 옮김, 사람과책, 2012.

의 정체성과 공동체 의식을 일깨운 민족 서사시였다. 프랑스의 기억 사회학자 알박스M. Halbwachs의 용어를 빌리면, 트로이아 전쟁의 기억은 그리스인들 사이에서 구술적으로 전승된 '집단기억'collective memory이었던 셈이다.[18]

이런 구술적 기억이 전해지는 방식은 일상의 기억이 전해지는 방식과 다르다. 그리스인들의 구술적 집단기억은 '아오이도스'aoidos 혹은 '랍소도스'rhapsodos라고 불리는 노래꾼, 직업적 서사 시인들에 의해서 전승되었다. 이 그리스어의 말뜻에 대해서는 나중에 다시 이야기할 것이다.[19] 지금은 그들이 트로이아 전쟁에 대한 이야기와 같은 옛 이야기를 기억해서 공연하는 일종의 엔터테이너였다는 사실 정도만 확인해 두자. 이런 직업적인 노래꾼들이 언제부터 그리스 세계에서 활동했는지는 분명치 않다. 트로이아 전쟁에 대한 서사시의 출현 시점도 확정하기 어렵다. 하지만 호메로스의 『일리아스』 역시 그렇게 전해진 트로이아 전쟁 이야기들 가운데 하나라는 사실만큼은 확실하게 말할 수 있다.

이런 배경을 염두에 두고 『일리아스』의 출현 과정을 추적하다 보면, 어떤 지역의 구술 서사시에 대해서든 공통적으로 제기되는 한

---

18 '집단기억'에 대한 알박스의 연구는 『기억의 사회적 조건틀』(Les cadre sociaux de la mémoire, Paris: Librairie Félix Alcan, 1925)이나 『집단기억』(La mémoire collective, Paris: Presses universitaires de France, 1950)과 같은 저서를 통해 알려져 있다. 그의 주장의 핵심은 '개인의 기억은 집단적 현상이며 사회적 영역에 의존한다'는 것이다.
19 이 책의 44쪽을 참고.

가지 의문에 부닥치게 된다. 직업적인 노래꾼들에 의해 전승된 트로이아 이야기들 가운데 하나인 『일리아스』는 실제로 일어난 역사적 사실을 얼마나 반영하는 것일까? 기억에 대한 연구로 잘 알려진 아스만 J. Assmann은 『일리아스』를 '문화적 기억'cultural memory의 전형으로 여기면서, 그 서사시의 역사성에 상당한 신뢰를 두었다. 그는 『일리아스』가 "호메로스 자신에 의해서 기록된, 후기 청동기 시대 뮈케네의 삶의 형식에 대한 회상"[20]이라고 불렀다. 하지만 『일리아스』의 내용이 정말 뮈케네 시대에 일어난 트로이아 전쟁에 대한 역사적 회상인지, 그 안에 역사적 사실이 얼마나 담겼는지는 지난 2500년 동안 뜨거운 논란거리였다. 이 문제를 놓고 호메로스 연구자들 사이에 '신들과 거인들의 싸움'이 벌어졌고 그 싸움은 지금도 진행 중이다. 한쪽 사람들은 호메로스의 서사시를 상상의 하늘로 끌어올리려 하고, 다른 쪽 사람들은 히살리크 언덕의 폐허 위로 끌어내리려 한다.

이미 고대 그리스에서도 『일리아스』를 포함한 트로이아 전쟁 이야기들이 역사적 사실을 있는 그대로 전달한다고 믿은 사람은 없었다. 『일리아스』는 역사서가 아니기 때문이다. 하지만 트로이아 전쟁이 과거에 실제로 일어난 전쟁이라는 것에는 대다수의 사람이 의심을 품지 않았다. 엄밀한 역사 서술을 지향한 그리스의 역사가 투퀴디데스 Thukydides조차 『펠로폰네소스 전쟁사』를 그리스 군대의 원정 이

---

20 J. Assmann, *Das kulturelle Gedächtnis*, München: C. H. Beck, 2007, p.300.

야기에서 시작했을 정도다.[21] 하지만 이후에는 트로이아 전쟁의 역사성에 대해 회의적인 입장이 지배적이 되었다. 이런 관점에서 사람들은 트로이아 전쟁의 이야기가 소아시아가 아니라 그리스에서 일어난 전쟁을 소재로 꾸며 낸 하나의 이야기일 것이라고 추측하게 된다. 특히, 19세기 호메로스 연구자들 사이에서는 트로이아 전쟁의 역사성을 의심하는 회의적 견해들이 지배적이었다.

1870년대에 반전의 사건이 일어나지 않았다면, 이런 상황은 아직까지 달라지지 않았을 것이다. 반전의 주인공은 '한 손에 『일리아스』를, 다른 한 손에 곡괭이를' 들고 역사 속의 트로이아를 찾아 나선 아마추어 고고학자 하인리히 슐리만H. Schliemann이었다.[22] 1871년부터 1873년까지 터키 서쪽 히살리크 언덕에서 이루어진 대규모의 발굴 작업 끝에 슐리만은 '프리아모스의 보물'을 찾아내어 세상에 공개했다. 그 뒤 그는 1876~1877년에 또 한 번의 트로이아 발굴에 나섰고, 그에 앞선 1874년과 1876년에는 그리스 본토에서 뮈케네 유적을 발굴해 '아가멤논의 마스크'를 세상에 공개했다. 슐리만의 발굴 작업들을 통해 드러난 '트로이아 전쟁의 진실'에 세상은 깜짝 놀랐다. 많은 사람에게 '트로이아 전쟁의 진실'은 곧 『일리아스』의 진실'

---

21 『펠로폰네소스 전쟁사』, 1.3.3 이하[『펠로폰네소스 전쟁사』, 천병희 옮김, 도서출판 숲, 2011, 30쪽 이하].

22 트로이아 발굴에 대한 책들은 우리나라에도 많이 소개되었고, 특히 최근의 발굴 결과를 소개한 훌륭한 번역서들도 많다. 대표적으로 볼프강 코른, 『트로이의 비밀』, 조경수 옮김, 돌베개, 2015; 에릭 클라인, 『트로이 전쟁』, 손영미 옮김, 연암서가, 2016; 뤼스템 아슬란, 『트로이, 신화의 도시』, 김종일 옮김, 청아출판사, 2019 등이 있다.

이기도 했기 때문이다.

하지만 흥분이 가라앉고 성찰의 시간이 다가오자, 슐리만의 발굴과 발굴 결과에 대한 해석에서 많은 문제점이 드러났다. 그는 '트로이아의 발견자'임을 자처했지만, 사실 그에게 발굴 지점을 알려 준 것은 영국의 고고학자 칼버트F. Calvert였다. 또한, 그가 세상에 공개한 '프리아모스의 보물'이 발굴된 지층이 그가 찾던 『일리아스』 속의 트로이아보다 훨씬 오래전 도성의 흔적이라는 사실도 밝혀졌다. 그 지층은 사람들이 추정한 트로이아 전쟁의 시점보다 무려 400년 이상 앞선 시대의 것이었다. 그의 뮈케네 유적 발굴은 '프리아모스의 보물'이 묻혔던 곳이 뮈케네보다 훨씬 앞선 시대의 것이라는 사실을 드러내는 자충수가 된 셈이다. 하지만 이런 모든 문제점에도 불구하고, 슐리만의 발굴이 많은 사람들에게 트로이아의 이야기가 단순한 허구가 아닐 수도 있다는 생각을 일깨운 것은 틀림없다. 그의 뒤를 이어 트로이아 전쟁의 역사적 진실을 캐내는 고고학적 발굴 작업이 지금까지 이어지기 때문이다.

오직 서사시에서만 언급될 뿐, 신뢰할 만한 기록이 없는 전쟁의 진실을 밝혀내기 위해 사람들이 의지할 것은 고고학적 발굴밖에 없다. 하지만 발굴에는 언제나 해석의 문제가 따르기 마련이다. 트로이아와 뮈케네 문명의 실재성이 증명되었다고 가정해 보자, 그것만으로 『일리아스』에서 묘사된 것과 같은 형태로 뮈케네 시대의 그리스인들과 트로이아인들 사이에 전쟁이 있었다고 단정할 수 있을까? 기원전 1200년 무렵에 187개 지역에서 46명의 지휘관들이 이끄는

29개의 파견대가 연합군을 편성해서 1186척의 배를 타고 원정에 나서, 10년 동안 전쟁을 치른다는 것이 가능한 일인가? 게다가 기원전 1200년 무렵 뮈케네 문명은 몰락의 위기에 처해 있었다. 이 문명을 대표하는 도시 필로스Pylos가 1180년 무렵 멸망한 것을 시작으로 '황금이 많은' 뮈케네 문명은 역사의 뒤안길로 사라졌다. 그런 위기 상태에 내몰렸던 뮈케네 국가들이 연합해서 트로이아 정복에 나설 수 있었을까?

20세기 호메로스 연구의 권위자 가운데 한 사람인 웨스트M. L. West는 이런 물음에 대해 이렇게 잘라 말한다.

역사상 어떤 시점에도, 심지어 페르시아 전쟁 중에도, 그렇게 많은 그리스 도시국가가 공통의 목적을 내걸고 연합하는 것은 가능한 일이 아니었다. 게다가 뮈케네 왕궁들 자체가 위기에 처해 있던 그 혼란한 1200년 무렵에 그런 일은 일어날 수 없다. 분명 군사적 충돌의 규모와 지속 기간은 전승에 의해서 엄청나게 과장되었음에 틀림없다. 그 전승은 본래 그 전쟁과 아무 상관이 없는, 그리스 여러 지역의 전설적인 영웅들을 이야기 속으로 끌어들였다.[23]

물론 오해해서는 안 된다. 웨스트의 말은 『일리아스』가 역사적 기록이 아니라는 말이지 역사적 사건과 무관하다는 뜻은 아니다. 뮈

---

23 M. L. West, *The Making of the Iliad*, Oxford: Oxford University Press, 2011, p.41.

케네 문명과 트로이아의 존재는 고고학적 발굴을 통해 증명된 역사적 사실이다. 최근의 발굴 결과를 종합하면 트로이아의 한 지층은 12세기 말, 정확히 말해서 1180년 무렵에 대화재에 의해서 파괴된 흔적을 보여 준다.[24] 대화재는 전쟁의 결과일 수 있다. 하지만 풀리지 않는 의문이 남아 있다. 화재에 의한 파괴가 정말로 뮈케네 시대 그리스인들의 손에 의해, 아가멤논의 연합군에 의해 이루어진 것일까? 뮈케네 문명과 트로이아 사이에 실제로 군사적 충돌이 있었는지, 있었다고 하더라도 언제, 어떤 정도로 그런 일이 있었는지는 대답하기 어려운 문제이다. 서사시 속의 트로이아 전쟁은 아마도 여러 차례에 걸쳐 이루어진 뮈케네 그리스인들의 트로이아 침공이 일회적인 원정 사건으로 부풀려진 것일 수 있다. 혹은 뮈케네 문명이 몰락한 뒤, 빠르면 12세기 초나 그 이후 그리스인들이 아나톨리아 지방에 이주하면서 빚어진 군사적 충돌의 경험이 과거 후기 청동기 시대에 투영된 것일지도 모른다. 청동기 시대가 끝난 뒤에도, 이야기의 충동을 불러내는 파괴된 트로이아 성채의 유적들이 널려 있었을 것이다. 마치 폐허로 남은 원형극장이 모모의 이야기를 불러냈듯, 트로이아 성채의 폐허는 먼 옛날의 전쟁에 대한 상상과 이야기를 불러내었을 것이다. 그렇다면 트로이아의 전쟁 이야기는 서사 시인들이 트로이아 성채의 잔해들에서 일으켜 세운 거대한 서사가 아닐까? 물론 그 과정에서 문학적 상상과 과장이 섞여 들었을 것이다. 그것이 참말과 거

---

24 이 책의 118~119쪽을 참고.

짓말을 할 줄 하는 무사 여신들의 힘이니까.

사람의 기억은 불확실하고 상상으로 채색되기 마련이다. 눈앞에서 일어난 교통사고 목격자들의 증언도 일치하지 않을 때가 많다. 이렇게 개인이 직접 체험한 일에 대한 에피소드 기억의 사실성조차 의심스러운데, 하물며 수백 년의 세월을 거쳐 전해진 구술적 집단 기억의 사실성을 어떻게 신뢰할 수 있겠는가? 더욱이 트로이아 전쟁 이야기가 문자 기록의 도움을 전혀 받을 수 없던 구술문화 시기에 청중들을 대상으로 한 직업적인 노래꾼들에 의해 전승되었다는 사실을 고려한다면 의문은 더 커진다. 무사 여신의 시종으로 자처한 헤시오도스 자신도 무사들이 '참말과 거짓말'을 뒤섞는 데 능하다고 말하지 않는가? 아리스토텔레스도 『형이상학』의 한 구절에서 속담을 빌려 이렇게 말했다. "노래꾼들aoidoi은 거짓말을 잘한다."[25]

노래꾼들이 거짓말을 잘하는 것은 속이기를 좋아하는 그들의 직업적 본성 탓이 아니다. 시인들의 거짓말은 듣는 사람의 요구에 따른 결과다. "사람들은 자기들의 귀에 가장 새롭게 들리는/ 바로 그 노래를 높이 평가하고 좋아하기 마련이다."(『오뒷세이아』 1:351-352) 새로운 이야기, 새롭게 각색된 이야기에 귀를 기울이는 청중의 욕망에 따라 노래꾼들은 앞 세대로부터 전승된 이야기에 새로운 이야기를 덧붙였을 것이다. 게다가 사람들은 이야기 속에서 자기가 실제로 겪은 일을 되찾아 내기를 좋아한다. 누구나 자신의 경험 세계 밖에

---

25 『형이상학』 I 2, 983a3[『형이상학』, 조대호 옮김, 길, 2017, 39쪽].

있는 일에는 관심을 두지 않으니까. 이런 수용 조건에서 "오래된 전승들은 현재의 삶과 더 이상 연관성을 가질 수 없는 경우 새로운 것에 의해서 대체된다".[26] 기억의 내용이 이렇게 변형되는 과정을 일컬어 '동화적 조직화'Homeostatic organization라고 부르는데, 쿨만 교수는 트로이아 전쟁 이야기의 전승 과정에서도 이런 식으로 기억의 재조직화가 이루어졌을 것이다.

그렇다면 트로이아 전쟁 이야기는 시간의 흐름 속에서 어떤 변형 과정을 겪었을까? 하나의 이야기에서 여러 버전의 이야기들이 갈라져 나오고, 그렇게 생긴 새로운 이야기들은 경쟁 과정에서 서로 다른 운명을 겪었을 것이다. 트로이아 전쟁 이야기의 여러 버전 가운데 일부는 당시의 공연 환경에 적응해 살아남고 더 많은 것들은 적응에 실패해 사라졌으리라고 추측할 수 있다. 경쟁에서 살아남은 이야기는 청중들의 공감과 환호 속에 더 멀리 퍼져 나갔을 것이다. 그런 점에서 이야기의 운명도 진화하는 생물의 운명과 크게 다를 것이 없다. 그런 '이야기의 진화' 과정에 비추어 본다면, 오늘날 우리에게까지 전해진 『일리아스』는 가장 적응력이 뛰어나, 오늘날까지 살아남은 트로이아 전쟁 이야기의 한 버전이라고 할 수 있겠다.

이렇게 상상을 통해 재구성되어 전승되는 과거 사건에 대한 기억을 이제 '서사적 기억'이라고 불러 보자. 우리는 몇 가지 점에서

---

26 W. Kullmann, "Homer and Historical Memory", in E. A. Mackay (ed.), *Signs of orality: The Oral Tradition and its Influence in the Greek and Roman World*, Boston: Brill, 1999, p.98.

'서사적 기억'의 특징을 찾을 수 있을 것이다. 첫째, 서사적 기억에는 역사의식이 뒤따른다. 그 내용은 과거 사건과 연관되어 있고, 특히 특정 집단의 운명적 과거 사건이 기억의 주요 내용을 이룬다. 둘째, 이 기억은 과거를 지향하지만 과거 경험의 사실적 재현이 아니라 상상적 재구성이다. 이 재구성 과정에는 언제나 현실적 삶과의 관련성이 중요한 역할을 한다. 셋째, 기억과 상상이 혼재하는 서사적 기억은 집단의 정체성을 구성하는 데 결정적인 역할을 한다. 이를 통해서 '기억의 공동체' 혹은 '상상의 공동체'가 형성되고 유지되기 때문이다. 기원전 7세기 이후의 그리스인들에게 트로이아 전쟁 이야기와 『일리아스』는 그런 서사적 기억의 결정이었다.

구술 서사시의 기술

서사적 기억의 전문가들은 ──앞서 언급한 바와 같이 ──'아오이도스'aoidos 혹은 '랍소도스'rhapsodos라고 불리는 직업적인 노래꾼들이었다. 이 가운데 'aoidos'는 단순히 노래ōidē하는 사람을 뜻하지만, 'rhapsōidos'라는 명칭은 서사시의 기법을 시사한다는 점에서 흥미롭다. 'rhapsōidos'는 '꿰매어 붙이다'rhaptein와 '노래'ōidē의 합성어이다. 즉 무언가를 엮어서 노래를 만드는 사람이 랍소도스인 것이다. 그렇다면 서사 시인은 무엇을 어떻게 짜 맞추어 노래를 지었을까? '랍소도스'라는 낱말이 시사하는 노래 혹은 이야기 꾸미기의 방식은 어떤 것이었을까?

『일리아스』는 대략 15690행, 『오뒷세이아』는 대략 12100행으로 이루어진 장편 서사시이다. 노래꾼들은 이런 방대한 내용을 모두 외워서 공연한다. 그들은 어떻게 이 긴 서사시를 기억해서 공연할 수 있었을까? 기억에 유리한 조건을 생각해 볼 수 있다. 이를테면 노래처럼 말에 운율이 있다면 잘 외울 수 있다. 또, 운율에 맞추어 조합될 수 있도록 레고 블록처럼 표현들이 미리 마련되어 있다면 암기가 훨씬 더 쉬울 것이다. 고등학교 시절 국어 시간에 배우는 고전을 아주 싫어하지 않은 사람이라면, 학교를 졸업하고 오랜 시간이 지난 뒤에도 운율이 담긴 고전의 한두 구절 정도는 외울 수 있다. "강호에 병이 깊어 죽림에 누웠더니, 관동 팔백 리에 방면을 맡기시니, 어와 성은이야 갈수록 망극하다. 연추문 드리다라 경회남문 바라보며, […]" 서사시의 노래꾼들이 '랍소도스'라고 불린 이유는 그들이 실제로 이렇게 조합이 편리한 블록 같은 어구들을 정해진 운율에 따라 시행으로 한 줄 한 줄 엮어 낼 수 있었기 때문이다.

조금 더 자세히 따져 보자. 『일리아스』의 한 행 한 행은 '헥사미터'hexameter라고 불리는 육음보 운율로 이루어진다. 이것은 장단단 (-vv)의 기본 단위가 여섯 번hex 반복되는 운율metron이라는 뜻이다. 장단단의 기본 단위 자체는 '닥튈로스'daktylos라고 불리는데, 우리말로 직역하면 '손가락' 운율이다. 엄지손가락을 제외한 다른 손가락의 세 마디 가운데 안쪽의 것이 길고, 거기에 짧은 두 마디가 이어지는데, 여기에 빗댄 장단단의 운율을 그리스 사람들은 '닥튈로스'라고 불렀다. 한편, 여섯 개의 닥틸로스 가운데 처음 네 개는 장장(--)의 '스폰데우스'로 대체될 수 있고 마지막 걸음은 항상 두 소리 마디(-v)이다. 그래서 한 시행의 전체 모습은 다음과 같다.

$$\overline{-\cup\cup}.\overline{-\cup\cup}.\overline{-\cup\cup}.\overline{-\cup\cup}.\overline{-\cup\cup}.-\cup$$

Mē - nin a - ei - de the - ā Pē - lē - i - a - deō A - chi - lē - os
Mῆ - νιν ἄ - ει - δε θε - ὰ Πη - λη - ϊ - ά - δεω Ἀ - χι - λῆ - ος

이렇게 육음보로 이루어진 『일리아스』의 한 행 한 행에서는 운율에 맞게 잘 정돈된 어구들이 쓰인다. 예를 들어, 다른 명사와 함께 쓰여서 하나의 고정된 운율 단위를 만들어 내는 "발 빠른 아킬레우스", "투구를 흔드는 헥토르", "구름을 모으는 제우스", "올빼미 눈을 가진 아테네" 등의 판박이 문구, 그리고 이들과 조합되어 육음보의 한 행을 만들 수 있는 다른 서술구들, 예컨대 "그러자 그에게 […] 대답했다", "하지만 […] 궁리했다", "이렇게 말하고 […] 기뻐했다", "이렇게 말하고 […] 웃었다" 등이 있다.

이렇게 운율에 맞추어 조합되는 말은 물론 일상어가 아니다. 이런 말투는 『일리아스』가 출현한 시기에 쓰였던 일상어가 아니라 오랜 구술 전통에서 유래한 서사시의 '기술적 언어'kunstsprache이다. 호메로스 연구자들은 20세기 초부터 이런 기술적 언어에 많은 관심을 기울였고, 여러 지역에서 전해지는 구술 서사시에 대한 비교 연구를 통해서 운율에 맞춘 판박이 문구의 사용이 구술 서사시의 주요한 특징이라는 사실을 확인했다. 이런 비교 연구를 수행한 사람들 가운데 가장 큰 발자취를 남긴 사람은 밀만 패리M. Parry이다.

패리는 미국 태생으로 파리 대학에서 1928년 호메로스에 대한 주제로 박사학위를 받았다. 그의 논문 제목은 「호메로스에서 전통적 수식구: 호메로스 어투의 문제에 대한 에세이」[27]였다. 이 논문 제목에 사용된 '전통적 수식구'traditional epithet란 "발 빠른 아킬레우스", "투구를 흔드는 헥토르", "구름을 모으는 제우스", "올빼미 눈을 가진 아테네" 등에 사용된 수식구들을 가리킨다. 패리는 이런 종류의 수식구들이 반복적으로 사용되는 데에 주목함으로써 중요한 점을 발견했다. 수식구들의 쓰임에서 중요한 것은 의미 전달보다는 운율의 요구에 맞추는 것이라는 점이 그의 발견이었다.

패리는 이렇게 고정된 판박이 문구들로 이루어진 어구들을 일컬어 '정형구'formula라고 명명했다. 그의 정의에 따르면 정형구란 "주어진 본질적 관념을 표현하기 위해 동일한 운율적 조건들 아래서 규칙적으로 사용되는 일군의 낱말들"[28]을 가리킨다. 패리는 그의 학위논문에서 『일리아스』에서 이런 정형구들이 조합되어 사용되는 방식

---

27 원문 제목은 "L'Épithète traditionelle dans Homère: Essai sur un problème de style homérique"(Paris, 1928). 이 논문의 영어 번역은 밀만 패리의 아들 애덤 패리가 편집한 책(A. Parry (ed.), *The Making of Homeric Verse: The Collected Papers of Milman Parry*, Oxford: Oxford University Press, 1971)에 실려 있다.

28 A. Parry (ed.), 1971, p.272.

을 면밀하게 분석했고, 그 뒤 1933년부터 1935년까지 발칸 반도의 옛 유고슬라비아에서 존속했던 슬라브족의 음유 시인들인 구슬라 gusla의 공연을 채록하는 현장 연구를 통해 정형구의 사용이 구술 서사시의 본질적 특징이라는 점을 밝혀냈다. 이런 현장 연구를 통해 그가 도출한 결론은 다음과 같은 것이었다.

> 시인은 정형구들을 통해서 생각한다. 글로 썼던 시인들과 달리 그는 입에 붙은 어구들 안에서 찾아낼 수 있는 아이디어들만을 시구로 옮겨 놓는다. 다시 말해서 기껏해야 그는 전통적인 정형구들에 담긴 아이디어들과 똑같이 아이디어들을 표현하려고 하는데, 그 스스로 그 둘을 떼어 놓는 법을 알지 못하는 듯하다. 한 순간도 시인이 이전에 표현되지 않았던 생각을 위해 낱말들을 찾는 경우는 없다.[29]

『일리아스』에 대한 이런 설명은 문자에 의한 창작의 가능성을 배제한다. 그래서 "패리주의자들은 호메로스 언어의 특징인 정형구적인 성격을 고려해서 문자를 사용한 작시의 가능성을 부정한다. 패리주의자들에게 호메로스의 시들이 문자를 써서 지어졌다는 것은 생각할 수 없는 일이다".[30]

---

29 A. Parry (ed.), 1971, p.324.
30 W. Kullmann, "Oral Poetry and Neoanalysis in Homeric Research", in R. J. Müller (ed.), *Homerische Motive*, Stuttgart: Franz Steiner, 1992, p.144.

패리의 발견은 오늘날까지 구술 서사시 연구를 선도하는 '구술 정형구 이론'oral formulaic theory의 출발점이 되었다. 하지만 패리의 통찰에서 출발한 구술시 이론의 관심은 단순히 정형구의 쓰임에 국한되지 않는다. 갑작스러운 사망으로 연구가 이어지지는 못했지만, 사망하기 얼마 전부터 패리는 정형구들을 사용한 시행 구성보다는 오히려 전형적인 장면 묘사, 즉 특정한 장면을 기술할 때 사용되는 일군의 상세 묘사와 낱말들의 전형성에 더 큰 관심을 기울였다.[31]

대결 장면의 예를 들어 보자.[32] 『일리아스』에는 영웅이 등장하는 다섯 개의 주요 대결 장면이 있다. 『일리아스』 4~6권의 디오메데스의 장면, 11권의 아가멤논의 장면, 15권의 헥토르의 장면, 16권의 파트로클로스의 장면, 19~22권의 아킬레우스의 장면이 그것이다. 그런데 이 장면들에 대한 묘사는 기본 패턴에 따라 이루어진다. 맨 처음에는 ①무장 장면이 오는데, 영웅의 번쩍이는 갑옷이 핵심 요소이다. 싸움이 시작된 뒤 영웅은 ②일대일 대결에서 여러 명의 적을 죽이고 적군을 압박하면서 대오를 무너뜨린다. 그런 뒤 영웅은 ③부상을 당하고 추격을 받아 위기에 처한다. 그는 ④신에게 도움을 호소하고 새 힘을 얻는다. 그리고 영웅은 ⑤전투에 복귀해 적의 지휘관과 일대일 대결을 벌이고 그를 죽인다. 마지막에는 ⑥시신을 빼앗기

---

31 A. Parry (ed.), 1971, xli.

32 M. W. Edwards, *Homer: Poet of the Iliad*, Baltimore and London: The Johns Hopkins University Press, 1987, p.79 참고.

위한 싸움이 한바탕 벌어지는데, 결과적으로 시신은 신들의 도움에 의해 죽은 자의 친구들에게 넘어간다. 상황에 따라 가감과 변형이 이루어지지만, 대체적으로 이런 것들이 대결 장면의 전형적인 요소들이다.

이렇게 유사한 관념들이나 낱말들을 포함하면서 반복적으로 등장하는 장면들을 체계적으로 분류한 사람은 아렌트w. Arend이다. 그는 박사학위 논문『호메로스에서 전형적인 장면들』[33]에서 이런 장면들을 도착, 제사와 식사, 배의 출항과 마차의 출발, 무장과 착복, 잠, 숙고, 회합, 맹세, 목욕 등의 '전형적 장면들'typische Szene로 분류하고 체계적으로 분석했다. 이 논문의 서평자 가운데 한 사람이었던 패리는 아렌트가 분석한 전형적 장면들이 구술 서사시의 기본 특징이라고 주장했고 이런 전형적 장면들의 고정된 패턴에 관심을 기울이게 된다. "구술 서사시에서 이야기의 기본 단위"a sort of basic unit of narration in an oral poem,[34] 이른바 '테마'theme에 대한 이론이 윤곽을 드러내기 시작했던 것이다.

'테마'란——그에 대한 패리의 정의가 분명히 밝혀 주듯이——구술 서사시 안에서 흔히 발견되는 일종의 이야기 기본 단위를 가리킨다. 그것은 일대일 대결, 회의 소집, 손님맞이와 같은 "행동의 단위"unit of action일 수도 있고, 무기, 전차, 잔치 등에 대한 하나의 '기

---

33 W. Arend, *Die typischen Scenen bei Homer*, Berlin: Weidemannsche Buchhandlung, 1933.

34 A. Parry (ed.), 1971, xli.

술'description일 수도 있다. 하지만 패리는 장면 묘사의 전형성에 대한 새로운 관심을 체계적인 연구로 발전시킬 수 없었다. 그는 1935년 34세라는 젊은 나이에 세상을 떠났기 때문이다. 하지만 패리의 관심은 그의 제자이자 동료였던 로드A. B. Lord에 의해, 테마에 대한 보다 체계적인 이론으로 발전되었다. 로드는 테마를 "전승되는 구술시에서 기술이나 이야기에 반복적으로 출현하는 요소"라고 정의하면서,[35] 그것이 운율적 고려 사항에 의해 제약되는 정형구와 달리 정확한 낱말의 반복일 필요가 없다고 주장한다.[36]

　　패리가 확고한 기반 위에 올려놓은 구술시 이론의 관점에서 보면, 구술 서사 시인들의 창작은 '정형구와 테마에 의한 시작詩作'composition by formula and theme이다. 『일리아스』도 예외가 아니다. 실제로 구술 서사시에 대한 이런 분석은 『일리아스』에서 확인되는 많은 문체적 '결함들'(반복되는 수식구, 전형적 장면의 유사성, 같은 이야기의 반복 등)을 잘 설명해 주기 때문이다. 하지만 구술 이론이 주장하듯이 이 서양 최초의 서사시가 '정형구와 테마에 의한 시작'의 산물이라면, 『일리아스』의 창조성은 어디 있을까? 『일리아스』는 단순히 미리 주어진 어구들이나 장면들의 기계적 조합에 불과한 것 아닌가?

---

35 A. B. Lord, "Composition by Theme in Homer and Southslavic Epos", *Transactions of the American Philological Association*, vol. 82, 1951, pp.71~80; A. Parry (ed.), 1971, xli~xlii도 함께 참고.

36 A. B. Lord, *The Singer of Tales*, eds. S. Mitchell and G. Nagy, Cambridge/Mass.: Harvard University Press, 1960, p.68.

호메로스 서사시의 정형구적 성격에 대한 패리의 견해에서 보이듯이, 그는 『일리아스』를 한 작가의 창조적 작품으로 인정하려 하지 않는다. 『일리아스』와 그 시인의 시작에 대한 젊은 패리의 판단에는 뭔가 새로운 것을 발견한 사람에게서 흔히 나타나는 과장이 있다. 패리의 연구가 구술성의 세계라는 미지의 의식 세계를 찾아냈다고 환호하는 사람들은 과장의 정도가 더 심하다. 패리의 연구를 기반으로 삼아 '구술문화'와 '문자문화'의 차이에 대해 연구한 옹 W. J. Ong의 비판이 그렇다.

> 그리스어 랩소데인 rhapsôidein의 뜻, 즉 '노래를 짜 맞추다'의 뜻이 당시의 시작법을 암시한다. 호메로스는 미리 만들어진 방식을 이어 맞췄던 것이다. 거기에 있었던 것은 창조자가 아니라 짜 맞추는 조립작업 라인 assembly-line의 노동자였다.[37]

'신 같은 호메로스'가 "창조자가 아니라 짜 맞추는 조립작업 라인의 노동자"라니 충격적이다. 하지만 옹의 지적에는 설득력이 없다. 옹이나 그의 지지자들한테는 유감스러운 일이지만, 『일리아스』의 구술 언어에 대한 후속 연구는 이 작품에 대한 그런 기계적 견해가 지나치게 과장된 것임을 보여 주었다. 후속 연구가 밝혀낸 바에 따르면, 『일리아스』 안에는 정형구가 아닌 표현들이 패리가 생각했

---

37 월터 J. 옹, 『구술문화와 문자문화』, 이기우·임명진 옮김, 문예출판사, 1995, 40쪽.

던 것보다 훨씬 더 많이, 자유롭게 사용된다. 또, 전형적 장면들이 자주 반복되는 것은 사실이지만, 완전히 동일한 것은 하나도 없다. 전형적 장면들은 맥락에 맞추어 다양하게 변용되기 때문이다. 어떤 호메로스 연구자는 이를, 구조상으로는 똑같지만 세부적인 것에 대해서는 저마다 다른 그리스 신전에 비유한다.[38] 거기서 중요한 것은 "전통의 강제가 아니라 시인의 개인적인 선택"이다. 현존하는 구술 서사시에 대한 연구가 도달한 결과도 같다. 구술 서사시의 실제 공연에 대한 현장 연구는 구술 서사시 작시가 단순한 기계적 조합이 아님을 보여 주었다. 예를 들어 "남슬라브 지역의 서사시는 매 공연 때마다 늘 그 제재를 새롭게 변화시키고 있다".[39]

옹의 주장을 받아들여 『일리아스』의 시인이 구술 서사시 전통에서 전승된 다양한 재료들을 짜 맞추어 작품을 창작했다고 치자. 그렇다고 해서 그 작품을 그런 '구술 재료들'로 모두 환원할 수 있는 것은 아니다. 노동자가 조립 작업 라인에서 짜 맞추기를 하는 데에도 어떤 계획 혹은 청사진이 필요하다. 그런데 이 청사진 자체는 조립 작업 라인에서 만들어지는 것이 아니다. 옹의 말이 옳다면, 우리는 레고 블록들을 가지고 노는 아이들에게 어떤 창조성도 인정할 수 없게 되는데, 그런 점에서 프랭켈H. Fränkel의 다음과 같은 평가가 훨씬 더 균형 잡힌 판단이다.

---

38 M. W. Edwards, 1987, p. 72, 74.
39 헤르만 프랭켈, 『초기 희랍의 문학과 철학』, 김남우·홍사현 옮김, 아카넷, 2011, 32쪽.

남슬라브 지역의 서사시는 매 공연 때마다 늘 그 제재를 새롭게 변화시키고 있다. 한편, 우리는 호메로스의 서사시 노래꾼들이 이와 전혀 다르게 노래하였다고 주장할 만한 어떤 근거도 가지고 있지 않다. 호메로스 서사시 노래꾼은 자신의 기억에 의존하여 기계적으로 노래 가사를 되뇌는 것이 아니라, 기억으로부터 새롭게 이야기를 재구성한다고 할 수 있다. 매 서사시 공연은 따라서 내려온 이야깃감을 가지고 벌이는 노래꾼의 적극적 대결이었다.[40]

'호메로스'와 그의 고향

'호메로스'는 전설의 안개에 가려진 이름이다. 안개를 걷어 내기가 우리에게만 어려운 것이 아니다. 이미 기원전 5세기에도 호메로스가 누구이고, 언제 태어났으며, 어디서 활동했는지에 대해 의견이 엇갈렸다. '역사의 아버지' 헤로도토스Herodotos(기원전 484~425년경)는 호메로스를 자신보다 400년 정도 앞서 살았던 사람으로 소개한다.[41] 이에 따르면 호메로스의 활동기는 대략 기원전 9세기가 된다. 그런가 하면 『일리아스』와 『오뒷세이아』 등의 정본 작업을 수행한 알렉산드리아의 도서관장 에라토스테네스Eratosthenes(기원전 대략 276~194년)는

---

40 헤르만 프랭켈, 2011, 32쪽.
41 『역사』 2.53[헤로도토스, 『역사』, 김봉철 옮김, 길, 2016, 235쪽].

호메로스를 헥토르나 아킬레우스와 거의 동시대 인물로 여겼다. 지구 둘레를 정확히 계산한 것으로 유명한 당대 최고의 수학자조차 이렇게 황당한 계산 결과를 내놓은 것을 보면 호메로스의 연대 추정이 얼마나 자의적이었는지를 짐작할 수 있다.

호메로스가 태어난 곳에 대해서도 오래전부터 추측이 무성했다. 가장 유력한 장소로 지목된 곳은 에게해 동북쪽의 키오스Chios섬이다. '호메로스'가 신들에게 바친 찬가 모음집 『호메로스의 찬가』에서 시인은 델로스Delos섬의 여자 합창가무단에 대한 찬양으로 「아폴론 찬가」를 끝맺으면서 자기 자신을 "바위투성이 키오스섬 출신의 눈먼 시인"으로 소개한다.

> "자, 소녀들이여, 부디 잘 있으시오. 아폴론과 아르테미스께서도
> 그대들에게 호감을 가지시기를! 그리고 지상의 인간 가운데
> 누군가 다른 사람이 훗날 불운에 지쳐
> 이곳을 찾아와 묻거든 그대들은 나를 기억하시오.
> '소녀들이여, 여기에 와서 그대들이 보기에 가장 감미로운 노래로
> 그대들을 즐겁게 해주었다고 생각되는 가인은 대체 뉘시오?'
> 그러면 그대들은 모두 내 이름은 대지 말고 에둘러 말하시오.
> '그는 장님으로 바위투성이인 키오스섬에 살고 있지요.'
> 그의 노래들은 모두 훗날에도 최고이지요."[42]

---

42 「아폴론 찬가」, 『호메로스의 찬가』, 165~173행[M. L. West (ed.), *Greek Epic Fragments*,

『호메로스의 찬가』의 이 대목은 '호메로스'가 등장하는 가장 오래된 기록이기 때문에 가치를 무시하기 어렵다. 하지만 누구나 이 기록의 진실성을 신뢰한 것은 아니다. 키오스 이외에도 그리스의 여러 도시가 '호메로스의 고향'을 자처하고 나섰다. 그 수가 열 곳도 넘는다. 스뮈르나, 로도스, 콜로폰, 살라미스, 아르고스, 아테나이 등이 대표적인데, 주로 소아시아의 섬들을 비롯한 그리스의 유력 도시들이 호메로스의 탄생지로 치열한 경쟁을 벌였다.

사실이 사라진 곳에는 상상이 그 자리를 메우기 마련이다. 안개에 가려진 호메로스의 삶에 대해서도 그동안 수많은 이야기가 지어졌다. 역사가 '헤로도토스'의 이름으로 전해지는 호메로스 전기도 그 가운데 하나다. 이 전기는 '확실한 가짜'이지만, 호메로스 시대의 시인들의 삶에 대한 후대인들의 상상을 담고 있다는 점에서 흥미를 끈다. 전기의 내용은 이렇다.[43]

호메로스의 어머니는 익명의 사내에게서 아이를 임신한 크리테이스였다. 그래서 사람들은 바다의 신 멜레스가 호메로스의 아버지라고 생각했고 그를 '멜리시그네스'라고 불렀다. 호메로스는 그 도시의 유명한 시인 학교의 교장인 페미오스에게서 문자를 배웠다. 아들의 학비를 댈 수 없던 가난한 어머니는 학교에서 하녀로 일했다. 호

Cambridge/Mass.: Harvard University Press, 2003, p.84].

43 호메로스 전기 「위(僞)-헤로도토스」의 원전은 M. L. West (ed.), *Homeric Hymns, Homeric Apocrypha, Lives of Homer*, Cambridge/Mass.: Harvard University Press, 2003, pp.354~403.

메로스는 쓰기와 읽기뿐만 아니라 여러 시작詩作의 기술을 배웠고 일찍부터 뛰어난 재능을 보였다. 스승이 세상을 떠난 뒤 호메로스는 후계자가 되어 학교를 맡았다. 그를 통해 시인 학교는 유명해졌고, 그의 주변으로 상인들과 뱃사람들이 몰려들어 그의 이야기에 귀를 기울였다. 그러던 어느 날 '멘테스'라는 상인이 학교를 찾아와 젊은 호메로스에게 여행을 제안하면서 여러 나라와 바다를 알게 해주겠다고 설득했다. 멘테스와 함께 호메로스는 에트루리아, 스페인, 이타카를 방문했는데, 여행 도중 병이 나서 눈이 멀었다. 그 뒤 그는 '멘토르'라는 사람의 도움으로 오뒷세우스의 이야기를 수집할 기회를 얻었다. 이 작업이 끝난 뒤, 멘테스는 맹인이 된 그를 데리고 다시 여러 곳을 여행했고 마침내 콜로폰에 도착했다. 여기서 스뮈르나로 가 시 창작에 착수했다. 거기서 온갖 가난과 고초를 겪었지만, 퀴메에서 명성을 얻는다. 하지만 도시의 통치자들은 사람들이 호메로스의 이야기를 듣는 것을 금지했다. 호메로스는 포카이아, 에레트리아를 거쳐 키오스에 정착했다. 시인을 측은히 여긴 볼리소스라는 사람이 그를 가정교사로 채용했고, 호메로스는 키오스에서 학교의 교장이 되고 결혼도 하게 된다. 『일리아스』와 『오뒷세이아』의 작시에 착수한 곳도 키오스였다. 하지만 그곳이 그의 마지막 안착지는 아니었다. 그는 키오스를 떠나 그리스 본토를 여행했는데 이때 아테나이, 코린토스, 아르고스를 방문했다. 델로스섬에서는 「아폴론 찬가」를 지었다. 어떤 이유인지는 알 수 없지만, 그는 마침내 작은 섬 이오스로 가게 되었고 거기서 병사했다. 시민들은 비석에 그의 이름을 새겨 '신 같은 호메로스'theios Homeros [44]를 기렸다고 한다.

이야기는 다채롭고 흥미진진하지만, 사실과 거리가 멀다. '호메로스 전기'의 작가는 『오뒷세이아』의 인물들을 끌어들여 호메로스의 생애를 꾸며 냈다. 『오뒷세이아』 1권에서 여신 아테네는 나그네 '멘테스'로 변신한 모습으로 오뒷세우스의 궁전을 찾는다. '멘토르'는 오뒷세우스의 충실한 친구로 텔레마코스를 돕는다. '페이오스'는 이타카에 머무는 노래꾼이다. 호메로스가 맹인이었다는 이야기도 『오뒷세이아』에서 끌어낸 이야기일 가능성이 높다. 귀향길에 오뒷세우스가 마지막으로 머문 파이아케스인들의 땅에서 궁정 가인으로 등장하는 데모도코스도 장님이기 때문이다. [45]

무성한 추측과 상상 속에서 진실을 찾아내기는 덤불 속의 바늘 찾기보다 더 어렵다. 따라서 우리는 '호메로스'와 그의 행적에 대한 몇 가지 개연성 높은 추측으로 만족할 수밖에 없다. 지금까지의 연구 결과에 따르면 호메로스의 활동 시기는 기원전 8~7세기이고, 『일리아스』가 출현한 것은 기원전 700년 이후의 일로 추측된다. 지금의 터키 남서부 해안의 이오니아 지방이 호메로스의 주요 활동 무대였다는 데 대해서는 이견이 없다. 『일리아스』와 『오뒷세이아』가 모두 이오니아 방언으로 전승되었다는 것이 확실한 증거다. 그의 탄생지로 알려진 키오스나 스뮈르나(지금의 이즈미르)도 이오니아 지방에 속

---

44 「위(僞)-헤로도토스」, 36[M. L. West (ed.), 2003, p.399].
45 『오뒷세이아』 8.63-64; 8.471-473.

한 그리스인들의 도시였다. 특히 키오스섬에는 일찍부터 '호메로스의 후예들'Homeridae로 자처하는 일종의 시인 길드가 있었다. 그렇다면 기원전 8세기와 7세기 이오니아 지방은 어떤 곳이었기에 호메로스의 서사시가 출현할 수 있었을까?

대략 기원전 1000년대로 눈을 돌려 보자.[46] 이 무렵부터 이오니아 지방은 에게해를 건너온 그리스인들이 세운 식민도시들의 밀집 지역이었다. 그리스인들이 이 지역을 비롯한 소아시아로 이주하기 시작한 것은 기원전 1200년경 뮈케네 문명의 몰락이 낳은 결과였다. 뮈케네 문명의 몰락 이후 대략 400년의 기간은 과거 세계가 완전히 붕괴한 것은 아니라고 하더라도, 그리스 세계에 깊은 단절을 가져온 시기였다. 정치적인 측면에서는 뮈케네 도시의 중앙집권적 관료제가 붕괴되었고 여러 곳에 흩어진 소규모 공동체들이 이를 대신하게 되었다. 인구가 대폭 감소했고 경제 활동이 급속히 위축되었으며, 돌과 상아 등을 다루는 가공 기술을 비롯한 각종 기술도 자취를 감추었다. 청동기를 대신해 철기가 사용되기 시작했지만, 이는 기술적 진보의 결과라기보다 무역이 위축된 탓에 청동기 제작에 필요한 구리와 주석을 얻을 수 없게 된 상황 때문이었다. 문자도 사라졌다. 그후, 300여 년이 지나 새로운 문자인 알파벳이 도입되기까지 그리스인들은 문자 없는 삶을 살았다. 뮈케네 문명이 몰락한 뒤 적어도 처음 200년 정도는 '암흑시대'의 이런 곤궁한 삶이 이어졌던 것으로 보

---

46 M. W. Edwards, 1987, pp.159~169 참고.

인다.

하지만 '암흑시대'는 역설적으로 그리스인들의 삶의 영역이 그리스 본토에서 에게해를 건너 지금의 터키 서부 지역으로 넓어진 시기이기도 하다. 뮈케네 문명의 후예들은 고향을 등지고 새로운 터전을 찾아 나섰다. 이주의 방향은 오늘날 우리가 보는 난민 행렬의 방향과 정반대였다. 21세기에는 시리아 내전 등으로 삶의 터전을 잃은 사람들이 소아시아에서 에게해를 건너 그리스로 밀려오지만, 3000여 년 전 뮈케네 문명의 후예들은 그리스 본토에서 에게해를 건너 소아시아 지역으로 새로운 삶의 거처를 찾아 떠났던 것이다. 그리스 민족의 한 집단인 아이올레스인들이 이주 행렬의 선봉에 섰고 그리스 북부에 거주하던 이들은 대략 11세기부터 이주를 시작해 아나톨리아 북서부, 레스보스섬 등에 정착한다. 그리고 그보다 조금 늦은 시기, 그리스 남동부에 살던 또 다른 그리스 종족인 이오네스인들도 그 뒤를 따랐던 것으로 보인다. 이들은 대략 11세기 중엽 이후에 이주를 시작했고, 아이올레스인들이 개척한 식민지의 남부와 소아시아 서쪽 지역에 새로운 거처를 마련했다.

이오네스인들의 이주가 시작된 기원전 11세기 중반부터 『일리아스』가 출현한 기원전 7세기까지 400년에 가까운 시간 동안 이오니아의 그리스 식민지들에서 어떤 일들이 일어났는지 자세히 추적하기는 어렵다. 하지만 고고학적 자료들을 통해 우리는 이오네스인들의 이주가 시작되고 대략 200년 뒤부터, 그러니까 대략 기원전 800년 이후부터 이오니아의 식민도시들이 번성하기 시작했다는 것을 확인할 수 있다. 부유한 도시들이 생겨났고, 도시의 건설자들은 '왕'basileus 이 되었다. 물론 왕조가 세습된 것은 아니었고 소수의 '왕들'이 지배 권을 행사하는 과두정치가 일반적이었다. 그래서 도시의 권력은 대체적으로 고귀한 가문의 우두머리들 손에 분산되어 있었다. 『오뒷세이아』 8권에서 그려진 파이아케스 사람들의 나라는 기원전 8세기 이오니아 도시들의 정치 형태를 짐작하는 데 실마리를 제공한다. 이곳에는 알키노오스 외에도 8명의 '왕들'이 있어서 이들이 공동으로 의사를 결정한다. 그리스 역사가들은 이 무렵부터 서서히 도시국가 체제가 마련되어 나간 것으로 본다. "폴리스는 도시를 중심으로 이루어졌지만, 도심 외곽과 주변의 시골지역을 통합해서 그곳 거주자들 사이에 어떤 정치적 차별도 두지 않았다."[47]

도시가 번성하면서 삶에도 윤기가 흐르기 시작했다. 그리고 윤택한 삶에 빠질 수 없는 것이 오락거리다. 『오뒷세이아』 8권의 파이아케스인들의 나라는 당시 가인들의 모습을 추측하는 데도 중요한 단서를 제공한다. 오뒷세우스가 파이아케스인들의 섬에 도착한 다음날 이곳의 통치자 알키노오스는 '회의장'agora에 사람들을 모아, 낯선 나그네의 귀향을 도와주자고 제안한다. 모인 사람들에게 특별히 의견을 수렴하는 절차는 없다. 곧바로 50명의 젊은이들이 호송을 위해 배를 준비한 다음, 이들과 "홀을 가진 왕들"(8.41)이 알키노오스의 "큰 궁전"으로 모인다. 그리고 오뒷세우스를 위한 환송연이 열린다.

---

47 M. W. Edwards, 1987, p.161.

그런데 이런 잔치 자리에 빠질 수 없는 것이 "신과 같은 가인 데모도코스"다. 알키노오스는 전령에게 이 가인을 궁전으로 데려오게 하고, 곧이어 사람들이 모인 궁전 안으로 가인이 입장한다.

> 그때 전령이 소중한 가인aoidos을 데리고 가까이 다가왔다.
> 무사 여신은 누구보다도 가인을 사랑하시어 선과 악의 두 가지를 그에게 다
> 주셨으니, 그에게서 시력을 빼앗고, 달콤한 노래aoidē를 주셨던 것이다.
> 그를 위하여 전령 폰토노오스가 은 못을 박은 높은 의자 하나를
> 회식자들 한가운데에, 키 큰 기둥에다 기대 세워 놓더니
> 거기 그의 머리 위쪽에 있는 못에다 소리가 낭랑한 수금Phorminx을
> 걸어 놓고는, 어떻게 하면 그것을 손으로 내릴 수 있는지 일러 주었다.
> 그러고 나서 전령은 그의 앞에다 훌륭한 식탁과 빵 바구니를
> 갖다 놓았고, 마음이 내키면 마시도록, 포도주 잔도 갖다 놓았다.
> 그들은 앞에 차려져 있는 음식에 손을 내밀었고,
> 그리하여 먹고 마시는 욕망이 충족되었을 때,
> 남자들의 위대한 행적들을, 다시 명성이 넓은 하늘에 닿았던
> 이야기 중의 한 대목, 즉 오뒷세우스와 펠레우스의 아들
> 아킬레우스의 말다툼을 노래하도록 무사 여신이 가인을 부추겼다.[48]

---

48 『오뒷세이아』 8,62-75.

경제적 번영 덕분에 이오니아 지역은 기원전 8세기에 문화적으로 융성하게 되었다. 바다 건너 이집트 문명이나, 이웃한 오리엔트 문명과의 교류가 활발해졌고, 페니키아인들로부터 자음 문자를 수입하고 거기에 모음을 덧붙여 알파벳을 창안했다. 그리스 도시들 사이의 내부 결속도 다졌다. 이오니아 지역의 그리스 도시들은 열두 곳이었는데, 그 무렵 이들은 함께 연대해서 판이오니아 행사, 즉 '범이오니아' 행사를 열었다. 『호메로스의 찬가』에서 언급된 델로스섬의 축제 역시 이오니아 도시들의 연대를 도모하는 것이 그 목적이었을 것이다. 같은 시기, 그리스 본토에서도 비슷한 방향의 움직임들이 나타났다. 기원전 776년 전체 그리스 도시에서 뽑힌 선수들이 참여하는 올림피아 제전이 도입됐고, 델포이 신탁은 그리스인 전체를 묶는 범그리스적인 성격을 띠게 됐다. 이런 여러 가지 측면에서 볼 때 기원전 8세기는 그리스인들이 하나의 민족으로서 정체성을 확립한 시기였다. 그로부터 3세기 뒤에 살았던 역사가 투퀴디데스는 당대 델로스 축제에 참여한 이오네스인들의 모습을 이렇게 회상했다.

옛날에도 델로스에는 이오네스족과 인근 섬 주민이 많이 모여들곤 했다. 이오네스족은 마치 오늘날 에페소스 축제를 찾듯 처자를 데리고 델로스의 축제를 찾아가 육상 경기와 음악 경연을 했고, 도시들은 저마다 합창가무단을 데려왔다.[49]

---

49 『펠로폰네소스 전쟁사』, 3,104,3[천병희 옮김, 2011, 303쪽].

투퀴디데스는 이 축제의 성격을 드러내기 위해 「아폴론 찬가」에서 따온 호메로스의 다음과 같은 시구를 인용한다.

그러나 포이보스이시여, 델로스에서 그대는 마음이 가장 흐뭇하시니,
그곳에서는 긴 옷을 입는 이오네스족이 함께 모여
처자를 거느리고 그대의 신성한 거리를 거니나이다.
그곳에서 그들은 권투와 춤과 노래로 그대를 즐겁게 해 드리며,
경연을 개최할 때마다 언제나 그대를 기억하나이다.[50]

기원전 8세기 이오니아 지방에 이런 풍성한 문화 환경이 조성되지 않았다면, 과거부터 전해 오던 구술 서사시가 호메로스의 영웅 서사시로 집대성되어 만개하는 일도 불가능했을 것이다. 살림 걱정에서 벗어난 사람들이 하는 가장 중요한 일 가운데 하나가 족보 세우기이다. 에게해 건너편의 고향을 떠나 새로운 땅에 정착한 이오니아 지방의 귀족들에게는 족보 세우기가 더욱더 절실한 일이었다. 자신의 정체성을 찾으려 했던 이들은 선조가 떠나온 그리스 옛 땅, 그곳 뮈케네 왕궁의 폐허에 묻힌 영웅시대로 눈을 돌렸다. "서사시는 이오니아 사람들에게 있어 자기 정체성의 숙고를 의미했다. 그들은 고요와 평정 가운데 주변과 현재로부터 눈을 돌려, 그들이 그곳으로 떠

---

50 『펠로폰네소스 전쟁사』, 3.104.3 [천병희 옮김, 2011, 303쪽].

나오기 전, 먼 과거로부터 내려오는 전승을 음미하였다."[51]

호메로스의 서사시 이전에도 구술 서사시들이 전승되고 있었겠지만, 그 모습에 대해서는 알 길이 없다. 우리는 다만 트로이아 서사시 연작[52]에 속한 여러 가지 이야기 모티브들을 통해 그 이전부터 전해져 온 서사시들의 존재를 추측할 뿐이고, 이로부터 우리는 『일리아스』가 구술 서사시 전통의 정점이라는 사실을 알 수 있다. 다시 진화론에 유추해 보면, 호메로스의 서사시는 기원전 8세기 이오니아 지방의 사회적 요구에 의해 선택된 구술 서사시의 한 버전이었다. 이런 '사회 선택'의 과정을 통해 '호메로스'는 전체 그리스의 교사가 되었고, 『일리아스』는 전 그리스 문명의 교과서가 되었다. 훗날 철학자들이 도전장을 내밀기까지 이 '교과서'에 담긴 세계 해석과 인간 이해는 그리스인들 사이에서 제왕적 권위를 누리며 그리스 문명의 토대를 마련했다.

---

51 헤르만 프랭켈, 2011, 52쪽.
52 이 책의 88~89쪽을 참고.

[도표] 아킬레우스의 분노로 보는 『일리아스』

아래의 그림은 『일리아스』의 내용을 4일 동안의 전투와 아킬레우스의 분노가 전개되는 과정을 중심으로 보여 준다.

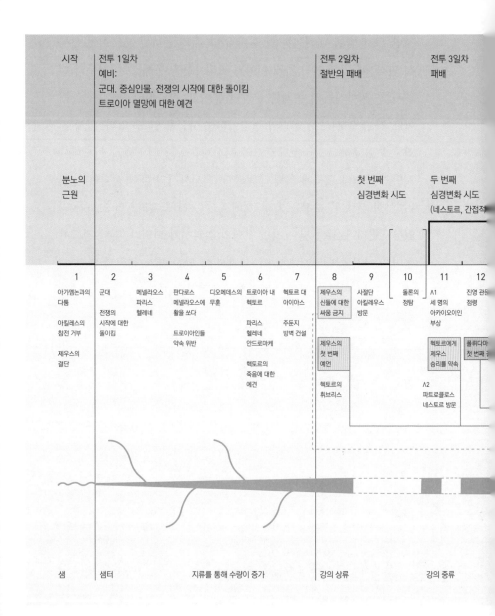

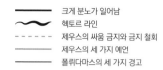

크게 분노가 일어남
헥토르 라인
제우스의 싸움 금지와 금지 철회
제우스의 세 가지 예언
폴뤼다마스의 세 가지 경고

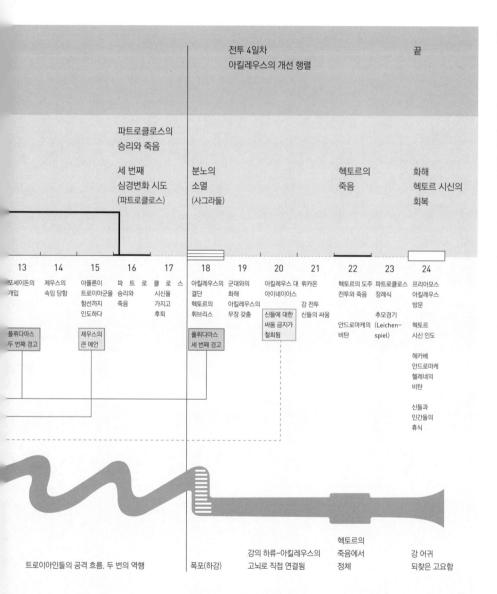

전투 4일차
아킬레우스의 개선 행렬

끝

파트로클로스의
승리와 죽음

세 번째
심경변화 시도
(파트로클로스)

분노의
소멸
(사그라듦)

헥토르의
죽음

화해
헥토르 시신의
회복

13	14	15	16	17	18	19	20	21	22	23	24
포세이돈의 개입	제우스의 속임 당함	아폴론이 트로이아군을 함선까지 인도하다	파트로클로스 승리와 죽음	파트로클로스 시신을 가지고 후퇴	아킬레우스의 결단 헥토르의 휘브리스	군대와의 화해 아킬레우스의 무장 갖춤	아킬레우스 대 아이네이아스	뤼카온 강 전투 신들의 싸움	헥토르의 도주 전투와 죽음 안드로마케의 비탄	파트로클로스 장례식 추모경기 (Leichen-spiel)	프리아모스 아킬레우스 방문 헥토르 시신 인도 헤카베 안드로마케 헬레네의 비탄 신들과 인간들의 휴식

폴뤼다마스
두 번째 경고

제우스의
큰 예언

폴뤼다마스
세 번째 경고

신들에 대한
싸움 금지가
철회됨

트로이아인들의 공격 흐름. 두 번의 역행

폭포(하강)

강의 하류-아킬레우스의
고뇌로 직접 연결됨

헥토르의
죽음에서
정체

강 어귀
되찾은 고요함

출전: E. Römish (ed.), *Griechisch in der Schule*,
Frankfurt a.M.: Hirschgraben-Verlag, 1972, pp.152~153

II.
『일리아스』의 이야기

1권: '아킬레우스의 분노'

이제 『일리아스』의 세계 속으로 들어가 보자. 무대는 드넓은 바닷가다. "파도가 부서지는 바닷가"(2:774) 기슭에 그리스 군대의 함선들이 줄지어 늘어서 있고 그 주변으로 막사들이 촘촘히 세워져 있다. 스카만드로스 강이 굽이쳐 흐르는 벌판을 사이에 두고, 그리스 군영의 맞은편에는 높은 성벽의 도시 트로이아가 버티고 있다. "포도주 빛 바다"(2:613)는 요란한 파도 소리를 내며 10년 전쟁에 심신이 지친 군사들의 향수를 불러일으킨다. 지난 9년 동안 갑판이 훌륭한 함선들의 "선재는 썩고 밧줄은 풀어지고 말았다"(2:135). 저 바다를 건너면 고향이 있다. "아내들과 어린 자식들은 집 안에 앉아 우리를 학수고대하건만, 우리는 아직도 원정의 목적을 전혀 달성하지 못했다."(2:136)

전쟁의 아우성 속에 흘러간 시간이 벌써 9년, 그 세월 동안 늙은 부모와 아내, 떠나올 때 갓난아기였던 자식은 잘 자라고 있는지… 바닷가의 군막들은 언덕 위의 도성 트로이아를 정벌하기 위해 세워져 있지만, "숲속의 나뭇잎이나 바닷가의 모래알만큼 많은 군사들"(2:800)의 마음은 이미 바다 저편 고향에 가 있었다.

끝 모를 전쟁이 10년째 접어든 어느 날, 바닷가에 늘어선 군막들 앞으로 한 노인이 지팡이를 들고 휘적휘적 걸어온다. 이 노인 크뤼세스는 그리스 군대가 얼마 전 정복한 도시에서 아폴론의 사제였고, 그의 딸 크뤼세이스는 전쟁의 노획물로 끌려와 그리스 군대의 총수 아가멤논의 수청을 들고 있었다. 아폴론의 늙은 사제는 딸을 되찾기 위해 비싼 몸값을 가지고 병영을 찾아온 것이다. 노인은 아트레우스의 두 아들 아가멤논과 메넬라오스에게 간청한다.

> "아트레우스의 두 아들과 훌륭한 정강이받이를 댄 다른 아카이오이 족이여,
> 그대들이 프리아모스의 도시를 함락하고 무사히 귀향하는 것을
> 올륌포스의 궁전에 사시는 여러 신들께서 부디 허락해 주시기를!
> 다만 제우스의 아드님이신 멀리 쏘는 아폴론을 두려워하여
> 내 사랑하는 딸을 돌려주고 대신 몸값을 받아 주십시오."(1:17-21)

다른 아카이아인들¹은 이 말에 찬성하며 환호했지만, 아가멤논은 노인의 청원을 무시하고 거친 말로 그를 내쫓는다.

"노인장! 지금 이곳에서 지체하거나 아니면 차후에라도 다시 찾아와

속이 빈 함선들 사이에서 내 눈에 띄는 일이 다시 없도록 하시오.

그때는 홀笏도 신의 화환도 그대를 돕지 못할 것이오.

그대의 딸은 돌려주지 않겠소, 그러기 전에 그녀는

베틀 앞을 오락가락하고 잠 시중을 들며 제 고향에서

멀리 떨어진 아르고스의 우리 집에서 노파가 될 것이오.

고이 물러가시오, 무사히 돌아가고 싶거든 나를 성나게 하지 마시

오!"(1:26-32)

아가멤논의 위세와 겁박에 말문이 막힌 노인은 상심한 채 돌
아간다. 늙은 제사장이 할 수 있는 것이 달리 무엇이 있겠는가? "그
리하여 노인은 노호하는 바다의 기슭을 따라/ 말없이 걸어가다가
거리가 멀어지자 머릿결 고운/ 레토가 낳은 아폴론 왕에게 기도했
다."(1:34-36) "오오, 스민테우스여! 내 일찍이 그대를 위해서 마음에
드는/ 신전을 지어드렸거나 황소와 염소의 기름진 넓적다리뼈들을/
태워 드린 적이 있다면 내 소원을 이루어 주시어 그대의 화살로/ 다

---

1 『일리아스』에서는 '아카이오이족'(Achaioi), '아르고스인들'(Argeioi), '다나오스 백성
들'(Danaoi)이 그리스 군대 전체를 가리키는 말로 함께 쓰인다. 좁은 뜻으로 '아카이오
이'는 테살리아, 메세니아, 아르고스, 라케다이모니아 지역에 거주하는 그리스 종족을,
'아르고스인'은 아킬레우스가 통치하는 그리스 본토 중부의 아르고스 거주민을 가리
킨다. '다나오스 백성들'은 이집트에서 건너온 왕 '다나오스'의 이름에서 온 명칭으로,
좁은 뜻으로는 아르고스 거주민을 가리키지만 이 명칭 역시 그리스인 전체를 가리키
는 데 쓰인다.

나오스 백성들이 내 눈물 값을 치르게 하소서."(1:39-42) 스민테우스[2] 아폴론은 침묵하지 않았다. 기도를 들은 활의 신은 그리스인의 군영에 화살을 쏘아댄다.

"노새들과 날랜 개들"에게서 시작된 역병이 군영을 덮쳤고, 아흐레 동안 "시신들을 태우는 수많은 장작더미가 쉼 없이 타올랐다"(1:52). 열흘째 되던 날, 그리스 군대의 최고 장수 아킬레우스가 대비책을 논의하기 위해 전체 회의agora를 소집한다. 이 자리에서 아킬레우스의 재촉을 받은 예언자 칼카스는 역병의 원인이 "아폴론의 분노"에 있음을 알리고, 흥분한 아가멤논은 화를 애써 억누르며 크뤼세이스를 돌려주기로 한다. 하지만 그는 거기서 멈추지 않고 '왕들'이 취한 여인들 가운데 다른 여인을 취하겠다고 엄포를 놓으면서, 특히 아킬레우스의 여인 브리세이스를 지목한다. 이미 분배한 전리품을 빼앗겠다는 말인데, 이것이 최고 우두머리가 할 일인가? 아가멤논의 도발이 불씨가 되어 그와 아킬레우스 사이에 일촉즉발의 말다툼이 벌어진다.

그를 노려보며 발 빠른 아킬레우스가 말했다.

---

2 '스민테우스'(Smintheus)는 아폴론의 별명으로 그리스어 'sminthos'(쥐)에서 나왔다. 그러므로 '스민테우스 아폴론'은 '쥐의 신 아폴론'이라는 뜻이다. 아폴론은 정화와 치료의 신이기 때문에 그 이름은 쥐가 옮긴 역병을 치료하는 '쥐의 박멸자 아폴론'이라는 뜻으로 풀이할 수 있지만, 그 반대의 해석도 가능하다. 아폴론은 정화의 신이면서 동시에 쥐를 통해 역병을 일으키는 신이기도 하다. 크뤼세스가 '스민테우스'를 부른 다음 아폴론은 그리스 군영에 역병을 보낸다.

"오오, 그대 파렴치한 자여, 그대 교활한 자여!

이래서야 어찌 아카이오이족 중 어느 누가 그대의 명령에

기꺼이 복종하여 심부름을 가거나 적군과 힘껏 싸울 수 있겠소?

내가 싸우려고 이곳에 온 것은 트로이아의 창수槍手들 때문이 아니오.

[…]

그대 파렴치한 철면피여! 우리가 그대를 따라 이곳에 온 것은

메넬라오스와 그대를 위하여 트로이아인들을 응징함으로써

그대를 기쁘게 해주기 위함이었소.

[…]

이젠 프티아로 돌아가겠소. 부리처럼 휜 함선들을 타고

고향으로 돌아가는 편이 훨씬 낫겠소. 여기서 모욕을 받아 가며

그대를 위하여 부와 재물을 쌓아 줄 생각은 추호도 없소이다."

그에게 인간들의 왕 아가멤논이 대답했다.

"그대 생각이 정 그렇다면 제발 도망가시오. 굳이 나를 위하여 여기

머물러 달라고 간청하지 않겠소. 내 곁에는 그대말고도 내 명예를

높여 줄 사람들이 얼마든지 있고 특히 조언자 제우스께서 계시오.

나로서는 제우스께서 양육하신 여러 왕들 중에서 그대가 제일 밉소.

그대는 밤낮 말다툼과 전쟁과 싸움질만 좋아하니 말이오.

[…]

그대가 분개하더라도 개의치 않을 것이오, 이것만은 일러두겠소!

포이보스 아폴론께서 나에게서 크뤼세이스를 빼앗아 가시니

나는 그녀를 내 배에 태워 나의 전우들과 함께 보낼 것이오.

그러고는 내 몸소 그대의 막사로 가 그대의 명예의 선물인
볼이 예쁜 브리세이스를 데려갈 것이오. 그러면 내가 그대보다
얼마나 더 위대한지 잘 알게 될 것이며, 다른 사람도 앞으로 감히
내게 대등한 언사를 쓰거나 맞설 마음이 내키지 않을 것이오."
(1:149-187)

아가멤논의 모욕에 화가 치민 아킬레우스가 그를 치단하기 위
해 칼을 꺼내려는 순간, 하늘에서 아테네가 내려온다. 여신은 훗날
명예를 회복시켜 주겠다고 약속하면서 아킬레우스를 설득한다. 아
테네의 만류에 칼부림을 삼갔지만, 아끼던 브리세이스를 빼앗겨 마
음이 상한 아킬레우스는 전우들의 눈을 피해 바닷가로 가서 어머니
를 부른다.

그는 잿빛 바다의 기슭에 홀로 앉아 끝없는 바다를 바라보며
두 손을 들어 사랑하는 어머니에게 열심히 기도했다.
"어머니! 어머니께서 저를 단명하도록 낳아 주셨으니, 높은 곳에서
천둥을 치시는 올림포스의 제우스께서는 제게 명예time만이라도
주셨어야 하거늘 지금 그분께서는 작은 명예도 주시지 않았어요.
넓은 지역을 통치하는 아트레우스의 아들 아가멤논이
저를 모욕하며, 제 명예의 선물geras을 몸소 빼앗아 가졌으니 말예요."
(1:350-356)

그리스 군대의 최고 영웅이 자신의 운명을 탄식하며 눈물을 흘린다. 아킬레우스의 호소를 들은 어머니 테티스 여신이 바다에서 솟아올라 자초지종을 들은 뒤, 올륌포스의 산정으로 올라가 제우스에게 아킬레우스의 명예 회복을 간청한다. 제우스는 테티스의 청을 수락한다. 이것이 『일리아스』 첫 권의 이야기이다. 그 뒤의 일은 "제우스의 뜻"대로 이루어진다.

1~24권: 그리스 군대의 위기, 아킬레우스의 출전, 헥토르의 장례

『일리아스』의 플롯은 1권에서 폭발한 아킬레우스의 분노가 낳은 일련의 사건들을 중심으로 구성되고, 그 마지막에는 헥토르의 죽음과 장례 이야기가 온다. 1권과 24권을 제외한 나머지 부분은 4일 동안의 전투를 중심으로 전개되는데, 전투 일을 기준으로 각 권의 내용을 요약하면 다음과 같다.

전투 이전(1권)

1권 · 역병, 분노

서시. 아폴론의 사제 크뤼세스가 포로로 잡혀 간 딸 크뤼세이스를 되찾기 위해 그리스 군영으로 찾아간다. 아가멤논이 사제를 내쫓자, 이에 분노한 아폴론이 역병을 보내어 복수한다. 군영을 덮친 역병에 아흐레 동안 시신을 태우는 불길이 쉼 없이 타오른다. 위기의식을 느긴 아킬레우스가 회의를 소집하고 이 회의에서 예언자 칼카스는 역병의 원인을 밝힌다. 전리품으로 빼앗은 여인들의 소유 문제를 놓고 아킬레우스와 아가멤논 사이에 말다툼이 벌어진다. 크뤼세이스를 돌려주는 대신, 아킬레우스의 전리품인 브리세이스를 차지하겠다는 아가멤논의 말에 아킬레우스가 분노해서 그를 처단하려고 한다. 아테네의 개입으로 아킬레우스는 겨우 분노를 억누른다. 회의가 끝나고 아가멤논이 보낸 사절에게 브리세이스를 내어 준 뒤 슬픔에 잠긴 아킬레우스는 어머니 테티스 여신을 부른다. 아들은 어머니에게 명예 회복을 호소한다. 테티스는 제우스를 찾아가 사정을 알리고 아들의 명예 회복을 요청한다. 그리고 이를 눈치챈 헤라와 제우스 사이에 다툼이 벌어진다.

전투 첫째 날과 2일 동안의 휴전(2~7권)

2권·아가멤논의 꿈, 함선 목록

제우스가 아가멤논에게 승리를 약속하는 거짓 꿈을 보낸다. 아가멤논은 원로 회의를 거쳐 전군全軍 회의를 소집한다. 그리고 군대를 시험해 볼 목적으로 전쟁을 끝내고 귀향하자고 제안한다. 군사들이 기쁨에 들떠 함선 쪽으로 달려가자, 아테네 여신의 부추김을 받은 오뒷세우스가 그들을 제지한다. 그는 군사들을 선동하는 테르시테스도 제압한다. 그렇게 전투태세가 정비된 뒤 그리스 쪽 전쟁 참여자의 목록, 이른바 '함선 목록'이 소개된다. 프리아모스는 제우스의 사자 이리스의 당부에 따라 트로이아 군대를 성벽 앞에 집결시킨다. 그리고

'트로이아 군 목록'이 소개된다.

3권·맹약, 성벽 위의 관전, 파리스와 메넬라오스의 맞대결

헥토르의 꾸지람을 들은 파리스가 메넬라오스에게 일대일 대결을
제안하고, 이 대결의 승자가 헬레네를 소유한 뒤 전쟁을 끝내기로 양
쪽 군대가 합의한다. 대결 준비가 이루어지는 동안 헬레네가 성벽의
망루에 올라가 그리스 군대의 지휘관들을 트로이아인들에게 소개한
다. 프리아모스와 아가멤논의 휴전 약속 뒤 이루어진 일대일 대결에
서 파리스가 목숨을 잃을 위기에 처하지만, 그 순간 아프로디테가 그
를 빼돌려 헬레네의 방으로 옮겨 놓는다. 아가멤논은 메넬라오스의
승리를 선언하고 헬레네의 반환을 요구한다.

4권·맹약 위반, 아가멤논의 사열

제우스, 아테네, 헤라의 회의에서 제우스는 트로이아인들의 약속 파
기를 유도하는 데 동의한다. 아테네의 속임에 넘어간 트로이아의 궁
수 판다로스가 메넬라오스에게 화살을 쏘아 상처를 입히자 휴전 합
의가 깨진다. 출전에 앞서 아가멤논이 군대 시찰을 하고, 이어 첫날
전투가 시작된다.

5권·디오메데스의 무훈

디오메데스의 맹활약에 힘입어 전투는 그리스 편에 유리하게 전개
된다. 아이네이아스와 판다로스가 그에 맞서지만, 디오메데스는 판

다로스를 죽이고 거침없이 적진을 무너뜨린다. 아이네이아스와 그의 어머니 아프로디테도 그에게 상처를 입는다. 아프로디테는 아레스가 빌려준 마차를 타고 올륌포스로 올라가고, 아폴론이 디오메데스의 공격으로부터 아이네이아스를 구한다. 트로이아의 원군으로 참전한 뤼키아의 사르페돈이 헥토르를 독려하며 분전하지만 그도 상처를 입는다. 트로이아를 거들던 전쟁의 신 아레스조차 디오메데스에게 부상을 당한다.

6권 · 헥토르와 안드로마케의 만남

그리스 군대의 승세가 이어진다. 예언자 헬레노스의 조언에 따라 헥토르가 성 안으로 들어간다. 최후의 결전을 앞두고 어머니 헤카베에게 아테네 신전에 올라가 기도를 드려 달라는 부탁을 하기 위해서이다. 그 사이 성 밖에서 벌어진 전투에서 디오메데스와 글라우코스의 일대일 대결과 선물 교환이 이루어진다. 성 안으로 들어간 헥토르는 헤카베와 헬레네를 만난 뒤, 드디어 안드로마케와 어린 아들과 만나 이별의 시간을 갖는다. 그 뒤 그는 파리스와 함께 다시 성 밖으로 나간다.

7권 · 헥토르와 아이아스의 맞대결, 시신 매장

헥토르의 제안으로 이루어진 그와 아이아스의 일대일 대결에서 헥토르는 겨우 목숨을 구한다. 밤이 되자 싸움은 중단되고, 두 영웅은 선물을 교환한 다음 각자의 진영으로 간다. 양측은 휴전에 합의하고 다음날 새벽, 시신을 매장한다. 그리스 군대는 트로이아 군대의 공격으로부터 함선들을 지키기 위해 방벽을 세우고 둘레에 호를 판다.

전투 둘째 날(8~10권)

8권·전투 중지

제우스는 다른 신들의 전투 개입을 금지한다. 트로이아 군대가 승기를 잡은 가운데 디오메데스가 분전하자 제우스는 위협적인 벼락을 내리쳐 그의 공격을 저지하고 그리스 군대는 함선 쪽으로 퇴각한다. 밤이 다가와 그리스 군대가 겨우 위기를 모면하고, 트로이아 군사들은 그리스 군대를 마주 보는 곳에서 화톳불을 피우며 날이 밝기를 기다린다.

9권·아킬레우스에게 보낸 사절, 간첩

이날 밤, 실의에 빠진 아가멤논은 회의를 열어 아킬레우스에게 화해의 사절을 파송하지만 사절은 설득에 실패한다. 사절의 보고를 들은 그리스 군영에서는 디오메데스가 조언자로 나서 다음 날 아침의 전투를 독려한다.

10권·돌론의 정탐

같은 날 밤, 아가멤논은 주요 지휘관 회의를 거쳐 정탐꾼을 파견한다. 정탐에 나선 디오메데스와 오뒷세우스는 트로이아 군대의 정탐꾼 돌론과 마주쳐 그를 포획하고 전황을 알아낸 뒤 살해한다. 둘은

레소스의 진영을 기습해 여러 마리의 말을 빼앗아 귀환한다.

전투 셋째 날(11~18권)

11권 · 아가멤논의 무훈

셋째 날 전투도 처음에는 그리스 군대에게 유리하게 전개된다. 이번
에는 아가멤논이 거침없이 공격에 나선다. 하지만 '아가멤논의 활약'
은 그가 부상을 당하는 것으로 끝나고, 뒤이어 부상자들이 속출한다.
그리스 군대의 대표 장수 디오메데스와 오뒷세우스가 차례로 상처
를 입고 퇴각한다. 의사인 마카온과, 헥토르에 맞서던 아이아스를 돕
기 위해 나선 에우뤼필로스도 부상을 입는다.

12권 · 방벽 앞 전투

트로이아 군대가 그리스 군영의 호를 건너 (7권에서 그리스 군대가 군
영을 지키기 위해서 쌓은) 방벽 앞 전투를 벌인다. 폴뤼다마스의 경고
를 무시하고 헥토르가 공격을 계속한다. 뤼키아에서 온 사르페돈과
글라우코스가 방벽의 탑을 향해 돌진하자 아이아스와 테우크로스가
막아선다. 헥토르는 돌을 던져 문을 부수고 그리스 군대는 함선 쪽으
로 도망간다.

13권 · 함선 근처의 전투

방벽 앞 전투에서 승기를 잡은 트로이아 군대는 함선 근처의 전투를
펼친다.

14권·제우스의 미혹

위기에 몰린 그리스 군대를 돕기 위해 헤라가 제우스를 유혹해서 잠들게 한다. 그 사이 전세가 역전되어 트로이아 군대가 후퇴한다. 포세이돈이 그리스 군대 편에서 싸움을 독려하면서 트로이아 군대의 진격을 저지한다. 아이아스가 던진 돌에 맞아 실신한 헥토르는 성 안으로 이송된다.

15권·함선들 곁의 반격

잠에서 깨어난 제우스가 트로이아 편을 들면서 전세가 다시 역전된다. 제우스의 명에 따라 아폴론이 그 사이 기운을 되찾은 헥토르의 전투 의지를 북돋는다. 전장으로 돌아온 헥토르가 트로이아 군대를 이끌고 그리스 군대를 백척간두의 위기에 빠트린다.

16권·파트로클로스의 이야기

트로이아 군대는 화공을 펼쳐 함선 한 척을 불태우는 데 성공한다. 이를 보다 못한 파트로클로스가 아킬레우스를 설득해서 그 대신 전투에 나선다. 파트로클로스의 참전에 힘입어 그리스 군대는 나머지 함선들까지 잃을 뻔한 위기를 겨우 모면한다. 파트로클로스는 적장 사르페돈을 쓰러뜨리고 성벽을 공격하지만 헥토르를 만나 그에게 살해당한다.

17권·메넬라오스의 무훈

파트로클로스가 죽자 트로이아 군대가 다시 승기를 잡는다. 그의 시신을 둘러싼 전투에서 그의 무장이 헥토르의 손에 넘어가지만, 메넬라오스의 활약 덕분에 겨우 파트로클로스의 시신을 구한다. 안틸로코스가 부음을 알리러 아킬레우스에게 달려가고, 그리스 군대는 파트로클로스의 시신을 들고 다시 후퇴한다.

18권·무구 제작

친구의 죽음을 전해 들은 아킬레우스는 비탄에 사로잡히고, 그의 어머니 테티스가 바다에서 올라온다. 그는 헥토르에게 복수하기 위해 전투에 나서려고 하지만 어머니가 그를 말린다. 헤파이스토스에게 가서 새로운 무장을 마련해 오겠다는 말로 아들의 참전을 만류한다. 아킬레우스는 무장을 하지 않은 모습으로 트로이아 군대 앞에 나타나지만, 그의 모습을 보고 고성을 듣는 것만으로도 트로이아 군대는 기겁을 하고 물러난다. 그로써 파트로클로스의 시신을 되찾고 함선의 위기를 막을 수 있게 된다. 트로이아 군대 편에서는 폴뤼다마스가 성안으로 퇴각하자는 제안을 하지만 헥토르는 듣지 않는다.

전투 넷째 날(19~23권 시작)

19권·분노의 철회

아킬레우스가 새로운 무장을 건네받고 참전에 앞서 아가멤논과 화해한다. 오뒷세우스는 전투 개시에 앞서 그리스 군대의 식사를 주선

한다. 제우스의 지시에 따라 아테네를 통해 암브로시아와 넥타르로 새 기운을 얻은 아킬레우스가 무장을 갖춘다. 그의 말馬 크산토스가 가까이 다가온 그의 죽음을 예언한다.

20권·신들의 싸움

제우스가 신들의 참전 금지를 해제하자 신들의 싸움이 벌어진다. 아폴론의 독려에 따라 아이네이아스가 아킬레우스와 맞서지만 위기에 처하고, 포세이돈이 아이네이아스를 구해 낸다. 아폴론의 개입으로 헥토르를 놓쳐 버린 아킬레우스는 트로이아의 병사들을 강물로 몰아넣는다.

21권·강변 전투

강물로 내몰린 트로이아 군대가 아킬레우스에게 무참히 살해된다. 아킬레우스는 프리아모스의 아들 뤼카온과 아스테로파이오스를 죽이고, 강물의 신과 대결한다. 스카만드로스는 시모에이스의 도움을 받지만, 강물의 신은 헤라의 지원을 받은 헤파이스토스의 화공火攻을 이기지 못한다. 이런 신들의 싸움판에서 아테네도 아레스와 아프로디테를 제압한다. 다른 신들의 조우와 대결도 이루어진다. 프리아모스가 트로이아 군대를 위해서 성문을 열고, 아게노르로 변신한 아폴론이 아킬레우스를 속여 유인한다.

22권 · 헥토르의 죽음

아폴론의 정체를 알아낸 아킬레우스가 다시 성으로 방향을 돌린다. 프리아모스와 헤카베의 간청에도 불구하고 헥토르는 성문 앞에서 아킬레우스를 기다린다. 하지만 아킬레우스의 등장에 겁에 질린 헥토르는 성 주변을 돌면서 도망을 치고 아킬레우스가 그 뒤를 쫓아 맹렬한 추격전이 펼쳐진다. 두 사람은 성 주변을 세 바퀴 돈다. 그때 아테네가 헥토르의 동생 데이포보스의 모습으로 나타나, 돕겠다는 말로 헥토르를 속인다. 이 말을 믿은 헥토르는 아킬레우스에게 맞서다가 죽임을 당한다. 아킬레우스는 헥토르의 몸에서 무장을 벗긴 뒤 시신을 그리스 군영으로 끌고 간다. 프리아모스와 헤카베가 통곡하고, 이 소리를 들은 안드로마케가 성루로 달려 올라가 헥토르의 죽음을 슬퍼한다.

전투 이후(23~24권)

23권 · 파트로클로스 추모 경기

아킬레우스와 그의 동료들이 파트로클로스의 시신 주변에 모여 그의 죽음을 슬퍼한다. 그날 밤, 파트로클로스의 혼백이 아킬레우스의 꿈에 나타나 장례를 요청한다. 파트로클로스의 화장에서 포로로 잡힌 12명의 트로이아인들이 함께 희생된다. 다음 날, 파트로클로스를 추모하는 성대한 장례식 경기가 열린다. 마차 경주, 권투, 레슬링, 달리기, 창던지기, 원반던지기, 활쏘기에서 그리스 군대의 대표 장수들이 경쟁을 벌인다.

아킬레우스가 헥토르의 시신을 마차에 매달아 끌고 다니며 훼손한다. 이 모습을 본 제우스가 헥토르의 시신 이양을 명령하고, 헤르메스 신의 안내를 받은 프리아모스가 죽은 아들의 시신을 돌려받기 위해 아킬레우스를 찾아온다. 자신 앞에 무릎을 꿇은 프리아모스 앞에서 아킬레우스는 눈물을 흘리며 인간의 운명을 탄식한다. 헥토르의 시신을 건네받은 프리아모스가 돌아간 뒤 12일 동안의 휴전이 선포되고 트로이아 사람들은 헥토르의 장례를 치른다.

◆◆◆◆

『일리아스』는 "하나의 통일적 행동"에 대한 이야기다.[3] 전체 이야기는 친구들 사이의 내분에서 시작해서 적들 사이의 화해로 끝나며, 그 중간에 나머지 사건들이 온다. 거듭되는 반전이 사건을 이끌어 간다. 전리품을 둘러싼 아가멤논과의 다툼에서 촉발된 아킬레우스의 분노가 수많은 그리스 군대를 죽음으로 몰아넣는다. 적전敵前 분열 탓이다. 파트로클로스가 헥토르에 의해 피살되고 친구의 부음을 듣는 순간, 아가멤논에 대한 아킬레우스의 분노는 헥토르에 대한 분노로 바뀐다. 명예 상실의 분노가 복수의 분노로 전환된다. 이제 트로이아 군대에게 패주의 시간이 왔다. 분노한 아킬레우스에게 수

---

3 『시학』 8, 1451a28 [천병희 옮김, 2017, 370쪽].

많은 트로이아인들과 연합군의 전사들이 죽음을 당하고 헥토르마저 살해되지만, 그의 분노는 해소되지 않는다. 헥토르의 시신을 마차 뒤에 매달고 열이틀 동안 성벽을 돌면서 분풀이를 해도 아킬레우스의 분노는 가라앉지 않는다. 그런데 전혀 예상하지 못했던 방식으로 '짐승 아킬레우스'의 분노가 해소된다. 아들의 시신을 되찾기 위해 살해자를 찾아와 그의 앞에 무릎을 꿇고 간청하는 프리아모스에게서 아킬레우스는 고향에 홀로 남은 아버지 펠레우스를 떠올리고, 이미 차가운 시신이 되어 버린 헥토르의 모습에서 곧 죽게 될 자신의 모습을 떠올리는 순간, 아킬레우스의 분노는 봄날의 햇살 아래 눈 녹듯이 사라진다. 복수심에 불타던 영웅의 분노가 인간에 대한 연민으로 급변한다. "분노는 연민 속에 정화된다."[4] 마치 사나운 폭풍우가 지나고 짙은 먹구름이 몰려가면 "하늘이 열리며 맑은 대기가 무한히 쏟아져 내리듯이"(16:300), 전쟁의 광풍이 잠시 멎은 12일 동안의 짧은 평화로 트로이아 사람들은 헥토르의 장례를 치를 수 있게 된다.

『일리아스』 24권의 에피소드와 1권의 에피소드 사이에는 뚜렷한 평행성이 있다. 포로로 억류된 딸을 되찾기 위해서 그리스 군영을 찾아온 아버지의 청원을 아가멤논이 무시한 것이 아킬레우스의 분노의 발단이었다. 이렇게 시작된 일련의 사건의 마지막에 다시 포로 송환의 에피소드가 온다. 이제 시신으로 억류된 아들을 되찾기 위해

---

4 "anger is purged in pity"(C. M. Bowra, *Ancient Greek Literature*, Oxford: Oxford University Press, 1933, p.23).

서 그리스 군영을 찾아온 아버지의 청원을 아킬레우스가 수용하면서 모든 사건이 마무리된다. 『일리아스』 24권의 전체 서사는 친구에 대한 '아킬레우스의 분노'가 적에 대한 '아킬레우스의 연민'으로 반전되는 이야기인 셈이다.[5] 그 연민의 배후에는 죽이는 자와 죽는 자 모두, 죽을 수밖에 없는 인간이라는 깨달음이 있다.

트로이아 전쟁의 다른 이야기들

『일리아스』의 내용은 51일 동안의 사건들로 이루어지고, 이 사건들은 4일 동안의 전투를 중심으로 짜여 있다. 트로이아 전쟁이 배경이지만, 이야기의 초점은 아킬레우스의 분노에 놓여 있다. 우리가 트로이아 전쟁과 관련해서 알고 있는 다른 이야기들, 이를테면 파리스의 판정, 헬레네 납치, 그리스 군대의 출항, 아킬레우스의 죽음, 트로이아 성의 파괴 등은 『일리아스』에서 스쳐 지나가듯이 시사될 뿐이다.[6] 그 사건들에 대한 자세한 이야기는 『일리아스』가 아니라 그 이후에

---

5 이런 '되돌이 구성'에 관한 더 자세한 내용은 강대진, 『호메로스의 『일리아스』 읽기』, 그린비, 2019, 41쪽 이하를 참고.

6 예를 들어 일련의 주요 사건들은 다음 구절에서 언급된다. 파리스의 판정(24:27 이하); 헬레네 납치(3:46 이하, 3:173 이하, 7:362 이하, 13:626-627, 22:114 이하, 24:765-766), 그리스 군대의 출항(9:338, 1:158 이하, 2:303-304, 18:57 이하), 아킬레우스의 죽음(16:707 이하, 18:96, 19:408 이하, 20:337, 21:277-278, 22:358 이하, 23:80-81, 24:85-86, 24:131-132), 트로이아 정복(2:299 이하, 12:10 이하, 15:69 이하) 등.

출현한 다른 서사시들에서 소개된다. 이른바 '트로이아 서사시 연작'Trojan epic cycle으로 불리는 이 서사시들 각각의 내용은 다음과 같다.

1. 『퀴프리아』Kypria(11권): 파리스의 판결에서 시작해 그리스 군이 트로이아에 도착하기까지의 이야기.

2. 『일리아스』Ilias(24권): 전쟁 10년째 해에 벌어진 아킬레우스의 분노의 이야기.

3. 『아이티오피스』Aithiopis(5권)[7]: 『일리아스』의 후속 이야기. 아킬레우스가 아마존 여인들의 여왕인 펜테실레이아와 아이티오피아인들의 왕 멤논과 싸운 이야기, 그리고 그 뒤 파리스와 아폴론에 의해 아킬레우스가 죽는 이야기.

4. 『소일리아스』Ilias mikra(4권): 전사한 아킬레우스의 무기를 둘러싼 오뒷세우스와 아이아스의 다툼부터 목마의 입성까지의 이야기.

5. 『일리오스의 멸망』Iliou persis(2권): 목마와 라오콘의 장면, 트로이아의 멸망, 그리스 군대의 귀향 출항을 담은 이야기.

6. 『귀향자들』Nostoi(5권): 전쟁 이야기의 후속편. 아가멤논과 헬레네를 대동한 메넬라오스의 귀향까지 트로이아 전사들의 귀향을 담은 이야기.

---

7 『아이티오피스』는 '아이티오피아인 이야기'라는 뜻이고, 주인공은 멤논(Memnon)이다. '아이티오피아'(Aithiopia)는 상상의 나라이므로 위치가 정확지 않다. 『일리아스』(23:205)에서는 아이티오피아인들이 "오케아노스의 물줄기"가 흐르는 곳에 산다고 말할 뿐이다.

7. 『오뒷세이아』*Odysseia*(24권): 오뒷세우스의 귀향에 대한 이야기.

8. 『텔레고노스의 이야기』*Telegoneia*(2권): 『오뒷세이아』의 후속편으로 오뒷세우스 귀향의 완결에서 아들 텔레고노스에 의해서 살해되는 그의 죽음까지의 이야기.

이 여덟 편의 서사시들로 이루어진 '트로이아 서사시 연작'은 오이디푸스와 그의 자식들의 이야기를 담은 서사시 모음인 '테바이 서사시 연작'Theban epic cycle과 더불어 후대 그리스 시문학의 원형적 모티브들이다. 하지만 이 '서사시 연작'에 속한 개별 작품들은 온전히 전해지지 않는다. 아마도 『일리아스』나 『오뒷세이아』의 인기에 뒤로 밀려 사람들의 관심을 끌지 못했기 때문일 것이다. 그렇지만 '트로이아 서사시 연작'에 담긴 트로이아 전쟁 이야기의 대체적인 흐름을 파악하는 것은 가능하다. 5세기의 요약본이 남아 있기 때문이다. 그 가운데 특히 눈길을 끄는 것은 『일리아스』의 후속편에 해당하는 『아이티오피스』이다. 이 작품은 『일리아스』에 담긴 이야기의 후속 사건들을 다룰 뿐만 아니라 거기에 담긴 이야기가 『일리아스』의 이야기와 일정한 평행성을 보여 주기 때문이다. 요약본에서 전해지는 『아이티오피스』의 줄거리부터 살펴보자.[8]

---

8 프로콜로스의 요약본(*Chrestomathia*)의 현대 판본으로는 M. L. West (ed.), 2003, pp.64~171을 참고.

(51) 아마존의 여전사 펜테실레이아가 트로이아 편의 원정군으로 나타난다. 그녀는 아레스와 트라키아 여인의 딸이다.

(52) 펜테실레이아는 전장에서 맹활약을 펼치지만, 아킬레우스에게 죽임을 당한다.

(53) 트로이아인들은 그녀의 시신을 매장한다.

(54) 테르시테스가 풍문으로 떠도는 아킬레우스와 펜테실레이아 사이의 애정 관계를 트집 잡아 자신을 비방하자, 아킬레우스는 테르시테스를 살해한다.

(55) 테르시테스의 죽음 때문에 그리스 군영에서 저항이 일어난다.

(56) 아킬레우스는 배를 타고 레스보스로 가서 아폴론, 아르테미스, 레토에게 제사를 드리고, 오뒷세우스를 통해 살해에 대한 죄를 씻김 받는다.

(57) 에오스의 아들 멤논이 트로이아인들을 돕기 위해 헤파이스토스가 만든 무장을 걸치고 전장에 나타난다.

(58) 테티스는 아들에게 멤논과 얽혀 있는 그의 운명을 예언한다.

(59) 전투가 벌어지고, 안틸로코스가 멤논에게 살해당한다.

(60) 그런 뒤 아킬레우스가 멤논을 죽인다.

(61) 에오스는 제우스에게 청원해서 얻은 불사의 운명을 멤논에게 선물한다.

(62) 아킬레우스는 트로이아 군사들을 궁지로 몰아넣으면서 성으로 진격하다가, 파리스와 아폴론의 화살에 맞아 죽임을 당한다.

(63) 아킬레우스의 시신을 놓고 격렬한 전투가 일어나고, 오뒷세우스

가 트로이아 군대를 저지하는 동안 아이아스가 시신을 간신히 구해 내어 함선으로 데려온다.

(64) 그 뒤 그리스인들은 안틸로코스를 매장하고 아킬레우스의 시신을 안치한다.

(65) 테티스가 무사 여신들과 자신의 자매들을 데리고 나타나 죽은 아들을 위해 곡을 한다.

(66) 그 뒤 테티스는 아들을 화장용 장작더미에서 끌어내어 그를 백색의 섬으로 데려간다.

(67) 그리스인들은 무덤을 쌓고 아킬레우스를 기념하는 운동 경기를 연다.

(68) 아킬레우스의 무기를 놓고 오뒷세우스와 아이아스 사이에 다툼이 벌어진다.

『아이티오피스』와 『일리아스』의 이야기는 전혀 다르다. 『아이티오피스』의 두 주인공 아마존의 여전사 펜테실레이아와 멤논은 『일리아스』에서 언급조차 되지 않는다. 『아이티오피스』에 담긴 아킬레우스의 죽음에 대한 이야기도 『일리아스』에서는 시사적으로 예견될 뿐이다. 그런데 내용의 이런 차이에도 불구하고 그 두 작품의 이야기들 사이에는 흥미로운 평행점들이 눈에 띈다. 거칠게 비교해 보면 다음과 같은 점들이 그에 해당한다.

	『아이티오피스』	『일리아스』
아킬레우스의 죽음을 예언한 테티스	멤논의 살해 이후 '즉시' 아킬레우스가 죽으리라고 테티스가 예언한다.(58)	헥토르의 살해 이후 '즉시' 아킬레우스가 죽음을 맞으리라고 테티스가 예언한다.(18권)
보복으로 인한 살해	멤논의 손에 안틸로코스가 살해당하자 아킬레우스가 멤논을 살해한다.(60)	헥토르의 손에 파트로클로스가 살해당하자 아킬레우스가 헥토르를 살해한다.(21권)
제우스의 저울질	제우스가 아킬레우스의 운명과 멤논의 운명을 저울질한다.(60)	제우스가 아킬레우스의 운명과 헥토르의 운명을 저울질한다.(22권)
영웅의 피살	파리스와 아폴론에 의해 아킬레우스가 죽는다.(62)	헥토르와 아폴론의 손에 파트로클로스가 죽는다.(17권)
시신을 둘러싼 전투와 반환	아킬레우스의 시신을 둘러싼 전투가 벌어지고 아이아스와 오뒷세우스의 분전으로 그의 시신이 겨우 구출된다.(63)	파트로클로스의 시신을 둘러싼 전투가 벌어지고 메넬라오스의 분전으로 그의 시신이 겨우 구출된다.(17권)
죽음을 슬퍼함	테티스가 자매들과 무사 여신들과 함께 나타나 아킬레우스의 죽음에 통곡한다.(65)	테티스가 자매들과 함께 나타나 아킬레우스 앞에 놓인 죽음의 운명을 탄식한다.(18권)

　　『일리아스』와 『아이티오피스』의 이런 평행성을 어떻게 설명할 수 있을까? 『일리아스』가 먼저 나왔기 때문에 『아이티오피스』를 비롯한 트로이아 서사시 연작에 속한 작품들에 『일리아스』에 담긴 이야기들과 유사한 이야기들이 등장한다면, 그것들은 모두 『일리아스』를 모방한 결과라고 가정하는 것이 가장 그럴 듯한 대답일 것 같다. 하지만 그 반대의 경우를 가정할 수는 없을까? 다시 말해서 『일리

아스』가 『아이티오피스』를 본보기로 삼았다고 가정할 수는 없을까? "불가능한 것을 빼고 남은 것이 아무리 그럴듯하지 않아도 진실이다"라는 셜록 홈즈의 방법을 적용해 추리해 보자.

한 가지 추리 문제

『아이티오피스』가 『일리아스』보다 뒤에 나온 작품이라는 통념을 부정하지 않는 한, 호메로스의 서사시가 『아이티오피스』를 모방했으리라고 가정하기는 어렵다. 그렇게 가정하는 것은 마치 아버지가 자식을 닮았다고 말하는 것과 같은 일이기 때문이다. 하지만 『아이티오피스』가 『일리아스』 뒤에 나온 작품이라고 해서, 그 작품 안에 담긴 멤논과 아킬레우스의 이야기까지 『일리아스』가 출현한 이후에 지어진 것이라고 단정해야 할 이유는 없다. 왜냐하면 그 두 영웅의 운명적 대결의 이야기가 『아이티오피스』는 물론 『일리아스』가 기록되기 훨씬 이전부터 "구술을 통해 전승된 사실들의 기본 목록 안에"[9] 존재했을 가능성이 있기 때문이다. 이런 가능성을 받아들인다면, 훗날 『아이티오피스』 안에 수용된 구술적인 이야기의 모티브를 『일리아스』의 시인이 먼저 채택해서 '아킬레우스의 분노'에 대한 서사시를 지었다고 가정해도 전혀 이상할 것이 없다.

---

9 "im mündlichen Faktenkanon"(W. Kullmann, "Ilias und Aithiopis", *Hermes*, vol. 133, 2005, p.9).

물론 그런 가정에 대한 반론이 가능하다. 『아이티오피스』의 아킬레우스 이야기 버전이 『일리아스』의 파트로클로스 이야기에 앞선다는 것을 어떻게 증명할 수 있을까? 다시 말해서 『일리아스』에서 헥토르의 죽음과 파트로클로스의 죽음을 둘러싼 이야기의 원형이 『아이티오피스』에 담긴 멤논의 죽음과 아킬레우스의 죽음에 대한 이야기에 있다는 것을 어떻게 증명할 수 있을까?

이 질문을 다음의 두 가지 질문으로 나누어 분석해 보면 우리는 그에 대해 더 그럴 듯한 대답을 얻을 수 있을 것이다. ① 헥토르의 죽음(『일리아스』)과 멤논의 죽음(『아이티오피스』) 사이에 부정할 수 없는 평행성이 있다면, 어떤 것이 어떤 것의 모델일까? ② 파트로클로스의 죽음(『일리아스』)과 아킬레우스의 죽음(『아이티오피스』) 사이에 부정할 수 없는 평행성이 있다면, 어떤 것이 어떤 것의 모델일까?

먼저 헥토르의 죽음과 멤논의 죽음 사이의 관계부터 따져 보자. 『일리아스』에서 헥토르의 비중은 매우 높다. 누구나 알듯이, 그는 아킬레우스의 맞수로서 그에 버금가는 비중을 차지한다. 하지만 구술 전승이나 『일리아스』 이외의 신화에 헥토르는 등장하지 않는다. 헥토르는 호메로스가 창조한 인물인 셈이다.[10] 반면, 『아이티오피스』의 주인공 멤논의 이야기는——비록 『일리아스』에서는 언급되지 않지만——구술 신화를 통해 다양하게 전승되었음이 분명하다. 헤시오도

---

10 W. Schadewaldt, *Iliasstudien*, Darmstadt: Wissenschaftliche Buchgesellschaft, 1966[1938], p.177.

스의 작품에도 그에 대한 언급이 있기 때문이다.[11] 이는『일리아스』가 완성된 텍스트로서 출현하기 이전부터 이미 멤논의 이야기가 고정된 형태로 존재했음을 시사한다.[12] 그리고 이것이 사실이라면, 어떻게 헥토르의 '새로운' 이야기가 멤논의 '오래된' 이야기의 모델이 될 수 있겠는가? 오히려, 이미 구전을 통해 전승되어 온 멤논의 이야기를 채택해서 호메로스가 헥토르의 이야기를 지어냈다고 보는 것이 훨씬 더 합리적이지 않을까?

　　『일리아스』의 파트로클로스의 죽음과『아이티오피스』의 아킬레우스의 죽음을 비교해 보아도 우리는 같은 결론에 도달한다. 먼저『아이티오피스』에 담긴 아킬레우스의 죽음과 관련된 일련의 사건들이『일리아스』의 '파트로클로스 이야기'를 모델로 삼아 엮어 낸 이야기라고 가정해 보자. 이 가정이 설득력을 가지려면, 구전을 통해 전승된 이야기 가운데 아킬레우스의 죽음에 대한 '다른' 이야기가 있어야 한다. 그런 경우 우리는, 아킬레우스의 죽음에 대한 '다른' 이야기가 구전 전승으로 전해졌지만,『일리아스』가 출현한 뒤『아이티오피스』의 작가가 그 안에 담긴 파트로클로스의 이야기를 모방해서 새로운 버전으로 아킬레우스의 죽음을 각색했다고 주장할 수 있을 것

---

11 『신들의 계보』, 984행[천병희 옮김, 2004, 81쪽]. "티토노스에게 에오스는 아이티오피아 인들의/ 왕인 청동으로 무장한 멤논과 통치자 에마티온을 낳아 주었다."『오뒷세이아』 에서도 멤논은 "신과 같은 멤논"(Memnona dion, 11,522)으로 언급된다.

12 『오뒷세이아』(24,77-79)에서는 안틸로코스가 파트로클로스 다음으로, 아킬레우스가 사랑하는 친구로 언급된다.

이기 때문이다. 그렇지 않다면, 『아이티오피스』의 아킬레우스의 이야기는 ─ 멤논의 이야기가 그렇듯이 ─ 구술적으로 전승된 모티브를 취한 것이라고 보는 것이 더 그럴듯한 가정이다. (트로이아 전쟁에 관한 구술적 서사 가운데 아킬레우스의 죽음에 대한 이야기가 없었을 리 없다.) 그런데 우리는 전승된 그리스 신화나 다른 작품 어디에서도 『아이티오피스』와 다른 버전의 아킬레우스의 이야기를 찾을 수 없다. 다른 버전이 있었다는 깃을 시사하는 구절조차 찾을 수 없다. 오히려 아킬레우스의 죽음에 대해 『일리아스』에서 시사된 내용은 『아이티오피스』의 그것과 똑같다. 즉 그는 스카이아 문 앞에서 파리스와 아킬레우스의 화살에 죽임을 당한다. 이런 점들을 고려한다면, 『일리아스』가 기록되기 이전에 이미 아킬레우스의 죽음에 대한 구술 전승이 존재했고 『아이티오피스』에 담긴 아킬레우스의 이야기는 그 전승을 수용한 것이라고 보는 것이 합리적이다. 따라서 『아이티오피스』의 아킬레우스 이야기와 『일리아스』의 파트로클로스 이야기 사이에 모방 관계가 있다면, 이는 『아이티오피스』의 아킬레우스 이야기가 『일리아스』의 이야기에 수용됨으로써 얻어진 결과라고 보아야 마땅하다.

　　『일리아스』와 『아이티오피스』의 관계 문제에 대해서 완전한 해결을 기대하기는 어렵다. 그런 문제를 자세히 따지는 것은 호메로스 전문가들의 몫이다. 그런 논의에 대해 모른다고 해서 우리가 『일리아스』를 읽는 데 큰 어려움을 겪는 것도 아니다. 하지만 그럼에도 불구하고 두 서사시의 영향 관계를 따져 보는 것은 『일리아스』를 읽고 이해하는 데 흥미를 더해 준다. 그런 작업을 통해서 우리는 『일리아스』의 출현 과정이나 호메로스의 창작 방식을 이해하는 데 매우 중요한 단서를 얻을 수 있기 때문이다. 위에서 우리가 도달한 결론이 옳다면, 이는 곧 『일리아스』의 시인이 구술 서사시의 전통에서 이미 고정된 형태로 존재하던 이야기 '모티브'들을 취해서 새로운 플롯을 구성했음을 뜻한다. 또, 헥토르의 죽음과 파트로클로스의 죽음에 대한 『일리아스』의 이야기가 구전 전승의 모티브들을 새로이 변형한 결과라면, 그 작품 안에 삽입된 다른 이야기들에 대해서도 똑같이 그런 원형적 모티브들을 찾아내는 것이 가능하지 않을까? 이런 가능성에 주목하는 호메로스 연구자들은 『일리아스』에 수용된 서사적 모티브들을 찾아냄으로써, 호메로스가 『일리아스』를 짓는 과정에서 이전의 구술 전승에 빚진 것이 무엇이고, 새로이 만들어 낸 것이 무엇인지를 이해하려고 한다. 이런 시도는 호메로스의 창조성을 바라보는 새로운 관점을 제시함으로써, 이른바 '호메로스 문제'에 대한 오랜 논쟁을 새로운 수준으로 끌어올리고 있다.

'호메로스 문제': 또 다른 추리 문제

『일리아스』의 출현 시기를 기원전 8세기 중엽으로 잡는 것은 오랜 관행이었다. 하지만 지금은 기원전 7세기 초를 작품의 출현 시점으로 보는 설이 더 유력하다. 무엇보다, 작품의 세부 내용에 대한 연구 결과가 새로운 연대 추정을 뒷받침한다. 예를 들어 『일리아스』 11권 (698-702)에는 사륜 전차가 등장하는데, 이 구절은 기원전 680년 올림피아 경기에 도입된 전차 경기를 시사한다. 『일리아스』에서의 무기 사용이나 전투 기술도 새로운 추측의 단서를 제공한다. 시위 현장에 동원된 전투 경찰들의 대형처럼, '방패에 방패를', '어깨에 어깨를' 밀착시켜 싸우는 밀집 대형 전술이 대표적인 사례다. 『일리아스』에서 군중 진투를 묘사할 때 등장하는 이 팔랑스Phalanx 전술은 7세기 초 이후 그리스에 도입된 것으로 알려져 있다.[13]

『일리아스』가 기원전 7세기 초에 출현한 작품이라면, 오로지 구술문화의 틀 안에서 이 서사시의 기원을 이해하려는 시도는 설득력을 갖기 어렵게 된다. 20세기 호메로스 연구에 큰 영향을 미친 패리와 로드의 '구술론'은 『일리아스』의 최초 형태가 구술 서사시였다고 생각했고, 지금도 이 이론의 동조자들은 『일리아스』의 문자 텍스트가 기원전 6세기 이후에 와서야 비로소 확정되었다고 주장한다.[14] 하지만 이런 주장이 경시하는 중요한 사실이 있다. 알파벳의 쓰임과

---

13 팔랑스(Phalanx) 전술에 대해서는 『일리아스』 4:427 이하 참고. 부르케르트는 호메로스 서사시 배후의 영향사와 그 밖의 다른 고고학적, 역사적 근거들을 들어, "우리가 알고 있는 『일리아스』의 문자적 기록이 기원전 660년 무렵에 이루어졌을 것"이라고 추측한다. W. Burkert and C. Riedweg, *Kleine Schriften I: Homerica*, Göttingen: Vandenhoeck & Ruprecht, 2001, p.70.

14 예를 들어 미국의 호메로스 연구자 나지(G. Nagy)는 기원전 6세기에 와서야 비로소 문자로 확정된 호메로스 텍스트들이 존재하게 되었고, 그 이전에는 『일리아스』가 문자 텍스트가 없는 상태에서 구술에 의해 공연되었다고 주장한다. G. Nagy, *Homeric Questions*, Austin: University of Texas Press, 1996, pp.66 이하.

『일리아스』의 관계다.

알파벳은 대략 기원전 800년 무렵에 그리스 세계에 도입된 이후 사회의 전 분야에 걸쳐 급속도로 퍼져 나갔다. 이미 기원전 8세기 후반기에 시를 짓는 데 문자가 사용되었음을 보여 주는 확실한 고고학적 증거도 있다. 이른바 '네스토르의 술잔'이라고 불리는 포도주 희석용 술동이다. 1952년, 이탈리아의 남부 도시 나폴리에서 30여 킬로미터 떨어진 이스키아섬에서 발굴된 이 술동이에는 글자가 떨어져 나갔지만 내용이 분명한 3행의 시가 새겨져 있다.[15] 이미 기원전 8세기 말에 문자를 사용한 시작詩作이 이루어졌다는 증거다. 그 뒤 대략 50년 동안 거의 모든 장르에 걸쳐 구술로 전승된 작품들의 문자화가 이루어진 것으로 보인다. 이런 배경에서, 구술론의 신봉자들을 제외한 많은 연구자들은 이미 호메로스의 생존 시에 『일리아스』의 문자

---

15 남부 이탈리아는 그리스인들의 가장 오래된 이주 지역 가운데 하나였다. '네스토르의 술잔' 표면에 새겨진 시구의 내용은 이렇다. "네스토르에게는 마시기에 좋은 술잔이 있으니/ 여기 이 술잔으로 마시는 자, 그를 즉시/ 욕망이 사로잡으리니, 관이 아름다운 아프로디테에 대한 욕망이." 시구의 첫 행은 가장 오래된 서정시의 운율인 '이암보스의 삼음보'로, 이어지는 두 행은 『일리아스』의 운율인 육음보로 이루어져 있다. 이 술동이의 제작 연대는 기원전 8세기 말(기원전 735~720년 정도)로 추정되는데, 『일리아스』에 등장하는 네스토르의 술잔과 관련이 있는 것이 확실하다. 우리에게 알려진 전승 가운데 'Nestor'라는 이름이 등장하는 곳은 『일리아스』뿐이고, 네스토르의 크라테르도 오직 『일리아스』(11:622-644)에서만 언급되기 때문이다. 『일리아스』의 출현 시점을 언제로 잡는가에 따라서, 네스토르의 술잔에 새겨진 시구와 『일리아스』의 선후 관계가 달라지지만 '네스토르의 술잔'에 새겨진 것이 전문 시인 '아오이도스'가 문자를 사용해 지은 서사시 운율의 시구임은 분명하다.

텍스트가 존재했으리라고 추측한다.[16] 물론 시인 자신이 작품 전체를 문자로 기록했을 가능성은 매우 낮다. 하지만 누군가 다른 사람이 호메로스의 공연을 채록했을 가능성은 충분하다. 또 작시 과정에서 문자가 사용되었을 가능성도 매우 높다.『일리아스』안에서는 문자를 사용한 구성을 전제하지 않고서는 설명하기 힘들 정도로 복잡하고 촘촘하게 전후 사건들이 서로 얽혀 있기 때문이다. 그래서 쿨만 교수는『일리아스』를 "구술시의 전통에 의존하지만 문자 해독 능력을 가진 시인이 불러 주는 것을 기록한, 통일성을 갖춘 시"라고 본다.[17]

하지만『일리아스』의 출현과 관련해서 더 중요한 문제는 '언제' 보다 '어떻게'이다. 구술 서사시의 전통과『일리아스』의 관계가 이 물음에 대한 대답에 달려 있기 때문이다.『일리아스』는 어떤 과정을 통해 탄생했나? 그것은 한 시인의 작품인가? 아니면 여러 시인의 개별 작품들을 모은 것인가? 이 작품은 어디까지 전통의 산물이고, 어

---

16 기원전 7세기 말에 이르면 벌써 서정시를 비롯한 문학이나 토기화 등의 예술 영역에서『일리아스』의 내용과 관련된 시구들이나 그림들이 나타난다. 이런 경향은『일리아스』가 출현한 소아시아의 그리스 식민지 지역뿐만 아니라 그리스 본토에서도 두드러진다. 이런 사실은 기원전 7세기 말에 이미 에게해 양쪽 지역에서『일리아스』가 널리 알려져 있었고 그 텍스트가 문자로 기록되어 고정된 형태로 존재했음을 보여 주는 증거가 아니고 무엇이겠는가? 이런 근거에서 웨스트는 늦어도 기원전 675년 이전에 이미『일리아스』가 문자로 기록되었을 것이라고 추측한다. M. L. West, "Archaische Heldendichtung: Singen und Schreiben", in W. Kullmann and M. Reichel (eds.), *Der Übergang von dern Mündlichkeit zur Literatur bei den Griechen*, Tübingen: Gunter Narr Verlag, 1990, pp.33~34.

17 W. Kullmann, *Realität, Imagination und Theorie*, ed. A. Rengakos, Stuttgart: Franz Steiner Verlag, 2002, p.104.

디부터 한 개인의 창작물인가? '호메로스'는 누구인가? 이런 물음들은 이른바 '호메로스 문제'Homerische Frage라는 이름 아래 19세기 말부터 지금까지 호메로스 연구를 이끌어 왔다. 지난 200년 동안의 호메로스 연구가 '호메로스 문제'에 대한 논쟁의 역사라고 해도 과언이 아닐 정도다. 논쟁은 크게 '분석론자'Analysts와 '단일론자'Unitarians의 두 진영으로 나뉘어 전개되었지만, 20세기 후반 이후에는 두 진영의 논리를 발전적으로 지양하는 제3의 입장으로 '신분석론'Neo-analysis이 등장해 영향력을 확대하고 있다. '호메로스 문제'를 둘러싼 논쟁 역시 일종의 추리 게임이다.

분석론은 호메로스의 두 서사시, 특히『일리아스』가 과거로부터 전해져 오던 단편적인 이야기들을 거칠게 끼워 맞춘 작품이라고 보는 입장이다.『일리아스』가 한 개인의 통일성을 갖춘 창작물이 아니라, 여러 세대에 걸쳐 구술로 전승된 짧은 서사시나 개별적 시편들의 모음이라는 것이다. 분석론자들은 이런 주장의 근거를『일리아스』의 곳곳에서 눈에 띄는 여러 가지 불일치점과 모순점에서 찾았다. 우리가 쉽게 확인할 수 있는 몇 가지 대표적인 사례를 들어 보자.[18]

『일리아스』에 등장하는 '필라이메네스'라는 인물은 파플라곤Paphlagon 사람들의 왕이다. 이 사람은 메넬라오스의 손에 죽지만 (5:576), 나중에 자신의 아들 하르팔리온의 죽음을 보고 슬퍼한다

---

18 이하에서 소개하는 사례들에 대해서는 A. Lesky, *Geschichte der griechischen Literatur*, Darmstadt: Wissenschaftliche Buchgesellschaft, 1971, pp.50 이하를 참고.

(13:658). 우리는 제우스의 마지막 선포에서(15:63) 헥토르가 도주하는 그리스 군대를 아킬레우스의 함선들 사이로 추격할 것이라는 말을 듣는데, 실상 그 권의 마지막 부분에서(15:704) 그의 공격은 프로테실라오스의 배와 마주친다. 더 유명한 것은 9권에 나오는 유명한 '쌍수'의 사례이다.[19] 9권은 아킬레우스가 싸움에서 물러난 뒤, 그리스 군대가 트로이아인들에게 몰리게 되자 아가멤논의 주선으로 아킬레우스에게 사절을 보내는 장면이 있다. 아킬레우스를 설득하러 나선 사절단의 인원은 오뒷세우스, 아이아스, 포이닉스를 포함해서 모두 다섯이다. 그런데 아킬레우스 막사 앞의 장면에서는 두 사람을 가리키는 쌍수어가 나온다. 이 장면의 앞뒤에 무려 8번 쌍수어가 쓰인다. 앞부분에서는 분명 다섯 명이 사절로 갔다고 했는데 아킬레우스 막사 앞 장면에서는 두 사람을 지칭하는 말이 계속 쓰이는 것이다. 이런 불일치점들을 어떻게 받아들여야 할까?

분석론자들은 이런 불일치점이나 모순점들을 증거로 삼아 『일리아스』가 서로 독립된 여러 개별 시편들을 거칠게 모아 놓은 '누더기'라고 본다. 이런 평가의 역사는 길다. 이미 기원전 3세기에 알렉산드리아에서 고대 그리스의 문헌들을 편집하던 사람들 사이에는 호메로스가 여러 편의 독립된 시편의 형태로 시를 지었을 뿐이며, 그것들을 함께 모아 편집한 것은 기원전 6세기의 일이라는 믿음이 널

---

19 그리스어에는 단수형이나 복수형 이외에도 두 사람이나 두 사물 등을 가리키는 쌍수형(dual)이 있다.

리 퍼져 있었다. 그리고 이런 믿음은 19세기 이후에 '분석론'의 이름
으로 더욱 견고해졌다. 이 과정에서 특히 두 명의 호메로스 연구자가
주도적인 역할을 했다. 한 사람은 『호메로스 서설』[20]의 저자 볼프F.
A. Wolf(1759~1824)이고, 다른 한 사람은 20대 초반에 니체의 『비극의
탄생』에 대한 가혹한 서평으로 이름을 날린 빌라모비츠-묄렌도르
프Urlich von Wilamovitz-Moellendorf(1848~1931)이다.

볼프의 『호메로스 서설』은 본래 그가 편집하려던 호메로스 텍스
트에 대한 서설이었다. 그런데 호메로스 텍스트에 대한 '서설'이, 이
후 200년 동안 이루어진 호메로스 연구의 '서설'이 되어 버렸다. 볼
프의 몇 가지 도발적 주장이 논쟁의 불씨를 던졌다. 호메로스는 문자
사용법을 몰랐고, 그의 서사시들은 기억을 통해 짜 맞춘 것이며 입에
서 입으로 전승되다가 수백 년이 지나서야 비로소 확고한 형태를 얻
었기 때문에 작품의 통일성이 의심스럽다는 것이 그의 주장이었다.
이런 주장은 그 뒤 19세기에 이르러 일군의 독일 학자들에 의해 수
용되었고, 빌라모비츠-묄렌도르프의 연구에서 그 정점에 도달했다.

훗날 그리스 고전학 분야에서 신과 같은 존재로 추앙받은 빌라
모비츠-묄렌도르프는 1916년에 『일리아스와 호메로스』라는 연구서
를 출간했다.[21] 그는 이 연구에서 방대한 고전학 지식과 예리한 분석

---

20 F. A. Wolf, *Prolegomena ad Homerum*, Halis Saxonum: Libraria Orphanotropheiin, 1795.

21 Urlich von Wilamovitz-Moellendorff, *Die Ilias und Homer*, Berlin: Weidemannsche Buchhandlung, 1920[1916].

력을 총동원해 『일리아스』를 개별적 시편들로 해체하는 한편, 이 독립된 시편들이 층층이 쌓이는 과정을 복원함으로써 『일리아스』의 발생 과정을 재구성하려고 했다. 빌라모비츠-묄렌도르프의 분석에 따르면 이 과정은 대략 다음과 같다.[22] 트로이아 전쟁의 전설을 토양으로 삼아 이미 이른 시기에 여러 편의 개별 작품들이 출현했는데, 이것들은 우리가 지금 『일리아스』의 테두리 안에서 읽고 있는 것들이다. 가장 오래된 것은 아마도 5권(디오메데스의 무훈)일 텐데, 이것이 나중에 2~5권으로 이루어진 소서사시로 확대되었다. 그 뒤 11권(아가멤논의 무훈)과 가장 오래된 헥토르 시편이 온다(이 시편의 유산은 12~15권에 담겨 있다). 여기에 시기적으로 다음 부분들이 이어진다. 16권(파트로클로스 이야기), 6권(헥토르와 안드로마케의 만남), 마지막으로 7권(헥토르와 아이아스의 맞대결, 시신 매장)이 그에 해당한다. 기원전 750년 무렵에 살았던 '원原일리아스'Urilias의 시인 호메로스가 한 일은 이 모든 옛 개별 작품들을 '아킬레우스의 분노'라는 포괄적인 관념 아래 통합해 하나로 묶은 데 있다. 그의 작품 안에는 전승을 통해 넘겨받은 옛 부분들이 있고, 이 부분들과 나란히 그가 자신의 기본 아이디어를 관철시키고 상반된 방향으로 치닫는 작품 부분들을 결합하기 위해 직접 창작한 부분들이 있다. 1권, 13-14-15권의 신들의 장면, 21-22-23권의 대부분과 마지막으로 아킬레우스의 죽음에

---

22 A. Heubeck, *Die Homerische Frage*, Darmstadt: Wissenschaftliche Buchgesellschaft, 1988[1974], p.6.

대한 묘사가 그렇다. 그런데 이 묘사는 나중에 떨어져·나가서 다른 이야기로 대체되었고, 지금은 사라져 버려 더 이상 찾을 수 없다.

분석론자들이 이렇듯 『일리아스』의 곳곳에서 눈에 띄는 불일치 점들이나 모순점들에 주목해 작품 전체를 여러 층의 개별 시편들로 해체한다면, 단일론자들은 작품 전체의 통일성에 주목하면서 이 작품을 한 개인의 창작물로 보려고 했다. 그런 점에서 최초의 단일론자는 아리스토텔레스이다. 왜냐하면 그는 『시학』 23장에서 일리아스의 통일성을 들어 이 작품을 모든 비극의 모범적인 사례로 내세우기 때문이다.

> 호메로스는 트로이아 전쟁이 시작과 끝을 갖고 있음에도 불구하고 전체를 시에 넣으려고 하지 않았다. [⋯] 그는 한 부분을 취하고 그 밖의 많은 사건들은 에피소드로 사용했다.[23]

아리스토텔레스와 마찬가지로, 20세기의 단일론자들은 작품 전체가 어떻게 시작과 중간과 끝을 지닌 하나의 전체로서 유기체의 성격을 갖는지, 뒤의 사건을 앞부분에서 어떻게 전망하는지, 뒤의 이야기 속에서 앞에서 있었던 일이 어떻게 회고되는지, 어떤 방식으로 사건의 지연이 이루어지고 어떤 방식으로 전체 플롯이 짜이는지를 찾아내려고 했다. 또, 이렇게 다양한 구성의 테크닉과 작품 전체의 통

---

23 『시학』 23, 1459a29 이하[천병희 옮김, 2017, 431쪽].

일성에 초점을 맞추어 전체적인 구성과 개별 시편들 사이의 연관성을 드러냄으로써, 『일리아스』에 "한 위대한 시인의 창조적 처리 방식"[24]이 드러난다고 주장한다.

역사적으로, 단일론에 동조한 사람들 중에는 호메로스 전문가들보다는 『일리아스』에 열광한 작가들이 더 많았다. 볼프의 『호메로스 서설』에 대해 비판적 거리를 둔 괴테의 경우가 대표적이다.

볼프는 호메로스를 박살냈다. 하지만 그는 호메로스의 시에 아무런 해도 입힐 수 없었다. 왜냐하면 이 시는, 아침에는 조각조각 부서지지만 점심때가 오면 사지가 멀쩡해져 다시 식탁에 앉는 발할라Walhalla의 영웅들이 가진 것과 같은 기적의 힘을 가지고 있기 때문이다.[25]

하지만 괴테나 실러를 비롯한 여러 작가들의 직관적 주장은 분석론자들이 득세하던 19세기나 20세기 초까지 목소리를 내기 어려웠다. '분석론 진영의 아킬레우스' 빌라모비츠-묄렌도르프가 버티고 있었기 때문이다. 그렇게 보면 직관적 주장을 지지하는 호메로스 연구가 1930년대에 들어서야 겨우 고개를 들기 시작한 것은 우연이 아닐 것이다. 1931년, '호메로스 문제'에 대한 논쟁을 주도하던 빌라모비츠-묄렌도르프가 세상을 떠났다! 논쟁의 최전선에서 반전을 끌

---

24 "the creative manner of a great poet"(C. M. Bowra, 1933, p.20).

25 J. P. Eckermann, *Gespräche mit Goethe*, ed. F. Bergemann, Berlin: Insel Verlag, 1955, p.221.

어낸 것은 영국의 바우라C. M. Bowra(1898~1971)와 독일의 샤데발트W. Schadewaldt(1900~1974)였다.

반전의 신호탄이 된 바우라의 『일리아드에서 전통과 디자인』은 공교롭게도 빌라모비츠-묄렌도르프가 죽기 직전인 1930년에 나왔다.[26] 제목이 보여 주듯, 호메로스 작품 안에서 무엇이 '전통'이고, 무엇이 새로운 '디자인'인지를 보여 주는 것이 저자의 의도였다. 바우라는 당대의 어떤 사람보다도 그런 문제를 다루기에 적절한 인물이었다. 그에게는 호메로스 이전의 구술 서사시 전통에 대한 견고한 지식이 이미 갖춰져 있었기 때문이다. 그런 바우라에게 호메로스의 독창성과 『일리아스』의 유기적 통일성을 보여 주는 것은 비교적 쉬운 일이었을 것이다. 『일리아스』 전체에서 구술 전통의 영웅 서사시에서 온 것을 빼내면 되니까. 이 '뺄셈' 뒤에 남는 것, 그것을 바우라는 '디자인'이라고 명명했다. 바우라는 『일리아스』에 대한 빌라모비츠의 견해와 아리스토텔레스의 견해를 대비시키면서 이렇게 말한다.

그[호메로스 — 인용자]의 창조적 업적은 시 전체의 구성에서 가장 간단히 눈에 드러날 수 있다. 거기 등장하는 수많은 인물에도 불구하고, 그 작품의 플롯과 대응 플롯에도 불구하고, 그 작품은 하나의 전체로 남아 있다. 빌라모비츠-묄렌도르프가 그랬듯이 이 작품을 '누더기'라고 부르는 것은 작품의 본질적 측면을 놓치는 일이다. 아리스토텔레

---

26 C. M. Bowra, *Tradition and Design in the Iliad*, Oxford: Oxford University Press, 1930.

스의 말대로, 『일리아스』는 시작과 중간과 끝을 가지고 있고, 이제까지 쓰인 어떤 위대한 작품에 뒤지지 않는 감정적 효과를 성취한다. 이 작품은 우리에게 사건들과 인물들로 가득 찬 세상을 보여 주지만, 그 연쇄medley는 모든 것이 아킬레우스의 분노가 낳는 결과들에서 하나의 위대한 감정적 정점으로 인도되도록 짜여 있다.[27]

바우라가 말하는 『일리아스』의 '디자인'은 그가 남긴 한 마디 말로 요약될 수 있을 것이다. "분노는 연민 속에서 정화된다."

한편, 독일의 샤데발트는 영국의 바우라가 닦은 단일론의 길을 더 단단하고 넓게 다져 '호메로스 연구의 아피아 가도'를 건설했다. 이 일은 바우라의 『일리아드에서 전통과 디자인』이 나오고 8년 뒤에 출간된 『일리아스 연구』(1938)를 통해서 이루어졌다.[28] 바우라가 구술 서사시의 전통과 비교해서 『일리아스』의 새로움과 통일성을 드러내려고 했다면, 샤데발트는 『일리아스』에 대한 세부 분석을 통해 작품의 내재적 통일성을 증명하려고 했다.

샤데발트는 대략 작품의 중간에 있는 『일리아스』 11권을 연구의 출발점으로 잡았다. 이 권에는 아킬레우스를 방문한 사절의 청원(9권)이 실패로 끝난 뒤 그리스 군대가 심각한 타격을 입는 상황이 그려져 있다. 아가멤논의 무훈 뒤에 제우스는 이리스를 통해 헥토르

---

27 C. M. Bowra, 1930, p.9.

28 W. Schadewaldt, 1966[1938].

를 움직인다. 트로이아 군대가 들이닥치고, 아가멤논은 코온에게 상처를 입고 전장을 떠날 수밖에 없게 된다. 승승장구하는 헥토르를 디오메데스가 창을 던져 실신시키지만, 그마저 파리스에게 상처를 입고 똑같이 전장을 떠나게 된다. 마지막으로 오뒷세우스도 소코스에게 상처를 입고 퇴각한다. 빌라모비츠-묄렌도르프를 비롯한 분석론자들이 주장하듯이, 이런 장면들이 나중에 맥락에 맞춰 삽입한 개별 시편들이라고 볼 수 있을까?

어떻게 보아도 세 영웅이 상처를 입는다는 모티브가 단독적으로 존재했을 것 같지는 않다. 세 영웅이 가벼운 상처를 입고 잠정적으로 싸움에 나갈 수 없는 형편이 된다는 것은 제우스가 아킬레우스의 명예를 높이기 위해 의도한 잠정적인 패배와 더없이 잘 들어맞는다. 세 사람의 상처는 싸움에 나설 수 없을 정도로 심각하다. 시인은 잠시 동안 아카이아인들의 전투력을 그렇게 약화시킨다. 그들의 패배가 가까이 다가오고 영웅들이 도망가는 군대와 함께 방호벽을 넘어서 배들이 있는 곳으로 내몰릴 필요는 없다. 그렇지만 달리 보면 상처는 가벼운 것이어서 싸움을 할 수 없는 영웅들은 상황을 주시하고 말참견을 하면서 그 사건에 관여할 수 있는 형편에 있다.[29]

샤데발트는 빌라모비츠-묄렌도르프의 후임자로서 베를린대학

---

29 W. Schadewaldt, 1966[1938], pp.70~71.

교의 고전학과 교수로 있던 사람이었다.[30] 그에게는 분석론자들이 다듬어 낸 예리한 분석의 기술과 능력이 탁월하게 갖추어져 있었다. 하지만 분석론자들이 분석의 현미경을 『일리아스』의 불일치점이나 모순점들을 들춰내는 데 사용했다면, 샤데발트는 똑같은 현미경을 사용해서 『일리아스』의 이야기와 이야기를 잇는 연결점들을 찾아내려고 했다. 이런 세부 분석의 결과, 11권과 다른 이야기들을 잇는 모세혈관처럼 가늘지만 촘촘하게 얽힌 관계들, 특히 11권을 앞으로는 8~9권 및 1권과 이어 주고, 뒤로는 12, 13, 15권과 이어 주는 연결망을 찾아낸다. "전체를 둘러보라. 10권의 돌론의 이야기를 제외하면, 『일리아스』의 어디서도, 우리는 한 사건이 끝나면서 동시에 그것이 다른 사건을 '예비'하지 않는 경우를 찾아 볼 수 없다."[31]

샤데발트의 의도는 전통의 영향을 부정하려는 것이 아니었다. 그는 전체 플롯이 수많은 이야기들로 이루어져 있다는 사실도 부정하지 않는다. 그가 『일리아스』에 대한 정밀 분석을 통해 보여 주려는 것은 『일리아스』의 수많은 이야기들이 각각 "자립적인 개별 시편"으

---

30 샤데발트는 빌라모비츠-묄렌도르프와 예거(W. Jaeger)의 뒤를 이어 베를린대학교의 교수로 있었다. 흥미롭게도 예거는 빌라모비츠-묄렌도르프의 분석적 방법을 아리스토텔레스의 『형이상학』에 적용했다. 빌라모비츠-묄렌도르프가 『일리아스』를 그렇게 보았듯이, 예거는 『형이상학』 안에 많은 모순과 불일치점이 있다고 생각했고 이런 점들을 들어 『형이상학』이 여러 시기에 걸쳐 진행된 아리스토텔레스 사상의 '발전 과정'을 보여 준다고 주장했다. 빌라모비츠-묄렌도르프의 연구는 호메로스에 대한 연구의 범위를 넘어서 당대 그리스 고전 연구의 전체적인 방향을 결정했다고 볼 수 있다.

31 W. Schadewaldt, 1966[1938], p.151.

로서 존재하는 것이 아니라 "거대 서사시의 에피소드들"로서 존재한
다는 사실이었다. 빌라모비츠-묄렌도르프와 샤데발트의 결정적 차
이가 여기서 드러난다. 역사적으로 전승된 이야기들은 그것들이 하
나의 전체 플롯 안에서 얽히고설킨 이상, 더 이상 독립적인 시편이
아니라 하나의 통일된 서사를 구성하는 에피소드들이라는 것이 샤
데발트의 주장이었다. 샤데발트는 구술을 통해 전승된 요소들을 이
렇게 전체적인 구도 속에서 재조합하고 재배치해서 새로운 이야기
를 만들어 내는 능력에서 호메로스의 진정한 독창성을 찾아낸다.

호메로스가 마디를 나누고 다듬어 관계를 맺어 주는 방식, 비중을 가
늠하고 단계를 구분하고 길이를 재면서 전체를 축조하는 방식, 반대
되는 것들을 서로 대립시키면서 전체에서 전체가 전개되도록 하는
방식, 다가올 일을 전망하고 지나간 일을 다시 불러내는 방식, 행하는
일과 겪는 일을 밖에 세워 두고 그런 다음 그것을 다시 영혼의 거울
속에 받아들여 고통과 염려와 불만과 충동의 모습으로 그려 내는 방
식, 이 시 작품 안에서 어느 하나 독립적으로 존재하지 않고 모든 것
이 작용을 미치고 결과를 낳고 다른 것과 싸우는 방식, 사물들이 서로
쫓고 쫓기는 관계 속에 놓이는 방식, 그런 가운데 모든 것이 움직임을
얻고 멈추게 되는 방식 ——바로 이것이, 개략적으로 말하면, 호메로스
의 스타일이다.[32]

---

32 W. Schadewaldt, 1966[1938], p.166.

샤데발트의 연구에 담긴 통찰은 20세기 호메로스 연구의 방향을 분석론 쪽에서 단일론 쪽으로 돌려놓았을 뿐만 아니라 그 이후에 전개된 '호메로스 문제'에 대한 모든 연구에 새로운 지평을 펼쳐 놓았다. 한편으로는 단일론의 관점을 유지하면서, 다른 한편으로는 분석론과 단일론의 대립을 지양하려는 '신분석론' 역시 샤데발트의 연구가 없었다면 출현할 수 없었을 것이다. 샤데발트의 『일리아스 연구』 이후 단일론이 새롭게 힘을 얻고 분석론-단일론 논쟁 구도에서 벗어난 밀만 패리와 로드의 구술시 연구가 진행되면서 '호메로스 문제'를 둘러싼 논쟁의 장에도 새 바람이 불어왔다. 이 새로운 환경 속에서 신분석론이 등장한 것이다.

신분석론의 본래 의도는 단일론과 분석론의 간격을 메우는 일이었다. 신분석론자들은 분석론이 파헤친 『일리아스』의 많은 불일치점이, 이 작품의 전체 플롯에 맞춰 이전 구술 전승의 다양한 모티브를 수용하는 과정에서 생겨난 것이라는 가설을 세웠다. 이 가설을 바탕으로 신분석론은 그동안 호메로스 문제를 둘러싼 논쟁이나 구술시 연구에서 등한시되었던 새로운 문제에 주목하게 된다. 전승된 구술 서사시의 이야기 '모티브들'$_{motives}$이 『일리아스』에서 '어떻게' 수용되는가의 문제가 바로 그것이다. 특히 트로이아 서사시 연작에 속하는 작품들에서 발견되는 모티브들이 『일리아스』에 어떻게 수용되는지가 신분석론을 내세운 연구자들의 관심거리였다. 왜냐하면—앞서 언급한 바 있듯이—서사시 연작의 작품들이 문자로 기록된 것은 『일리아스』 이후이지만, 그 안에 담긴 트로이아 전쟁을 둘러싼 연대기적 이야기들은 구술로 전승된 더 오래된 이야기들이라고 가정할 수 있고, 그런 가정을 전제로 우리는 이 이야기들을 배경으로 해서 『일리아스』가 어떤 방식으로 창작되고 호메로스의 창조성이 어디 있는지를 가늠해 볼 수 있기 때문이다. 이런 접근 방법의 의의와 정당성을 보여 주는 전형적인 사례가 바로 앞서 소개한 『아이티오피스』의 경우이다.

신분석론에서 중추적인 역할을 하는 것은 멤논의 노래 혹은 아킬레우스의 노래의 가설이다. 이 가설의 주장에 따르면, 헥토르에 의한 파트로클로스의 희생과 결과적으로 아킬레우스 자신의 죽음을 초래하는 헥토르에 대한 그의 복수 이야기는 『아이티오피스』를 통해 알려진 다른 서사시의 모방이라는 것이다.[33]

신분석론의 호메로스 읽기는 '트로이아 서사시 연작을 밑에 깔고 그 위에 『일리아스』를 겹쳐 보기'라고 말해도 좋을 것 같다. 이런 방법을 『일리아스』에 적용함으로써 얻게 되는 새로운 발견은 적지 않다. 그 방법의 가장 큰 이점은 호메로스가 『일리아스』를 창작하는 방식을 새로운 관점에서 바라볼 수 있게 한다는 점이다. '겹쳐 보기'의 방법은 시작과 중간과 끝을 가진 전체로서 『일리아스』를 짓는 과

---

33 W. Kullmann, "Ergebnisse der motivgeschichtlichen Forschung zu Homer (Neoanalyse)", in R. J. Müller (ed.), *Homerische Motive*, Stuttgart: Franz Steiner, 1992a, p.115.

정에서 시인이 무엇을 취하고 무엇을 버렸는지, 무엇을 강조하고 무엇을 약화시켰는지, 그리고 무엇을 새로이 창작했는지를 우리에게 분명하게 보여 주기 때문이다.[34] 『아이티오피스』의 아킬레우스 이야기를 모델로 삼아 『일리아스』를 바라볼 때 이 작품이 어떤 모습으로 드러나는지는 이미 살펴보았으므로, 이제 초점을 헥토르 쪽으로 옮겨 무엇이 새롭게 창작되었을지 찾아보자.

헥토르기 빠진 『일리아스』는 상상하기 어렵다. 그는 아킬레우스의 적수이고, 이 두 영웅의 대결이 나흘 동안 이어진 전투의 정점을 이룬다. 또, 그의 죽음과 그 이후의 사건들(프리아모스의 방문, 화해, 헥토르의 장례)이 『일리아스』의 대미를 장식한다. 그뿐 아니다. 헥토르에게는 아킬레우스나 그리스 영웅들에게서 찾아보기 어려운 '인간적' 풍모가 있다. 그는 늙은 부모의 사랑스러운 아들이고 한 가정의 온화한 가장이며 한 공동체의 든든한 수호자이다. 헥토르는 그리스의 다른 영웅들과 달리 가족의 가치와 공동체의 가치를 구현하는 인물이다. 그런데 중요한 것은, 이렇듯 『일리아스』 서사의 주역인 헥토르가 그 이전 구술 서사시에서는 조연의 역할조차 하지 않는다는 점이다. 우리가 이 점에 주목해야 하는 이유는 헥토르의 이야기야말로 전통적인 구술 서사시에 없었던 『일리아스』의 새로운 측면을 보여 주기 때문이다. 바꿔 말해서 호메로스는 헥토르를 새로운 인물로

---

34 이에 대한 분석은 W. Kullmann, *Die Quellen der Ilias(Troischer Sagenkreis)*, Wiesbaden: Franz Steiner Verlag, 1960에서 이루어졌다.

형상화하고, 그 주변에 안드로마케와 같은 인물들을 창조해 배치함으로써 구술 서사시에서 그려진 트로이아 전쟁의 이야기를 새로운 수준의 비극적 서사시로 바꾸어 놓은 셈이다. 그런 뜻에서 바우라와 샤데발트의 단일론이 『일리아스』를 영웅 서사시로부터 비극적 서사시로 다시 보게 해 주었다면, 신분석론은 『일리아스』의 새로움과 호메로스의 독창성을 더 포괄적인 관점에서 바라보게 해 준다. 신분석론을 체계화한 쿨만 교수는 이렇게 말한다.

> 신분석론에 따르면, [『일리아스』 안에는 — 인용자] 전통을 존중하는 태도와 시적인 창작이 결합되어 있다. 사실 이런 창작은 후대의 문학에서 이루어진 것처럼 그렇게 자유로울 수는 없다. 하지만 이야기의 모티브들이 앞 세대의 이야기 맥락들에서 채택되었을지라도, 그 안에는 독창성의 여지가 있다.[35]

바흐나 베토벤의 음악을 듣고 감동을 받기 위해서 우리가 꼭 악곡의 복잡한 구성이나 그 음악에 수용된 모티브들에 대해 알아야 하는 것은 아니다. 또 숲의 기운을 몸으로 느끼기 위해서 그 숲의 생태 조건에 대해 깊은 지식을 갖춰야 하는 것도 아니다. 이와 똑같이 '호메로스 문제'에 대한 이해가 전혀 없어도 우리는 『일리아스』를 읽으면서 함께 분노하고, 함께 연민의 감정을 느낄 수 있다. 하지만 이 작

---

35 W. Kullmann, 1992a, p.146.

품의 출현 과정, 시인의 독창성, 전체적 서사 구조에 대해서 이해한다면, 우리의 호메로스 읽기는 훨씬 더 풍성해질 것이다. 어쨌건, 호메로스 문제에 대한 복잡한 논쟁을 소개하는 것이 이 글의 목적은 아니므로, 지난 200년 동안의 '호메로스 문제'에 대한 연구가 낳은 결과를 요약하는 것으로 우리의 논의를 마무리하는 것이 좋겠다. 호메로스는 『일리아스』를 창작하면서 구술 서사시의 전통으로부터 운율과 어법, 전형적 장면들, 독립된 이야기 모티브들을 빌려 왔지만, 이 모든 전통적 요소를 '아킬레우스의 분노'라는 단일한 주제에 맞추어 활용하고 새롭게 조합함으로써 유기적 통일성을 갖춘 비극적 서사시를 완성했다.

◆◆◆

덧말 『일리아스』의 트로이아 전쟁, 역사인가 상상인가?

◆◆◆

어느 날 아침, 신문을 펼치자 특별한 제목의 기사가 시선을 끈다. '트로이아 전쟁의 숨은 진실, 세상 밖으로 나오다.'

트로이아 전쟁의 진실이 밝혀졌다. 지난 1870년대 슐리만의 발굴 이후 고고학자들은 호메로스의 『일리아스』의 배경이 된 트로이아 전쟁의 고고학적 증거를 찾기 위해 터키의 서부 지역 아나톨리아의 해안을 샅샅이 뒤졌다. 트로이아 전쟁의 무대가 히살리크 언덕이라는 것은 이미 슐리만의 발굴을 통해서 확인되었다. 최근 5년 동안 이루어진 발굴을 통해 3200년 동안 땅 속에 묻혀 있던 트로이아 전쟁의 정체가 더 분명하게 드러났다. 히살리크 언덕과 그 주변의 저지대를 탐사하던 고고학자들은 대략 기원전 1200년 무렵 전쟁으로 파괴된 부유한 도시의 흔적과 유물을 찾아냈다. 당시 그리스의 뮈케네 문명과 교류가 있었음을 보여 주는 토기들도 대량 발굴되었다. 무엇보다 발굴 팀을 흥분시킨 것은 인골이었다. 남녀노소를 가릴 것 없이 100여구의 인골이 3000년의 어둠 속에 묻혀 있었다. 화살에 맞아 죽은 사람의 인골, 두개골이 깨진 사람의 뼈들이 널려 있었다. 인골들 근처에서 화살촉도 발견되었다. 성채 도시 뮈케네를 발굴할 때 발견된 것과 같은 종류의 화살촉이었다. 고고학자들의 추측에 따르면 이 화살촉은 대략 기원전 1250년 무렵에 만들어졌고 그 뒤 최소 70년 동안 사용된 것으로 추정된다.

트로이아 전쟁의 역사성을 믿고 싶어 하는 사람은 이런 기사에 흥분하지 않을 수 없을 것이다. 기사가 소개한 발굴 내용은 '호메로스가 『일리아스』에서 이야기한 트로이아 전쟁이 허구가 아니었다'는 사실을 증명하기에 충분하기 때문이다. 이 기사를 읽고도 '기원전 1250년부터 1180년 사이에 히살리크 언덕의 부유한 도시가 전쟁으로 파괴되었고, 그 도시를 파괴한 사람들은 뮈케네 그리스인들이다'라는 주장을 의심할 사람이 있겠는가!

1871년부터 3년 동안 이루어진 슐리만의 트로이아 발굴 이후 지금까지 많은 고고학자들이 트로이아 전쟁의 진실을 밝히기 위해서 땅을 파헤쳤다. 그 결과 내가 꾸며낸 가상의 기사 내용에 가까운 증거들이 축적되었다. 아나톨리아 지역의 히살리크 언덕에 부유한 도시가 있었고, 이 도시가 기원전 12세기 초, 대략 기원전 1180년 무렵에 파괴되었다는 것은 이제 일반적으로 인정되는 사실이다. 그곳에서 발굴한 유적에는 화재의 흔적이 확연하고, 한 소녀의 인골도 발견되었다. 고고학자들은 길거리에서도 시신을 발굴했으며, 담장에 박힌 화살촉도 찾아냈다. 하지만 유감스럽게도 이것이 전부다. 지금까지의 발굴 결과를 토대로 우리는 '히살리크 언덕의 도시가 기원전 1180년 무렵 전쟁에 의해서 파괴되었다'고 추론할 수 있지만, 그 이상은 나아갈 수 없다. 가장 관심을 끄는 문제, 즉 '트로이아의 파괴자가 누구인가?'에 대한 속시원한 대답을 주는 결정적 증거가 없다. 위에서 소개한 가상의 기사가 보도하듯이, 발굴된 화살촉의 종류나 제작자, 제작 연대 등을 확인할 수 있으면 좋겠지만, 그건 그저 '상상'일 뿐이다. 그렇다면 히살리크 언덕에 부유한 도시가 존재했다는 사실, 화재에 의한 파괴의 흔적, 소녀의 인골, 담장의 화살촉, 길거리의 시신들… 이런 것들만으로 『일리아스』 속에 그려진 트로이아 전쟁이 실제로 일어났다고 단정할 수 있을까? 이 전쟁의 역사적 실재성을 주장하려면, ① 공격자가 뮈케네 그리스인들이라는 사실과 ② 그들의 공격과 정복이 기원전 1190~1180년 무렵에 이루어졌다는 사실을 증명할 수 있어야 한다. 이 증명이 가능할까? 앞 장에서 소개한 내용에 덧붙여[1] 이 문제를 조금 더 자세히 따져 보자.

1873년 여름, 슐리만은 히살리크 언덕에서 옛 도시의 흔적을 찾아냈다. 물론 그의 발굴 이전에도 고고학자들 가운데 그곳이 트로이아 전쟁의 무대일 것이라고 추측한 사람들이 있었다. 앞서 언급했듯

---

1 이 책의 40~41쪽을 참고.

이, 영국의 고고학자 프랭크 칼버트도 그 중 하나였다. 그런데 이 조심스러운 고고학자가 막대한 발굴 비용 등의 문제 때문에 머뭇거리는 사이, 『일리아스』에 열광했던 백만장자 슐리만은 막대한 비용과 인부들을 동원해서 히살리크 언덕을 과감하게 파내려 갔다. 그리고 1873년 7월 14일, 드디어 그는 '프리아모스의 보물'을 찾아냈다. 그는 광고의 천재이기도 했다. 터키 밖으로 몰래 빼돌린 유물들과 보석들로 자신의 젊은 아내 소피아를 치장하게 한 뒤, 신문 지상에 사진을 띄웠다. 보물로 꾸민 사진 속의 소피아는 사람들에게 트로이아의 헬레네를 떠오르게 했다. 온 세상이 깜짝 놀랐다. 신화와 전설의 트로이아 전쟁의 역사가 백일하에 드러나는 것 같았다.

하지만 슐리만이 발굴한 '트로이아'는 『일리아스』의 트로이아, "일리오스의 번화한 도시"(2:133)가 아니었다. 그의 발굴 결과가 발표된 뒤 더 정밀한 연대 측정을 통해 확인된 바에 따르면, 그가 찾아낸 것은 훨씬 오래된 도시의 흔적이었다. 히살리크 언덕의 도시는 기원전 3000년 무렵에 건설되어 파괴와 재건의 과정을 거치면서 여러 층의 케이크처럼 켜켜이 쌓인 9개의 층(I~IX)으로 이루어져 있었다. 그중 슐리만이 파낸 것은 대략 기원전 2500년부터 2200년 사이에 존재했던 트로이아 II의 흔적이었다. 슐리만은 아직 그리스 반도에 뮈케네 문명이 존재하기 이전의 트로이아를 발견했던 것이다. 그는 너무 깊이 팠다! 삽질이 너무 심했다!

그림1　시간의 흐름에 따른 트로이아의 변화

Troia Ancient City / History of The Site - Troy Excavations
(출처: https://www.troyexcavations.com/troia-antik-kenti-yerlesim-tarihi/?l=en)

　　트로이아 고고학자들은 어떻게 발굴 지층의 연대를 측정할 수 있었을까? 한 가지 방법이 있다. 자동차에 대해서 모르는 게 없는 사람을 상상해 보자. 그는 어떤 모델의 자동차가 어느 회사에서, 언제 만들어졌고, 언제 단종되었는지를 손바닥 안을 들여다보듯 훤히 알고 있다. 옛날 영화나 드라마에서 거리에 달리는 자동차 장면만 보아도 화면에 비춰진 시기가 언제인지를 귀신같이 알아낼 수 있을 것이다. 트로이아 고고학자들에게는 자동차에 대한 지식에 상응하는, 토기에 대한 지식이 있다. 그동안의 발굴 결과를 통해 어떤 종류의 토기가 언제 만들어져서 언제까지 사용되었는지를 잘 안다.

표1 블레겐과 코르프만의 지층 연대 추정

지층	시작 (블레겐)	시작 (코르프만)	끝 (블레겐)	끝 (코르프만)
트로이아 I	기원전 3000	기원전 2920	기원전 2500	기원전 2550
트로이아 II	기원전 2500	기원전 2550	기원전 2200	기원전 2250
트로이아 III	기원전 2200	기원전 2250	기원전 2050	기원전 2100
트로이아 IV	기원전 2050	기원전 2100	기원전 1900	기원전 1900
트로이아 V	기원전 1900	기원전 1900	기원전 1800	기원전 1700
트로이아 VI	기원전 1800	기원전 1700	기원전 1300	기원전 1300
트로이아 VIIa	**기원전 1300**	**기원전 1300**	**기원전 1260**	**기원전 1190**
트로이아 VIIb1	기원전 1260	기원전 1190	기원전 1190	기원전 1120
트로이아 VIIb2	기원전 1190	기원전 1120	기원전 1100	기원전 1020
트로이아 VIIb3		기원전 1020		기원전 950
트로이아 VIII	기원전 700	기원전 750		기원전 85
트로이아 IX		기원전 85		기원후 450

　　추정 연대에 얼마간 차이가 있지만, 트로이아의 지층에서 발견된 기원전 16세기 중반 이후의 토기의 종류와 사용 연대는 다음과 같다.[2]

---

2 P. Mountjoy, "Troia VII Reconsidered", *Studia Troica*, Bd. 9, 1999, p.298; 마틴 버널, 『블랙 아테나 2』, 오홍식 옮김, 소나무, 2012, 772쪽도 함께 참고.

표2 기원전 16세기 중반 이후 토기 종류와 사용 연대

토기 종류	대략적인 사용 연대
LH I	기원전 1550~1500
LH IIA	기원전 1500~1460
LH IIB	기원전 1460~1400
LH IIIA1	기원전 1400~1375
LH IIIA2	기원전 1375~1300
LH IIIB1	기원전 1300~1230
LH IIIB2	기원전 1230~1210
이행기 LH IIIB2~IIIC 초기	**기원전 1210~1190**
LH IIIC 초기	기원전 1190~1130
LH IIIC 중기	기원전 1130~1070
LH IIIC 후기	기원전 1070~1050/1030
후기-뮈케네 양식	기원전 1050/1030~1020/1000
원-기하학 양식	기원전 1000

고고학자들은 트로이아 지층에서 발굴된 이런 토기들을 단서로 삼아 트로이아 전쟁의 연대를 추측하려고 한다. 이들의 추적 과정을 한번 따라가 보자.

트로이아의 9개 지층 가운데 I~V가 뮈케네 그리스인들과의 전쟁에서 파괴되었을 가능성은 없다. 그리스인들이 세운 뮈케네 문명은 대략 기원전 1600년 이후에 건설되기 시작해서 기원전 1400년 이

후에 전성기를 맞았고 그 무렵부터 에게해의 실력자로 등장했기 때문이다. 그러므로 만일 『일리아스』에 그려진 대로 뮈케네인들이 트로이아 원정을 감행했다면, 이 사건의 흔적은 트로이아 VI과 VII에 남아 있어야 한다. 그렇다면 실제로 이 전쟁을 증거할 만한 흔적이 트로이아 VI이나 VII에 남아 있을까? 고고학자 클라인E. Cline은 그동안의 연구 내용을 바탕으로 이 두 지층의 연대와 파괴 원인을 이렇게 요약했다.[3]

표3   기원전 1300~1000년 무렵의 히살리크/트로이아 각 층의 내력

지층	추정 멸망 연대	추정 파괴 원인	여파
트로이아 VI	기원전 1300년	지진	지속/재건
트로이아 VIIa	**기원전 1230 ~1190/1180년**	**적의 공격**	**지속/재건**
트로이아 VIIb1	기원전 1150년	미상	새로운 문화
트로이아 VIIb2	기원전 1100년	지진 또는 적의 공격	지속/재건
트로이아 VIIb3	기원전 1000년	미상	수 세기 동안 버려짐

앞서 말했듯이, 트로이아의 9개 지층 가운데 VI 이전은 트로이아 전쟁의 무대가 될 수 없다. 그때는 뮈케네 문명 자체가 아예 존

---

3 에릭 클라인, 2016, 160쪽.

재하지 않았기 때문이다. 그렇다면 VI이 전쟁의 무대일까? 하지만 VI은 기원전 1300년 무렵 지진으로 파괴된 것으로 밝혀졌다. 그런데 『일리아스』에는 지진에 대한 언급이 전혀 없다. 한편 VIIb1은 파괴 원인이 알려져 있지 않지만, 뮈케네 시대의 그리스인들이 파괴했을 가능성은 없다. 이 시점에는 이미 뮈케네 문명의 대표적 도시들도 파괴되어 원정 전쟁을 수행할 수 없던 때였기 때문이다. 따라서 남은 가능성은 VIIa뿐이다. 그런데 VIIa의 파괴 연대에 대해서도 논란이 있다. 미국의 고고학자 블레겐C. Blegen은 이 도시의 파괴 연대가 기원전 1240년 무렵이라고 추측했다. 하지만 이 지층의 토기(LH IIIB2)를 연구한 고고학자 마운트조이P. Mountjoy는 파괴 연대를 기원전 1210년부터 1190년 사이로 수정했다.[4] 한편, 최근 히살리크 언덕을 광범위하게 조사한 코르프만M. Korfmann의 연구 결과에 따르면 VIIa에서는 "LH IIIB에 속하는 도자기들과 함께 LH IIIC에 속하는 몇몇 사금파리가 나왔다".[5] 다시 말하면 트로이아 VIIa가 파괴된 것은 LH IIIC가 사용되기 시작한 뒤, 그러니까 기원전 1190년 이후라는 말이다. 그래서 코르프만은 트로이아 VIIa가 기원전 1180년경 "전쟁으로 인한 파괴"로 멸망했다고 확신했다.[6] 호메로스 연구자들 가운데 『일리아스』의 역사성을 확신하는 라타치J. Latacz 교수 역시 기원전 "1180년 무렵

---

4 P. Mountjoy, 1999, pp.297~301.

5 마틴 버날, 2012, 741쪽.

6 에릭 클라인, 2016, 164쪽.

이나 그 직후 대화재"가 트로이아 멸망의 원인이라고 추측한다.[7]

하지만──앞서 말했듯이──트로이아 VIIa가 전쟁에 의해서 파괴되었다는 사실에 대한 확증을 얻었다고 해서 그것만으로 그 전쟁이 『일리아스』에 그려진 트로이아 전쟁과 같은 것이었다고 단정하기는 어렵다. 결정적인 증거, 트로이아 VIIa를 파괴한 것이 뮈케네 그리스인들이라는 증거가 없기 때문이다. 더욱이 다른 역사적 연구나 고고학적 증거들을 동원해서 추적해 보면, 그 시기에 뮈케네 그리스인들이 10년 동안의 전쟁, 그러니까 대략 기원전 1190년에서 1180년 사이에 현재 터키 서부의 아나톨리아 지역에서 원정 전쟁을 수행했을 가능성은 매우 낮다. 이미 기원전 1225년부터 뮈케네 문명에 속했던 도시들이 알려지지 않은 원인으로 파괴되기 시작했기 때문이다.[8] 예를 들어 아가멤논의 왕국 뮈케네는 "기원전 1190년 혹은 그 직후에" 파괴되어 그 이후 주요 도시의 기능을 상실했다. 네스토르의 왕국 퓔로스는 대략 1180년 무렵 파괴되었다. 이렇듯 자기 집 기둥이 무너져 내리는 형편에 남의 도성을 무너뜨리려 에게해를 건너 무려 10년 동안의 전쟁을 감행한다는 것이 말이 될까? 이미 기원전 1200년 무렵에 뮈케네의 도시들이 붕괴되기 시작했다면, 어떻게 1180년경 화재로 인한 트로이아 VIIa의 몰락이 뮈케네 그리스인들의 공격의 결과일 수 있을까? 트로이아 VIIa의 멸망 시점을 뮈케네 문명

---

7 J. Latacz, *Troia und Homer*, München-Berlin: Koehler & Amelang, 2001, p.341.

8 에릭 클라인, 2016, 153쪽.

의 몰락 이전으로 연대를 맞추는 유일한 방법은 트로이아 전쟁과 이 도시의 파괴 시점을 앞당겨 잡는 것이다. 다시 말해서 원정을 통해 트로이아를 파괴시킨 뒤 그리스인들 자신도 파멸의 운명을 겪었다고 보면, 그럴듯한 시나리오가 나온다. 『블랙 아테나』의 저자 버날M. Bernal 같은 사람이 이런 설명을 시도했다. 그는 트로이아 VIIa에서 발견된 후기 헬라스의 토기(LH IIIC)의 시작 연대를 기원전 1180년 이후로 잡는 기존의 연구에 반대하면서, 기원전 1220년 무렵부터 이미 LH IIIC가 사용되기 시작했다고 주장한다. 그리고 이런 추정을 근거로 버날은 "트로이아 전쟁이 기원전 1215년과 1205년 사이에 발생했다"고 추측한다.[9] 논리적으로 불가능하지 않은 추측이지만, 아쉽게도 이 추측에 동의하는 고고학자나 역사가는 없는 것 같다. 게다가 버날은 트로이아를 발굴한 고고학자가 아니다!

결국 슐리만 이후 이루어진 고고학 발굴이나 관련 연구 성과들을 종합하면, 트로이아 VIIa를 파괴한 전쟁을 『일리아스』의 트로이아 전쟁과 같은 것으로 볼 근거가 부족하다. 오히려 연구자들 사이에는 트로이아 VIIa가 기원전 1180년 무렵에 파괴되었고, 그 원인이 뮈케네 시대 그리스인들이 벌인 10년 동안의 전쟁이 아니라 기원전 12세기 말 지중해와 에게해 전역을 대혼란에 빠트린 '바다 사람들'의 공격이라는 견해도 있다.[10] 그렇다면 우리는 트로이아 서사시 연작이

---

9 마틴 버날, 2012, 746쪽.
10 P. Mountjoy, 1999, p.301; 에릭 클라인, 2016, 157쪽 참고.

나 『일리아스』의 전쟁 이야기가 아무런 역사적 배경도 갖지 않은 순수한 문학적 '상상'이라고, 무사 여신들의 '거짓말'이라고 불러야 할까? 꼭 그렇게 단정할 필요는 없다. 기원전 13세기의 뮈케네 문명과 트로이아를 포함한 소아시아 국가들의 상황을 역사적으로 재구성해 보면 트로이아 전쟁 이야기나 『일리아스』의 이야기가 실제 역사적 사건들을 배경으로 했을 가능성이 여전히 남아 있기 때문이다.

다시 기원전 1600~1200년 무렵의 뮈케네 그리스와 소아시아의 역사적 상황을 둘러보자. 그리스의 뮈케네 문명이 시작된 것은 대략 기원전 1600년 이후이다. 그 뒤 기원전 1400년경 뮈케네의 그리스인들은 크레타섬 대부분을 수중에 넣었고, 기원전 13세기에 이르러 에게해 전역을 해상 활동의 무대로 삼을 만큼 세력을 넓혔다. 그들의 활동 범위에는 에게해 북부의 섬들과 아나톨리아 지역(트로이아도 여기 속해 있다)도 포함되었다. 그렇다면 흑해로 가는 길목의 번성한 도시 트로이아도 그들이 눈독 들일 만한 곳이 아니었을까? 이 무렵 트로이아 주변의 소아시아와 아나톨리아 지역의 지배자로 군림하던 세력은 히타이트Hittite 제국이었다. 그런데 이 제국의 문서 보관소에는 기원전 14세기 이후 뮈케네 그리스인들이 에게해 연안에서 벌인 약탈과 트로이아와의 충돌 가능성을 시사하는 기록들이 보관되어 있어 우리의 흥미를 끈다.[11]

히타이트 제국의 수도 하투사Hattusha의 문서 보관소에서 발견된

---

11 이 '히타이트 문서들'에 대한 일목요연한 분석은 에릭 클라인, 2016, 4장을 참고.

점토판의 여러 기록 가운데 특히 눈길을 끄는 것은 '윌루사'Wilusa와 '아키야와'Ahhijawa에 대한 이야기다. 이 이름들은 각각 '일리오스'와 '아카이오이'를 가리키는 것일 가능성이 높다. 그리고 이것이 사실이라면, 우리는 하투샤의 문서 보관소의 기록을 통해 뮈케네 그리스인들과 트로이아의 관계에 대한 정보를 얻을 수 있을 것이다. 이 기록에 따르면 윌루사는 대략 기원전 1600년 무렵부터 300년 이상 히타이트의 봉신 국가였고 두 나라의 관계는 우호적이었다. 그런데 기원전 1290년 이전의 어느 때인가, 피자마라두라는 사람이 히타이트의 왕에게 반란을 일으켜 윌루사를 위협하고 일시적으로 지배했으며, 레스보스를 공격하기도 했다. 그러자 히타이트의 왕은 그의 장군을 보내 윌루사를 되찾고 윌루사의 왕과 조약을 체결했다. 한편, 피자마라두는 아키야와 왕의 봉신 국가인 밀라완다[12]로 망명을 했다가 이후 아키야와로 도피했다고 한다. 윌루사를 지배했던 피자마라두가 히타이트 왕에게 쫓겨 아키야와로 망명했다면, 아키야와와 히타이트와 윌루사의 관계가 우호적이었을 리 없다. 필시 그들은 적대 관계에 있었을 것이다. 더욱이 '아키야와'가 아카이오이인들을 가리킨다면, 반란자 파자마라두의 배후에는 뮈케네 그리스인들이 있었던 것이 아닐까?

피자마라두의 사건 이후 기원전 1290년과 1280년 사이에 히타

---

12 밀라완다(Milawanda)는 이때 이미 그리스의 식민지였다. 우리에게는 밀레토스(Miletos)로 더 잘 알려진 도시이다.

이트와 윌루사 사이에 맺어진 조약에 대한 기록도 의미심장하다. 조약의 당사자는 히타이트 왕 무와탈리Muwattali II와 윌루사의 왕 알락산드루Alaksandru였다. '윌루사의 왕 알락산드루', 흥미롭게도 이 이름은 트로이아의 왕자 알렉산드로스, 즉 파리스를 연상시킨다. 우연의 일치일까? 조약의 체결 시기를 감안해 볼 때, 히타이트의 왕과 조약을 맺은 윌루사의 왕 알락산드루가 『일리아스』의 알렉산드로스와 동일인물일 수는 없다. 하지만 "전설에서는 이름과 시대기 혼재"[13]하는 일이 허다하다. 이런 사실을 고려한다면, 히타이트 문서 보관소의 점토판에 기록된 사건이 어떤 형태의 이야기로 전승되다가 트로이아 전쟁 이야기나 『일리아스』의 이야기에 흘러들었을 가능성을 배제하기 어렵다.

히타이트와 윌루사 사이의 조약이 체결되고 약 30년이 지난 뒤, 기원전 1250년 무렵에 히타이트 왕과 아키야와 왕 사이에 오간 편지도 히타이트와 윌루사와 아키야와 사이의 관계를 추측하는 데 또 다른 실마리를 제공한다. 이 편지에서 히타이트 왕은 아키야와 왕에게 윌루사 전방에 있는 섬들을 염두에 두고 "그 섬들은 나의 소유다"라고 말한다. 그러자 아키야와 왕은 답신에서, 기원전 15세기 선왕 카드무스의 딸과 앗수와Assuwa 왕의 결혼 덕분에 이 섬들은 자기 것이 되었다고 대꾸한다.[14] 여기서 언급된 섬들은 트로이아 인근의 에게

---

13 뤼스템 아슬란, 2019, 154쪽.
14 앗수와(Assuwa)는 인근 지역 22개 도시국가들의 연합이었다. 에릭 클라인, 2016, 104쪽

해 북부에 있는 임브로스, 렘노스, 사모트라케 등을 가리키는 것으로 보인다.[15] 이런 점으로 미루어 볼 때 "후기 청동기 시대에 트로이아-윌루사와 주변 도서 지역을 둘러싸고 긴장 관계가 있었음은 분명하다".[16] 기원전 13세기와 12세기—만일 '아키야와'와 '윌루사'가 각각 뮈케네 그리스인들과 트로이아를 가리키는 것이 맞다면—뮈케네, 트로이아, 히타이트 제국 사이의 군사적 긴장을 보여 주는 이런 기록들은 전쟁에 대해서 직접 언급하지 않지만, 우리는 10년 전쟁 이야기에 소재를 제공했을 법한 크고 작은 군사적 충돌들을 충분히 상상할 수 있다. 『일리아스』에도 그리스 군대가 10년 전쟁을 벌이면서 트로이아 인근의 섬들이나 지역을 점령하고 약탈한 이야기가 차고 넘친다. 헤라클레스의 트로이아 정복 이야기가 대표적이다. 『일리아스』(5:640-642)와 다른 전설에 따르면, 트로이아 왕 라오메돈이 딸을 구해 주는 대가로 명마名馬들을 주겠다고 약속해 놓고 이를 지키지 않자 헤라클레스가 소수의 군사들을 이끌고 가서 트로이아를 함락한다. 또, 트로이아 서사시 연작의 첫째 이야기 『퀴프리아』에는 그리스 군대가 트로이아 원정에 처음 나섰을 때 다른 곳(테우트라니아, Teutrania)을 트로이아로 착각해서 그곳을 파괴하고 돌아왔다가 2차

을 참고.

15 임브로스(Imbros, 13:33, 14:281, 24:78, 24:753)와 렘노스(Lēmnos, 1:593, 2:722, 7:467, 8:230, 14:230, 14:281, 21:40, 21:46, 21:58, 24:753) 섬은 『일리아스』에 자주 언급된다. 사모트라케(Samothrakē)는 "트라케의 사모스"(13:12) 혹은 "사모스"(24:78, 24:753)로 소개된다.

16 뤼스템 아슬란, 2019, 153쪽.

원정에서 트로이아를 파괴했다는 이야기도 들어 있다. 『일리아스』에도 잘못된 출항 때문에 트로이아를 정복하기까지 결국 10년이 아니라 20년이 걸렸음을 시사하는 부분이 있다.[17] 이런 이야기들은 에게해 지역에서 뮈케네 시대의 그리스인들이 벌인 약탈과 도발 행동들을 반영하는 것이 아닐까?

『일리아스』의 트로이아 전쟁 이야기는 허구적 상상일까, 아니면 10년 원정 전쟁에 대한 역사적 기억일까? 지금까지의 고고학적인 증거나 연구 결과에 따르면, 진실은 아마도 두 가지 극단 사이의 어디쯤에 있을 것이다. 대체로 세 가지 견해가 서로 팽팽히 맞선다.[18]

첫 번째 견해에 따르면 호메로스가 형상화한 트로이아 전쟁 이야기에는 그리스의 뮈케네 제국과 이 제국의 세력 팽창에 대한 기억, 모호하긴 하지만 실제로 일어난 중요한 사건으로 소급되는 기억이 포함되어 있다. 또 다른 견해는 트로이아 전쟁 이야기의 기원을 일회적인 정복 원정이 아니라, 대략 100년의 기간에 걸쳐 뮈케네 그리스인들이 트로이아를 비롯한 아나톨리아 지역에서 감행한 여러 차례의 크고 작은 군사적 도발에서 찾는다. 이런 다수의 군사적 움직임들이 10년 동안에 걸친 기념할 만한 규모의 일회적 원정으로 압축되었다는 것이다. 마지막으로 『일리아스』에 그려진 사건의 역사적 배경

---

17 이 책의 169쪽 각주 28을 참고.

18 G. Weber, "Der Troianische Krieg: Historische Realität oder poetische Fiktion", in A. Rengakos and B. Zimmermann (eds.), *Homer Handbuch*, Stuttgart: Metzler, 2011, pp.247 이하를 참고.

을 기원전 12세기 말의 전쟁이 아니라 그 이후에 그리스인들과 트로이아 지역의 거주민들 사이에서 벌어진 군사적 갈등에서 찾는 견해도 있다. 즉『일리아스』가 그리스인들의 역사적 경험을 반영하고 있다면, 이 경험은 기원전 1180년 이전의 경험이 아니라 그 이후의 경험이라는 말이다.

트로이아는 기원전 1180년 무렵 전쟁으로 파괴된 뒤에도 계속 존속했다. 아마도 소아시아의 다른 지역이나 발칸 반도에서 온 사람들이 그곳에 거주했으리라고 추측된다. 트로이아 VIIb1~3 주거층(기원전 1180~950년경)이 이 시기에 해당하는데, 이 주거층에서도 세 차례의 파괴 흔적이 확인되었다. 기원전 1050년 무렵 전쟁 때문에 파괴되었고, 100년 뒤인 기원전 950년경 다시 알 수 없는 원인에 의해서 파괴되었다. 그 이후 200여 년 동안 폐허로 버려졌다가, 마침내 기원전 750년 이후에 그리스인들의 거주지가 되었다. 그런데 트로이아 VIIb1~3이 존속했던 이 시기(기원전 1180~950년경)는 그리스인들의 이주 시기와 겹친다. 그리스인들의 한 부족인 아이올레스인들이 대략 기원전 11세기 말부터 아나톨리아 지역으로 이주했기 때문이다. 이 이주가 아무 군사적 충돌 없이 평화적으로 이루어졌으리라고 가정하기는 어렵다. 아이올레스인들이 발을 들여 놓았을 때 트로이아에는 이미 여러 곳에서 온 사람들이 살고 있었기 때문인데, 트로이아 전쟁의 이야기는 이 거주민들과 새로운 이주민들 사이의 군사적 충돌의 경험이 과거에 투사된 것일 수 있다. 물론 이 경험은 이야기가 만들어지는 과정에서 각종 영웅담과 전설로 과장되고 각색되었을 것이다.

3200년 전의 역사에 대한 긴 이야기를 간단히 요약해 보자. 가장 최근에 히살리크 언덕을 발굴한 코르프만은 이렇게 말한다.

당시의 전쟁들이나 혹은 무력 충돌들이 —— 전체적으로나 부분적으로 —— 트로이아 전쟁에 대한 후대의 전설을 낳았을까? 아니면 그런 전쟁들이나 원정들 가운데 처음에는 기억과 전설 속에서, 그 뒤에는 영웅 서사시 안에서 보존할 가치가 있다고 생각되었던 특기할 만한 것이 있었을까? —— 이 모든 것은 아직 알려져 있지 않다.[19]

우리는 언제부터 트로이아 전쟁 서사시가 구체적인 형태를 갖추게 되었는지도 알지 못한다. 하지만 확실히 말할 수 있는 것이 하나 있다. 기원전 12세기 이후 이런저런 역사적 사건들을 배경으로 해서 트로이아 전쟁의 이야기가 만들어지고 전해질 때, 이 이야기를 전하는 전문적인 가인들이 전쟁 이야기의 영감을 얻기는 어렵지 않았을 것이다. 그리스인들이 찾아온 곳에도, 떠나온 곳에도 서사적 상상을 자극하는 것들이 널려 있었기 때문이다. "곳곳의 폐허는 영웅들의 세계와 호메로스의 청중들의 세계를 이어 주는 손에 가장 가까이

---

19 M. Korfmann, "From Homer's Troy to Petersen's Troy", in M. M. Winkler (ed.), *Troy: from Homer's Iliad to Hollywood Epic*, Malden: Blackwell, 2004, p.26.

있는 연결점을 보여 주었다."[20] 히살리크 언덕의 옛 트로이아 주변에는 무너진 성벽과 무덤들이 널려 있었다. 시인들은 거의 같은 시기에 파괴된 뮈케네의 옛 왕국들에서도 거대한 성벽과 무덤, 황금 유물들을 볼 수 있었을 것이다. 이런 폐허의 장소들과 과거의 흔적들이 반신적半神的 영웅들이 통치한 왕국과 그들이 벌인 전쟁 이야기를 상상하게 하는 힘이 아니었을까? 게다가 과거를 이상화된 형태로 상상하는 것은 당대의 관심에 더없이 부합하는 일이었다. 암흑시대를 거치는 동안 그리스인들의 식민도시들이 발전했고 그와 더불어 귀족들 사이에서는 선조들의 시대를 이상화하려는 욕망도 불타올랐기 때문이다.

---

20 B. Graziosi, *Homer*, Oxford: Oxford University Press, 2016, p.34.

III.
영웅들과 여인들

반신半神의 영웅들

『일리아스』의 주인공들은 개성이 뚜렷하다. 10년 전쟁을 이끈 그리스 군대의 노회한 총수 아가멤논, 때로는 분노의 불길에 타오르고, 때로는 연민의 눈물을 쏟아 내는 격정의 화신 아킬레우스, 인내와 지략의 대명사 오뒷세우스, 불굴의 전사 디오메데스 등이 그리스 군영을 대표한다. 그 반대쪽에도 인물들이 있다. 공동체를 위한 의무를 자신의 목숨이나 가족의 안전보다 중시하는 트로이아의 수호자 헥토르, 목숨을 내던질 용기는 없어도 의무감을 저버리지 않는 매력의 소유자 파리스가 그들이다. 이들은 영화 「트로이」(2004)의 주인공 브래드 피트, 에릭 바나, 올랜도 블룸이 따라올 수 없을 만큼, 후대 그리스인들의 상상 세계를 강력하게 지배한 슈퍼 히어로였다.

아가멤논, 아킬레우스, 헥토르 등은 모두 '영웅', 즉 '헤로스'héros 이다. 헤로스는 일반적으로 트로이아 전쟁의 '전사'들을 일컫지만, 더 좁은 의미로 쓰일 때도 있다. 그리스 서사시에서 '영웅'은 '헤미테오이'hēmitheoi(12:23), 즉 반신적인 존재를 가리키기도 한다. 이에 따르면 적어도 어느 한쪽은 신의 핏줄인 부모에게서 태어난 사람들이 영웅이다. 예를 들어 아킬레우스의 어머니는 테티스 여신이고, 아이네이아스의 어머니는 아프로디테이다. 아가멤논이나 헥토르의 친부모는 신이 아니지만, 몇 대만 거슬러 올라가면 그 가문의 시작점에 특정한 신이 있다.[1] 인류 문명의 역사를 다섯 단계로 나눈 헤시오도스의 신화에 따르면, 이런 반신의 영웅들은 황금 종족, 은 종족, 청동 종족에 이어 네 번째로 지상에 출현한 종족이며, 철기 시대의 사람들보다 먼저 살았다.[2] 헤시오도스는 "사악한 전쟁과 무시무시한 전투가 그들을 멸했다"고 말한다. 물론 트로이아 전쟁이 영웅들을 지상에서 쓸어버린 대표적인 전쟁이다.

그리스의 역사가 헤로도토스(대략 기원전 484~425년)는 영웅들이 신의 자손이라는 믿음을 그리스 문명의 가장 특징적인 현상 가운데 하나로 꼽았다. 『삼국지』, 『베어울프』, 『니벨룽겐의 반지』와 같은 동서양의 서사시와 신화에도 영웅들이 등장하지만 이들은 신의 자

---

1 신과 인간의 결합에 대해서는 『여인들의 목록』[천병희 옮김, 2004, 129쪽 이하]와 『오뒷세이아』 11,225 이하를 참고.
2 『일과 날』, 109행 이하[천병희 옮김, 2004, 94~95쪽].

손이 아니다. 그리스 세계에 영향을 미친 인근 문명과 비교해 보아도 영웅에 대한 그리스인들의 믿음은 특이한 현상이다. 예를 들어 지리적으로 가까웠던 이집트는 그리스 문명에 많은 영향을 미쳤지만, 이집트인들은 그리스인들처럼 영웅을 숭배하지 않았다.[3] 인간이 신에게서 태어난다는 것은 그들에게 매우 생소한 생각이었다.

헤로도토스의 『역사』는 이와 관련된 흥미로운 이야기를 들려준다.[4] 헤로도토스에 앞서 활동한 역사가 헤카타이오스(기원전 550~476년경)가 이집트의 테바이를 방문했을 때의 일이다. 테바이의 사제들을 만난 자리에서 헤카타이오스는 자신의 족보를 거슬러 올라가면서 16대조 할아버지가 신이라고 주장했다. 잠자코 그의 말을 듣던 이집트의 사제들은 목상들이 늘어선 큰 방으로 헤카타이오스를 안내했다. 방에는 345개의 목상들이 줄지어 서 있었는데, 과거의 사제들이 세워 둔 목상들이었다. 테바이의 사제들은 최근에 죽은 대사제의 목상에서 시작해 앞 세대의 목상들을 하나하나 헤아리며, 아들이 아버지를 계승하고 있음을 보여 주면서 인간이 신에게서 태어났다는 헤카타이오스의 주장을 반박했다. 그들은 목상들 가운데 어느 것도 신이나 영웅과 연결시키지 않고 그들을 모두 '피로미스', 즉 '신사'라고 불렀다.

이렇듯 헤로도토스가 그리스 문명의 두드러진 특징으로 꼽은

---

3 『역사』, 2.50[김봉철 옮김, 2016, 233쪽].

4 『역사』, 2.143[김봉철 옮김, 2016, 289쪽].

반신적인 영웅들에 대한 서사는 『일리아스』의 핵심을 이룬다. 물론 신의 혈통에서 태어난 영웅에 대한 믿음과 그들에 대한 서사는 호메로스의 서사시보다 더 오랜 역사를 가지고 있다. 『일리아스』가 출현하기 훨씬 이전부터 '영웅들의 행적'을 노래하는 구술 서사시가 소아시아의 그리스 식민도시들에 퍼져 있었을 것이다. 멀리 뮈케네 문명에서 그 유래를 찾으려는 사람들도 있다. 『일리아스』는 이런 전통을 수용하는 한편, 전설 속의 영웅들에게 뚜렷한 개성을 부여함으로써 후대의 그리스인들에게 영웅의 이상을 제시했다.

영웅의 에토스

영웅들의 개성은 그들의 성격과 행동에서 선명하게 드러난다. 아킬레우스와 헥토르, 메넬라오스와 파리스, 네스토르와 프리아모스를 함께 떠올려 보자. 『일리아스』를 읽은 사람은 마치 스크린 속의 영화 주인공들처럼 생생하게, 작품 속 주인공들의 이미지를 떠올릴 수 있을 것이다. 하지만 그렇게 뚜렷한 개성의 차이를 보이는 『일리아스』의 영웅들에게도 하나의 공통된 행동 지침이 있다. 그들이 지향하는 '영웅의 에토스'가 그것이다. 이 에토스는 여러 측면을 갖지만, 우리는 주로 세 가지 특징을 들어 그 본질을 그려 낼 수 있을 것이다. 명성의 추구, 탁월함의 숭상, 불멸에 대한 욕망이 그에 해당한다. 이제 이런 특징들을 하나씩 살펴보자.

『일리아스』의 영웅들은 서로 다른 대의를 내걸고 싸운다. 그리스 군의 영웅들은 트로이아를 정복하여 납치당한 헬레네를 되찾기 위해서 싸우고, 트로이아의 영웅들은 조국 트로이아와 헬레네를 지키기 위해서 싸운다. 싸움의 목적과 동기가 서로 다르다. 그러나 그런 대의만으로 영웅들의 행동이 모두 설명되는 것은 아니다. 트로이아 성의 정복이나 방어는 싸움의 외적인 동기에 지나지 않기 때문이다. 10년 동안 계속된 이 전쟁에서 영웅들을 움직이는 더 큰 동기, 내면의 동기는 따로 있다. 바로 명예$_{timē}$ 혹은 명성$_{kleos}$을 얻는 것이다. 아가멤논과 메넬라오스가 트로이아 원정에 나선 이유는 헬레네가 납치당함으로써 빼앗긴 명성을 되찾기 위함이다. 아킬레우스가 그리스 동료 전사들이 희생당하는 것을 뻔히 바라보면서도 참전을 거부하는 것도 자신의 짓밟힌 명성을 되찾기 위해서이다. 그는 "명예의 선물"로 자신에게 주어진 브리세이스를 아가멤논에게 빼앗김으로써 실추된 명예를 되찾기 위해 때를 기다리고 있는 것이다. 헥토르는 동생 파리스의 헬레네 납치가 잘못된 것임을 인정하면서도, 조국의 마지막 수호자로서 명성을 잃지 않기 위해 아킬레우스와의 맞대결에 나선다.

　'명성' 혹은 '명예'를 가리키는 그리스어 낱말에는 여러 가지가 있다. 'kleos'(소문, 명성), 'timē'(명예, 복수, 권위), 'kydos'(힘, 승리, 승리의 영광), 'euchos'(승리의 명성) 등이 비슷한 뜻으로 쓰인다. 그 가운데 상대적으로 빈번하게 쓰이는 '클레오스'$_{kleos}$는 명예의 논리가 가진 성격을 단적으로 보여 준다. 클레오스는 '듣다'라는 뜻의 동사

'klyein'과 어원이 같다. 어원을 따져 보면, 클레오스는 듣는 말, 즉 소문이나 명성 따위를 가리킨다. 입에서 입으로, 앞 세대에서 다음 세대로 전해지면서 보존되는 것이 바로 '클레오스', '명성'이다. 명성은 일종의 사회적 인정으로서 소문을 통해 생겨나고 소문을 통해 퍼져 간다. 그렇기 때문에 명성을 추구하는 영웅들은 자신의 행동에 대한 타인들의 평가에 매우 민감할 수밖에 없다.

명성을 추구한다는 것은 곧 타인의 평판에 자신을 내맡긴다는 뜻이다. 그런 뜻에서 아리스토텔레스는 명성은 피상적이어서 인간이 추구할 만한 최고의 가치가 될 수 없다고 말한 바 있다.[5] "명예는 명예를 받는 사람보다 수여하는 사람에게 더 의존하는 것처럼" 보이고, 그런 점에서 인간의 자율적이고 자족적인 삶을 보장해 주지 못한다는 것이 기원전 4세기에 살았던 철학자의 지적이다. 하지만 그보다 800년 이상 앞서 살았던 『일리아스』의 영웅들에게는 그렇게 자율적이고 자족적인 삶에 대한 바람이 없다. 그들에게는 오히려 명성 혹은 명예의 획득이 모든 것에 우선하는 최고의 가치이고, 이 가치에 도달하기 위해서 타인의 '소문'을 살피고 '눈치'를 보지 않을 수 없다. 심지어 호메로스의 영웅들은 의무의 이행마저도 그것이 낳는 결과 때문에, 즉 타인의 인정 때문에 가치를 둘 정도다.

『일리아스』 6권에 드러난 헥토르의 태도가 이런 사실을 잘 보여

---

5 『니코마코스 윤리학』 I 5, 1095b25 [『니코마코스 윤리학』, 김재홍·강상진·이창우 옮김, 이제이북스, 2006, 20쪽].

주는 사례이다. 헥토르는 아킬레우스와의 마지막 결전을 위해 전장으로 떠나면서 출전을 말리는 아내 안드로마케에게 이렇게 말한다.

"난들 어찌 그런 모든 일들이 염려가 안 되겠소, 여보!
하지만 내가 만일 겁쟁이처럼 싸움터에서 물러선다면
트로이아인들과 옷자락을 끄는 트로이아 여인들을 볼 낯이
없을 것이오$_{aideomai}$. 그리고 내 마음도 이를 용납지 않소. 나는 언제나
용감하게 트로이아인들의 선두 대열에 서서 싸우며 아버지의
위대한 명성과 내 자신의 명성$_{kleos}$을 지키도록 배웠기 때문이오."
(6:441-446)

헥토르의 아내 안드로마케는 젊은 남편의 죽음을 예감하고 그것이 가져올 끔찍한 결과들을 염려하면서 그의 출전을 말린다. 품에 안긴 어린 아들은 고아가 되고 아내는 과부가 되며 트로이아 성은 파괴되어 모두 살해를 당하거나 노예로 끌려갈 것이다. 하지만 아내의 눈물과 애원에도 불구하고 헥토르는 도성에 머물 수 없다. 용감하게 트로이아인들의 선두 대열에서 싸움으로써 선조들의 위대한 명성과 자신의 명성을 지키는 것이 그가 배운 행동 원칙이기 때문이다. 그런데 목숨을 담보로 명성을 얻으려는 헥토르의 선택의 배후에는 또 다른 동기가 숨어 있다. 타인들 앞에서 '수치'$_{aidōs}$를 당하지 않는 것이다.[6] 용감하게 선두 대열에 서서 싸우는 것과 겁쟁이처럼 싸움터에서 물러나는 것, 아버지와 자기 자신의 명성을 지키는 것과 여인네

들 앞에서 수치를 당하는 것은 대척점을 이룬다. 뒤집어 말해서, 헥토르가 명성을 추구하는 이유는 명성을 얻지 못할 경우 그를 기다리는 것이 수치이기 때문이다. 헥토르를 비롯한 호메로스의 영웅들에게 의무의 이행은 타인의 인정과 명성을 낳지만, 의무의 불이행은 불명예와 수치를 남긴다.

그런 관점에서 볼 때 호메로스의 영웅 세계는 이른바 '수치 문화'shame culture의 전형을 보여 준다.[7] 명성의 추구는 수치스럽지 않은 삶, 즉 남에게 부끄럽지 않은 삶을 향한 열망과 동전의 양면을 이루기 때문이다. 이 세계에서 영웅들의 행동을 이끄는 것은 내면화된 죄의식이 아니라 수치심이나 명성에 대한 고려이다. 물론 그렇다고 해서 영웅들이 남들이 보지 않는 곳에서 몰래 부끄러운 짓을 할 수 있다는 말은 아니다. 실제로 남의 눈에 띄지 않더라도 수치심이 생길 수 있다. 영웅들의 의식 속에 '배움'을 통해 내면화된 이상적 자아가 자리 잡고 있는 한, 이 자아의 눈 밖에 나는 행동은——그 행동이 비록 남의 눈을 피한다고 하더라도——주인공의 내면에 고통과 수치심을 낳기 때문이다. 이렇게 수치의 고통을 피하면서 명성을 얻으려는 욕망이야말로 『일리아스』의 영웅들의 선택과 행동에서 가장 눈에 띄

---

6 천병희 역에서 '낯이 없다'라고 옮긴 aideomai는 '수치스럽다'는 뜻이다. 같은 어원의 aidōs는 다른 사람의 감정이나 의견에 대한 '존중', '수치'(shame)를 뜻한다.

7 에릭 R. 도즈, 『그리스인들과 비이성적인 것』, 주은영·양호영 옮김, 까치, 2002, 32쪽; 정준영, 「『일리아스』에서 영웅적 자아의 aidōs와 행위패턴」, 『서양고전학연구』, 제33권, 2008, 5~44쪽도 함께 참고.

는 점이다.

명성은 아무에게나 주어지지 않는다. 명성을 얻기 위해서는 신적인 혈통도 중요하지만, 그보다 더 중요한 것은 남다른 공적을 성취하는 것이다. 그래서 『일리아스』의 영웅들은 명성을 얻기 위해 남들보다 뛰어나기를 원한다. 헥토르는 "언제나 용감하게 트로이아인들의 선두 대열에 서서 싸우기"를 배웠다. 아킬레우스의 아버지 펠레우스가 전장으로 떠나는 아들에게 준 권고도 그와 다르지 않다. "항상 으뜸이 되고 남보다 뛰어나거라."(11:784) 이 권고는 단지 아킬레우스뿐만 아니라——그리스 군영과 트로이아의 군영을 가릴 것 없이——『일리아스』의 모든 영웅이 따라야 할 하나의 정언명령이다. 그렇게 '항상 최고가 되는 것'은 호메로스의 영웅들의 가장 큰 관심사이고, 이를 그리스인들에게 가르침으로써 호메로스는 "전체 그리스의 교사"가 되었다.

호메로스의 영웅주의적 에토스를 특징짓는 또 다른 키워드인 '아레테'aretē도 같은 맥락에서 등장한다. 아레테는 본래 '뛰어남'excellence 혹은 '탁월함'을 가리키는 가치 용어이다. 그리스인들은 사람이나 동물을 비롯해, 심지어 도끼나 칼 같은 도구에 이르기까지 각각에 고유한 기능이 있다고 생각하면서, 이 기능을 잘 실현하는 것을 각각의 이상적 상태로 여겼다.[8] 그리고 그런 이상에 도달하기 위

---

8 『국가』 I, 353b[박종현 옮김, 1997, 116쪽 이하]; 『니코마코스 윤리학』 II 6, 1106a14 이하 [김재홍·강상진·이창우 옮김, 2006, 63쪽].

해 필요한 상태를 일컬어 '아레테'라고 불렀다. 예를 들어 칼이 잘 든다면, 이는 그 칼에 칼의 아레테가 갖추어져 있기 때문이고, 악기 연주자가 악기를 잘 연주한다면, 이는 그에게 악기 연주자의 아레테가 갖추어져 있기 때문이다. 조성진이 피아노 연주를 잘하는 것은 피아니스트의 아레테를 갖추고 있기 때문이며, 손흥민은 축구 선수의 아레테를 갖추고 있기 때문에 축구를 잘한다. 마찬가지로 사람이 사람으로서 잘 살기 위해서는 사람의 아레테가 필요하다.

그렇다면 사람이 사람으로서 잘 살기 위해서 갖추어야 할 아레테는 어떤 것일까? 이 질문은 그리스 윤리학이 몰두했던 가장 중요한 물음이다. 그리스 철학자들은 이 질문에 서로 다른 대답을 했지만, 그들이 공유했던 한 가지 전제가 있다. 사람은 지성을 갖춘 도덕적인 존재라는 것이다. 사람에게는 태어날 때부터 지적인 능력이나 도덕적 능력이 본성적으로 갖추어져 있다는 뜻에서 그렇다. 이것을 잘 실현하는 삶이 사람의 가장 이상적인 삶이다. 그런데 아무리 천부적인 능력을 타고난 운동선수도 연습을 게을리하면 운동을 잘할 수 없듯이, 사람도 자신의 지적이고 도덕적인 능력을 충분히 발휘하여 훌륭한 삶을 살기 위해서는 탁월성을 획득해야 한다. 사람이 아레테를 획득하여 자신에게 본성적으로 주어진 능력을 최대한으로 발휘하면서 잘 사는 것, 이것은 소크라테스, 플라톤, 아리스토텔레스로 대표되는 그리스 고전기 윤리학뿐만 아니라 후대의 그리스 윤리학 전체를 꿰뚫는 관심사였다. 그리스 윤리학 전체를 일컬어 '아레테의 윤리학'이라고 부를 수 있는 것은 그 때문이다. 소크라테스는 "탁월성은 앎이다"[9]라는 주장을 앞세워 철학을 한 사람이다. 플라톤은 『국가』에서 절제, 용기, 지혜, 정의를 네 개의 주요한 아레테로 내세우고,[10] 아리스토텔레스는 『니코마코스 윤리학』 등에서 아레테를 지성의 아레테와 습성의 아레테로 분류하고 자신의 덕 윤리학을 전개한다.[11] 그런데 이런 탁월성의 윤리학도 그 역사를 거슬러 올라가면 호메로스에 그 뿌리가 있다. 다만 호메로스의 영웅들이 추구하는 아레테는 후대의 철학자들이 철학적 이론의 대상으로 삼은 아레테와 다르다. 그들의 관심사는 사람이 '사람으로서' 잘 사는 것이 아니라 사람이 '영웅으로서' 잘 사는 것이었다. 영웅의 아레테는 사람의 아레테보다 더 단순한 것일 수 있다. 그것은 ── 한마디로 말해서 ── '경쟁의 탁월성'이다. 즉 남들과의 경쟁에서 앞설 수 있게 하는 역량이 영웅의 아레테이다.

경쟁에서 으뜸이 되고 남보다 뛰어나기를 원하는 호메로스의 영웅들에게 일차적으로 중요한 것은 '무기의 경쟁'이다. 전쟁에서의 승리, 전투에서 남을 이기는 것이 그들의 관심사이다. 이를 위해서는 '사내다움', 즉 불굴의 '용기'[12]가 필요하다. 용기 혹은 사내다움은 영웅을 영웅답게 하는 것이고, 이런 탁월성을 갖춘 영웅은 전장에서 적

---

9 『메논』(*Meno*), 89a[플라톤, 『메논』, 이상인 옮김, 이제이북스, 2009, 86쪽]; 『에우튀데모스』(*Euthydemus*), 278d~282a[『에우튀데모스』, 김주일 옮김, 아카넷, 2019, 40쪽 이하].

10 『국가』 IV, 431b 이하, 441d 이하[박종현 옮김, 1997, 283쪽 이하, 304쪽 이하].

11 『니코마코스 윤리학』 II 1, 1103a14 이하[김재홍·강상진·이창우 옮김, 2006, 51쪽 이하].

12 그리스어의 '용기'(andreia)는 '남자'(anēr, andros)에서 나왔다. 곧 '용기'는 '남자다움', '사내다움'을 뜻했다. '덕'(virtue)의 어원인 라틴어 'virtus'도 'vir'(남자)에서 나왔다.

과 싸워 이기고 또 그런 공적을 인정받아 다른 동료들을 앞설 수 있다. 하지만 그것만으로 충분할까?

경쟁의 형태는 하나가 아니므로, 창칼을 잘 쓴다고 훌륭한 영웅 대접을 받는 것은 아니다. 전쟁이 가장 극단적인 형태의 경쟁, 즉 목숨을 건 적과의 경쟁이라면, 그런 경쟁 말고도 다른 종류의 경쟁이 있다. 예를 들어 전장의 경쟁이 아니라 회의장의 경쟁이 그렇다.[13] 『일리아스』의 영웅들은 중요한 결정을 내리기 위해 아고라agora에 모인다. 아고라에 모여든 군중들 사이에서는 전장을 날아다니는 화살처럼 수많은 말들이 오간다. 이런 자리에서 중요한 것은 훌륭한 말솜씨로 타인을 설득해 자신의 뜻을 관철시키는 것이다. 아무리 싸움에 능한 영웅들이라고 해도 동료들 사이에 창칼을 쓸 수는 없지 않은가? 적과의 관계에서는 '무기의 경쟁'이, 동료들 사이에서는 '말의 경쟁', 즉 논쟁이 벌어진다. 그래서 호메로스의 영웅 세계에서는 잘 싸우는 것만큼 중요한 덕목이 잘 말하는 것이다. 싸움만 잘한다고 해서 훌륭한 영웅은 아니고, 훌륭한 영웅은 전장에서는 적을 이기고 회의장에서는 친구를 이겨야 한다. 이런 점에서 싸움도 잘하고, 말도 잘하는 아킬레우스와 오뒷세우스야말로 진정한 영웅이다.[14] 반면 아이아스는 "아카이오이인들의 울타리"(3:229)이고 전투 능력에서는

---

13 『오뒷세이아』 11.510-516의 아킬레우스의 아들 네옵톨레모스에 대한 묘사를 참고.

14 『오뒷세이아』(16.240 이하)에서 텔레마코스는 아버지 오뒷세우스의 뛰어남을 이렇게 칭송한다. "아버지! 저는 아버지께서 팔에 있어서는 창수(槍手)시오/ 회의에서는 지혜로우시다는 명성을 늘 듣고 있었답니다."

아킬레우스에 버금가는 인물이지만 말솜씨가 부족해서 그런지 존재감이 떨어진다. 그는 몸집과 목소리만 크다.

영웅적 에토스의 세 번째 특징인 '불멸에 대한 욕망'에 대해 살펴보기 위해 다시 명성의 문제로 돌아가 보자. 영웅들은 왜 명성을 추구하는가? 영웅들이 모든 것을 제쳐 놓고 명성에 그토록 집착하는 이유는 무엇일까? 궁극적인 이유는 하나다. 명성을 얻는 것이 불멸의 길이기 때문이다. 불멸의 삶에 대한 욕망은 영웅이나 범인은 물론 하찮은 동물에 이르기까지 어떤 존재에게나 공통적인 현상이다. 그들은 모두 영원히 살고자 한다. 지상에 사는 모든 존재에게 영원한 삶에 대한 욕망이 간절한 이유는—역설적으로—그들 모두 제한된 시간을 살다가 죽을 수밖에 없는 운명을 타고났기 때문이다. 그래서 불사의 신들에게는 영원한 삶에 대한 욕망도 없다. 그들에게 영원한 삶은 주어진 현실이지 미래를 향한 바람이 아니다. 영원의 삶을 욕망하는 것에는 영웅들도 예외가 아니다. 그들은 신의 핏줄에서 태어났지만, 그럼에도 불구하고 불사의 신들이 아니라 죽음을 벗어나지 못하는 인간이기 때문이다.

땅 위를 기어 다니는 벌레에게나 전장을 누비는 영웅들에게나 삶의 궁극적인 목적은 영원한 삶이다. 하지만 반신의 존재인 영웅들에게도 생명의 영원한 지속으로서의 불멸은 불가능하다. 그렇기 때문에 그들은 명성에 매달릴 수밖에 없다. 이를테면 타인의 기억 속에서 영원히 살아남는 것이 유일한 불멸의 길이기 때문이다. 예를 들어 헥토르는 명성을 얻기 위해 참전을 결정하면서 트로이아 여인들의 눈초리를 의식하지만, 그가 두려워하는 것은 자신의 행동을 직접 바라보고 있는 그들의 눈길만이 아니다. 그가 명성을 기대하는 타인들의 범위는 훨씬 더 넓다. 자신의 행적이 영원히 살아남기 위해서는 후대의 사람들도 그 행적을 기억해 주어야 한다. 죽음 이후의 삶은 오직 타인의 기억 속에 존재할 뿐이기 때문에, 타인의 기억이 없다면 죽음 이후의 삶도 없다. 그래서 영원한 삶은 자손 대대로 이어지는 명성을 통해서 가능하다.

타인의 기억을 통한 영원한 삶을 기대하면서 영웅들은 자신의 목숨을 기꺼이 내놓는다. 이것은 그들에게 피할 수 없는 선택이다. 진정한 명성을 얻는 방법은 가장 어려운 일을 하는 것, 가장 소중한 것을 내놓는 것에 있기 때문이다. 참된 명성은 생명을 포기하는 대가로 주어진다. 그런 뜻에서 영웅들의 삶에서 본질적인 것은 생존 경쟁이 아니라 인정 투쟁이다. 명성은 목숨을 담보로 얻어지는 것이기 때문에 생존과 명성은 양립하기 어렵다. 『일리아스』의 영웅들의 이야기는 생존과 명성 사이의 이런 모순으로 가득 차 있지만, 아킬레우스의 말처럼 이 모순적 상황을 분명하게 보여 주는 것은 없다.

"나의 어머니 은족의 여신 테티스께서 내게 말씀하시기를,
두 가지 상반된 죽음의 운명이 나를 죽음의 종말로 인도할
것이라고 하셨소. 내가 이곳에 머물러 트로이아인들의 도시를
포위한다면 고향으로 돌아가는 길은 막힐 것이나 내 명성은
불멸할 것이오. 하나 내가 사랑하는 고향 땅으로 돌아간다면

나의 높은 명성kleos은 사라질 것이나 내 수명은 길어지고

죽음의 종말이 나를 일찍 찾아오지는 않을 것이오."(9:410-417)

장수의 삶인가 불멸의 명성인가? 『일리아스』의 주인공 아킬레우스는 자기 앞에 가로놓인 운명의 두 갈래 길을 응시한다. 그의 앞에는 운명의 갈림길이 놓여 있다. 전장에 머물러 트로이아인들의 도시를 얻기 위해 싸운다면, 귀향은 불가능하지만 불멸의 명성kleos을 얻을 것이다. 하지만 사랑하는 고향으로 돌아간다면, 장수의 삶을 살 수 있지만 높은 명성은 얻을 수 없다. 짧지만 명성이 남는 삶을 택할 것인가, 길지만 평범한 삶을 택할 것인가? 명성과 장수, 이 둘을 모두 얻을 수는 없기 때문에 아킬레우스는 어느 하나를 선택해야 한다. 이런 결단의 상황에서 아킬레우스는 갈등하지 않는다. 그는 귀향과 장수 대신에 불멸의 명성을 택한다. 아킬레우스가 영웅의 에토스를 체현한 주인공일 수 있는 것은 이런 이유 때문이다.

호메로스의 영웅들은 수시로 목숨과 명성 중에서 어느 하나를 선택해야 하는 상황에 부닥친다. 하지만 모든 영웅이 아킬레우스처럼 흔쾌히 명성을 위해 목숨을 내놓지는 못한다. 17권에 그려진 메넬라오스의 모습이 그렇다. 아킬레우스를 대신해서 참전한 파트로클로스가 헥토르에게 죽임을 당하고 트로이아 군과 그리스 군 사이에 시신 쟁탈전이 벌어진다. 이 상황에 맞닥뜨린 메넬라오스의 처지는 무척 난감하다. 그는 혼자서 헥토르가 이끄는 트로이아의 군사들과 맞서 싸워야 한다. 궁지에 내몰리자 그는 갈등한다. 결과가 뻔한

상황에서 목숨을 걸고 싸워야 할까, 목숨을 위해 후퇴해야 할까?

"아아 슬프도다! 내 만일 이 아름다운 무구들과 내 명예$_{time}$[15]를 위해
싸우다가 여기 누워 있는 파트로클로스를 버리고 달아난다면,
다나오스 백성들 중에 내 꼴을 본 자는 누구나 화를 내겠지.
그러나 부끄러움 때문에 나 혼자서 헥토르와 트로이아인들에
맞서 싸운다면 혼자인 나를 다수인 그들이 포위하고 말겠지.
투구를 번쩍이는 헥토르가 이리로 모든 트로이아인들을 데려오고 있
으니까.
한데 무엇 때문에 내 마음은 이런 생각을 하는 거지?"(17:91-97)

명예로운 죽음과 부끄러운 삶 사이에서 무엇을 선택할 것인가?
이것이 메넬라오스의 고민이다. 이 고민이 영웅답지 못하다는 것을
그도 잘 안다. 영웅의 자의식이 그에게 묻는다. "한데 무엇 때문에 내
마음은 이런 생각을 하는 거지?" 이런 갈등 속에서 메넬라오스의 반
응이 흥미롭다.

"어떤 사람이 하늘의 뜻을 거슬러 신이 존중하는 자와 싸우려 한다면
머지 않아 그에게는 반드시 큰 재앙이 굴러 떨어지겠지. 그러니 내가

---

15 물론 명예에는 '보상'이 따른다. 따라서 time는 '명예'와 '명예의 선물'로서의 보상을 뜻
한다.

헥토르 앞에 물러서는 것을 보더라도 다나오스 백성들은 아무도
화내지 않겠지. 그는 신의 도움을 받으며 싸우고 있으니까.
목청 좋은 아이아스를 어디서 찾을 수만 있다면, 그때는
우리 둘이서 하늘의 뜻을 거슬러서라도 다시 전의를 가다듬고
함께 돌격해 펠레우스의 아들 아킬레우스를 위해 시신을
끌어낼 수도 있으련만! 그렇게만 돼도 불행 중 다행일 텐데."
(17:98-105)

메넬라오스는 이 갈등의 순간에 후퇴를 정당화할 만한 명분을
찾아낸다.[16] 신들이 헥토르를 돕고 있는 이상, 그에 맞서는 것은 신의
뜻을 거스르는 일이 아닌가? 신들의 뜻을 거스르지 않기 위해 후퇴
한다면, 이런 행동은 동료들에게 변명의 여지가 있지 않을까? 하지
만 이것은 목숨을 보존하기 위한 구차한 핑계처럼 들린다. 만일 메넬
라오스의 생각이 옳다면, 아이아스의 도움을 받아 헥토르에 맞서는
것 역시 신의 뜻을 거스르는 일이 아닌가? 메넬라오스가 아킬레우
스나 헥토르와 동급의 영웅으로 대우받을 수 없는 이유가 바로 여기
있다. 그의 갈등은 인간적이지만 영웅의 이상에 미치지 못한다.[17]

---

16 메넬라오스의 이런 태도에 대해서는 아르보가스트 슈미트, 『고대와 근대의 논쟁들』,
이상인 편역, 길, 2017, 301쪽을 참고.
17 물론 메넬라오스뿐만 아니라 위기 상황에 처한 오뒷세우스도 비슷한 심리적 갈등을
겪는다. 『일리아스』 11:401-410을 참고.

영웅의 실수

사람은 누구나 실수를 범한다. 실수 가운데 어떤 것은 바로잡을 수 있지만 어떤 실수는 돌이킬 수 없는 파국을 낳는다. 바로잡을 수 없는 실수는 행운의 정점에 있던 인간을 불행의 나락으로 떨어뜨리기도 한다. 아리스토텔레스는 그런 운명적 실수에 의해 일어나는, 행운에서 불행으로의 전환을 비극의 핵심이라고 보았다. 그는 『시학』에서 비극의 다양한 플롯을 분석하면서, 훌륭한 플롯은 주인공의 운명이 행복에서 불행으로 바뀌는 것을 보여 주어야 하고, 이런 일은 주인공의 악함에 의해서가 아니라 중대한 실수에 의해서 일어나야 한다고 말한다.[18]

우리가 '실수'라고 옮기는 그리스어 '하마르티아'hamartia는 본래 '과녁에서 빗나감'을 가리킨다. 누구도 과녁을 피하기 위해서 활시위를 당기는 일은 없다. 하지만 아무리 뛰어난 궁수라고 하더라도 과녁을 맞히지 못할 수 있다. 악의를 수반하지도 않고, 악행도 아니라는 점에서 그리스인들이 생각한 '하마르티아'는 기독교의 '죄'와 다르다. 그것은 행위자의 의도와 무관하게 빚어지는 실수, 특히 인지적 오류를 가리킨다. 그런 뜻에서 아리스토텔레스는 하마르티아를 성격의 결함kakia이나 악덕mochtheria과 구별하면서[19] 오이디푸스의 실수

---

18 『시학』 13, 1453a12-17[천병희 옮김, 2017, 385쪽].
19 『시학』 13, 1453a8-9[천병희 옮김, 2017, 384쪽].

를 비극적 하마르티아의 전형적인 사례로 여긴다. 우리가 잘 알고 있듯이 오이디푸스는 아버지를 죽이고 어머니와 결혼하는 잘못을 범했지만, 그 잘못은 고의적인 것도, 나쁜 성격 탓도 아니다. 그것은 의도하지 않은 실수일 뿐이다.

비극의 플롯에 대한 아리스토텔레스의 분석 틀을 적용해 보면, 『일리아스』 전체가 '하마르티아의 비극'이라고 해도 지나친 말이 아니다. 어떻게 보면 이런 비극은 영웅들의 에토스에서 필연적으로 따라 나오는 결과이기도 하다. 앞서 말했듯이, 영웅들은 경쟁 속에서 탁월함을 과시하고 명성을 얻으려고 한다. '최고가 되는 것'이 그들의 목적이다. 우월함을 추구하는 그들의 덕은 '공생의 덕'이 아니라 '경쟁의 덕'이다. 이렇듯 으뜸이 되기 위해 경쟁의 덕을 추구하는 영웅들의 생각과 행동에서 어떻게 불화stasis와 실수hamartia가 빚어지지 않을 수 있을까? 경쟁의 덕을 구하는 영웅들의 말과 행동에는 언제나 '영웅적 실수'의 가능성이 잠복해 있다. 작품 안으로 들어가 영웅적 실수의 구체적인 사례를 찾아보자. 아가멤논, 아킬레우스, 헥토르의 이야기는 각각 서로 다른 원인에 의해서 빚어진 '하마르티아의 비극'을 보여 준다.

그리스 군대의 총수 아가멤논은 전리품을 놓고 다투다가 최고장수 아킬레우스에게 모욕감을 안겨 준다. 이 다툼은 아가멤논에게나, 아킬레우스에게나 물러설 수 없는 싸움이다. 한 여인을 빼앗는가, 빼앗기는가의 문제는 단순한 소유의 문제가 아니라 명예와 자존심이 걸린 문제이기 때문이다. 아가멤논은 아킬레우스에게서 '명예

의 선물'을 빼앗으려고 한다. 전리품으로 얻은 선물을 빼앗기는 것은
아킬레우스에게 곧 명예의 상실, 불명예 혹은 수치를 뜻한다. 한편,
다툼을 회피하고 전리품을 빼앗지 못하면, 그리스 군대의 총수로서
아가멤논의 위신이 깎인다. 명예의 선물을 빼앗겠다는 말을 내뱉은
이상, 아가멤논은 자신의 발언을 되물리기 어렵다. 아킬레우스가 노
여움을 거두고 참전을 결정해 긴장이 풀린 뒤에야 비로소 아가멤논
은 자신의 행동을 이렇게 정당화한다.

> "펠레우스의 아들에게 내 심중의 생각을 말하고자 하니,
> 다른 아르고스인들은 잘 듣고 각자 내 말을 명심하도록 하시오.
> 아카이오이족도 종종 그런 말을 하며 나를 비난하곤 했소.
> 하나 그 책임은 나에게 있지 않고 제우스와 운명의 여신과
> 어둠 속을 헤매는 복수의 여신에게 있소이다. 아킬레우스에게서
> 내가 손수 명예의 선물geras을 빼앗던 그날 그분들이
> 회의장에서 내 마음속에 사나운 미망[20]을 보냈기 때문이오.
> 신이 모든 일을 이루어 놓으셨는데 난들 어쩌겠소?
> 미망ate은 제우스의 맏딸로 모든 사람의 마음을
> 눈멀게 하는 잔혹한 여신이오. 그녀는 발이 가벼워 결코
> 땅을 밟는 일이 없지요. 그녀는 사람들의 머리를 밟고 다니며
> 사람들을 넘어뜨리는데 둘 중 하나 꼴로

---

20 천병희 역과 달리 ate를 '광기'가 아니라 '미망'으로 옮겼다.

걸려들게 마련이지요."(19:83-94)

　아킬레우스가 전투를 거부하는 동안 그리스 군대는 치명적인 패배와 희생을 감수해야 했다. 최고 장수의 참전 거부는 아가멤논이 그에게서 '명예의 선물'을 빼앗았기 때문에 빚어진 결과였다. 그러므로 그리스 군대의 엄청난 희생이 아가멤논의 잘못된 행동 탓이라는 것은 누가 보아도 분명하다. 그런데 아가멤논은 슬쩍 책임을 신들에게 떠넘긴다. "신이 모든 일을 이루어 놓으셨는데 난들 어쩌겠소?" 자신이 아니라 제우스와 운명의 여신과 복수의 여신에게 책임이 있다는 것이다. 뻔뻔한 변명처럼 들린다. 하지만 아가멤논이 정말로 자신의 잘못을 인정하기 싫어서 그런 구차한 변명을 늘어놓는 것인지 한 번 더 따져 볼 필요가 있다. 그가 아킬레우스의 일을 놓고 자신의 행동을 후회하는 장면이 9권에도 나오는데 이때 그의 발언은 위의 인용문의 내용과 사뭇 다르다. 몇몇 원로들과 회의를 하는 자리에서 아가멤논은 질책하는 네스토르에게 자신의 잘못을 솔직히 고백한다. "노인장! 그대는 내 미망_{atē}을 거짓 없이 사실대로 지적해 주었소./ 내가 어리석었음을 부인하지 않겠소 […] 내가 사악한 마음에 복종하여 어리석은 짓을 저질렀으니, 이를 바로잡기 위해 헤아릴 수 없이 많은 보상금을 기꺼이 바치겠소."(9:115-120) 아킬레우스의 마음을 돌리기 위해 사절을 파견하기 직전에 아가멤논이 하는 말이다. 하지만 그때와 지금은 사정이 조금 다르다. 그는 몇 사람의 원로가 아니라 군중 앞에서 이야기를 하고 있다. 그는 자신의 잘못을 어떻게

든 완곡하게 표현해야 하는 처지에 놓여 있다. 그런 상황에서 그는 책임을 다른 신들에게 전가한다. 부끄러운 변명임에 틀림없지만, 상황을 고려하면 그의 태도 변화에도 납득할 만한 구석이 없지 않다.

어쨌건 아가멤논의 발언이 분명하게 보여 주는 것이 하나 있다. 아가멤논은 잘못의 원천을 '미망' 탓으로 돌린다. '미망'에 해당하는 그리스어 '아테'ate는 맹목성에서 오는 판단 착오를 가리키지만 "사람들의 머리를 밟고 다니며 사람들을 넘어뜨리는" 여신으로 상상되기도 한다. 미망 때문에 잘못을 범했다는 말은 곧 자신이 자존심을 지키는 데 눈이 멀어 상황을 분별하지 못했고, 그래서 판단 착오를 범했다는 말과 같다. 누구나 성격의 결함이나 악의와 무관하게 미망에 눈이 멀어 잘못을 범할 수 있다. 아가멤논의 말대로, '미망'은 "모든 사람의 마음의 눈을 멀게 하는 잔혹한 여신"이기 때문에 누구나 쉽게 넘어뜨릴 수 있다. 특히 경쟁에서 이기기를 원하는 영웅들이야말로 미망의 여신의 가장 좋은 먹잇감이다. 영웅들은 힘이 세고 발이 빠르지만, 미망은 그보다 더 힘이 세고 발이 빠르다. 그것은 성격의 결함이나 악덕과 무관한 인지적 착오, 즉 하마르티아의 한 형태이다.

아킬레우스의 비극을 낳은 것은 또 다른 형태의 하마르티아이다. 그는 "명예의 선물"을 빼앗긴 뒤 거기서 오는 분노menis 때문에 전투에서 발을 뺀다. 그는 명예 회복을 위해 어머니 테티스에게 도움을 청한다. 하지만 자신의 명예 회복이 어떤 결과를 가져올지에 대해서는 꼼꼼히 따져 보지 않았다. 아킬레우스는 왜 명예 회복의 문제를 자신의 운명과 결부시켜 생각하지 못했을까? 물론 그는 자신의 운명에 대해 잘 알고 있다. 하지만 운명의 두 갈래 길 가운데 그가 어떤 길을 갈지는 아직 결정되지 않았다. 두 가지 가능성 가운데 어느 하나를 택할 수밖에 없다는 사실만이 그의 운명이었다. 그가 트로이아에 남아서 끝까지 싸우면 단명하는 대신 명예를 얻지만, 고향으로 되돌아간다면 명예 없이 장수할 수 있다. 아킬레우스 편에서 보면, 『일리아스』의 전체 사건은 이 조건적 운명이 정해진 운명으로 바뀌는 과정인 셈이다. 무엇이 그렇게 만들었을까?

아킬레우스의 분노의 감정과 잃어버린 명예를 되찾으려는 의지가 그 원인일 것이다. 아리스토텔레스의 표현을 빌리면, 분노는 숙고를 가로막으며 분노의 감정에 사로잡힌 사람들은 "마치 이야기를 끝까지 듣지 않고 달려 나가 지시와 다르게 행하는 실수를 범하는 성급한 하인들처럼" 혹은 "이웃 사람인지 알아채기도 전에 소리만 나면 짖어 대는 개처럼" 행동한다.[21] 아가멤논에 대한 노여움이 아킬레우스를 그렇게 맹목적으로 만들어 놓았다. 그는 아카이아인들이 도륙을 당하고 함선들이 불길에 휩싸여도 노여움을 풀지 않는다. 아킬레우스는 사절의 참전 권유도 쉽게 무시한다(9:606 이하). 그 결과 목숨보다 더 소중한 친구 파트로클로스를 잃는다. 이제 새로운 분노가 그를 사로잡고, 이 새로운 분노가 낡은 분노를 대신한다. 새로운 노여움은 그를 전장으로 이끌고 헥토르를 살해하게 한다. 하지만 헥토르의 죽음과 더불어 그의 죽음도 돌이킬 수 없는 운명으로 확정된다

---

21 『니코마코스 윤리학』 VII 6, 1149a26 이하[김재홍·강상진·이창우 옮김, 2006, 251쪽].

(18:96). 아킬레우스는 제우스가 자신의 명예를 회복해 주기를 바랐지만, 이를 위해서 치러야 할 값이 얼마나 큰 것인지 알지 못했고 알려고 하지도 않았다. 그는 자신의 명예 회복이 파트로클로스의 참전과 죽음을 대가로 하게 될 것임을 알지 못했던 것이다. 자신을 향한 '위대한 제우스의 뜻'은 그에게 숨겨져 있었다.

> [⋯] 그는 파트로클로스기 지기 도움 없이, 아니 자기와
> 함께라도 도시를 함락하리라고는 꿈에도 생각지 않았던 것이다.
> 그의 어머니가 위대한 제우스의 뜻을 그에게 알려 주었을 때,
> 그렇게 그는 여러 번 어머니에게서 은밀히 들었기 때문이다.
> 하지만 그때 가장 사랑하는 전우의 죽음과 같은 큰 불상사가
> 일어난다고는 그의 어머니도 말하지 않았던 것이다.(17:406-411)

자신의 목숨을 내걸고 친구의 죽음에 대해 복수하겠다는 아킬레우스의 결단은 영웅적이지만, 제우스의 숨은 뜻에 대한 그의 무지와 어리석음은 인간적이다. 아가멤논은 욕심 때문에 패전의 실수를 범하고, 아킬레우스는 격정 때문에 운명의 실수를 범한다.

영웅을 파멸시키는 또 다른 형태의 실수는 '휘브리스'hybris, 즉 '과욕'이다.[22] 헥토르는 휘브리스 때문에 몰락을 자초하는 영웅의 모습을 가장 잘 보여 준다. 도시의 수호자인 그는 도시의 파괴자 아킬

---

22 헥토르의 잘못에 대해서는 아르보가스트 슈미트, 2017, 304쪽 이하 참고.

레우스의 맞수이지만, 어떻게 보면 아킬레우스의 분노를 중심으로 전개되는 사건 과정의 종속 변수이다. 제우스가 헥토르에게 영예를 베푼 것은 테티스의 소원을 들어주기 위한 방책의 하나이기 때문이다(15:596). 그는 파트로클로스를 죽인 뒤 아킬레우스에게 살해될 운명이다(15:612; 18:133). 안드로마케와의 이별 장면에서 확인할 수 있듯이(6:440 이하), 헥토르는 스스로 자신의 운명을 예감한다. 하지만 영웅적 의지가 헥토르를 트로이아 성 밖으로 내몬다. 그리고 그런 헥토르의 의지는 그의 죽음을 통해 이루어질 신적인 계획에 대한 무지 때문에 더욱 강력하게 불타오른다. 전투의 넷째 날 밤 "앞일과 지난 일을 볼 줄 아는"(18:249) 폴뤼다마스는 함선들을 떠나 성 안으로 들어가기를 권고한다. 하지만 헥토르는 현자의 말을 한마디 말로 묵살한다.

"폴뤼다마스여! 그대는 우리가 도로 돌아가 도성 안에 갇히기를
권하지만 그대의 그 열변은 나에게는 더 이상 달갑지 않소이다.
성탑 안에 갇혀 있는 것에 아직도 물리지 않는단 말이오?
[…]
하지만 지금은 음흉한 크로노스의 아드님께서 내가 함선들 옆에서
영광kydos을 얻고 아카이오이족을 바닷가에 가두도록 해 주셨으니,
어리석은 자여! 다시는 그런 의견을 백성들 사이에 내놓지 마시오.
트로이아인들 중에 그대의 말을 들을 사람은 아무도 없으며,
내가 그러지 못하게 할 것이오. […]"(18:285-296)

진짜 '어리석은' 자는 폴뤼다마스가 아니라 헥토르다. 성문 밖에서의 전투를 고집하는 것은 그의 과욕이다. 이 과욕은 물론 승리와 명성을 얻으려는 영웅적 의지의 표현이지만, 그 뒤에는 제우스의 숨은 뜻에 대한 무지가 있다. 제우스는 헥토르를 사랑하지만, 그와 아킬레우스에게 똑같은 명예time를 내릴 생각은 털끝만큼도 없다 (24:66). 헥토르는 제우스의 이런 뜻을 뚫어 보지 못한다. 폴뤼다마스의 권고에도 불구하고, 그는 그리스 군대를 괴멸시키려는 과욕에 사로잡혀 돌이킬 수 없는 잘못을 범한다. 이 실수가 결국 그의 죽음과 트로이아의 멸망을 초래한다.

영웅의 비극과 인간에 대한 연민

탁월한 행동을 통해서 명성을 얻고, 명성을 통해서 불멸의 삶을 얻으려는 영웅들의 삶은 '비극적'이다. 그들이 추구하는 최고의 가치는 삶을 포기함으로써 얻어질 뿐이기 때문이다. 죽어야 진짜 영웅이다. "자신의 위대한 행위로 목숨을 버리는 자만이 자신의 정체성과 가능한 위대성의 확실한 주인으로 머물 수 있다."[23] 신앙을 지키기 위해 핍박을 받은 순교자가 로마 시대 기독교의 영웅이라면, 호메로스의 영웅은 명성을 위해 싸우다 죽는다. 그런 점에서 『일리아스』는 몰

---

23 한나 아렌트, 『인간의 조건』, 이진우·태정호 옮김, 한길사, 1996, 255쪽.

락하는 영웅들의 서사시이고, 아킬레우스와 헥토르가 이 작품의 진정한 주인공이다. 비극의 본보기로서 『일리아스』의 위치에 대해서는 이미 고대 그리스 시기부터 많은 사람이 지적한 바 있다. 그리스 고전기 최고의 비극 작가 아이스퀼로스는 자신의 비극들이 "호메로스의 잔칫상에서 떨어진 부스러기들"[24]에 불과하다고 말한다. 비극에 대한 분석을 핵심 내용으로 삼는 『시학』에서 아리스토텔레스는 『일리아스』를 "단일한 행동을 모방함"[25]으로써 내적인 통일성을 갖춘 비극으로 규정하며, "『일리아스』는 단순하고 파토스적이며, 『오뒷세이아』는 복잡하고 성격적"[26]이라고 잘라 말한다. 아이스퀼로스에게나, 아리스토텔레스에게나 『일리아스』는 그리스 비극의 원형이었다.

훌륭한 비극에는 반전이 있다. 주인공의 운명이 행운의 정점에서 불행의 나락으로 떨어지는 것을 보여 주는 것이 좋은 비극이다. 고전기 비극에서 나타나는 것과 같은 종류의 반전은 아니지만, 최고의 비극적 서사시로서 『일리아스』에서도 반전이 꼬리를 물고 이어진다. 적과의 전쟁이 동료 간의 내분으로 뒤바뀌고, 명예를 짓밟은 동료에 대한 분노가 친구를 죽인 적에 대한 분노로 급전한다. 그러나 가장 큰 반전은 적대적 관계가 인간적 화해로 바뀌는 것이다. 늙은 프리아모스와 젊은 아킬레우스의 만남을 그린 24권의 이야기는 '반

---

24 Athenaeus 단편 347E[M. J. Anderson, "Myth", in J. Gregory (ed.), *A Companion to Greek Tragedy*, Oxford: Blackwell, 2005, p.130].

25 『시학』 26, 1462b11; 8, 1451a28; 23, 1459a35-37[천병희 옮김, 2002, 452, 370, 431쪽].

26 『시학』 24, 1459b13-14[천병희 옮김, 2017, 433쪽].

전反轉의 미학'의 백미이다.

아들이 아킬레우스에게 살해되고 열하루 동안 그의 시신이 능욕당하는 것을 보다 못한 프리아모스는 아킬레우스의 군막을 찾아가 그의 무릎을 잡고 시신 반환을 간청한다.

> "[…] 아킬레우스여! 신을 두려워하고 그대의 아버지를
> 기억하여 날 동정하시오eleeson. 나는 그분보다 더 동정 받아 마땅하오.
> 나는 세상의 어떤 사람도 차마 못한 짓을 하고 있지 않소!
> 내 자식들을 죽인 사람의 얼굴에다 손을 내밀고 있으니 말이오."
> (24:503-506)

프리아모스는 무력으로 아킬레우스를 이길 수 없다. 하지만 늙은 영웅에게는 또 다른 경쟁의 역량이 있다. 말하기의 능력이다. 그는 고향의 아버지에 대한 기억을 불러내는 말로써 짐승 같은 아킬레우스를 제압한다. 프리아모스의 애절한 청원에 아킬레우스는 다시 만날 수 없는 아버지를 생각하며 눈물을 터뜨린다. 그렇게 아버지와 아들은 저마다 죽은 아들과 버려진 아버지를 생각하며 우는데, 그들의 울음소리가 군막을 가득 채운다. "분노는 연민 속에서 정화된다." 울음을 삼키며 아킬레우스가 말한다.

> "아아 불쌍하신 분! 그대는 마음속으로 많은 불행을 참았소이다.
> 그대의 용감한 아들들을 수없이 죽인 사람의 눈앞으로

혼자서 감히 아카이오이족의 함선들을 찾아오시다니!

그대의 심장은 진정 무쇠로 만들어진 모양이구려.

자, 아무튼 의자에 앉으시오! 아무리 괴롭더라도

우리의 슬픔은 마음속에 누워 있도록 내버려둡시다.

싸늘한 통곡은 아무런 도움도 되지 않을 테니까요.

그렇게 신들은 비참한 인간들의 운명을 정해 놓으셨소.

괴로워하며 살아가도록 말이오, 하나 그분들 자신은 슬픔을 모르지요."(24:518-526)

이제 모든 것이 끝났다. 아킬레우스의 화가 풀렸다. 그동안의 화풀이 과정에서 수많은 동료가 죽었고, 친구 파트로클로스가 죽었으며, 맞수 헥토르가 죽었다. 이제 남은 것은 아킬레우스 자신의 죽음이다. 아킬레우스가 타인의 죽음을 기억하고 자신의 죽음을 예견하는 자리에서 시인은 주인공의 입을 통해 인간의 삶과 신들의 삶을 대비시킨다. 괴로워하며 살다가 죽을 수밖에 없는 비참한 운명의 인간과 슬픔을 모르며 영원히 사는 신들의 삶이 대비된다. 호메로스가 갑자기 작품 밖으로 튀어나와 관객에게 클로징 멘트를 하는 것 같다. "대지 위에서 숨 쉬며 기어 다니는 만물 중에서도 진실로 인간보다 비참한 것은 없을 테니까."(17:446)

『일리아스』 마지막 권의 프리아모스와 아킬레우스의 대화가 없었다면, 이 작품은 어떤 모습으로 전해졌을까? 만일 '아킬레우스의 분노'가 한바탕 '시원한' 화풀이나 칼부림으로 끝났다면, 『일리아스』

는 '분노의 복수극'에 지나지 않았을 것이다. 하지만 실제 『일리아스』는 그런 복수극과 거리가 멀다. 죽은 아들을 그리는 아버지와 다시 보지 못할 아버지를 그리는 아들의 만남이 만들어 내는 반전의 효과는 전복적이다. 마지막 권의 몇 단락이 모든 것을 뒤집어 놓는다. 예상치 못한 소나기 뒤에 짙은 먹구름이 걷히면서 파란 하늘이 드러나듯, 두 영웅의 만남을 통해 전체 작품을 무겁게 짓누르던 분노의 감정은 순식간에 사라지고 연민eleos의 감정이 그 자리를 차지한다. 적대감이 인간애로 바뀐다. 이 인간애는 새로운 대립을 배경으로 뚜렷한 형태를 얻는다. 전쟁을 낳았던 트로이아인들과 그리스인들의 대립이 "슬픔을 모르는 신들"과 "비참한 인간들"의 대립으로 바뀌면서 보편적 인간애로 승화된다. 슬픔을 모르고 영원히 사는 신들 앞에서, 비참하게 살다가 죽을 수밖에 없는 인간들은 모두 하나의 운명을 공유하기 때문이다. 『일리아스』 마지막 권의 '반전反轉의 미학'은 '반전反戰의 미학'이기도 하다.

돌고 도는 여인들

『일리아스』의 세계는 싸우는 남자들의 세계다. 여인들은 이 세계의 주변이나 배경으로 밀려나 있다. 하지만 그렇다고 해서 전체 서사에서 여인들이 행하는 역할을 무시해도 좋다는 뜻은 아니다. 오히려 그와 정반대다. 여인들의 이야기가 없다면, 『일리아스』의 서사는 성립하지 않는다. 헬레네가 트로이아 전쟁의 원인이라는 것은 『일리아스』의 배경 서사로 이미 전제되어 있다. 파리스가 스파르테에서 그녀를 납치해 왔기 때문에 전쟁이 시작되었고, 그리스인들은 그녀를 되찾기 위해 전쟁을 벌인다. 트로이아 전쟁의 발단이 헬레네의 납치였다면, 『일리아스』 이야기의 발단은 크뤼세이스의 납치다. 딸을 되찾으러 온 아폴론의 사제 크뤼세스에게 아가멤논이 크뤼세이스를 돌려주었다면, 역병이 그리스 군영을 덮치는 일은 없었을 것이고 아가멤논과 아킬레우스의 분란이 일어나 수많은 전사들을 "개들과 온갖 새들의 먹이가 되게 한"(1:4) 일도 일어나지 않았을 것이다. 그러나 『일리아스』의 진정한 시작은 헬레네와 크뤼세이스의 일보다 브리세이스를 둘러싼 갈등이다. '아킬레우스의 분노'가 촉발된 이유는, 이미 그의 소유가 된 브리세이스를 아가멤논이 빼앗으려고 한 데 있기 때문이다.

헬레네, 크뤼세이스, 브리세이스의 사례는 『일리아스』의 서사에 여인들이 참여하는 방식을 잘 보여 준다. 전쟁과 내분에 불씨가 된 여인들에게는 우리가 쉽게 확인할 수 있는 공통점이 있다. 남자들이 '명예의 소유자'라면, 여인들은 '명예의 선물'이다. 이들은 모두 약탈물이자 전리품이고 거래 대상이다. 특히 브리세이스는 거래 대상으로서 '돌고 도는 여인'의 전형이다. 그녀는 트로이아 편의 원군으로 참전한 도시 뮈네스 출신이다. 그녀의 아버지와 세 오빠가 모두 그리스인의 손에 죽었다. 남편은 아킬레우스에게 살해당했고, 그녀 자신은 남편을 살해한 자의 전리품이 되었다. 그 뒤 브리세이스는 아가멤논의 손으로 넘어갔다가, 다시 아킬레우스에게 돌아간다. 아킬레우스가 죽은 뒤, '명예의 선물'인 그녀의 운명은 또 어떻게 되었을까? 누가 또 그녀를 선물로 취했을까? 왕녀의 신분에서 노예나 전리품으로 추락하고, 남자들 사이에서 거래 물품처럼 돌고 도는 것이 전쟁을 겪는 여인들의 운명이다. 헬레네도 마찬가지다. 메넬라오스의 아내였던 그녀는 파리스를 따라 트로이아에 왔지만, 파리스가 죽은 뒤 데이포보스와 결혼한다(『소일리아스』). 트로이아가 함락된 뒤에는 다시 메넬라오스에게 돌아간다(『일리오스의 멸망』).

모든 사회적 권리를 박탈당한 채 전리품으로 전락한 여인들을 대하는 영웅들의 태도는 이중적이다. 그들은 여인들에 대해 애착의 감정을 보이면서도, 그들을 명예 과시를 위한 소모품 정도로 여긴다. 전리품으로서 여인은 영웅들에게 대체 가능한 물건이기 때문이다.[27] 사태의 심각성을 뒤늦게 자각하고 크뤼세이스를 아버지에게 돌려주기로 마음을 바꾼 아가멤논의 말은 그런 이중적 태도를 여실히 드러낸다.

"아닌 게 아니라 나의 결혼한 아내 클뤼타임네스트라보다도

---

27 여인에게 값도 매겨진다. 아킬레우스는 파트로클로스를 추모하는 장례식 경기를 여는데, 그중에서 레슬링 경기의 상품으로 이기는 자를 위해서 "불 위에 거는 큰 세발솥"을, 지는 자를 위해서 "여러 가지 수공예에 능한 여인"을 내건다(23:700). 세발솥은 황소 12마리 값이고, 여인은 황소 4마리 값이다. 수공예를 잘하는 여인 셋이 세발솥 하나 값이다!

나는 그녀를 더 좋아하오. 그녀는 용모$_{demas}$와 몸매$_{phyē}$가

그리고 생각$_{phrenes}$과 솜씨$_{erga}$가 내 아내보다 조금도 못하지 않으니까요.

하나 그렇게 하는 것이 더 좋다면 내 기꺼이 그녀를 돌려주겠소.

나는 백성들이 죽기보다는 살기를 바라니까요. 다만 그대들은

나를 위하여 지체 없이 명예의 선물을 마련하도록 하시오.

아르고스인들 중 나만 혼자 선물을 받지 못한대서야 말이 되겠소?

그대들도 보다시피 내 선물은 다른 곳으로 가고 있으니 말이오."

(1:113-120)

크뤼세이스에게 "용모와 몸매", "생각과 솜씨"가 있다는 것은 여인에게 요구되는 모든 미덕을 갖췄다는 말이다. 아가멤논의 아내 클뤼타임네스트라가 이 말을 들었다면 필시 속이 뒤집혔을 것이다. 오뒷세우스를 기다린 페넬로페처럼 그녀도 남편을 기다리고 싶었을까? 성공적 원정을 기원하는 희생 제물로 큰딸을 바치고[28] 출전한

---

28 이 이야기는 『일리아스』에 나오지 않고, 트로이아 서사시 연작 가운데 『퀴프리아』에 담겨 있던 이야기다. 이 이야기에 따르면 그리스 군대는 두 차례에 걸쳐 트로이아 원정에 나섰다. 첫 번째 원정에서는 길을 잘못 들어 테우트라니아(Teuthrania)를 트로이아로 잘못 알고 공격하면서 그 인근 도시들을 약탈했다(단편 7). 그리고 10년이 지난 뒤 아가멤논은 다시 군대를 모아 트로이아 원정길에 오른다. 『퀴프리아』의 요약본에는 이어지는 이야기가 이렇게 담겨 있다. "두 번째로 원정대가 아울리스 항구에 집결했을 때 아가멤논은 사냥에서 사슴을 잡은 뒤 자신이 아르테미스 여신보다 뛰어나다고 주장했다. 이에 분노한 여신은 악천후를 보내어 그들의 출항을 가로막았다. 칼카스가 여신의 분노를 알리며 이피게네이아를 아르테미스 여신에게 제물로 바쳐야 한다고 말했다 […]"(단편 8) 이를 의식한 듯 아가멤논이 『일리아스』1권에서 칼카스를 "재앙의 예언자"(1:106)라고 부르는 것은 이런 기억을 떠올렸기 때문이었을 것이다. 『퀴프리아』

'남편'에게 클뤼타임네스트라가 인간적인 무언가를 더 기대하지도 않았겠지만, 한갓 '전리품'에 불과한 여인을 자신과 비교하는 그의 말을 들었다면 그토록 파렴치한 남편을 쳐 죽이고 싶지 않았을까? 신화 속의 클뤼타임네스트라는 '그저 그런 남편에, 그저 그런 아내'로서 행동한다. 남편이 원정에 나선 뒤 그녀는 아이기스토스와 불륜 관계를 맺고, 아가멤논이 귀향한 날 이 정부와 모의해서 원수 같은 남편을 무참히 살해한다. "마치 구유 위에서 황소를 죽이듯이"[29] 개선 장군을 죽였다. 10년 전쟁을 끝내고 귀향한 아가멤논은 단 하루도 승리의 영광을 누리지 못했다! 그는 트로이아의 미녀 카산드라를 데리고 고향으로 돌아왔지만, 그것은 결국 동반의 저승길이었던 셈이다. 귀향길의 오뒷세우스가 지하세계를 방문했을 때, 그를 만난 아가멤논의 프쉬케는 이 사건을 떠올리면서 이렇게 조언한다. "그러니 그대도 앞으로는 아내에게 너무 상냥하게 대하지 마시오./ 그대가 잘 알고 있는 이야기라고, 아내에게 다 알려 주지 말고,/ 어떤 것은 말하되, 어떤 것은 숨기도록 하시오."[30] 오뒷세우스가 마지막 순간까지 아내를 시험한 것은 이 '조언'을 기억했기 때문일까?

아가멤논과 설전을 벌인 뒤 전투에서 발을 뺀 자신을 설득하기

에 따르면 아르테미스는 이피게네이아가 살해당하려는 순간 그녀를 낚아채서 타우리스인들의 나라로 데려갔다고 한다. 제물로 바쳐진 이피게네이아의 운명과 그 이후의 이야기는 훗날 에우리피데스의 비극 『타우리케의 이피게네이아』에 담겼다.

29 『오뒷세이아』 11.411. 클뤼타임네스트라의 아가멤논 살해는 아이스퀼로스의 비극 『아가멤논』의 내용을 이룬다.

30 『오뒷세이아』 11.441~443.

위해서 군영을 찾아온 사절에게 아킬레우스가 쏟아 내는 불만도 기본적으로 같은 태도를 보여 준다. 그에게도 여자는 전리품이자 명예의 선물이다. 하지만 브리세이스에 대한 아킬레우스의 말투를 크뤼세이스에 대한 아가멤논의 말과 비교해 보면, 그 안에는 더 진지한 고뇌가 담겨 있다.

> "유독 나에게서만 마음에 맞는 여인을 빼앗아 가졌소. 그녀와 동침하며
> 재미나 보라지! 하나 무엇 때문에 아르고스인들이 트로이아인들과
> 싸워야만 했던가? 무엇 때문에 아트레우스의 아들은 백성들을 모아
> 이곳으로 데려왔던가? 머릿결 고운 헬레네 때문이 아니었던가?
> 그렇다면 필멸의 인간들 중에 아트레우스의 아들들만이
> 아내를 사랑한단 말이오? 천만에! 착하고 분별 있는 사람이라면
> 누구나 제 아내를 사랑하고 아끼는 법이며, 나 역시 비록
> 창으로 노획한 여인이긴 하지만 내 아내를 진심으로 사랑했소."
> (9:336-343)

아킬레우스의 말은 부조리한 전쟁에 대한 저항의 외침처럼 들린다. 특히 두 가지 점이 우리의 눈길을 끈다. 브리세이스에 대한 아킬레우스의 감정은 단순히 노획물에 대한 사물적 애착 이상의 감정으로 발전해 있다. 그녀는 "창으로 노획한 여인이긴 하지만", 그와 마음을 나눌 수 있는 파트너, "마음에 맞는 여인"이 되었다. 그는 브리세이스를 "아내"alochos라고도 부른다. 물론 그가 내뱉은 "아내"라

는 낱말이 정식 혼인 관계를 뜻하는 것은 아니지만, 아킬레우스의 표현들은 브리세이스에 대한 그의 깊은 속마음을 보여 준다. 이 감정은 일방적인 것이 아니다. 브리세이스 역시 아킬레우스를 자신의 '남편'으로 생각하기 때문이다. 헥토르에게 살해된 뒤 아킬레우스의 군영으로 돌아온 파트로클로스의 시신을 끌어안고 평소에 그가 보여 주었던 친절함을 회상하는 브리세이스의 통곡을 들어 보면, 파트로클로스에게는 귀향한 뒤 그녀를 아킬레우스의 정식 아내로 만들려는 계획이 있었다.[31] 물론 아킬레우스도 이 계획에 대해 모르지 않았을 것이다.

아킬레우스의 말은 전쟁의 논리와 내분의 논리가 똑같다는 사실을 보여 준다. 헬레네를 빼앗긴 것이 트로이아 전쟁의 원인이라면, 브리세이스를 빼앗긴 것은 내분의 원인이다. 외부의 적과 내부의 적, 외부의 적과의 싸움과 내부의 적과의 싸움은 동일한 방식으로 정의된다. 즉 둘 다 '빼앗긴 사랑을 되찾기 위한 싸움'인 것이다. 물론 여인을 빼앗기는 것은 곧 명예의 상실이기 때문에, 둘 중 어떤 것이 먼저인지 판단하기 쉽지 않다. 영웅들이 싸움에 나서는 것은 여인을 빼앗겼기 때문인가, 아니면 여인을 빼앗긴 것이 명예의 상실이기 때문인가?

아마도 진화 생물학자들이 『일리아스』를 읽으면, 성 선택 이론

---

31 『일리아스』 19:295 이하. 여기서는 "kouridiē alochos"(결혼한 아내)라는 말이 쓰였다. 아가멤논은 클뤼타임네스트라를 가리킬 때 이 낱말을 사용한다(1:114).

으로 전쟁과 내분의 논리를 설명하려고 할지도 모르겠다. 영웅들이 내세우는 '명예'는 생물학적으로 정의하면 '자신의 형질을 후대에 전달할 수 있는 가능성'의 다른 이름이 아닐까? 일견 그럴듯해 보이는 생각이지만, 그렇다고 영웅주의에 대한 이런 생물학적 접근이 영웅들의 행동을 모두 설명하지는 못한다. 자식을 남겨야 할 영웅들도 후대 사람들에게 기억되기 위해 죽음을 향해 돌진하기 때문이다. 성선택의 논리로 그런 영웅들의 반생물학적 행동을 설명하기는 어렵다. 영웅들에게 중요한 것은 생존 경쟁이 아니라 인정 투쟁이다. 호메로스의 영웅들은 '전쟁 기계'일지언정 '유전자의 생존 기계'가 아니다.

트로이아의 여인들

헬레네, 크뤼세이스, 브리세이스의 이야기는 여인들의 세계를 보여 주지만, 그들의 이야기가 그 세계의 전부는 아니다. 이들의 기구한 운명 이야기는 본연의 공동체에서 떨어져 나와 거래의 대상이 된 여인들의 이야기이기 때문이다. 그에 반해 트로이아 성 안의 여인들은—적어도 성이 함락되기 전까지는—그들과 다른 삶을 살고 있다. 시인은 『일리아스』 6권에서 헥토르의 시선을 따라가면서 여인들의 그런 모습을 아주 섬세하게 그려 낸다. 그리스의 호메로스 연구자 카크리디스J. T. Kakridis의 표현을 빌리면, 이 과정은 "정감이 고조되는

단계"ascending scale of affections를 이룬다.[32]

　트로이아 벌판의 대회전을 앞두고 마지막으로 성 안을 찾아온 헥토르는 궁전에서 맨 처음 어머니를 만난다. 프리아모스의 아내이자 헥토르의 어머니인 헤카베는 트로이아 최고의 미인 라오디케를 데리고 나오다가 그와 마주친다. "인심이 후한" 어머니는 아들을 반갑게 맞는다. "잠깐만 기다려라! 내 꿀처럼 달콤한 포도주를 가져올 테니."(6:258) 하지만 헥토르는 어머니의 제안을 받아들일 수 없다. "제가 힘이 빠져 투지를 잃게 될까 두려워요." "어머니께서는 제물을 들고 전리품을 가져다주는/ 아테네의 신전으로 가시어 연로한 부인들을 불러 모으세요."(6:269-270) 헥토르의 말이 무척 섭섭하게 들렸을 것 같은데, 헤카베는 전혀 그런 내색을 드러내지 않는다.[33] 그녀는 한 치의 망설임도 없이 동년배의 노부인들과 함께 아테네 신전으로 몰려가 "모두 통곡하며 두 손을 들어 아테네에게 기도했다"(6:301-302). 하지만 무심한 아테네는 이 통성 기도를 들어주지 않았다. 여신은 그리스 편이기 때문이다.

　헥토르가 찾은 두 번째 장소는 파리스의 내실이다(6:312 이하). 메넬라오스와의 맞대결에서 패하고 아프로디테의 도움으로 겨우 목숨을 건진 파리스는 "침실에서" 방패며 가슴받이 같은 아름다운 무

32　M. A. Katz, "The divided world of *Iliad* VI", in H. P. Foley (ed.), *Reflections of Women in Antiquity*, New York: Routledge, 1981, p.27.

33　텔레마코스의 말을 따르는 페넬로페의 태도도 다르지 않다. 『오뒷세이아』 17.46 이하를 참고.

구들을 손질하며 구부러진 활을 만지작거리고 있다. 그 옆의 헬레네는 하녀들 틈에 앉아 수공예 일을 시키고 있다. 헥토르는 집안에 눌러앉은 동생을 꾸짖지만, 헬레네를 대하는 그의 태도는 정중하고 관대하다. 헥토르를 맞이하며 헬레네는 자책감과 반가움을 드러낸다. "시아주버니, 나야말로 재앙을 가져다주는 끔찍하고도/ 염치없는 여인이에요."(6:344-345) "자, 이제 안으로 드서서 여기 이 의자에 앉으세요."(6:354) 하지만 헥토르는 이 제안 역시 받아들이지 않는다.

> "뜻은 고마우나, 헬레네여! 나더러 앉으라고 하지 마시오.
> 나를 설득하지 못할 테니까요. 내 마음은 벌써 트로이아인들을
> 도우라고 재촉하고 있으며, 그들은 떠나고 없는 나를 몹시 그리워하고
> 있을 것이오. 그러니 그대는 이 사람을 격려하고 또 그 자신도 서둘러,
> 내가 성 안에 있는 동안 그가 나를 따라잡게 하시오."(6:360-364)

그는 부드러운 말로 당부한 뒤 헬레네를 떠난다. 남편을 버리고 새 애인을 따라나선 헬레네는 그리스인들과 트로이아인들 모두에게 팜 파탈이다. 그녀 자신도 이 사실을 잘 알고 있다. 하지만 헬레네는 자신의 행동을 후회하고 죄책감을 느끼면서도 새로운 가족 관계 속에서 자신의 의무를 다하는 정숙한 여인의 모습을 보여 준다. 헬레네가 트로이아인들을 덮친 모든 불행의 뿌리임을 잘 아는 프리아모스나 헥토르도 그녀를 쉽게 그리스인들에게 돌려주려고 하지 않는다. 그녀는 이미 가족의 구성원으로 받아들여졌기 때문이다.[34]

헥토르가 마지막으로 찾은 곳은 자신의 집이다. 그런데 아내 안드로마케가 집에 없다. 그녀는 "아들과 고운 옷을 입은 시녀와 함께/탑 위에 서서 애통하게 울고 있었던 것이다"(6:372-373). 헥토르가 오던 길을 되짚어 큰 도성을 지나 스카이아 문을 거쳐 막 들판으로 나가려고 하던 순간 아내와 마주친다. 헥토르와 안드로마케의 이 만남은 "정감이 고조되는 단계"의 정점이다. 두 사람의 만남이 앞의 두 만남보다 더 애절한 것은 당연하다. 안드로마케는 가족을 모두 잃고 혼자 남은 자신의 처지를 기억하면서 남편의 출정을 이렇게 막는다.

> "그러니 자, 당신은 불쌍히 여기시고 여기 탑 위에 머물러 계셔요!
> 제발 당신의 자식을 고아로, 당신의 아내를 과부로 만들지 마셔요."
> (6:431-432)

어찌 헥토르에게 아내에 대한 불쌍한 마음이 없고, 어찌 그에게 자식과 아내 곁에 머물고 싶은 마음이 없겠는가? 하지만 그런 간절한 마음보다 더 큰 것은 헥토르의 의무감이다. 그는 안드로마케의 만류와 청원을 간곡하게 뿌리치며 각자의 일을 상기시킨다.

> "그러니 그대는 집에 돌아가 베를 짜든 실을 잣든
> 그대가 맡은 일을 보살피고, 시녀들에게도 일에 힘쓰도록

---

34 『일리아스』 3:161 이하를 참고.

이르시오. 전쟁은 일리오스에 사는 모든 남자들,

그중에서도 특히 내가 염려할 것이오."(6:490~493)

여자들의 일은 아이를 돌보고 하녀들을 관리하고 베를 짜는 것
이고, 남자들의 일은 싸움을 하는 것이다. 이것이 호메로스 세계의
성별 분업이다. 헥토르는 여인들의 삶과 남자들의 삶을 이렇게 구별
한 뒤 성문 밖의 전장으로 발길을 돌린다. 돌아올 수 없는 길임을 그
도 잘 알고 있었다.

고대 그리스는 철저히 남성 중심의 사회였다. 딸은 처음에는 아
버지에게, 아버지가 없으면 오빠나 남동생에게, 결혼 뒤에는 남편에
게, 남편이 죽은 뒤에는 아들에게 매인 존재였다. 여인들은 그렇게
의존적인 존재로서 가족의 울타리 안에 머물면서 공적인 삶의 영역
에서 철저히 배제되었다. 『일리아스』 6권에는 그런 여인들의 모습이
그려져 있다. 트로이아 여인들의 말과 행동은 가부장제 사회에서 여
인들에게 주어진 종속적 위치와 역할을 단적으로 보여 준다. 여인들
은 아버지는 물론 남편과 자식에게도 군말없이 순종한다. 이 여인들
이 하는 일은 집안일, 특히 아이를 낳고 돌보고 옷감을 짜는 일이 전
부다. 집을 떠난 남편을 20년 동안 기다리며 수년 동안 시아버지의
수의를 짜고 풀기를 반복하는 페넬로페의 모습은 그리스 여인들에
게 주어진 반복적 노동의 상징이기도 하다. 페넬로페가 다른 여인들
과 다른 점은 옷을 짤 뿐만 아니라 풀기도 하면서 지혜를 발휘했다
는 데 있었다! 가부장제 사회의 여인들에게 허락된 공적인 일은 제

사 참여 정도가 전부였다. 그들은 정치적 의사 결정 과정에서 철저히 배제되었다. 이렇듯 공적인 삶을 '빼앗겼다'privatus는 뜻에서 여인들은 '사적인'private 존재였다.

머무는 장소가 다르면 생각과 에토스ēthos도 달라진다. 우리가 누구인지는 우리가 어디에 있는지에 달려 있다. 내면의 성향으로서 에토스는 삶의 익숙한 장소에서 얻은 경험과 습관ethos이 낳는 결과이기 때문이다.[35] 안드로마케와 헥토르의 대화는 여자들의 세계와 남자들의 세계의 차이를 확연히 보여 준다. 성문 밖의 전장으로 나가려는 헥토르에게 안드로마케는 이렇게 말한다.

> "당신은 이상한 분이세요. 당신의 그 만용menos이 그대를 죽일 거여요.
> 그대는 어린 자식과 머지않아 과부가 될 이 불행한 아내가 가엾지도
> 않은가 봐요. 머지않아 아카이오이족이 모두 당신에게 덤벼들어
> 당신을 죽이게 될 테니 말예요. 내가 만일 그대를 잃게 된다면
> 땅속으로 들어가는 편이 내게는 더 나을 거여요.

---

35 아리스토텔레스는 『니코마코스 윤리학』 2권 1장에서 '성격'을 가리키는 'ēthos'가 "'습관'을 의미하는 'ethos'에서 조금만 바뀌어서 얻어진 것"이라고 말한다. 단모음(e)이 장모음(ē)으로 바뀌었다는 말이다. 하지만 어원적으로 따지면 ēthos라는 말이 먼저다. 호메로스의 작품에서는 오직 ēthos만이 쓰인다. 그런데 이 ēthos 혹은 복수형 ēthea는 '성격'이라는 뜻이 아니라 '익숙한 장소'(accustomed place)를 뜻한다. 그래서 말들이 풀을 뜯어 먹는 풀밭이 말들의 ēthea(ētheakai nomon hippon, 6:511)이고 돼지들이 잠자는 우리가 돼지들의 ēthea(ethea koimethenai, 14,411)를 가리킨다. 그런 뜻에서 익숙한 장소(ēthea)와 습관(ethos)과 성격(ēthos)은 하나다.

당신이 운명을 맞게 되면 내게는 달리 아무런 위안도 없고
슬픔만이 남게 될 테니까요. 내게는 아버지도 존경스러운 어머니도
안 계셔요. 나의 아버지는 고귀한 아킬레우스가 죽였어요."

(6:407-414)

안드로마케는 죽음을 결단한 헥토르에게 함께 살아남자고 애원한다. 연민의 감정에 호소하는 것이 설득의 수단이다. 안드로마케는 전쟁에서 가족을 모두 잃었다. 아버지와 오빠와 동생들이 모두 아킬레우스의 손에 죽었다. 어머니는 어디선가 날아온 화살에 맞아 세상을 떠났다. 헥토르는 그녀를 지켜 줄 마지막 사람이다. 그래서 안드로마케의 말은 틀린 것이 아니다. "그러니 헥토르여, 당신이야말로 내게는 아버지요 존경스러운/ 어머니여 오라비이기도 해요, 나의 꽃다운 낭군이여!/ 그러니 자, 당신은 불쌍히 여기시고 여기 탑 위에 머물러 계세요!/ 제발 당신의 자식을 고아로, 당신의 아내를 과부로 만들지 마셔요."(6:429-432) 이름이 그녀의 운명을 모두 말해 주는 것 같다. 'Andromachē'는 '사내의andros 전쟁machē'이라는 뜻이다. 실제로 안드로마케의 삶에는 사내들의 전쟁이 남긴 깊은 상처가 새겨져 있다. 하지만 "투구를 흔드는 위대한 헥토르"는 애절한 호소를 이렇게 물리친다.

"난들 어찌 그런 모든 일이 염려가 안 되겠소, 여보!
하지만 내가 만일 겁쟁이처럼 싸움터에서 물러선다면

트로이아인들과 옷자락을 끄는 트로이아 여인들을 볼 낯이

없을 것이오. 그리고 내 마음도 이를 용납하지 않소. 나는 언제나

용감하게 트로이아인들의 선두대열에 서서 싸우며 아버지의

위대한 명성과 내 자신의 명성을 지키도록 배웠기 때문이오."

(6:441~446)

호메로스 연구자 카츠M. A. Katz는 『일리아스』 6권을 다룬 논문에 「『일리아스』 6권의 갈라진 세계」The divided world of Iliad VI라는 제목을 붙였다.[36] 실제로 6권, 그중 특히 헥토르와 안드로마케의 이별 장면은 "갈라진 세계"의 모습을 잘 보여 준다. 성 밖의 세계와 성 안의 세계, 영웅들의 세계와 여인들의 세계, 사람들laos과 가족oikos, 명성kleos의 에토스와 연민eleos의 에토스가 서로 대립한다. 헥토르와 안드로마케의 만남은 그렇게 서로 갈라진 두 세계가 만나고 헤어지는 자리이다. 두 사람 모두 자신의 운명을 예감한다. 그들의 진정한 관심거리는 가족이고, 가족을 묶는 것은 직접적 감정의 끈이다. 헥토르와 안드로마케 모두 사랑philia의 공동체인 가족을 지키고 싶다. 하지만 영웅 헥토르는 공적인 의무를 저버리고 사적인 감정에 머물 수 없다. 그래서 그의 결정과 행동은 감정의 요구와 다른 방향을 향한다. 그를 감정에 반하는 결정과 행동으로 이끄는 것은 명예에 대한 바람, 아니 더 솔직하게 말하면 수치심에 대한 두려움이다. 이제껏 그렇게 살도록 배

---

36 M. A. Katz, 1981, pp.19~44.

웠으니까. 공동체에 대한 희생을 통해서 부모의 명성과 자신의 명성을 지키는 것이야말로 헥토르에게 교육을 통해 내면화된 가치, '명예의 에토스'이다. 하지만 안드로마케의 눈으로 보면 헥토르의 그런 태도는 자신을 파멸로 내모는 무모한 "만용"menos(6:407)일 뿐이다. 그녀에게는 명성에 대한 바람도 없고, 그래서 수치심에 대한 두려움도 없다. 그녀에게 중요한 것은 가족, 즉 자식과 남편에 대한 연민, 그리고 자기 자신에 대한 연민(6:407, 431)이다. 그녀에게는 트로이아의 '사람들'보다 '가족'이 먼저다(6:433). 가족을 지키는 것, 그것이 그녀의 전략이자 마지막 바람이다(6:432). 호메로스는 그렇게 헥토르와 안드로마케의 대화를 통해서 남자들의 세계와 여자들의 세계, 공적인 명예와 사적인 삶을 대비시킨다.

『일리아스』에는 등장하지 않지만, '호메로스의 여인들'을 이야기할 때 빼놓을 수 없는 여인은 페넬로페이다. 『일리아스』의 많은 여인들이 그렇듯이 페넬로페도 남자들의 경쟁 대상이지만, 그녀의 모습은 여러 가지 점에서 『일리아스』의 여인들의 모습과 다르다. 페넬로페는 전리품이나 탈취물로 추락하지 않는 여인의 모습을 보여 준다. 그녀는 특히 헬레네나 클뤼타임네스트라와 대척점에 있다. 헬레네가 "저항할 수 없지만 신뢰할 수도 없는 욕망의 대상"이라면 페넬로페는 "신실하고 재능 있는 아내"[37]이다. 지하세계에서 오뒷세우스

---

37 D. Lyons, "Women", in M. Finkelberg (ed.), *The Homer Encyclopedia*, vol. 3, Malden-Oxford: Wiley-Blackwell, 2011, p.939.

와 만난 아가멤논은 모든 여인들에게 치욕을 안겨 준 "교활한 클뤼타임네스트라"[38]와 비교하면서 페넬로페를 찬양한다. "이카리오스의 딸 사려 깊은 페넬로페는 대단히 지혜롭고,/ 마음속에 좋은 생각들을 잘 알고 있다."[39] 페넬로페는 남성 중심 사회의 이상적 여인상이다. 그녀는 신실한 아내, 인내심 있는 어머니, 가사에 능하고 지혜로운 여주인이기 때문이다. 그 때문에 페넬로페의 행동에는 '명성'도 따른다. 나그네로 변장한 오뒷세우스는 남편이 없는 사이에도 아내의 의무를 다한 페넬로페의 행동을 칭찬하면서 "당신의 영광스러운 명성kleos은 하늘 끝에 닿았다"[40]고 찬양한다. 이를 근거로 어떤 연구자는 "개인의 인격을 결정하는 탁월함이라는 개념은 호메로스 서사시 속의 전사들에게만 적용되는 가치가 아니라, 사회적으로 엘리트인 여성들에게도 해당되는 가치이다"[41]라고 주장하기도 했다. 하지만 정말로 『일리아스』에서 최고의 덕목인 명성이 여성이 얻을 수 있는 가치인지는 의심스럽다.[42] 어쨌건 영웅들과 신들의 행적에 대한 '전쟁의 서사시' 『일리아스』와 시련과 역경을 이겨 내는 '가족의 드라마' 『오뒷세이아』를 비교해 보면, 우리는 거기서 여인들의 서로 다른 모습들을 확인할 수 있다.

---

38 『오뒷세이아』 11.422.

39 『오뒷세이아』 11.445~446, 24.192 이하도 함께 참고.

40 『오뒷세이아』 19.107 이하.

41 토마스 R. 마틴, 『고대 그리스의 역사』, 이종인 옮김, 가람기획, 2003, 79쪽.

42 N. Felson and L. Slatkin, "Gender and Homeric epic", in R. Fowler (ed.), *The Cambridge Companion to Homer*, New York: Cambridge University Press, 2004, pp.91~116.

여인들과 여신들

고대 그리스 여인들에 대한 기록은 거의 모두 남자들의 손으로 이루어졌고, 그런 기록들은 그나마도 단편적이다. 그래서 2500여 년의 시간이 지난 뒤에 그리스 여인들의 삶의 전체상을 그리는 데는 분명한 한계가 있다. 제한적인 자료들을 가지고 그리스 사회에서 여성의 삶을 연구하는 사람들 중에는 몇 시기를 구별하면서 여성들의 사회적 지위가 변천을 겪었다고 주장하는 사람들이 있다.[43] 이들에 따르면, 그리스 고전기 사회와 비교해 볼 때 초기 그리스에서는 여성들의 지위가 상대적으로 높았다. 이런 주장을 펴는 사람들은 이타카 궁전의 여주인 페넬로페, 스파르테의 궁전에서 메넬라오스와 함께 손님을 맞이하는 헬레네, 파이아케스인들의 궁전에서 알키노오스 옆자리에 앉아 있는 왕비 아레테의 모습에서 초기 그리스 사회에서 여성의 높은 지위를 보여 주는 사례를 찾는다.

하지만 『일리아스』에 그려진 트로이아 여인들의 모습까지 함께 고려해도 그렇게 말할 수 있을까?[44] 이들의 삶은 고전기 그리스 여인들의 삶과 크게 다를 바 없다. 트로이아 여인들은 후대 그리스 여인들과 똑같이 공적인 영역에서 배제된 채 가족의 울타리 안에서 살아

---

43 F. A. Wright, "Position of Women", in M. Cary et al. (eds.), *The Oxford Classical Dictionary*, Oxford: Clarendon Press, 1966[1949], p.960.

44 D. Lyons, 2011, p.940.

간다. 그들의 주된 임무는 아이를 낳고 가사를 돌보는 일이고, 축제와 제사에 참여하는 것이 가사에서 벗어나는 유일한 기회이다. '『일리아스』에 그려진 것은 그리스의 여인들이 아니라 오리엔트의 도시 트로이아의 여인들이기 때문에 그렇다'고 말해야 할까? 청동기 시대 뮈케네 사회의 여인들은 트로이아의 여인들과 달리 높은 사회적인 지위를 누렸을까? 페넬로페와 헬레네의 모습은 초기 그리스 사회의 여성상을, 트로이아 여인들의 모습은 오리엔트의 여성상을 보여 준다고 나눠서 이야기해야 할까? 대답하기 쉽지 않은 문제다.

어쨌건 한 가지 점은 꼭 짚고 넘어가야 할 것 같다. 『일리아스』에 그려진 트로이아 여인들의 모습이 여성성에 대한 이 서사시의 젠더적 관점을 모두 규정하는 것은 아니라는 사실이다. 단편적이긴 하지만 『일리아스』에서는 두 차례에 걸쳐 아마존의 여인들Amazones, 즉 싸우는 여인들이 언급된다.[45] 더 눈길을 끄는 것은 여신들이다. 여신들을 묘사하면서 호메로스는 여성성에 대해 훨씬 더 개방적인 관점을 취하기 때문이다. 여신들의 태도와 행동은 『일리아스』에서 그려진 여인들의 젠더적 특징과 일치하지 않는다.[46] 전체적으로 볼 때 호메로스가 그린 여신들은 인간 세계에서 여인들과 남자들이 갖는 두 가지 측면을 갖는다는 뜻에서 양성적이다.

테티스에게서 전형적으로 드러나듯이, 여신들도 자식의 뒷바라

---

45 『일리아스』 3:189, 6:186.

46 W. Burkert, *Greek Religion*, trans. J. Raffan, Malden: Blackwell, 1985, pp.193 이하.

지에 정신없이 바쁘고 자식이 겪는 일에 속을 끓인다. 아들의 울음소리를 듣고 바다에서 올라오고 아들의 명예를 위해서 천상의 제우스를 찾아가 청탁을 넣으며 아들에게 무기를 만들어 주기 위해 득달같이 헤파이스토스의 대장간을 찾아가는 테티스의 모습은 21세기 '헬리콥터 맘'의 전형이다. 신화에서나 현실에서나 이 '테티스들'은 하늘과 땅과 바다를 가리지 않고 자식들을 위해 동분서주한다. 또 자식의 죽음을 예감하면서 탄식하며, 시신을 놓고 애도하는 여인들의 모습이 여신들에게도 투영되어 있다. 돌아온 파트로클로스의 시신을 붙잡고 오열하는 아킬레우스를 위해서 테티스는 통곡한다. 죽은 파트로클로스를 위한 통곡이 아니라 장차 다가올 아킬레우스의 죽음을 위한 통곡이다.

"네레우스의 딸들이여, 나의 자매들이여! 그대들은 내 말에
귀를 기울여 내 마음속에 슬픔이 무엇인지 듣고 알도록 하세요.
아아 가련한 내 신세여! 가장 훌륭한 자식을 낳은 어미의
슬픔이여! 나는 영웅들 중에서도 가장 뛰어난 나무랄 데 없는
강력한 아들을 낳았고, 그 애는 어린 가지처럼 무럭무럭 자랐어요.
나는 그 애를 과수원 언덕의 초목처럼 기른 뒤
부리처럼 휜 함선들을 실어 일리오스로 보내 트로이아인들과
싸우게 했지요. 하지만 고향인 펠레우스의 집으로 돌아오는
그 애를 나는 다시는 반기지 못할 거예요.
그리고 그 애는 살아서 햇빛을 보는 동안에도

고통당하고 있지만, 내가 가더라도 그를 도와줄 수 없어요.
하지만 내 가서 사랑하는 아들을 만나 보고 싸움터에서
떨어져 있는 그 애에게 대체 무슨 슬픔이 닥쳤는지 알아볼래요."
(18:52-64)

통곡하는 테티스의 모습은 죽은 헥토르를 위해 가슴을 풀어 헤치고 통곡하는 헤카베의 모습과 똑같다.[47]

"내 아들아, 가련한 내 신세여! 네가 죽었는데 내가 슬픔 속에 살아 무엇하리? 너는 밤낮으로 온 도성 안에서 내 자랑거리였고, 남녀 불문하고 도시 안의 모든 트로이아인들에게 구원이었지, 그리고 그들은 너를 신처럼 맞았지. 살아 있는 동안 너는 그들에게 큰 영광이었으니까. 그런데 이제 죽음과 운명이 너를 따라잡았구나."(22:431-436)

하지만 『일리아스』의 여신들 사이에서 테티스의 경우는 오히려 예외적이다. 여신들은 트로이아의 여인들처럼 가족의 울타리 안에 매여 살지 않는다. 그들에게는 집 안팎의 경계가 없다. 여신들은 누구에게도 종속된 존재가 아니다. 그들은 독립적이고, 남신들과 대등한 권리를 누린다. 생각에서도, 행동에서도 여신들과 남신들 사이에 아무 차이가 없다. 여신들은 탄식하고 애도하는 존재가 아니라 불같

---

47 『일리아스』 22:82 이하, 22:431 이하, 24:747-759를 참고.

이 화를 내고 깔깔대며 웃으면서 감정의 표출에도 거칠 것 없이 자유분방하다. 무엇보다 중요한 점은 지상의 여인들이 공동체의 결정에서 배제되어 있는 데 반해 올림포스의 여신들은 그렇지 않다는 사실이다. 그들은 올림포스 공동체의 동등한 구성원이다. 올림포스 신 12명 가운데 여신이 6명으로 숫자도 남신들과 같고 의사 결정 과정에도 자유롭게 참여한다. 물론 이 공동체의 우두머리는 "오만불손하고 무뚝뚝한"(15:94) 남신 제우스다. 헤라와 아테네도 제우스의 말을 쉽게 거스르지 못한다. 하지만 이에 관한 한 다른 남신들도 마찬가지이니 특별히 여신들만 그런 것은 아니다.

간단히 말해서 여신들은 남신들이 하는 일을 다 한다. 남신들과 똑같은 권리를 가지고 회의에 참석해서 자신의 의견을 내세우고, 이것이 여의치 않을 경우——제우스를 속이는 헤라의 행동이 보여 주듯이——속임수를 써서라도 뜻을 관철한다. 성적인 행동에서도 여신들을 구속하는 족쇄가 없다. 올림포스의 여신들 가운데 지상의 어머니의 모습에 가까운 것은 데메테르뿐이다. 아테네, 아르테미스, 헤스티아 3명은 미혼 혹은 비혼非婚이다. 헤라는 제우스의 아내이지만 자식에게 별 관심이 없다. 아들 헤파이스토스가 돌보지 않아도 죽지 않는 신이기 때문일까? 아프로디테는 자유연애주의자다. 헤파이스토스가 그녀의 정식 남편이지만, 그녀는 아레스의 정부이고 사람을 유혹하기도 한다. 아이네이아스는 이 사랑의 여신이 인간 앙키세스를 유혹해서 낳은 아들이고, 여신은 그를 돕기 위해 전장을 바쁘게 뛰어다닌다. 여신들은 심지어 남신들에 맞서 싸우는 데도 거침이 없다.

그리고 이긴다. 군신 아레스조차 아테네에게 무참히 패배를 당할 정도다. 신들의 싸움을 그린 21권에서 호메로스는 두 신의 싸움을 이렇게 묘사한다. "방패를 뚫는 아레스"가 먼저 달려들어 아테네에게 싸움을 건다.

> "이 개파리여! 어쩌자고 그대는 대담무쌍하게도 신들끼리 싸우게
> 히는 것이며, 그대의 위대한 마음이 그대를 내보낸 까닭이 무엇이오?
> 그대는 튀데우스의 아들 디오메데스를 부추겨 나를 찌르게 하고,
> 또 다 보는 앞에서 손수 창을 들고 나를 향해 똑바로 밀어
> 내 고운 살갗을 찢던 일이 생각나지 않는단 말이오? 생각건대
> 이번에는 그대의 모든 소행에 그대도 대가를 지불하게 되리라."
> (21:394-399)

아테네의 손에는 "제우스의 천둥조차 제압할 수 없는/ 술 달린 무시무시한 아이기스"(21:400-401)가 들려 있다. 아레스가 긴 창으로 이 방패를 찔렀다. 하지만 아테네는 사뿐히 뒤로 물러난 다음 들판 위에 놓인 "크고 들쭉날쭉한 검은 돌덩이"를 억센 손에 집어 들고 아레스의 목을 쳐서 사지의 기운을 풀어 버린다. "그는 쓰러져 일곱 정보의 땅을 덮었고,/ 머리털은 먼지투성이가 되었으며, 그의 주위에서는/ 무구들이 요란하게 울렸다. 그러자 팔라스 아테네가/ 웃더니 환성을 올리며 물 흐르듯 거침없이 말했다."(21:406-409)

"어리석은 자여! 나와 힘을 겨루려 하다니, 내가 그대보다

얼마나 더 강하다고 자부하고 있는지 아직도 몰랐더란 말인가!

그대의 어머니는 그대가 아카이오이족을 버리고 오만불손한

트로이아인들을 돕는다고 화가 나서 그대에게 재앙을

꾸미고 있는데, 이로써 그대에게 어머니의 저주가 이루어지겠구려."

이렇게 말하고 그녀는 그에게서 번쩍이는 두 눈을 돌렸다.

그러자 그를 제우스의 딸 아프로디테가 손을 잡고 데리고 가니,

그는 가까스로 정신이 돌아와 몹시 신음하고 있었다.(21:410-417)

군신 아레스와 아테네의 이성異性 격투기는 여신의 한판승으로
결판난다. 제우스의 허벅지에서 태어났고 혼인도 하지 않은 아테네
는 여신들 가운데 누구보다 양성적인 모습을 갖추고 있다. 그녀는 한
편으로는 "아름답고 크며, 훌륭한 수공예에 능한 여인의 모습"[48]이다.
크뤼세이스, 헬레네, 페넬로페가 갖춘 것과 똑같은 여인들의 미덕을
갖추고 있다. 하지만 다른 한편에서 보면 아테네는 이 여인들과 달
리 전사의 덕을 갖추고 싸우는 여신이다. 군신 아레스도 그녀를 당해
내지 못한다. 심지어 제우스조차 그녀 앞에서 언행을 조심할 정도다.
후대 그리스인들, 특히 아테나이인들이 이 여신을 자신들의 수호신
으로 삼은 데는 그럴 만한 충분한 이유가 있는 셈이다.

여신들의 이야기에 반영된 호메로스의 젠더적 관점을 우리는

---

48 『오뒷세이아』 13.288-289.

어떻게 이해할 수 있을까?[49] 철저한 가부장제 사회에서 남자들에 의존해서 살아가는 여인들은 호메로스의 여신들을 보고 무슨 생각을 했을까? 자유로운 여신들의 삶은 억압된 삶을 사는 그리스 여인들에게 상상 속 대리 만족물이었을까? 그리스의 여인들은 신화 속 여신들을 보면서 해방된 삶을 꿈꾸지는 않았을까? 왜 후대 그리스 사람들은 '전체 그리스의 교사' 호메로스가 보여 준 여신들의 삶을 지상의 여인들에게는 허락하려고 하지 않았을까?

사실 여신들의 모습을 지상의 여인들에게 구현하려고 했던 경우가 없지는 않다. 플라톤의 경우가 그렇다. 그는 『국가』에서 공적인 회의에 참여할 뿐만 아니라 전쟁에도 참전하는 호메로스의 여신들에 가장 가까운 모습의 여성 수호자들을 그려냈다. "아름다운 나라"[50]에 대한 철학적 기획인 이 대화편에서 플라톤은 성별에 관계없이 누구나 전사와 통치자가 될 수 있다고 주장한다. 플라톤에 따르면 성별의 차이 때문에 남자와 여자가 하는 일이 달라야 한다는 주장은 대머리가 구두장이가 되면, 장발은 구두장이를 해서는 안 된다는 말과 같이 터무니없다. "그러므로 여자와 남자를 가릴 것 없이 나라를 지키는 일에 관해서는 그 성향이 같다."[51] "수호자의 아내들은 옷 대신 탁월함을 걸칠 것이므로, 옷을 벗어 던져야 하며 전쟁이나 나라와

---

49 최혜영, 「고대 그리스 사회의 종교: 여신과 여성」, 『여성과 역사』, 제8집, 2008, 93~120쪽을 참고.
50 위의 각주 49를 참고.
51 『국가』 V, 456a[박종현 옮김, 1997, 331쪽].

관련된 그 밖의 수호에도 관여해야 하지만 다른 일을 해서는 안 된다."[52] 적어도 수호자 계급의 여인들에게는 옷감 짜기, 아이 돌보기, 하녀 관리와 같은 집안일은 허락되지 않는다. 매우 역설적이다. 호메로스의 최대 비판자인 플라톤이 여성 수호자를 그릴 때는 이 시인의 젠더적 관점을 수용하려고 했던 것일까? 정의롭고 아름다운 나라의 여성 수호자들을 그리면서 플라톤이 실제로 호메로스의 여신들을 모델로 삼았는지는 알 수 없는 일이다. 하지만 그는 먼 옛날에 사라진 고대 아테나이에 대해 이야기하면서 당대의 남녀들에 대해 이렇게 말한 적이 있다.

> 게다가 당시에는 여자와 남자 모두 전쟁에 관한 임무를 똑같이 가졌으므로 무장한 여신상이 당시 관습에 따라 당시의 사람들에게는 봉납 신상일 수 있었는데, 그 여신 그림과 여신상 또한 '떼 지어 사는 것은 암수를 불문하고 다 똑같이 각기 고유한 탁월성을 실천할 수 있는 능력을 타고 난다'는 것을 보여 주는 증거라 하겠네.[53]

플라톤이 끌어들인 고대 아테나이의 전설은 여신들에 대한 호메로스의 묘사에 청동기 시대 여성들의 모습이 반영되어 있다고 말하는 사람들의 주장을 뒷받침하는 증거가 될 수도 있다. 하지만 호메

---

52 『국가』 V, 457a[박종현 옮김, 1997, 333쪽].

53 『크리티아스』, 110b[『크리티아스』, 이정호 옮김, 이제이북스, 2013, 48~49쪽].

로스나 플라톤이 그린 여성의 모습은 역사적 현실이 아니라 문학적 상상, 즉 가족의 울타리 안에서 억압된 삶을 살았던 당대 여인들의 대리 만족을 위한 신화적 상상일 수도 있다. 아니, 역사적 기억과 문학적 상상이 그 안에 함께 녹아 있다고 보는 것이 더 적절할 것 같다. 왜냐하면 집단적 무의식 속에 남은 역사적 과거가 후대 사람들의 문학적 상상 속에서 재현될 수 있기 때문이다. 어쨌건 『일리아스』 전체 이야기가 상상 속에서 혼합된 다양한 역사적 층위를 보여 준다면, 이는 이 서사시가 보여 주는 여성관에서도 마찬가지다.

IV.
올륌포스의 신들

'제우스의 뜻'

그리스 북부 마케도니아와 중부 테살리아의 경계에는 그리스에서 가장 높은 올륌포스 산이 솟아 있다. 산의 높이는 2900m 정도로 백두산보다 조금 높다. 하지만 올륌포스 산이 고대 그리스인들에게 갖는 의미는 백두산이 우리에게 갖는 것보다 더 컸다. 그곳은 신들의 거처이기 때문이다. "그 거처는 바람에 흔들리는 일도 없고, 비에 젖는 일도 없고,/ 눈이 내리는 일도 없으며, 구름 한 점 없는 맑은 대기가/ 그 주위에 펼쳐져 있고, 찬란한 광휘가 그 위를 떠다니고 있다."[1] 이 올륌포스의 산정에는 부부, 남매, 형제, 삼촌-조카 등 혈연에 얽힌

---

1 『오뒷세이아』 6.43-45.

12명의 신들이 모여 사는데, 이들의 우두머리는 인간들과 신들의 아버지 제우스이다. 올림포스의 열두 신은 인간 세계에서 동떨어진 곳에서 살지만, 그곳에서 날마다 즐거운 삶을 누리는 데 만족하지 않는다. 이 "축복받은 신들"은 아래를 내려다보면서 인간 세계에 대한 관심을 거두지 않는다. 그들은 인간의 세상에서 벌어지는 일들을 구경하고 인간의 운명을 결정하며 인간의 일에 개입한다. 그런 뜻에서 서사시는 "인간들과 신들의 행적"[2]에 대한 이야기다.

구경꾼이자 참여자인 올림포스의 신들을 빼놓으면 『일리아스』의 서사는 성립하지 않는다. 아킬레우스의 분노에서 시작해서 헥토르의 장례로 끝나는 이야기는 동시에, 아폴론의 분노에서 시작해서 신들의 결정을 통해 아킬레우스가 프리아모스에게 헥토르의 시신을 넘겨주어 그의 장례가 거행되는 이야기이기도 하다.[3] 전쟁 10년째 해 51일 동안의 전투 이야기에서 트로이아 전쟁 전체로 이야기의 범위를 넓혀도 똑같이 말할 수 있다. 『일리아스』의 사건뿐만 아니라 트로이아 전쟁 자체가 신적인 뜻의 결과라고 볼 수 있기 때문이다. 『일리아스』의 첫 부분을 다시 읽어 보자.

분노를 노래하소서, 여신이여, 펠레우스의 아들 아킬레우스의
잔혹한 분노를. 이는 아카이아인들에게 무수한 고통을 안겨 주고

---

2 『오뒷세이아』 1.338

3 J. Griffin, *Homer on Life and Death*, Oxford: Clarendon Press, 1980, p.144.

영웅들의 수많은 굳센 혼백들을 하데스에 보냈으며

그들 자신은 개들과 온갖 새들의 먹이가

되게 했으니, 제우스의 뜻은 이루어졌도다.

이는 처음 두 사람이, 아트레우스의 아들인 인간들의 왕과 신적인 아

킬레우스가

다툼을 일으켜 갈라선 뒤에 일어났다.(1:1-7)

서시에 따르면『일리아스』의 모든 사건은 "제우스의 뜻"이 실현
되는 과정이다. 무엇이 "제우스의 뜻"일까? 물론『일리아스』안에서
우리는 그 대답을 찾을 수 있다. '아킬레우스의 명예 회복을 위해서
헥토르에게 승리를 안겨 주고 그리스 군대를 궁지에 몰아넣는 것'[4]
이 제우스의 뜻이다. 하지만 정답은 하나가 아니다. 호메로스의 서사
시가 출현하기 이전부터 구전 전승된 다른 이야기들을 함께 고려하
면, 대답의 가능성이 더 많아진다. 트로이아 서사시 연작의 첫 작품
인『퀴프리아』도 "제우스의 뜻"에 대한 이야기로 시작된다.

한때 수많은 인간 종족들이 쉴 새 없이

땅 위를 오가며 대지의 폭넓은 깊은 가슴을 무겁게 했다.

제우스가 이를 보고 불쌍히 여겨 촘촘한 뜻이 있는 정신으로

대지를 인간들의 무게에서 가볍게 하기로 마음 먹었다.

---

4 『일리아스』 13:347, 15:59-71, 19:270 이하를 참고.

제우스는 일리오스 전쟁의 커다란 분쟁을 일으켰으니

죽음을 통해 무게를 덜어내 주기 위함이다. 트로이아의 영웅들이

죽었고, 제우스의 뜻이 이루어졌도다.[5]

『퀴프리아』는 트로이아 전쟁의 전사前事와 전쟁 개시 이후 『일리아스』에 이르기까지의 이야기를 담은 서사시다.[6] 전쟁의 배경으로 우리에게 잘 알려진 이야기들, 즉 아킬레우스의 어머니 테티스와 아버지 펠레우스의 혼인 잔치, 헤라와 아테네와 아프로디테 가운데 아프로디테를 최고의 미녀 여신으로 결정한 파리스의 판결, 파리스의 헬레네 납치 이야기 등을 비롯한 9년 동안의 전쟁 이야기가 바로 『퀴프리아』에 담겨 있다. 그런데 이 작품에 따르면 트로이아 전쟁부터 시작해, 그 이후의 모든 사건은 과잉 상태의 인간을 지상에서 쓸어 내려는 "제우스의 뜻"이 실현되는 과정이었다. 땅 위에 너무 많아진 사람들의 수를 줄이기 위한 일종의 인구 저감책의 하나로 제우스가 일리오스의 전쟁, 즉 트로이아 전쟁을 일으켰다는 것이다.

결국 『일리아스』의 서시를 『퀴프리아』의 서시와 함께 읽으면 우리에게 이런 의문이 떠오른다. 『일리아스』의 서시에 언급된 "제우스의 뜻"은 사람의 수를 줄이려는 신의 섭리를 가리키는 것일까, 아니면 그리스 군대를 궁지에 몰아넣어 궁극적으로 아킬레우스의 명예

---

5 『퀴프리아』 단편 1[M. L. West (ed.), 2003, p.82].

6 이 책의 169쪽 각주 28을 참고.

를 높이려는 제우스의 계획을 가리키는 것일까? 대답이 쉽지 않다. 아마도 트로이아 전쟁의 발발에서 시작해,『일리아스』에서 그려진 일련의 사건들 배후에 "제우스의 뜻"으로 대변되는 신적인 섭리와 신들의 개입이 있다고 말하는 것이 옳은 대답일지도 모른다. 그리스의 수많은 전사를 역병의 희생물이 되게 한 아폴론, 아가멤논을 향해 칼을 뽑으려는 아킬레우스를 저지하는 아테네, 아들의 명예 회복을 위해 제우스에게 은밀한 청탁을 넣는 테티스, 전쟁 개입을 금지한 제우스의 눈을 피해 가면서 트로이아 군대를 궁지로 몰아넣는 헤라 등은 아킬레우스, 아가멤논, 헥토르와 똑같이『일리아스』의 주인공들이다.

"인간적인, 너무나 인간적인"[7]

아킬레우스, 헥토르, 오뒷세우스 같은 영웅들이 그렇듯이,『일리아스』의 신들은 외모와 역할에서 뚜렷한 차이를 보이고 저마다 독특한 개성이 있다. 제우스는 권위에 대한 도전을 용납하지 않는 위엄 있는 군주의 모습으로, 아폴론은 화살통을 어깨에 맨 날랜 궁수의 모습으로, 아테네는 투구를 쓰고 창을 든 군신의 모습으로 우리의 머릿속

---

7 호메로스의 신들에 대한 이하의 논의는 조대호,「『일리아스』의 신들」,『헤겔연구』, 제21권, 2007, 117~150쪽 참고.

에 각인된다. 역사가 헤로도토스는 바로 이 점을 호메로스의 큰 공적으로 추켜세우면서, 그가 당대의 다른 서사 시인 헤시오도스와 함께 "헬라스인들에게 신들의 족보를 만들어 주었고 신들에게 별명을 붙여 주었으며 여러 가지 명예와 기술을 나누고 그들의 생김새를 일러준 사람들"[8]이라고 말했다. 그리스인들에게 올륌포스의 신들에 대한 믿음을 심어 준 사람들이 바로 호메로스와 헤시오도스라는 말이다. 이렇듯 제사장이나 예언자가 아니라 시인들에 의해서 종교의 토대가 마련되었다는 것은 그리스 문명의 독특한 특징이다. 히브리인들에게 모세와 구약성서의 모세 5경이 있었다면 그리스인들에게는 호메로스와 『일리아스』가 있었다.

'역사의 아버지' 헤로도토스가 호메로스의 공적으로 돌린 그리스 신관의 두드러진 특징을 일컬어 '신인동형설'anthropomorphism이라고 부른다. 이 용어는 지위, 역할, 생김새의 차이에도 불구하고 호메로스의 신들이 모두 사람의 모습을 하고 있다는 사실을 가리킨다. 겉모습뿐이 아니다. 호메로스의 신들은 마음 씀씀이나 행동거지도 사람들과 똑같다. 그들은 사랑하고 미워하고 질투하고 시기하며 인정받기를 욕망한다. 그들은 불같이 화를 내다가 언제 그랬냐는 듯 깔깔대고 거짓말을 하고 계략을 꾸민다.[9] 기원전 6세기의 철학자 크세노

---

8 『역사』, 2.53[김봉철 옮김, 2016, 235쪽].
9 영국의 고전학자 바우라의 말대로 "만약 인간들이 아무 위험 없이 마음대로 욕망을 추구할 수 있다면, 그때 이루어질 수 있는 인간 사회가 바로 신들의 사회다".

파네스Xenophanes는 신들의 이런 행태를 꼬집어 "호메로스나 헤시오도스가 신들에게 돌린 것은 모두 사람들 사이에 손가락질과 비난을 받는 것들, 곧 도둑질, 간통, 서로 속이는 일이다"라고 비판했다.[10]

신들이 '불멸의 인간들'과 같다면 그런 비난받을 일들이 그들 사이에서 벌어지는 것은 당연한 일이다. 호모 사피엔스가 지상에 존재하기 시작한 이래 인간 사회에 도둑질, 간통, 사기가 없었던 때가 있었을까? 하지만 그렇다고 해서 사람을 닮은 신들이 모든 점에서 사람과 똑같은 것은 아니다. 신들은 사람보다 더 많은 것을 할 수 있다. 그들은 한걸음에 세상의 한쪽 끝에서 다른 쪽 끝으로 옮겨갈 수 있고,[11] 사람이 생각하지 못하는 것을 생각할 수 있다.[12] 그들은 늙지 않는다. 그래서 신화 속의 제우스나 헤라는 언제나 활력이 넘치는 중년 남녀의 모습이다. 기독교인들이 하나님을 생각할 때 항상 수염 달린 할아버지의 모습을 상상하는 것과 다르지 않다. 우리가 어린아이 하나님, 반항 청소년 하나님을 생각할 수 없듯이, 그리스인들은 늙어서 기운이 빠진 제우스를 상상할 수 없었다. 신들은 항상 생기 있는 모습으로 영원히 산다. 사람의 모습을 한 올륌포스의 신들을 죽을 수밖에 없는 지상의 인간들과 본질적으로 구별해 주는 것이 바로 그런

---

10 크세노파네스, DK 21B11 [『소크라테스 이전 철학자들의 단편 선집』, 김인곤 외 옮김, 아카넷, 2005, 205쪽].

11 『일리아스』 8:41-52, 14:292 등의 구절을 참고.

12 예를 들어 제우스의 지혜에 대해 다음의 구절들을 참고. '지혜에서 모든 인간들과 신들을 능가하는'(13:631), '불멸의 계책을 아시는 제우스'(24:88).

불멸성이다. 물론 신들에게도 신체가 있어서, 그들도 상처를 입거나 고통을 당할 수 있으며 상처를 입은 뒤 치료를 받기도 한다.[13] 하지만 암브로시아와 넥타르를 먹고 마시는 신들의 신체는 특별하다. 인간의 신체와 달리 신들의 신체는 노쇠와 질병과 죽음을 받아들이지 않으며, 신체적 고통도 오래가지 않는다. 만일 재생 가능한 실리콘으로 만든 몸과 인간의 마음을 가진 AI가 만들어진다면, 이 AI는 아마도 올림포스의 신과 같은 존재가 될 것이다. 그런 존재는 인간의 고통을 이해할 수 없다.

'신인동형설', 즉 불멸의 신이 겉모양이나 속마음뿐만 아니라 행동거지까지 사람과 똑같다는 생각은 도대체 어디서 유래했을까? 그것은 『일리아스』의 역사적 배경이 되는 후기 청동기 뮈케네 시대의 종교적 유산일까, 아니면 호메로스 자신의 창조물일까? 이것도 저것도 아니라면, 호메로스의 신인동형설의 기원은 어디에 있을까?

그리스 종교 연구자들도 이런 질문을 던졌고 답을 찾았다. 그들이 얻은 대답은 신인동형설이야말로 그리스 문명의 특유한 현상이며 그리스인들이 가진 창조성의 증거라는 것이었다. 그리스 종교 연구의 권위자로 우리에게 알려진 해리슨J. Harrison이나 케레니K. Kerényi 같은 사람들이 그런 견해의 옹호자였다.[14] 그런데 20세기 중반 이후

---

13 이 책의 225쪽을 참고.

14 J. Harrison, *Prolegomena to the Study of Greek Religion*, Princeton: Princeton University Press, 1991[1903]; 카를 케레니, 『그리스 신화』, 장영란·강훈 옮김, 궁리, 2002.

의 역사적 연구는 이런 견해를 반박하는 결과들을 내놓았다. 이런 새로운 방향의 연구를 주도한 부르케르트w. Burkert의 말을 들어 보자.

분명히 헤시오도스와 호메로스가 따른, 신화의 오리엔트적 모델들이 존재한다. […] 실제로 모든 신이 오랫동안 여기저기 존재했음이 틀림없다. 하지만 신들에 대해서 말하는 새로운 방식이 도입되었다. **상상이 풍부하고 회화적이며 기억할 수 있는 서사의 방식**이 바로 그것이다. 올림포스 신들은 성스러운 산정 위에 공동의 거처를 두고—이것은 우리 모두가 알듯이 **오리엔트적 관념**이다—항상 그런 것은 아니지만 친밀한 가족 관계 속에 있다. 이들은 자기의식을 가진 가사자들의 현실과 평행하면서도, 그 현실과 대조적으로 인간적이면서도 초인간적인 체계를 이룬다.[15]

'제우스', '포세이돈', '헤라'처럼 우리에게 친숙한 그리스 신들의 이름은 선형문자B로 기록된 뮈케네 시대의 점토판에도 나온다. 이 점토판에는 '헤르메스'나 '아르테미스'는 물론 '디오뉘소스'까지 등장한다. 뮈케네 시대의 도시 퓔로스의 점토판이 해독되기 전까지 많은 사람들이 포도주의 신 디오뉘소스는 훗날 동방에서 수입된 신

---

15 W. Burkert and C. Riedweg, 2001, p.24; B. E. Stafford, "Personification in Greek Religious Thought and Practice", in D. Ogden (ed.), *A Companion to Greek Religion*, Malden: Blackwell, 2007, pp.71~85도 함께 참고(강조는 인용자).

으로 알고 있었다.[16] 점토판의 기록은, 기원전 8세기 말이나 7세기 초에 호메로스와 헤시오도스에 의해서 신들의 족보가 완성되기 벌써 수백 년 전 뮈케네 시대에도 우리가 아는 올륌포스 신들에 대한 숭배가 이루어졌음을 보여 준다. 그런데 부르케르트를 포함한 여러 그리스 종교 연구자들의 최근 연구 결과에 따르면『일리아스』에 그려진 모습으로 신들이 형상화되는 데 더 결정적인 영향을 미친 것은 오리엔트 문명이었다. 기원전 1200년 무렵 이후의 그리스 세계, 특히 뮈케네 문명이 몰락하고 소아시아 지방으로 이주한 그리스 이민자 사회는 이른바 '암흑시대'(기원전 1050~750년 무렵)를 거치면서 오리엔트의 선진 문명과 활발하게 접촉했고 이 문명의 영향 아래 발전을 이루었다. 이 시기는 그리스 문명에 있어서 '오리엔탈리즘의 시기'였고,『일리아스』에서 정점에 이른 그리스의 신관 역시 그 영향의 산물이다. 이런 맥락에서 부르케르트는 호메로스의 신인동형설을 "그리스에서 구전 전승이 이어진 400년 동안 오리엔트의 요소가 흡수되는 과정"[17]의 결정체로 여긴다.

몇 가지 사례를 들어 보자. 그리스 신화는 신들의 싸움 이야기에서 시작한다.[18] 하늘의 신 우라노스의 권력을 그의 아들 크로노스가 빼앗고, 크로노스의 권력을 그의 아들 제우스가 빼앗는다. 그리스 신

---

16 A. Heubeck, 1988[1974], p.183; B. Graziosi, *The Gods of Olympus*, New York: Picador, 2014, p.20.

17 발터 부르케르트,『그리스 문명의 오리엔트 전통』, 남경태 옮김, 사계절, 2008, 51쪽.

18 조대호,「카오스와 헤시오도스의 우주론」,『철학』, 제71집, 2002, 62쪽 이하.

화는 이처럼 자식들이 모의해서 아버지를 거세한 이야기, 자식 세대의 신들이 아버지 세대의 신들에 대항해서 싸움을 벌이고 그들을 제압한 세대 갈등의 이야기에서 시작해서, 갈등 끝에 권력을 탈취한 젊은 세대의 신들, 즉 올림포스 신들이 권력을 배분해서 세계 질서를 확립한 이야기로 이어진다. 바로 이런 이야기들이 호메로스와 헤시오도스가 정립한 그리스 신화의 뼈대이다. 헤시오도스는 최초의 신들 사이의 싸움과 제우스의 지배권이 확립되기까지의 과정을 『신들의 계보』에 기록했다. 『일리아스』는 주로 그 이후 신들의 행적, 주로 제우스와 그의 남매 신들의 행적을 이야깃거리로 삼지만, 이런 이야기도 『신들의 계보』에 묘사된 세대 갈등과 권력 분배의 신화를 밑에 깔고 있다. 예를 들어 제우스가 크로노스에게서 권력을 빼앗은 뒤 다른 형제들, 즉 포세이돈과 하데스와 지분을 나누는 이야기가 『일리아스』에서는 이렇게 소개된다.

"우리가 제비를 흔들었을 때, 나에게는 잿빛 바다가 영원한 처소로
주어졌고, 하데스에게는 침침한 어둠이 주어졌으며,
제우스에게는 맑은 대기와 구름 속의 넓은 하늘이 주어졌지요.
그러나 대지와 높은 올림포스는 여전히 우리 모두의 공유물이오.
따라서 나는 결코 제우스의 뜻에 따라 살아가지 않을 것이니,
그는 비록 강력하지만 몫으로 주어진 삼분의 일에 조용히 머물러야
할 것이오."(15:190-195)

그렇다면 그리스 신화의 토대를 이루는 신들의 싸움과 그에 이어진 권력 분배의 이야기는 또 어떻게 생겨났을까?

기원을 따져 더 거슬러 올라가면, 그런 이야기의 원형은 메소포타미아의 신화에 있다. 기원전 2000년대 고대 바빌로니아 시대에 출현한 것으로 추측되는 『에누마 엘리쉬』에는 아프수Apsu(단물)와 티아마트Tiamat(짠물)에게서 다른 신들이 태어나고, 이 젊은 신들 가운데 에아Ea가 아프수를 살해하고 그 뒤 위험하고 폭력적으로 변한 티아마트를 마르둑Marduk이 싸움에서 제압한 뒤 젊은 신들의 우두머리가 되는 이야기가 담겨 있다.[19] 한편, 아카드어로 기록된 수메르의 서사시 『아트라하시스』에는 신들의 권력 분배와 인간 창조 신화가 나온다. 이 신화의 주인공은 '아누'Anu, '엔릴'Enril, '엔키'Enki인데, 이들은 제비뽑기에 의해서 각각 지배 영역을 나눈다. 그 결과 아누가 하늘을, 엔릴이 땅을, 엔키가 물을 지배하게 된다. 이런 사건은 물론 지상에 사람이 생겨나기 이전에 일어난 일이다. 하지만 그 뒤에 이어지는 부분에는 신들의 세계에서 일어난 반역의 이야기와 지상에서 인간을 쓸어 내려는 신들의 계획에 대한 이야기도 나온다. 앞서 소개한 『퀴프리아』의 원형이 되는 이야기다. 엔릴을 우두머리로 하는 원로 신들에 맞서 젊은 신들의 반란이 일어난다. 영리한 물의 신 엔키가

---

19 제임스 B. 프리처드 편집, 『고대 근동 문학 선집』, 강승일 외 옮김, 기독교문서선교회, 2016, 90쪽 이하; 조지 톰슨, 『고대사회와 최초의 철학자들』, 조대호 옮김, 고려원, 1992, 161쪽 이하도 함께 참고.

나서서 갈등의 해결책을 찾아낸다. 인간들을 창조해서 이들로 하여금 신들이 할 일을 대신하게 하는 것이었다. 그런데 그렇게 만들어진 인간의 수가 늘어나자 대지가 비명을 지르고 신들은 다시 인간을 없애려는 계획을 세운다. 이 뜻에 따라 인간 세상에 역병과 기근과 대홍수가 닥친다. '지혜로운 자' 아트라하시스 덕분에 인간은 겨우 전멸의 위기를 모면한다. 엔키의 도움을 받은 아트라하시스가 방주를 만들어 대홍수에서 인간을 구했기 때문이다.

그리스 신화와 메소포타미아 신화의 공통점을 보여 주는 이야기는 그 밖에도 많아서, 둘 사이의 평행성은 누가 보아도 분명하다. 그러니 어떻게 그리스 신화에 미친 메소포타미아 문명의 영향을 부정할 수 있겠는가? 호메로스나 헤시오도스의 활동 시기보다 이미 수백 년 앞선 기원전 1500년 무렵 뮈케네 문명의 시기부터 그리스인들이 오리엔트의 영향 아래 신들에 대한 관념을 형성했다는 추측이 나올 정도다. 이 시대의 그리스인들은 대략 기원전 1400년 무렵부터 에게해 지역을 활동 무대로 삼아 오리엔트의 서쪽 도시들과 활발하게 교류했기 때문이다. 그런데 이것이 사실이라면, 그동안 많은 사람들이 그리스 문명의 창조적 특징으로 여겼던 신인동형설은 메소포타미아 신화의 복제품이 아닐까? 하지만 다시 이렇게 되물을 수도 있다. 전통과 창조가 그렇게 배타적인 관계에 있을까? 이전 시대의 전통을 수용하지 않고 창조적 상상이 일어난 경우가 어디 있을까? 그리스 신화와 종교에 미친 메소포타미아 문명의 영향을 밝히는 데 누구보다 앞장선 부르케르트의 말을 더 들어 보자.

그리스적인 것, 즉 호메로스적인 것의 고유한 특징을 규정하려면 더 자세한 구별이 필요하다. 한 가지 눈에 띄는 특이점은 무엇보다 신들의 이름이다. [···] **수메르의 신들은 이름에서 정체가 투명하게 드러난 다.** 엔키En-ki는 '낮은 곳의 주인'이고, 닌후르삭Nin-hursag은 '산의 여주인'이다. 이시스Isis는 '왕좌'이고, 호루스Horus는 '높은 곳에 사는 자'를 뜻한다. 우가리트의 가장 중요한 신들은 엘El과 바알Baal인데 이들은 각각 '신'과 '주인'이다. 히타이트인들에게는 여신 '아리안나의 태양'과 '폭풍의 신'이 중요했고, 이 날씨의 신은 '강한 자'를 뜻하는 타르훈트Tarhunt라고도 불렸을 것이다. 하지만 **그리스 신들의 이름은 사실상 그 뜻이 전혀 불투명하다.** 그리스인들은 '제우스'조차 그 낱말의 유래를 올바로 해명할 수 없었다. 이 역설 안에 어떤 체계가 자리 잡고 있다. 기껏해야 데메테르De-meter나 디오뉘소스Dio-nysos라는 이름의 뜻을 절반 정도 이해할 수 있을 뿐이다. 그 밖에 뜻을 알 수 있는 이름은 오히려 밀려난다. 엘레우튀이아Eleuthyia 대신에 에일레이튀이아Eileithyia, 아펠론Apellon 대신에 아폴론Apollon, 헤르마스Hermaas 대신에 헤르메스Hermes가 된다.[20]

이 긴 인용문의 핵심은 간단하다. 그리스 신화의 새로움을 이해하려면 그 실마리를 '신들의 이름'에서 찾아야 한다는 것이 부르케르트의 주장이다. 메소포타미아 신들의 이름은 뜻이 분명하다. '엔

---

20 W. Burkert, 1984, p.182(강조는 옮긴이).

키'는 '낮은 곳의 주인', '아누'는 '하늘의 신', '엔릴'은 '바람의 신'이다. 다시 말해서 이름 자체에서 신들의 정체가 드러난다. 그리스 신들의 이름 '제우스', '헤라', '아폴론' 등은 그렇지 않다. 이런 이름들은 뜻이 분명치 않아서 이름만으로는 신들의 정체를 알기 어렵다. 이런 차이가 뜻하는 것은 무엇일까?

부르케르트에 따르면 신들의 이름에서 그들의 정체가 분명히 드러나지 않는다는 것은 곧 신들에게 이름으로 드러나지 않는 인격성과 개별성이 갖추어져 있음을 뜻한다. 예를 들어 '마당쇠'나 '언년이' 같은 이름을 보자. 이런 이름은 마당을 쓰는 남자 종, 집안의 허드렛일을 하는 여자 종을 가리킨다. 그렇기 때문에 '마당쇠'나 '언년이'는 엄밀히 말해서 개별적 인격체를 가리키는 고유명사가 아니라 특정한 기능을 담당하는 개인들을 통칭하는 일반명사에 가깝다. 하지만 '이순신'이나 '황진이'는 다르다. 이런 이름들은 각자의 기능(장군, 기녀)으로 환원되지 않는 고유한 인격성을 갖춘 개인을 가리키기 때문이다. 부르케르트에 따르면 메소포타미아 신들의 이름과 그리스 신들의 이름에 대해서도 우리는 똑같은 말을 할 수 있다. 메소포타미아 신들의 이름은 자연현상을 가리킬 뿐 그 이상이 아니다. 다시 말해서 이 동방의 신들은 아직 고유한 개성을 갖춘 인격적 주체가 아니라 자연현상의 신적인 상징, 즉 자연신에 불과하다. 그들의 관계 역시 저마다 감정과 생각을 가진 인격적 행위자들 사이의 관계이기보다 서로 다른 본성을 가진 자연현상들 사이의 관계에 가깝다. 반면, 제우스, 헤라, 포세이돈, 아폴론은 단순히 자연현상의 신적 상징으로 끝나지 않는다. 그런 이름으로 불리는 신들에게는 저마다 고유한 개성과 내면세계가 갖춰져 있고, 신들의 이름에서는 그런 개별적 특징들이 전혀 드러나지 않는다. '이순신'이나 '황진이'가 그렇듯이. 간단히 말해서 그리스와 호메로스의 신관이 메소포타미아 문명의 신관에서 영향을 받은 것은 분명하지만, 그리스 문명에 와서야 비로소 신들이 자연신의 단계를 넘어서 개성을 갖춘 인격, 살아 있는 주체로 등장했다는 말이다. 평면적이고 경직된 자세가 새겨진 메소포타미아 신들의 조각상과 입체적이고 유연한 모습의 그리스 신들의 조각상을 비교해 보면, 우리는 그런 차이를 시각적으로 확인할 수 있을 것이다.

한 걸음 더 나아가 보자. 부르케르트의 말을 받아들이면, 또 다른 궁금증이 생긴다. 그리스 세계에 이르러 신들이 자연현상을 상징하는 존재에서 고유한 개성을 가진 인격적 주체로 탈바꿈하게 되었다면, 그 배경은 무엇일까? 부르케르트의『그리스 종교』*Greek Religion*는 이 물음까지 다루지는 않았다. 하지만 신들이 등장하는 이야기의 맥락을 잘 따져 보면, 우리는 그 질문에 대해서도 대답을 찾을 수 있을 것 같다. 메소포타미아 신들의 중심 무대는 인간이 출현하기 이전의 세계이고, 따라서 그들은 인간들과 상대할 일이 없다. 하지만 호메로스의 신들은 그렇지 않다. 이들의 활동 무대는 인간들이 아직 없는 자연 세계가 아니라 인간들의 세계이고, 이 새로운 활동 무대에서 인간들과 뒤섞이는 가운데 신들은 더 인간적인 모습으로 탈바꿈한다. "만약 신이 사유에 있어서 죽을 수밖에 없는 존재와 유사하지 않다면, 인간들은 신과 어떤 관계도 맺을 수가 없다."²¹ 뒤집어 말해서 인간들과 신이 관계를 맺으려면 불멸의 신들도 죽을 수밖에 없는 인간들과 같아져야 한다. 성서의 구원론에서 인간을 구원하기 위해서 하나님이 인간의 몸을 입고 이 세상에 온 것도 같은 이치가 아닐까? 그런 점만 놓고 본다면, 그리스의 '신인동형설'이 인간들의 이야기에 신들을 끌어들인 구술 시인들, 특히 호메로스의 창조물이라는 말도 틀린 말이 아닐 것 같다. 신들이 호메로스의 시대에 이르러 얼마나 인간적인 모습으로 바뀌었는지는 그들이 인간 세계에서 보여 주는 행동을 보면 분명히 알 수 있다.

변신하는 신들

호메로스의 신들은──인간 삶의 경계 밖에 있음에도 불구하고──그들만의 동떨어진 세계에서 영원히 복된 삶을 누리는 데 만족하지 않는다. 인간을 닮은 이 신들은 인간의 일에 끼어들기를 좋아한다. 그래서 『일리아스』에서 일어나는 수많은 사건은 인간이 하는 일이자 동시에 신들이 하는 일이다. 즉 거의 모든 사건이 이른바 '이중적 인과성'double causation 혹은 '이중적 기원'double origin의 관점에서 설명될 수

---

21 세실 모리스 바우라, 『그리스 문화예술의 이해』, 이창대 옮김, 철학과현실사, 2006, 131쪽.

있다.[22] 신들이 사람의 감정과 행동에 영향을 미치는 방식은 아주 다양하다. 그들은 직접 모습을 드러내어 인간사에 끼어들기도 하고, 조언을 통해 개입할 때도 있으며, 또 어떤 때는 징조를 보내 자신들의 뜻을 알리기도 한다. 인간사에 개입하는 신들이 인간들을 기만하거나 자신의 의지를 감추는 경우도 드물지 않다. 신들의 작용 방식을 몇 가지 범주로 나누어 더 살펴보자.

많은 경우 신들은 사람에게 자신의 정체를 드러낸다. 아킬레우스의 칼부림을 가로막는 아테네(1:193 이하), 헬레네를 파리스의 침실로 인도하는 아프로디테(3:413 이하), 아이네이아스의 전투 의지를 북돋는 아폴론(17:333 이하) 등이 대표적인데, 이런 경우 신들의 정체는 사람에게, 적어도 신과 마주한 사람에게 분명히 알려진다.[23] 신들이 사람의 모습으로 변신해서 다른 사람에게 접근할 때도 있다. 신들은 변신의 귀재이다. 예컨대 아테네는 전령의 모습으로 오뒷세우스를 도와서 군사 회의를 소집하고(2:278 이하), 이리스는 트로이아의 파수꾼 폴리테스의 목소리로 트로이아인들에게 아카이아인들의 공격을 알린다(2:790 이하). 아테네는 안테노르의 아들 라오도코스의 모습으로 나타나 판다로스를 부추겨 메넬라오스에게 활을 쏘게 하는데, 이 일로 인해 평화로운 종전의 희망은 물거품이 된다(4:86 이

---

22 A. Lesky, "Divine and Human Causation in Homeric Epic", in D. L. Cairns (ed.), *Oxford Readings in Homer's Iliad*, Oxford: Oxford University Press, 2001, pp.170~202.

23 『오뒷세이아』 16.158~162도 함께 참고.

하). 헤라는 스텐토르의 모습으로 아카이아인들의 단호한 저항을 부추긴다(5:784 이하). 이런 일은 사람들이 눈치채지 못하는 사이에 이루어지기도 하지만, 항상 그런 것은 아니다. 아프로디테가 양모를 빗질하는 노파의 모습으로 변신해서 헬레네를 파리스의 침실로 유혹하려 들자 헬레네는 "여신의 더할 나위 없이 아름다운 목과 매력적인 가슴과 반짝이는 두 눈을 알아본다"(3:396-397). 포세이돈이 예언자 칼카스의 모습으로 아카이아인들의 전투 의지를 부추길 때도 마찬가지다. 오일레우스의 아들 아이아스는 자신들을 독려하는 자의 정체를 간파하고 텔라몬의 아들 아이아스에게 이렇게 말한다.

"아이아스여! 올륌포스에 사시는 여러 신들 중에 어떤 분이
예언자의 모습을 하고 우리에게 함선들 옆에서 싸우도록
명령하시니—그는 분명히 신의 뜻을 알리는 새 점쟁이
칼카스가 아니오. 그것은 그가 떠날 때 발과 정강이의 움직임을
보고 뒤에서 쉽게 알 수 있었소. 신들은 금방 알아볼 수 있는
법이니까—벌써 내 가슴속 마음은
더욱더 전쟁과 전투를 갈망하고 있으며
아래로 두 발과 위로 두 손이 근질근질하오."(13:68-75)

신들은 새나 구렁이 등 어떤 징조를 보내어 앞날을 예고하기도 하는데, 그런 징조에 대한 사람들의 반응은 제각각이다. 셋째 날 전투에서 트로이아 군의 선봉장 헥토르가 공격에 앞장서면서 그리스

인들의 최후 방어선, 즉 그들이 방벽 앞에 파놓은 해자를 건널지 말지를 고민하고 있을 때 하늘에 독수리가 나타난다(12:200 이하). 독수리는 아직 살아서 버둥대는 크고 시뻘건 구렁이를 발톱에 차고 백성들의 앞을 지나 왼쪽으로 난다. 구렁이는 붙들려 가면서도 싸울 힘을 잃지 않고 머리를 뒤로 틀어 독수리의 목가슴을 깨문다. 그러자 고통을 이기지 못한 독수리가 구렁이를 땅에 내던져 무리의 한 가운데 떨어뜨리고 소리 내어 울면서 날아간다. 트로이아의 현자 폴뤼다마스는 이 전조에서 드러난 제우스의 뜻을 곧바로 알아내어 트로이아인들에게 공격 중지를 종용한다. 하지만 전사 헥토르는 현자 폴뤼다마스를 비웃는다. 무모하게 싸움을 계속하던 헥토르는 그리스 군대의 저항에 부닥쳐 곤경에 처한다(13:821 이하).

　신들의 감춰진 모습을 이야기할 때 빼놓을 수 없는 점들 가운데 또 하나는 신들이 의도적으로 사람을 속이고 계획을 감춘다는 사실이다. 『일리아스』 2권의 아가멤논의 꿈이 그 전형적인 사례이다(2:1 이하). 아들의 실추된 명예를 되찾게 해 달라는 테티스의 부탁을 들은 제우스는 밤샘 궁리 끝에 그리스 군대를 궁지에 몰아넣을 방도를 생각해 낸다. 그가 거짓 꿈을 아가멤논에게 보내자, 이 그리스 군대의 총사령관은 꿈에 속아 패배가 예정된 싸움을 벌이다가 헤쳐 나올 수 없는 궁지로 내몰린다. 파트로클로스의 참전과 죽음도 제우스의 숨은 뜻과 관련된 에피소드이다(16:1 이하). 아킬레우스와 파트로클로스가 이끄는 뮈르뮈돈인의 함선이 트로이아 군의 불길에 휩싸일 지경에 이르자 파트로클로스는 아킬레우스 대신 싸움에 나선다. 아킬레우스의 무구를 걸친 파트로클로스가 트로이아 군을 내몰고 제우스의 아들 사르페돈까지 죽이면서 분전하지만, 그는 결국 헥토르에게 살해당하기에 이른다. 파트로클로스의 죽음은 어떤 관점에서 보면 자초한 결과이다. 그의 죽음은 "함선들을 구하는 대로 되돌아오라"(16:95)는 아킬레우스의 당부를 따르지 않은 데서 비롯된 결과이기 때문이다. 하지만 『일리아스』의 시인은 이 사건을 다른 관점에서 보기도 한다. 트로이아인들과 뤼키아인들을 추격하며 트로이아 성으로 질주하는 파트로클로스를 시인은 이렇게 묘사한다.

> [⋯] 마음이 눈먼
> 바보 같으니라고! 펠레우스의 아들이 한 말을 준수했던들,
> 그는 검은 죽음의 사악한 운명을 피할 수 있었을 텐데.
> 하나 제우스의 생각$_{noos}$은 언제나 인간들의 생각보다 더 강력한
> 법이어서 그는 용감한 자도 달아나게 하여 손쉽게 승리를
> 빼앗아 버리는가 하면 그를 다시 일으켜 세워 싸우게 하거늘,
> 이때도 그는 파트로클로스의 가슴에 용기를 불어넣었던 것이다!
> (16:685-691)

파트로클로스는 동료들 사이에서 신들 못지않은 지혜를 가진 인물로 추앙을 받는 영웅이다(17:477). 하지만 아무리 지혜롭다 한들 인간의 생각은 제우스의 생각을 따라잡을 수 없다.[24] 파트로클로스는 자신의 가슴에 용기를 불어넣어 싸움을 부추기는 제우스의 속마음

을 알아차리지 못했다. 그에게 죽음을 안겨 줌으로써 아킬레우스의 참전을 끌어내려는 제우스의 계획이 그에게 감춰져 있었기 때문이다. 파트로클로스를 죽음으로 이끈 것은 은폐된 신의 뜻에 대한 인간의 무지이다. 그런 점에서 신들이 그를 죽음으로 부른 셈이다. 마음의 눈이 멀었던 파트로클로스는 헥토르의 창에 아랫배가 찔려 죽음을 맞는 마지막 순간에야 비로소 이 사실을 깨닫는다.[25]

"헥토르여! 이제는 실컷 큰소리치려무나. 크로노스의 아들 제우스와
아폴론이 나를 손쉽게 쓰러뜨려 그대에게 승리를 주었으니 말이다.
그들이 손수 내 어깨에서 무구들을 벗긴 것이다.
그대 같은 자들이라면 스무 명이 덤벼들었어도
모두 내 창에 쓰러져 여기서 죽고 말았으리라.
나를 죽인 것은 잔혹한 운명과 레토의 아들이었고, 인간들 중에서는
에우포르보스였으며, 그대는 세 번째로 나를 죽인 것이다."(16:843-850)

파트로클로스가 남긴 최후의 말은 호메로스의 인간들이 사건을 바라보는 관점을 단적으로 보여 준다. 파트로클로스는 왜 죽었나?

---

24 다음의 구절들을 참고하라: '분별에서 모든 인간들과 신들을 능가하는'(peri phrenas emmenai allōn, andrōn ēde theōn, 13:631), '제우스의 현명한 생각'(Dios pykinon noon, 15:461), '제우스의 생각은 언제나 인간들의 생각보다 강력한 법이어서'(aiei te Dios kreissōn noos ēe per andrōn, 16:688), '불멸의 계책을 아시는 제우스'(Zeus aphthita mēdea eidōs, 24:88). phrenes와 noos(nous)에 대해서는 254쪽을 참고.

25 파트로클로스의 비극에 대한 분석에 관해서는 W. Kullmann, 2002, p.144 참고.

그를 죽인 것은 헥토르다. 그런데 헥토르가 창으로 그의 아랫배를 찌를 수 있었던 것은 먼저 에우포르보스가 창으로 파트로클로스의 양 어깨 사이의 등을 맞혔기 때문이다. 하지만 에우포르보스의 이런 공격은 그에 앞서 아폴론이 "짙은 안개로 몸을 가리고 다가와" 파트로클로스의 등과 어깨를 손바닥으로 내리쳐 정신을 빼앗고 그의 투구와 가슴받이를 쳐내고 그의 창을 산산이 부숴버렸기 때문이다. 마지막으로 아폴론의 참전은 제우스의 뜻이 없었다면 가능하지 않은 일이었다. 하나의 사건은 이렇듯 다수의 원인이 낳은 결과이고, 이 원인들은 궁극적으로 두 개의 차원, 즉 인간의 행동과 신의 개입을 통해서 제공된다. 이런 뜻에서 『일리아스』의 사건들은 '이중적 기원'을 갖는다.

선악의 저편에서

신들은 다양한 방식으로 인간사에 개입하지만, 그들의 행동에서 도덕적 원칙이나 일관성을 찾기는 어렵다. 『일리아스』의 신들은 가깝고도 먼 존재이고, 다정하면서도 잔혹한 존재다. 신들은 정의로운 것 같지만 자의적으로 행동할 때가 더 많다. "인간적인, 너무나 인간적인" 존재인 신들에게서 어떤 일관성을 기대할 수 있을까? 호메로스 연구자 레스키는 『일리아스』의 신들이 인간과의 관계에서 내보이는 이런 양면성 혹은 이율배반성을 친근과 소원Nähe und Distanz, 호의와 잔

혹Huld und Grausamkeit, 정의와 자의Recht und Willkür로 요약했다.[26]

『일리아스』의 신들은 무엇보다도 가깝고도 먼 존재이다. 신들은 자신이 사랑하는 영웅에게 말할 수 없이 친근하다. 아테네 여신은 용감하게 싸우다가 상처를 입고 지쳐 있는 디오메데스에게 다가와 그를 꾸짖은 다음 도움을 약속하면서 기운을 북돋는다(5:799 이하), 아프로디테는 디오메데스와 맞서 싸우다가 위기에 처한 아이네이아스를 싸움터에서 구해 낸다(5:311 이하). 하지만 같은 장면에서 아폴론이 디오메데스에게 보여 주는 태도는 정반대이다. 아이네이아스를 보호하고 있던 아폴론은 디오메데스가 달려들자 이런 말로 꾸짖는다. "튀데우스의 아들이여! 조심하고 물러가라. 그대는/ 자신을 감히 신들과 같다고 생각지 마라. 불사신들과/ 대지 위를 걷는 인간들은 결코 같은 종족이 아니니라."(5:440-442) "너 자신을 알라"는 아폴론다운 경고이다. 그런데 이런 경고로써 디오메데스를 물리치는 아폴론은 자신에게 싸움을 거는 포세이돈에게 이렇게 대꾸하기도 한다. "대지를 흔드는 이여! 내가 가련한 인간들 때문에 그대와/ 싸운다면 그대는 나를 신중하다고 생각지 않을 것이오./ 인간들은 마치 나뭇잎과 같아서 때로는/ 대지의 열매를 먹고 불꽃처럼 타오르는가 하면,/ 때로는 생명을 잃고 시들어지지요. 그러니 자, 우리는/ 어서 싸움을 그만두고, 저희들끼리 싸우도록 내버려 둡시다!"(21:462-467) 신들은 인간 가까이에 있지만, 그럼에도 불구하고 인간이 건널 수 없

---

26 A. Lesky, 1971, p.88.

는 심연 저편에 존재하는 소원한 타자이다.

가까이 있는 타자들이 인간을 대하는 태도에는 호의와 잔인함이 섞여 있다. 신들은 마치 어머니가 어린아이를 돌보듯 자신이 사랑하는 영웅을 돌본다. 아테네 여신은 "마치 어머니가 단잠이 든 아이에게서 파리를 쫓아 버리듯"(4:130 이하) 메넬라오스의 몸에서 화살을 벗어나게 한다. 하지만 이런 다정함의 이면에는 잔혹함이 있다. 자신의 뜻을 거역하는 인간 앞에서 신들은 무자비한 존재로 돌변한다. 아테네 여신은 헥토르의 어머니 헤카베와 트로이아의 여인들이 자신에게 제사를 드리는 바로 그 시각에, 헥토르를 아킬레우스의 희생물로 만든다. 신적인 양면성의 다정함과 잔인함을 보여 주는 더 전형적인 사례는 앞서 언급한 아프로디테와 헬레네의 조우 장면이다. 파리스와 메넬라오스의 일대일 대결을 통해 9년 동안의 지루한 전쟁을 끝내자는 트로이아인들과 아카이아인들의 합의는 아프로디테의 개입으로 물거품이 된다. 아프로디테는 위기의 순간에 파리스를 구해 내서 왕궁의 침실에 데려다 놓은 뒤 "양모를 빗질하는 노파의 모습을 하고"(3:385) 헬레네를 파리스의 침실로 유혹한다. 헬레네는 노파의 정체를 알아내고 이 유혹을 거부한다. 하지만 그 순간, 애욕을 일으켜 헬레네를 유혹하려던 아프로디테는 돌연 태도를 바꿔 무자비한 얼굴을 내보인다. "나를 자극하지 마라, 무모한 여인이여! 내가 성나는 날에는/ 그대를 버릴 것이고, 지금 몹시 사랑하고 있는 그만큼 그대를/ 미워하게 될 것이며, 트로이아인들과 아카이오이족 사이에 무서운/ 적의를 불러일으킬 것이다. 그러면 그대는 비참한 운명을 맞게 되리라."(3:414-417) 이렇게 헬레네를 겁박해서 파리스의 방으로 끌고 간 아프로디테는 다시 한번 얼굴을 바꾸어 "여신이면서도/ 손수 의자를 가져와서 (헬레네를) 알렉산드로스의 맞은편에 놓았다"(3:424-425). "여신이면서도" 시녀처럼 행동하는 아프로디테의 모습에서 우리는 어떤 일관성을 기대할 수 있을까?

우리는 인간에 대한 신들의 이율배반적인 태도를 친근과 소원, 호의와 잔혹뿐만 아니라 정의와 자의에서도 확인할 수 있다. 사람들은 인간의 세계에서 찾기 어려운 정의를 신들에게 구한다. 유일신교의 경우 이런 기대는 결코 무너지지 않는다. 하나의 신은 항상 정의롭다. 왜냐하면 그 하나의 신이 명령하고 의지하는 것이 곧 우리가 '정의'라고 부르는 것이기 때문이다. 물론 이런 정의로운 신의 관념은 호메로스의 서사시에도 나타난다. 제우스는 심판관이다. 그는 중요한 사건이 있을 때마다 손저울을 들고 결과를 가늠한다.[27] 예를 들어 헥토르 편의 저울추가 땅으로, 하데스 쪽으로 기울면 그가 아킬레우스의 희생물이 되는 식이다. 정의로운 제우스가 인간의 불법을 묵인해서는 안 된다. 『일리아스』의 시인은 헥토르를 태우고 파트로클로스의 추격을 따돌리며 질주하는 말들을 이렇게 비유한다.

마치 신들의 복수도 아랑곳하지 않고 회의장에서
힘으로 굽은 판결을 내려 정의$_{diu\bar{e}}$를 추방하는

---

27 '제우스의 저울'에 대해서는 『일리아스』 8:69, 16:658, 19:223, 22:209를 참고.

인간들에게 진노한 제우스가 노여움을 보이고자

비를 가장 맹렬한 기세로 퍼붓는 늦여름 날

검은 대지가 온통 폭풍에 짓눌릴 때와도 같이

[…]

꼭 그처럼 트로이아의 말들은 크게 헐떡이며 질주했다.(16:385-392)[28]

하지만 테티스의 청탁을 받고 아가멤논에게 거짓 꿈을 보내 그리스 군을 위기로 몰아넣는 행동이 과연 정의로운 신이 할 일인가?

『일리아스』에서 더욱 눈에 띄는 것은 정의의 수호자보다 자의적인 파괴자로서 신들의 모습이다. 4권 첫머리에 나오는 제우스와 헤라의 대화가 그런 자의성을 보여 주는 좋은 사례이다. 헤라는 파리스의 판정에서 수모를 겪고 이를 복수하기 위해 온갖 수단과 방법을 동원해서 트로이아를 멸망시키려고 한다. 그녀의 복수심을 제어할 수 없는 제우스는 양보를 전제로 한 가지 조건을 내건다. "그대가 사랑하는 인간들이 살고 있는 도시를/ 언젠가 내가 파괴하기를 열망할 때는 그대는/ 내 노여움을 막지 말고 내가 하는 대로 내버려 두시오."(4:40-43) 제우스가 제시하는 조건도 놀랍지만, 그에 대한 헤라의 대응은 더 놀랍다. "정말이지 내가 가장 사랑하는 세 도시는/ 아르고스와 스파르테와 길이 넓은 뮈케네예요. 이 도시들이 미워지거든/ 언제든지 파괴해 버리세요. 나는 이들을 위한답시고/ 나서지도

---

28 『일리아스』 13:623 이하; 『오뒷세이아』 1.32 이하, 19.109 이하를 함께 참고.

않을 것이며, 그대에게 거절하지도 않을 거예요."(4:51~54) 아르고스와 스파르테와 뮈케네는 헤라가 자식처럼 아끼는 아카이아인들의 도시들이다. 헤라는 지금 바로 이들의 승리를 위해 누구보다 동분서주하고 있다. 하지만 아카이아인들을 돕는 여신의 진짜 관심사는 트로이아인들에 대한 앙갚음이다. 이후 아카이아인들의 도시의 운명은 여신의 관심 밖에 있다. 제우스와 헤라의 대화 속에서 우리가 확인하는 것은 정의의 수호지로서 신들의 모습이 아니라 자의적인 파괴자의 모습일 뿐이다.

이런 '두 얼굴의 신들'에게서 인간이 무엇을 기대할 수 있을까? 선악의 구별, 정의와 불의의 구별은 세상을 좁은 눈으로 보는 사람들이 지어낸 상대적 구별일 뿐인가? 삶과 죽음, 건설과 파괴, 행복과 불행의 구별은 선악의 피안에 머무는 신들에게는 아무 의미도 없는 것이 아닐까? 기원전 5세기에 활동한 철학자 헤라클레이토스는 그렇게 생각했을 수 있다. "신에게는 모든 것이 아름답고 좋고 정의롭지만 인간들은 어떤 것들은 정의롭지 않다고 생각하고, 또 어떤 것들은 정의롭다고 생각한다."[29] 하지만 많은 철학자들은 선과 악의 경계를 자유롭게 넘나드는 사람 같은 신들에 대해 역겨움을 토로했다. 호메로스나 헤시오도스가 "도둑질, 간통, 서로 속이는 일"을 신들에게 돌렸다고 비판한 크세노파네스가 보기에 올륌포스 신들의 존재는 인간의 부끄러운 모습을 신들의 세계에 투영한 결과에 불과했다. 그

---

29 헤라클레이토스, DK 22B102[김인곤 외 옮김, 2005, 245쪽].

런 뜻에서 그는 "만일 소나 말이나 사자가 손이 있어 손으로 그림을 그리고 사람들이 하는 일들을 한다면, 말들은 말과 닮게 소들은 소와 닮게 신들의 모양을 그릴 것이고 몸도 그들의 몸과 똑같이 지어낼 것"[30]이라고 조롱한다. 시간이 지날수록 이런 비판의 목소리는 더 커졌고, 플라톤의 비판이 그 정점을 찍었다. 그는 신들에 대한 이야기를 검열하면서, 부도덕하고 끊임없이 변신하고 거짓말을 하는 호메로스와 헤시오도스의 신들에 대한 이야기를 금지하고 호메로스를 나라에서 내쫓아야 한다고 말한다.[31] 과거의 사회를 완전히 개조해서 새로운 사회를 만들려 했던 플라톤에게 종교 비판은 건너뛸 수 없는 과정이었다. 그에게 호메로스의 신들은 새 부대에 담을 수 없는 썩은 포도주였다. 중세 교회에서 모든 신상과 성화를 몰아낸 종교 개혁가 마틴 루터처럼, 플라톤은 그리스 세계에서 사람을 닮은 신들을 모두 내쫓으려고 했다.

신들의 희극

인간의 삶과 죽음은 이렇듯 이율배반적인 신들의 결정과 행동에 맡겨져 있다. 놀랍게도 신들은 자신의 결정과 행동이 지상의 인간들에

---

30 크세노파네스, DK 21B15[김인곤 외 옮김, 2005, 206쪽].
31 『국가』III, 377b–383c; X, 607a–b[박종현 옮김, 1997, 166~182쪽, 637쪽].

게 낳는 결과에 크게 개의치 않는다. 트로이아 편이 이기든, 그리스 편이 이기든, 그들의 영원하고 복된 삶이 훼손되는 일은 없기 때문이다. 자기가 편든 쪽이 패하면 자존심이 상하는 정도라고 할까? 하지만 그것도 한순간이다. 그래서 사람을 닮았지만 죽음을 넘어선 신들의 삶은 영원한 놀이이다. 마치 바닷가에서 모래성을 쌓고 부수는 어린아이들처럼 순진무구하게 신들은 인간의 도시를 부수고 새로 세운다.

어떤 호메로스 연구자는 이렇게 어린아이처럼 놀이하는 신들의 모습을 '숭고한 경박'erhabener Unernst이라고 표현한 적이 있다.[32] 숭고함은 '압도적으로 큰 것'hyperphya이 우리에게 주는 감정이다.[33] 그런 뜻에서 인간의 수준을 넘어선 신들의 존재는 숭고하다. 인간들과 신들의 아버지 제우스는 눈짓 하나로 세상을 움직이고, 그의 동생 포세이돈은 삼지창으로 대지를 뒤흔든다. 신들의 싸움 장면에 나오는 제우스와 포세이돈의 모습은 인간 세계를 넘어선 신들의 위대함을 보여 주는 전형적인 사례이다.

> 인간들과 신들의 아버지는 위에서 무섭게 천둥을 쳤고,
> 밑에서는 포세이돈이 끝없이 넓은 대지와
> 가파른 산꼭대기를 뒤흔들었다.

---

32 A. Heubeck, 1988[1974], p.185.

33 Pseudo-Longinus, *Vom Erhabenen*, trans. Reinhard Brandt, Berlin: Akademie Verlag, 1966.

그리하여 샘이 많은 이데 산의 기슭들과 등성이들이 모두

흔들렸고 트로이아인들의 도시와 아카이오이족의 함선들도

흔들렸다. 그러자 하계下界의 왕 하데스가 밑에서

겁에 질려 고함을 지르며 옥좌에서 뛰어올랐으니,

대지를 흔드는 포세이돈이 그의 위에서 땅을 찢어

신들조차 싫어하는 무시무시하고 곰팡내 나는 그의 거처가

인간들과 불사신들 앞에 드러나지 않을까 염려되었기 때문이다.

(20:56-65)[34]

『일리아스』의 신들은 행동의 크기에서뿐만 아니라 경박함에서
도 인간이 범접하기 어려운 수준에 있다. 신들의 경박함은 크세노파
네스가 말한 도둑질과 혼외정사와 기만에서뿐만 아니라 그들의 "그
칠 줄 모르는 웃음"에서도 드러난다. 이와 관련해서 잘 알려진 것이
1권의 신들의 폭소 장면이다. 아킬레우스의 어머니 테티스의 간청을
받아들여 아카이아인들을 궁지로 몰아 아킬레우스의 명예를 되찾
아 주겠다는 제우스의 속내를 눈치챈 헤라는 남편을 다그쳐 그의 본
심을 캐묻는다. 대답을 거부하는 제우스와 대답을 강요하는 헤라, 이
두 신 사이의 언쟁은 드디어 폭력 행사 일보 직전의 부부 싸움으로
치닫는데, 이때 헤파이스토스가 끼어들어 싸움을 뜯어말린다.

---

34 롱기누스(Longinus)는 이 장면을 '압도적으로 큰 것'(hyperphya)이라는 의미에서 숭고함
의 사례로 인용한다. Pseudo-Longinus, 1966.

"두 분께서 필멸의 인간들의 일로 이렇게 다투시고

여러 신들이 모인 앞에서 소동을 벌이신다면 이는 참으로 유감스럽고

견디기 어려운 일입니다. 사태가 더 악화된다면 우리의 훌륭한 잔치는

아무런 흥도 나지 않을 것입니다.

[…]

참으십시오, 어머니! 속이 상하시더라도 꾹 참으십시오.

저는 사랑하는 어머니께서 내 면진에서 얻어맞는 것을 보고 싶지

않습니다."(1:573-588)

신들에게 인간의 운명은 불꽃처럼 타오르다가도 한순간 시들어 떨어지는 나뭇잎처럼 하찮은 것이다. 이런 인간의 상황을 너무 심각하게 받아들여 술자리의 흥을 깨는 것은 신들 사이에서 몰지각한 일이다(21:462 이하). 결국 헤라는 헤파이스토스의 중재를 받아들여 마음을 풀고 미소를 지으며, 아들이 건네는 술잔을 받는다. 헤파이스토스는 "오른쪽으로 빙 돌아가며 술 섞는 동이에서 달콤한 신주를 떠서 다른 신들에게도 빠짐없이 따라 주는데", 이 절름발이 신이 헐레벌떡 술잔을 나르는 광경이 신들의 폭소를 낳는다.

헤파이스토스가 궁전 안을 분주하게 돌아다니는 것을 보고는

축복받은 신들 사이에 그칠 줄 모르는 웃음이 일었다.(1:599-600)

신들의 주연이 벌어지고 있는 지금 그리스 군대는 트로이아의

벌판에서 아폴론이 보낸 역병에 죽어 가고 있다. 방금 전 트로이아인들과 아카이아인들의 운명이 걸린 제우스의 결정이 내려졌다. 이제 아킬레우스의 명예가 회복될 때까지 수많은 아카이아인들이 도륙을 당할 것이다. 웃을 때인가? 그래도 신들은 웃는다. 죽을 인간들의 운명을 두고 옥신각신 다투는 것은 신의 품격에 어울리지 않는 일이기 때문이다. 그렇게 신들은 비참한 인간들의 운명에 개의치 않고 실컷 웃을 수 있다. 지상의 인간들이 생사를 건 싸움을 벌이는 동안 올륌포스의 신들은 아폴론의 수금과 무사 여신들의 노래에 마음이 흡족하여 향연을 즐긴다. 『일리아스』의 시인이 묘사하는 "그칠 줄 모르는 신들의 웃음"asbestos gelōs은 사람의 모습을 한 신들을 사람의 수준으로 끌어내리는 것이 아니라 사람이 도달할 수 없는 높이로 올려놓는다.

그래서 『일리아스』는 인간들의 비극이자 신들의 희극이다. 실제로 신들은 웃고 웃긴다. 신들의 주연에서 다리를 절뚝거리며 헐레벌떡 술잔을 나르는 헤파이스토스뿐만 아니라 아프로디테와 아레스도 우리를 웃기는 한 쌍이다. 아프로디테는 아들 아이네이아스와 디오메데스의 결투에서 아들을 도우려다가 디오메데스의 창끝에 손목이 찔려 "불멸의 피"(5:339)를 흘린다. 아폴론의 도움으로 간신히 구출된 사랑의 여신은 올륌포스에 올라가 디오네의 보살핌과 제우스의 위로를 얻는다. "내 딸아, 전쟁에 관한 일은 네 소관이 아니니 너는/ 결혼에 관한 사랑스러운 일이나 맡아보아라."(5:428-429) 그러나 '연애나 잘하라'는 아버지의 조언을 귀담아 듣지 않은 아프로디테는 다시 신들의 싸움판에 끼어들어 연인 아레스를 구하려다가 아테네 여신의 억센 주먹에 가슴팍을 얻어맞는다. 무릎과 심장이 풀어진 여신은 아레스와 함께 "풍요로운 대지 위에 드러눕는다"(21:415 이하).

아프로디테의 연인 아레스의 이력도 만만치 않다. '군신'의 별명이 무색하게 아레스는 아테네의 도움을 받는 디오메데스에게 상처를 입는다. 물론 이것은 아테네의 도움 덕분에 가능한 일이었다. 어쨌건 천상으로 가서 의신醫神 파이안에게 치료를 받고 원기를 회복한 아레스는 겉옷을 걸치고 제우스 옆에 앉아, 지상의 일을 까맣게 잊은 듯 되찾은 자신의 영광을 뽐내며 거드름을 피운다(5:899-906). 하지만 그것도 잠시, 사흘 뒤 신들의 싸움판이 벌어지고 군신의 위엄은 여기서 또 한 번 짓밟힌다. 그는 청동 창을 들고 아테네에게 덤벼들다가 여신이 던진 돌덩이에 맞아 사지가 풀리고 웃음거리가 된다. 아테네가 "웃었고, 환성을 올리며" 이렇게 말한다. "어리석은 자여, 나와 힘을 겨루려 하다니, 내가 그대보다/ 얼마나 더 강하다고 자부하는지 아직도 몰랐더란 말인가!"(21:410-411)

웃기는 신들에 대해 이야기를 하려고 하면 끝이 없을 정도다. 한 장면만 더 살펴보자. '제우스의 미망'Dios apatē(14:153 이하)이라는 제목이 붙은 에피소드인데, "제우스의 뜻"에 의해 궁지로 내몰린 그리스 군대를 구하기 위해 헤라 여신이 제우스를 잠자리로 유혹하는 것이 그 내용이다. 제우스는 신들의 참여를 막기 위해 감시의 눈을 부릅뜨고 그리스 군대가 헥토르에게 내몰리는 것을 지켜보는 중이다. 그리스 편의 신들은 조바심이 나지만 방관할 수밖에 없다. 제우스가 신들의 참전을 엄히 금지했기 때문이다. 그때, 불만에 가득 찬 헤라가 제우스를 유혹하기 위해 치밀한 '작전'을 짠다. 제우스를 깊은 잠에 빠지게 해서 그리스 군대를 구해 내려는 여신의 계획과 준비는 아주 치밀하다. 그녀는 세심하고 화려하게 몸을 단장하고 아프로디테에게 "다채롭게 수놓은 띠"까지 빌린다. 사랑의 여신의 가슴에 둘려 있는 이 띠에는 "애정과 욕망과 아무리 현명한 자의 마음도 호리는 사랑의 밀어와 설득이 들어 있다"(14:216-217). 헤라와 달리 트로이아 편을 드는 아프로디테지만, 헤라의 부탁을 거절하지 않는다. 갈등을 겪고 있는 신들의 아버지 오케아노스와 어머니 테튀스를 화해시키러 간다는 헤라의 말에 속아 넘어간 사랑의 여신은 순순히 가슴의 띠를 풀어 준다. 헤라는 젊은 카리테스 여신들 가운데 파시테에를 주겠다는 말로 잠의 신을 설득한다. 자기 곁에 누운 제우스를 깊은 잠에 빠트리기 위해서이다. 이렇게 만반의 준비를 갖춘 뒤 헤라는 제우스가 머무는 이데 산의 정상으로 한걸음에 달려가 그의 눈을 사로잡는다. 제우스의 반응은 어땠을까? "그녀를 보는 순간 그의 현명한 마음을 애욕이/ 사로잡았다. 둘이서 부모님 몰래 잠자리로 가서 처음으로 사랑의 동침을 하던 그때처럼."(14:294-296) 유혹하는 자와 유혹당하는 자 사이에 대화가 오간다.

제우스 헤라여! 그대는 말들과 타고 갈 수레도 없이
         어디로 가려고 이렇게 올륌포스를 떠나오는 것이오?

헤라   나는 신들의 아버지 오케아노스와 어머니 테튀스를
         만나 보려고 풍요한 대지의 끝으로 가는 길이에요.

두 분은 나를 자신들의 궁전에서 정성껏 길러 주고

보살펴 주었어요.

그분들을 찾아가서 나는 두 분 사이의 그칠 줄 모르는 갈등을

풀어드릴 참이에요. 그분들은 서로 원망하며

애정과 잠자리를 같이하지 않은 지가 벌써 오래니까요.

[…]

제우스 헤라여! 거기라면 언제라도 갈 수 있지 않소?

그러니 자, 우리 둘이 잠자리에 누워 사랑을 즐깁시다.

일찍이 여신이나 여인에 대한 애욕이 이렇듯 강렬하게

내 가슴속 마음을 사로잡은 적은 단 한 번도 없었소.

[…]

헤라 누구보다도 두려운 크로노스의 아들이여!

무슨 말씀을 하시는 거예요? 환히 보이는 이곳 이데 산

꼭대기에서 사랑의 동침을 하자시다니!

그러다가 혹시 영생하는 신들 중 누가 우리가 동침하는 것을

보고 가서 다른 신들에게 소문이라도 내면 어쩌려고요?

[…]

제우스 헤라여! 신들이나 인간들 중에 누가 볼까 두려워 마시오.

그만큼 큰 황금 구름으로 내가 그대를 덮을 테니 말이오.

그러면 보는 눈이 가장 날카로운 태양조차도

그것을 뚫고 우리를 볼 수는 없을 것이오. (14:298-345)

신들의 세계에서 왕과 여왕이 동침하면 이 일은 단순히 둘 사이의 밀회로 끝나지 않는다. 그것은 우주적 사건이고, 이 사건에 자연이 화답한다.

이렇게 말하고 크로노스의 아들은 아내를 품에 안았다.
그러자 그들 밑에서 신성한 대지가 이슬을 머금은 클로버며
크로커스며 히아신스 같은 싱그러운 새 풀들을 두껍고 부드럽게
돋아나게 하니 이것이 그들을 땅 위로 높이 들어 올려 주었다.
그 속에 그들이 누워 아름다운 황금 구름을 두르니
그 구름에서 반짝이는 이슬이 방울방울 떨어졌다.(14:346-351)

이 장면은 신들의 결합을 가리키는 이른바 '신성한 결혼'hagios gamos의 한 사례로 널리 알려져 있다. 신들의 결합 이야기도 『일리아스』가 등장하기 벌써 오래 전부터 고대 오리엔트의 서사시에서 자주 등장하던 모티브다. 앞서 소개했듯이, 『에누마 엘리쉬』에 따르면 "위의 하늘에 아직 이름이 없었고 아래의 땅도 이름으로 불리지 않을 때 하늘과 땅을 만든 아프수와 하늘과 땅을 낳은 티아마트는 가지고 있던 물을 섞었다. [⋯] 그 속에서 신들이 태어났다".[35] 그런 점에서 '제우스의 미혹'은 『일리아스』에 미친 오리엔트의 영향을 보여 주는 대표적 사례로 손꼽힌다. 그럼에도 불구하고 제우스와 헤라의 이야

---

35 발터 부르케르트, 2008, 48~49쪽.

기는 희극적 변형을 거침으로써 '신성한 결혼'의 원형적 모티브와 달라졌다. 오리엔트의 이야기에는 어떤 희극적인 색깔도 없다. 그 구절을 읽는 사람은 누구나 자연현상이 의인화되었다는 것을 쉽게 알 수 있다. 그에 비해 감언이설로 교태를 부리는 헤라와 그녀의 간계에 넘어가는 어리숙한 제우스는 '너무나 인간적'이고, 이들의 대화는 기원전 5세기의 코미디 작가 아리스토파네스의 여러 희극 작품에 등장하는 남녀 사이의 음담패설을 떠오르게 한다.[36] 호메로스는 "고매한 대상을 모방하는 데도 탁월한 시인이지만 […] 우스꽝스러운 것을 극화함으로써 맨 처음으로 희극의 윤곽을 보여 주었다"[37]는 아리스토텔레스의 말이 딱 들어맞는 대목이다. 『일리아스』는 인간들을 놓고 보면 비극이지만, 신들을 통해 보면 희극이다.

'문학적 장치'인가 '불멸의 귀족 사회'인가?

신들의 세계에는 비극적 영웅주의가 들어설 자리가 전혀 없다. 호메로스의 신들은 오히려 희극 배우 같다. 그들은 울고 웃고, 속고 속이며, 뒤엉켜 싸우고, 그 가운데 드러나는 그들의 경박하고 우스꽝스

---

36 「뤼시스트라테」, 898행 이하[『아리스토파네스 희극 전집 2』, 천병희 옮김, 도서출판 숲, 2010, 68쪽 이하]; 「여인들의 민회」, 613행 이하[천병희 옮김, 2010, 304쪽].
37 『시학』 4, 1448b34[천병희 옮김, 2017, 351쪽].

러운 행태는 아킬레우스의 분노에서 시작해 헥토르의 장례로 끝나는 『일리아스』의 비극적 파토스와 어울리지 않는다. 이런 '신들의 희극'을 우리는 어떻게 이해해야 할까? 호메로스의 신들이 종교와 신앙의 대상이 될 수 있을까? 호메로스 이후의 고대 그리스인들은 어떻게 그렇게 '웃기는' 신들을 숭배의 대상으로 삼을 수 있었을까? 모세가 절대적 유일자의 존재를 믿었다는 데 대해서는 누구도 의심하지 않을 것이다. 하지만 '고대 그리스의 모세' 호메로스도 그 자신이 『일리아스』에서 묘사한 여러 신들의 존재를 믿었을까? 우리는 호메로스를 "신들의 살해자"Mörder der Götter[38]로 보는 편이 더 낫지 않을까?

『일리아스』에서 전개되는 신들의 희극과 영웅들의 비극은 부조화의 극치처럼 보인다. 그런데 바로 이 부조화에서 호메로스의 신들에 대한 해석의 단서를 찾으려는 연구자들도 있다. 신들이 빠진 『일리아스』를 상상해 보자. 이 작품이 우리에게 주는 느낌은 지금과 완전히 다를 것이다. 명예를 향한 영웅들의 집념, 생사가 걸린 전투, 영웅들의 희생과 그에 대한 여인들의 탄식과 애도는 똑같이 우리에게 감동적일 수 있다. 하지만 희극적인 신들이 빠진 어둡고 무거운 전쟁 이야기, '비참한 인간들'의 이야기는 실제 『일리아스』의 서사에 담긴 상상의 풍요로움을 제공하지 못할 것이다.

신들은 여러 가지 방식으로 우리의 관심을 돌려놓는다. 시시때때로

---

38 A. Heubeck, 1988[1974], p.181.

전쟁에 대한 묘사가 뚝 끊어지고, 장면이 올륌포스나 이데 산정으로 옮겨진다. 거기서 신들은 자신이 아끼는 자들을 돕기 위해 계획을 꾸미고, 제우스는 운명의 저울을 기울인다. 신들이 등장하는 이런 장면들은 단조로움의 위협에 대응하는 효과적인 처방이다. 분위기와 행동이 완전히 반전되고 가족적인 분위기나 유머를 비롯해서 특별히 영웅적이라고 말하기 어려운 각종 특성이 신들의 삶에 등장하기 때문이다![39]

신들의 희극적 장면들이 수행하는 문학적 기능을 커크G. Kirk는 이렇게 요약했다. 그럴듯한 말이지만, 그렇다고 해서 신들의 장면이 『일리아스』에서 발휘하는 문학적 효과를 단순히 소격 효과에 한정해서 이해할 필요는 없다. 우리는 더 본질적인 뜻에서, 신들을 이야기의 진행을 위해 필요한 요소로 볼 수도 있기 때문이다.[40]

이미 기본 틀과 결말이 정해진 사건을 극적으로 재구성해야 하는 작가의 입장에서 상상해 보자. 트로이아 전쟁의 시작과 중간과 결말은 처음부터 정해져 있다. 아킬레우스는 파리스의 활에 발뒤꿈치를 맞아 죽을 운명이고, 이를 위해서 파리스는 아킬레우스가 죽은 다음까지 살아 있어야 한다. 또, 아킬레우스를 대신해서 누군가가 트로

---

39 G. S. Kirk, *The Songs of Homer*, Cambridge: Cambridge University Press, 1962, p.345.

40 M. Hirschberger, "Götter", in A. Rengakos and B. Zimmermann (eds.), *Homer-Handbuch*, Stuttgart: Metzler, 2011, pp.285~286; G. A. Seeck, *Homer eine Einführung*, Stuttgart: Reclam, 2004, pp.33~34, 63.

이아 성을 공략하는 데 큰 공을 거둔다고 하더라도, 그는 성을 함락할 수 없다. 이런 사건의 기본 흐름은 벗어날 수 없는 '운명'처럼 정해져 있다. 이런 사실을 놓고 보면, 『일리아스』의 시인이 놓인 창작의 상황은 역사 드라마를 쓰는 작가의 상황과 별로 다르지 않다. 구한말의 역사를 아무리 새롭게 조명하려고 해도, 명성황후가 시해되고 을사오적이 나라를 팔아먹고 고종이 폐위되는 역사적 비운의 흐름을 바꿀 수는 없다. 드라마 작가에게는 19세기 말의 '역사적 사실'이 주어져 있는 데 반해, 『일리아스』의 시인에게는 수백 년 동안 구술 전통을 통해 내려온 '서사적 사실'이 미리 주어져 있다는 차이가 있을 뿐이다. 이런 전승된 이야기들에서 벗어나지 않으면서도 흥미와 극적인 효과를 높여 새로운 이야기를 만들기 위해서 '아오이도스'가 할 수 있는 일은 새로운 에피소드를 만들어 내는 것밖에 없다. 예를 들어 파리스와 메넬라오스의 일대일 대결이 그런 에피소드의 하나이다. 이야기를 듣는 청중에게 절세의 미녀 헬레네의 전 남편과 현 남편 사이의 일대일 대결만큼 흥미로운 사건은 없을 테니까. 물론 대결의 결과가 어떨지는 청중도 충분히 예상할 수 있다. 창검의 전투에서 파리스가 메넬라오스의 맞수가 되는 것은 전혀 개연성이 없는 일이기 때문이다. 그렇다면 시인은 어떻게 해야 할까? 두 연적戀敵의 대결을 보여 주면서도 파리스를 살아남게 하는 방법은 무엇일까? 그가 취할 수 있는 거의 유일한 방법은 신들을 끌어들이는 일이다. 파리스가 메넬라오스의 손에 죽음을 맞이하는 순간 아프로디테가 등장해서 파리스를 빼돌린다. 이런 방식으로 시인은 복잡하게 얽힌 문제를 손쉽게 해결하는 서사적 장치로써 신들을 활용할 수 있다. 기원전 4세기 그리스 고전기 비극의 마지막 장면에 이른바 '기계 장치의 신'deus ex machina이 등장해서 얽히고설킨 갈등 상황을 해결하는데, 호메로스의 신들은 그런 기계 신의 원형인 셈이다.[41] 이런 관점에서 『일리아스』의 신들을 해석하려는 호메로스 연구자들에게 호메로스의 신들은 서사를 이끌어 가기 위한 '문학적 장치'일 뿐이다. 그리고 '『일리아스』의 신들은 서사의 다채로움과 극적 효과를 높이기 위한 문학적 장치 이상의 아무것도 아니다'라는 주장을 끝까지 밀고 나가면, 그런 신들에게 종교적 의미를 부여하기는 어려워진다. 결국 호메로스는 "신들의 살해자"라는 말까지 나오게 된다.

지난 20세기 중반 이후 『일리아스』의 신들을 해석하는 데 문학적 해석만큼 큰 영향을 미친 것으로, 사회학적인 해석도 있다. 고통을 겪는 인간들과 구경하는 신들의 관계를 대비시키는 호메로스의 서사를 충분히 이해하려면 이 서사시의 신들이 지배적인 귀족 사회의 모습을 반영한다는 점을 고려해야 한다는 것이다. 신들의 모습을 전체적으로 떠올려 보면 납득이 가는 주장이다. 올림포스의 신들은 원로 회의에 참여하는 부족장들의 모습을 보여 준다. 회의의 우두머리는 제우스이다. 그는 "신들과 인간들의 아버지"이기 때문이다. 그렇지만 모든 사안에서 제우스가 전권을 휘두를 수는 없다. 올림포스 산정에서 사는 다른 신들에게도 저마다 고유한 역할과 권한이 있고,

---

41 G. A. Seeck, 2004, p.63.

그들은 개별 사안들에 대해 독자적인 의견을 낼 수 있는 권리가 있기 때문이다. 신들의 회의에서 내려지는 결정은 거기에 참여한 신들의 다양한 의견 수렴 과정을 거치고, 이미 내려진 결정은 번복되지 않는다.

신들 사이의 이런 관계는 한눈에 보아도 아가멤논과 다른 '왕들'[42] 사이의 관계와 비슷하지 않은가? "백성들의 왕"인 아가멤논은 그리스 군대의 통수권자로서 최종 결정권을 갖는다. 하지만 그가 혼자서 모든 것을 결정할 수 있는 것은 아니다. 중요한 결정을 내리기 위해서는 다른 '왕들'의 의견을 수렴하는 것이 필요하고, 군대의 모든 행동은 이렇게 내려진 결정에 따라서 이루어진다. 그래서 아가멤논은 중요한 사안이 등장할 때마다 몇몇 대표 장수들이 참여하는 원로 회의를 소집하거나 군사들을 전체 회의에 불러 모은다. 20세기 초반에 활동한 호메로스 연구자 닐손M. Nilsson은 바로 이런 점들에 주목해서, 호메로스의 신들이 뮈케네 시대의 군주들을 모델로 삼았다고 주장했고,[43] 그 이후 사회학적인 해석은 문학적 해석과 더불어 호메로스의 신들을 해석하는 유력한 관점으로 자리 잡았다. 물론 지금 통용되는 해석은 닐손의 견해를 다소 수정한 것이다. 그의 본래 주장은 『일리아스』가 뮈케네 시대의 모습을 재현하고 있다는 생각을 전제

---

42 그리스 군대의 지휘관들이 '왕'(basileus)이라고 불리는 구절은 『일리아스』 1:176, 2:85, 2:97 등을 참고.

43 M. P. Nilsson, *Homer and Mycenae*, London: Methuen, 1933, p.266.

하고 있는데, 이 전제는 이제 받아들이기 어려워졌기 때문이다. 하지만 그건 큰 문제가 아닌 것 같다. 『일리아스』가 뮈케네 시대의 정치적 구조를 반영한다는 점을 인정하지 않아도, 호메로스의 신들에 대한 사회학적 해석은 여전히 설득력을 지닐 수 있기 때문이다. 『일리아스』가 출현한 암흑시대의 이오니아 지방의 여러 도시에 존재했던 지배 집단의 모습도 뮈케네 시대의 그것과 크게 다르지 않았을 것이기 때문이다.[44]

> [영웅들과 똑같이—인용자] 신들도 명예를 요구하며 숭배 집단을 통해 자신들의 행위가 칭송되는 것에 기뻐하며, 매 순간 자신들의 명예가 상처를 입으면 분노하고 응징한다. 호메로스의 신들은 말하자면 불멸하는 귀족 사회다.[45]

사실 올륌포스의 신들에게서 "불멸하는 귀족 사회"의 모습을 찾아내려는 사회학적인 해석은 수수께끼 같은 신들의 언행을 이해할 수 있게 해준다는 점에서 큰 장점이 있다. 동양과 서양을 가릴 것 없이 어떤 시대에나 지배자들이 피지배자들에게 보여 주는 모습은 모순적이고 희극적이기 때문이다. 호메로스의 시대나 우리 시대나 정치가들은 친근과 소원, 호의와 잔혹, 정의와 자의라는 양날의 칼을

---

44 이 책의 60~61쪽을 참고.
45 베르너 예거, 『파이데이아 1』, 김남우 옮김, 아카넷, 2019, 48쪽; J. Griffin, 1980, p.193.

휘두르는 이율배반적 존재가 아닌가?

호메로스의 신들을 어떻게 이해할 수 있을까?

호메로스의 신들에 대한 다양한 해석을 소개하려면, 한 권의 연구서를 써도 부족할 것이다. 신들의 모습은 그만큼 다채롭고, 『일리아스』에 희극적인 신들을 끌어들인 호메로스의 의도는 그만큼 모호하다. 하지만 어떤 관점에서 호메로스의 신들을 설명하건, 피할 수 없는 질문이 하나 있다. 호메로스 이후의 그리스인들은 어떻게 희극 배우 같은 신들을 종교적 숭배의 대상으로 받아들일 수 있었을까?

우리가 이런 물음을 비껴가기 어려운 이유는, 『일리아스』의 주인공들이 작품 안에서 보여 주는 것과 똑같이 기원전 8세기 이후의 그리스인들도 올림포스의 신들에게 제사를 지내고 그들을 숭배했기 때문이다. "호메로스의 인간은 삶의 변화무쌍한 사건들 가운데서 신적인 존재의 영향을 인식한다. 매 순간 그 영향 아래 있는 사람들에게 성공은 제우스나 특정한 어떤 신의 친근감, 우정, 호의의 표시로 보였고, 실패는 증오, 악의, 잔인함의 표시로 보였다."[46] 후대의 그리스인들이 취했던 태도도 크게 다르지 않다. 그리스인들의 이런 종교적 태도가 그들의 문명에 남긴 흔적은 3000년이 지난 지금까지도

---

46 A. Paul, *Die Barmherzigkeit der Götter im griechischen Epos*, Wien: Notring, 1969, p.116.

그리스 세계의 곳곳에 남아 있다. 옛날이나 지금이나 방문자의 시선으로 보면 그리스는 신들의 나라였고, 여전히 신들의 나라이다. 1세기에 아테나이를 방문한 사도 바울에게 그곳 사람들은 "종교심이 많은" 사람들이었다. 어디를 가나 신상들이 즐비했고, 심지어 "Agnostoi theoi"(알지 못하는 신에게)라는 글귀가 새겨진 제단까지 있었다.[47] 2000년 뒤의 방문자들이 만나는 지금의 그리스도 마찬가지다. 어디를 가나 신전의 폐허가 없는 곳이 없고, 각종 건축물과 도기 등의 예술품에는 신들의 모습이 새겨지고 그려져 있다. 한마디로 말해서, 올림포스의 신들에 대한 신앙은 그리스의 문명과 문화의 정수이다. 그러니 우리는 같은 질문을 반복하지 않을 수 없다. 호메로스 이후의 그리스인들은 어떻게 희극 배우 같은 『일리아스』의 신들을 그토록 열렬한 신앙의 대상으로 받아들일 수 있었을까?

『일리아스』 안에서 신들이 하는 역할을 이해하는 것이 우리의 관심사라면, 우리는 신들에 대한 문학적 해석이나 사회학적인 해석 등에 만족할 수 있다. 분명히 호메로스의 신들은 서사에 필요한 '문학적 장치'이고 이 장치에는 당대 지배자들의 모습이 투영되어 있다. '아오이도스' 데모도코스의 공연을 보기 위해 알키노오스 왕궁에 모여든 스케리아의 원로들처럼,[48] 『일리아스』의 공연을 본 기원전 8세기와 7세기의 귀족들은 희희낙락하는 신들의 모습에서 자신의 모습

---

47 「사도행전」 17.22~23.
48 『오뒷세이아』 8.469 이하.

을 확인하며 여흥을 즐기고 만족감을 드러냈을 것이다. 하지만 그런 정도의 수용 태도를 넘어서 호메로스의 신들에 대한 후대 그리스인들의 종교적 태도를 더 깊이 이해하려면, 문학적인 관점이나 사회학적인 관점에서 한 걸음 더 물러나 자연 세계와 인간의 삶에 대한 우리 자신의 근원적 경험과 그 경험을 해석하는 그리스인들의 독특한 사고방식을 따라가 볼 필요가 있을 것 같다.

이렇게 생각해 보자. 자연 세계와 인간의 삶이 모든 점에서 투명하다고 생각하는 사람이 있다면, 그런 사람에게는 종교가 필요 없을 것이다. 사람들이 종교를 찾는 가장 큰 이유는 세상 일이 불가사의한 점들로 가득 차 있고, 그런 이해 불가능성이 의문과 불안을 안겨 주기 때문이다. 불안감은 세상에 편재하는 불가해한 힘들의 양면성으로 인해서 더 가중된다. 우리는 우리 자신의 안과 밖, 내면세계와 외부세계의 어디서나 헬레네에게 드러난 '아프로디테의 두 얼굴'과 마주한다. 자연의 힘들을 이용해서 인간은 모든 것을 성취했지만, 그 자연의 힘들 때문에 모든 것을 잃어버릴 수 있다. 그렇게 자연의 힘들은 인간에게 호의와 잔혹함의 두 얼굴을 내보인다. 이런 관점에서 보면, 호메로스의 신들이 가진 친근과 소원, 호의와 잔혹, 정의와 자의는 '불멸하는 귀족 사회'의 특징이기도 하지만 동시에 불가해한 자연의 힘이 가진 이율배반적 측면이기도 하다. 왜 자연 세계는 이런 양면성으로 가득한가? 불가해한 자연의 힘들과 그것들이 우리의 삶에 미치는 작용들을 앞에 두고 인간은 배후의 원인을 묻고 답을 찾으려고 한다. 세계의 이해 불가능성에 대한 자각이 그 배후를 설명하려는 욕망을 불러낸다. 그리고 이 욕망은 온갖 상상을 낳는다.

신화와 철학과 과학은 넓은 바다의 섬들처럼 서로 떨어져 있는 것처럼 보여도, 깊은 곳에서 하나로 이어져 있다. 그 모든 것의 밑바탕에는 불가해한 우리 안팎의 본모습을 이해하고 설명하려는 욕망과 상상이 놓여 있다. 그리스의 신화를 낳은 것도 바로 그런 욕망과 상상이 아닌가? 그리스인들은 대기 중에서 일어나는 각종 기상 현상을 '제우스'의 이름으로, 바다에서 일어나는 현상들을 '포세이돈'의 이름으로, 예술, 질병, 치료 등의 현상을 '아폴론'의 이름으로 설명하려고 했다. 심지어 마음속에서 일어나는 '미망', '후회' 등의 심리 현상들까지도 그들의 눈에는 신적인 현상이었다.[49] 한마디로 말해서, 현대 과학의 모든 분야가 고대 그리스인들에게는 올림포스 신들의 이야기를 포함한 신화의 영역에 속해 있었다. 니체가 잘 말했듯이 "현대인들에게서는 가장 인격적인 것도 추상물들로 승화되지만, 거꾸로 그들에게는 가장 추상적인 것도 항상 다시 하나의 인격으로 모여든다".[50] 고대 그리스인들에게, 특히 세계를 추상적인 법칙을 통해 설명하려는 철학이 등장하기 이전의 그리스인들에게 신들은 세계 속에서 일어나는 사건들 배후에서 작용하는 불가해한 힘들의 인격적 형상들이었다.

---

49 『일리아스』 9:502-506, 19:91-96.

50 F. Nietzsche, "Die Philosophie im tragischen Zeitalter der Griechen", in K. Schlechta (ed.), *Werke III*, Darmstadt: Wissenschaftliche Buchgesellschaft, 1997, p.363.

이런 신화적 세계관 안에서 신들은 자연 세계를 설명하는 원리일 뿐만 아니라 행동을 규제하는 원리가 된다. 아폴론이 역병을 일으킬 수 있다면, 그의 심기를 거스르지 않는 것이 역병을 피하는 길이다. 이미 역병이 발생했다면, 아폴론의 노여움을 푸는 것이 급선무이다. 패주의 배후에 제우스의 뜻이 있다면 제물을 바쳐 그의 마음을 돌려놓는 일이 필요하다. 일반적으로 말해서, 신들이 온갖 사건의 원인이라면 인간이 그 사건에 영향을 미칠 수 있는 방법은 사건 배후에 존재하는 신들에게 호소하는 것밖에 없다. 현상에 대한 설명 방식이 그에 대한 대응 방식을 결정한다. 물론 과학적 사고에 익숙한 사람들의 눈에는 이런 신화적 태도가 어이없고 불합리해 보일 것이다. 하지만 과학이 아무리 발달해도, 과학은 종교를 몰아낼 수 없다. 과학적 합리성이 신들에 대한 믿음의 불합리성을 이길 수 없기 때문이다. 중세의 교부 테르툴리아누스가 그랬듯, 신앙인은 이렇게 말한다. "불합리하기 때문에 나는 믿는다." 이 말은 아마도 기독교뿐만 아니라 그리스 종교에, 아니 모든 종교에 적용될 수 있는 말일 것이다.[51]

---

51 스넬도 테르툴리아누스의 이 말을 인용하면서 이렇게 말했다. "'불합리하기 때문에 믿는다'는 테르툴리아누스의 말은 희랍에 적용되지 않으며, 이는 희랍적-이교도적 생각에 배치된다. […] 호메로스에게서 신들은 늘 지극히 자연 질서에 따라 사건에 개입한다"고 말한다. 그러나 신들의 개입에 의해서 하나의 도시가 멸망하는 것이 '자연 질서에 따르는 사건'인가? 테르툴리아누스의 말이 기독교 교리를 옹호하려는 변신론(辯神論)의 맥락에서 등장한 것은 사실이지만, 그 안에는 기독교를 넘어서 모든 종교적 태도의 핵심이 담겨 있다고 보아야 옳을 것이다. 브루노 스넬, 『정신의 발견』, 김재홍·김남우 옮김, 그린비, 2020, 69쪽 참조.

'합리적 과학'과 '불합리한 신화'의 관계는 양립 불가능한 모순 관계가 아니다. 특히 모든 현상을 '이중적 인과성'의 관점에서 바라보는 사람들에게는 그 두 종류의 설명이 완전히 양립 가능하다. 파트로클로스는 자신을 죽인 것이 헥토르의 창끝임을 잘 안다. 하지만 헥토르의 행동 배후에는 아폴론의 행동이 있다. 파트로클로스는 이 두 종류의 설명을 아무 모순 없이 받아들인다. 이집트를 탈출하는 히브리인들 앞에서 홍해가 갈라진 것은 그 순간 자연의 힘이 작용했기 때문이지만, 때마침 그런 기적의 자연현상을 만들어 낸 것은 그들의 신 야훼의 섭리 때문이다. 세상의 모든 일을 이렇게 두 가지 종류의 '때문'에서 찾아 설명하는 것이 '이중적 인과성'으로써 세상을 바라보는 사람들의 종교적 사고방식이다. 세상의 모든 생명체는 DNA로 이루어졌지만, 모든 생명체가 DNA정보를 갖도록 한 것은 현명한 조물주의 뜻일 수 있다. 우주의 시작이 빅뱅이라면, 그 빅뱅의 순간은 동시에 창조의 순간이기도 하다. 그래서 신화와 종교에 대한 과학의 최종 반박은 결코 이루어질 수 없다. 철학자 칸트가 세상을 현상계와 물자체의 세계로 나누어 과학과 종교의 양립 가능성을 옹호하기 2500년 전에 이미 호메로스의 주인공들이나 후대의 그리스인들은 세상의 사건들이 이중적 기원에 의해 설명될 수 있음을 알고 있었다.

올림포스의 신들에 대한 그리스인들의 신앙은 『일리아스』에서 연출되는 '신들의 희극' 때문에 '특별히' 불합리하다고 말해야 할까? 그 반대로, 인간의 삶과 죽음에 작용하는 정체불명의 힘들에 인격성을 부여하고 이 힘들을 사람과 같이 변덕스러운 존재로 상상하는 순간, 도둑질, 간통, 사기 등을 포함한 사람들에게서 일어나는 모든 일이 신들의 세계에서 일어난다고 상상하는 것은 오히려 매우 자연스러운 일이 아닐까? 그렇게 보면, 신들을 희극 배우 같은 존재로 상상하는 것 역시 신들에 대한 아주 일관된 상상이다. 그들이 모두 사람과 같은 존재인 한, 사람이 가진 모든 욕망과 행태를 보여 줄 수 있기 때문이다. 신들이 눈앞에 펼쳐지는 각종 놀라운 현상의 원인이라면, 그들이 이율배반적이고 희극적이지 않아야 할 이유가 있을까? 신들에 대한 그런 방식의 형상화야말로 우리를 둘러싼 불가해한 힘들의 진정한 모습을 더 정확히 포착하는 것이 아닌가?

인간의 세상에서는 어처구니없는 일이 수없이 일어난다. 중국의 작은 지방 도시에서 발병한 신종 바이러스가 불과 몇 개월만에 온 세상을 뒤집어 놓을 줄 누가 상상이나 할 수 있었을까? 하지만 감염병의 습격 때문에 모든 교회가 문을 닫아야 하는 현실에서도 전지전능한 절대자에 대한 신앙을 내던져 버렸다는 사람들의 이야기는 들리지 않는다. 그렇다면 그런 어처구니없는 현실의 배후에 '어처구니없는 신들'의 뜻과 행동이 놓여 있다고 믿는 사람들 역시 자신의 믿음을 포기할 이유가 없지 않았을까?

V.
죽음과 하데스

죽음과 프쉬케

『일리아스』의 첫 부분은 역병이 덮친 그리스 군영의 모습을 보여 준다. 자신의 사제를 모욕한 아가멤논에게 분노한 아폴론은 "마치 밤이 다가오는 것과도 같이"(1:47) 함선들로 다가가 화살을 날린다. 먼저 노새들과 날랜 개들이 쓰러지고, 이어서 뾰족한 화살이 사람들을 꿰뚫는다. "그리하여 시신들을 태우는 수많은 장작더미가 쉼 없이 타올랐다."(1:52) 그리스 군영은 화장터로 돌변했다. 이렇게 아흐레 동안 그리스 군영을 쑥대밭으로 만든 아폴론의 별명 가운데 하나는 '스민테우스'이다. 무사 여신들의 공연을 지휘하는 우아하고 잘생긴 아폴론의 별명이 왜 하필이면 '스민테우스 아폴론', '쥐의 신 아폴론'일까?[1] 쥐가 옮긴 역병을 몰아내는 정화와 치료의 신이라는 뜻에서 아폴론에게 그런 별명이 붙었을 수 있다.[2] 하지만 정화와 치료의 신 아폴론은 쥐를 보내 역병을 일으키는 '역병의 신'이기도 하다. 『일리아스』 1권의 아폴론이 그렇다. 그리스 군대를 덮친 역병은 노새나 개 같은 가축에게서 시작되어 점차 사람들에게 옮아 간다. '이중적 기원'을 통해서 사건을 설명하는 『일리아스』의 관점이 이 역병의 장면에도 반영되어 있다. 역병은 들쥐가 일으킨 것이지만, 동시에 쥐의 신 아폴론이 일으킨 것이기도 하다.

『일리아스』의 끝도 화장 장면이다. 아킬레우스에게 살해된 뒤, 11일 동안 능욕당하던 헥토르의 시신이 프리아모스의 손을 거쳐 트로이아 진영으로 돌아온다. 휴전이 선포되고 아흐레 동안 트로이아 사람들은 헥토르의 장례식을 준비한다. 성 안에서 곡을 하고, 성 밖에서 장작을 해오는 것이 그들의 장례 준비 과정이다. 그렇게 열흘째 되는 날, 높이 쌓은 장작더미 위에 불을 질러 헥토르의 시신을 화장한 뒤 유골을 수습한다.

이른 아침에 태어난 장밋빛 손가락을 가진 새벽이 나타나자,
이름난 헥토르의 장작더미 주위로 백성들이 모여들었다.
그리하여 그들이 모두 다 모였을 때

---

1 이 책의 72쪽 각주 2를 참고.
2 아폴론의 이런 양면성, 즉 치료의 신이자 역병의 신, 진리를 밝히는 신이자 진리를 감추는 신으로서 아폴론의 양면성은 비극 『오이디푸스 왕』에서 전형적으로 드러난다. 이 비극은 역병으로 신음하는 테바이의 사람들의 등장으로 시작된다.

먼저 그들은 반짝이는 포도주로 불기가 닿은

장작들을 빠짐없이 모두 껐다. 이어서 그의 형제들과

전우들이 비탄에 잠겨 그의 흰 뼈를 주워 모았고

그들의 볼에는 눈물이 뚝뚝 흘러내렸다.

그리고 그들은 뼈를 집어 황금 항아리에 담고

그것을 다시 부드러운 자줏빛 옷들로 쌌다.

이어서 그들은 지체 없이 항아리를 빈 구덩이에 넣고 그 위에

큰 돌들을 촘촘히 쌓아올렸다. 그들은 서둘러 봉분을 쌓았다.

[…]

이렇게 그들은 말을 길들이는 헥토르의 장례를 치렀다.(24:788-804)

『일리아스』는 '분노의 서사시'이자 '비극의 서사시'이고 '영웅들과 신들의 행적에 대한 서사시'이지만, 무엇보다도 '죽음의 서사시'이다. 온갖 죽음의 장면이 작품을 가득 채우고 있다. 전체 24권 가운데 8권이 주로 나흘 동안의 전투를 보여 주는데, 행수로 따지면 이 부분이 무려 5000행에 이른다. 전투 장면은 크게 일대일 대결 장면—예를 들어 파리스와 메넬라오스, 글라우코스와 디오메데스, 헥토르와 아이아스, 아이네이아스와 아킬레우스, 헥토르와 아킬레우스의 대결 장면[3]—과 "청동으로 무장한 전사들의 소가죽들과/ 창들과

---

3 강대진, 「호메로스 『일리아스』의 대결장면의 배치와 기능」, 『서양고전학연구』, 제14권, 1999, 33~64쪽.

힘을 서로 맞부딪치는"(4:447) 군중 전투 장면으로 나뉜다. 아수라장에서 양쪽의 전사들은 창에 찔려 죽고, 칼에 베여 죽고, 돌에 맞아 죽는다. 시인은 참혹한 죽음의 장면들을 마치 해부실의 관찰자처럼 생생하게 묘사했다. 창으로 배꼽을 찌르자 창자가 밖으로 쏟아져 나온다(4:525). 창이 엉덩이를 찔러 창끝이 곧장 방광을 지나 뼈 밑을 뚫고 나온다(5:66). 창이 머리의 힘줄을 치자 창끝이 이빨 사이를 뚫고나가 혀뿌리를 자른다(5:74). 큰 칼이 쇄골을 내리쳐 목과 등에서 어깨를 갈라놓는다(5:146-147). 칼이 목덜미 한복판을 내리쳐 힘줄을 끊어 버린다(10:455). 칼에 양팔과 목이 잘리고 몸뚱이는 발에 차여 절구처럼 무리 사이를 굴러다닌다(11:146). 무자비한 돌이 힘줄과 뼈를 박살 낸다(4:521). 때로는 말이 안 되는 장면도 섞여 있다. 돌이 이마를 때리자 눈알이 땅바닥으로 튀어나온다(13:617). 심장을 꿰뚫은 창이 심장이 뛰는 것을 따라 함께 꿈틀대며 움직인다(13:443). 하지만 호메로스의 처참한 전투 묘사는 19세기 유럽의 자연주의 소설의 치밀한 묘사로 끝나지 않을 때가 많다. 그는 죽음의 순간을 붙잡아, 거기에 죽는 자의 짧은 삶에 대한 기억을 덧붙임으로써 그의 삶 전체를 한순간의 영상 안에 담아 놓는다.

이때 텔라몬의 아들 아이아스가 안테미온의 아들인 꽃다운
젊은이 시모에이시오스를 맞혔다. 이 자는 일찍이 그의 어머니가
양친을 따라 작은 가축 떼를 구경하러 이데 산에 갔다가
거기서 돌아오는 길에 시모에이스 강둑에서 낳았는데

그래서 사람들은 그를 시모에이시오스라고 불렀다.

그러나 그는 부모님에게 길러 준 은공도 갚지 못하고

기상이 늠름한 아이아스의 창에 쓰러져 요절하고 말았다.

그가 먼저 앞으로 나오는 순간 아이아스가 그의 오른쪽 가슴 위

젖꼭지 옆을 맞혔다. 그래서 청동 창이 그의 어깨를 뚫고 나가자

큰 늪의 질척한 땅에서 자란 미끈한 포플러나무처럼

그는 땅 위 먼지 속에 쓰러졌다.

맨 꼭대기에만 가지들이 나 있는 이 포플러나무는

어떤 수레 제조공이 훌륭한 수레의 바퀴 테로

구부려 쓸 양으로 번쩍이는 무쇠로 베어 넘겼던 것이다.

그래서 지금은 강둑에 누워 시들어 가고 있다.

꼭 그처럼 고귀한 아이아스는 안테미온의 아들 시모에이시오스를

죽였다.(4:473-489)

『일리아스』의 무수한 전투 장면에서 그려진 죽음의 얼굴은 이렇게 서로 달라도 죽음의 순간에 일어나는 일은 똑같다. 상처 난 부위를 통해 프쉬케psychē가 몸 밖으로 빠져 나간다. 사람이 죽을 때나 짐승들이 죽을 때나 똑같다.

이어서 아트레우스의 아들은 백성들의 목자인 휘페레노르의

옆구리를 찔렀다. 그리하여 청동이 찢고 들어가

그의 내장을 쏟아 내자, 혼백psychē은 재빨리 찔린 상처를 통하여

빠져나갔고, 그의 두 눈은 어둠이 덮였다.(14:516-519)

이번에는 사르페돈이 달려들며 번쩍이는 창을 던졌으나
그를 맞히지는 못하고 곁말 페다소스의 오른쪽 어깨를 찔렀다.
말은 비명을 지르며 숨을 거두었고,
말이 울부짖으며 먼지 속에 쓰러지자 혼백psychē이 날아가 버렸다.
(16:466-469)

죽음의 순간 몸에서 빠져 나간 프쉬케는 통곡을 하면서 하데스
로 떠나간다. 시인은 파트로클로스와 헥토르가 죽는 모습을 똑같은
말로 묘사한다.

이렇게 말하자 죽음의 종말이 그를 덮쳤다.
그리고 그의 혼백psychē은 남자의 힘과 젊음을 뒤로하고 자신의 운명을
통곡하며 그의 사지를 떠나 하데스의 집으로 날아갔다.
(16:855, 22:361)

프쉬케가 육체에서 이탈하는 것이 죽음이라는 것은 호메로스
이후의 그리스인들 모두가 받아들였던 생각이다. 하지만 프쉬케의
본성에 대한 생각은 서로 달랐다.[4] 기원전 6세기부터 그리스 세계 전
역으로 퍼져 나간 오르페우스교는 인간을 불멸의 프쉬케와 소멸하
는 신체의 우연적 결합체라고 생각했고, 죽음을 통해 신체가 소멸해

도 프쉬케는 죽지 않는다고 믿었다. 이런 믿음에 따르면 프쉬케는 다시 다른 몸으로 들어가 환생할 수 있고 그렇게 여러 몸을 전전하면서 윤회하는 영혼이다. 후대의 많은 그리스인들도 오르페우스교의 영혼 불멸론과 윤회설을 받아들였는데, 그런 사람들 가운데는 피타고라스학파나 플라톤과 같은 철학자들도 있었다. 플라톤에게 죽음은 '영혼과 육체의 분리'였고, 따라서 삶은 죽음으로 끝나지 않는다. 죽음 이후에도 영혼의 삶이 있고, 영혼은 다른 육체를 입고 환생하기 때문이다.[5] 물론 영혼과 육체의 이원론에 반대한 사람들도 있었다. 기원전 6세기 이후 활동한 자연철학자들은 프쉬케를 순수하게 물질적인 것이라고 생각했다. 특히 원자론자들이 그런 물질주의적 영혼관의 대표자들이었다. 모든 자연물이 더 이상 나뉠 수 없는 무수히 많은 원자atoma로 이루어져 있다고 생각했던 데모크리토스는 사람들이 말하는 '영혼'은 사실 뜨겁고 둥근 형태의 원자들이며 이런 원자들이 몸 안으로 들어가 다른 원자들의 운동을 낳는다고 보았다.

프쉬케에 대한 후대의 이런 생각과 비교해 보면, 호메로스의 영혼관에는 특별한 점이 있다. 호메로스의 '프쉬케'는 오르페우스교도들이나 자연철학자들이 생각했던 것과 달리 생명의 담지자가 아니다. 그의 서사시에서 프쉬케는 오직 죽는 장면에만 등장한다. 죽음의

---

4 조대호·김웅빈·서홍원, 『위대한 유산』, 아르테, 2017, 32쪽 이하. 더 자세한 논의는 장영란, 『영혼이란 무엇인가』, 서광사, 2020, 특히 115쪽 이하를 참고.
5 조대호, 「플라톤: 죽음은 육체로부터 영혼의 해방이다」, 정동호 외, 『철학, 죽음을 말하다』, 산해, 2004.

순간 몸에서 빠져나가는 것, 즉 구멍 뚫린 튜브에서 바람이 빠져나가 듯 몸의 상처를 통해서 빠져나가는 숨결과 같은 것이 프쉬케이다. 그래서 후대의 그리스인들이 프쉬케에 돌렸던 다양한 생명의 작용은 프쉬케가 아니라 다른 기관들에 배속될 수밖에 없다. 튀모스thymos, 프레네스phrenes, 누스nous 등이 그런 기관들이다. 이들의 기능은 서로 중첩되어 뚜렷하게 경계를 나눌 수 없지만, 대체로 튀모스는 생명이나 감정을, 프레네스는 사리분별이나 판단을, 누스는 생각을 관장하는 기관으로 언급된다.[6]

흥미롭게도 호메로스는 신체에 대해 언급할 때도 프쉬케를 표현할 때와 비슷한 관점을 견지한다. 다시 말해서 신체에 대한 표현 방식과 영혼에 대한 표현 방식에 일정한 평행성이 있다. 이 점에서 그는 '프쉬케'와 '소마'sōma를 서로 짝지어 놓고 이 둘을 각각 영혼과 신체를 가리키는 말로 사용했던 후대 그리스인들과 다르다. 이들은──비록 영혼과 신체의 본성에 대한 생각이 서로 달라도──생명체가 근본적으로 영혼과 신체의 두 측면을 갖는다는 데 대해서는 같은 생각이었다. 하지만 『일리아스』의 경우는 그렇지 않다. 거기서 소마는──프쉬케가 그렇듯이──살아 있는 신체가 아니라 죽음 이후의 신체를 가리킬 뿐이기 때문이다. 다시 말해서 '소마'는 '신체'가 아니라 '시체'를 가리킨다.[7]

---

6 브루노 스넬, 2020, 33쪽 이하.
7 브루노 스넬, 2020, 28쪽.

"[…] 만일 그자가

날이 긴 청동으로 나를 죽이면, 무구들은 벗겨 속이 빈 함선들로

가져가되 내 소마$_{sōma}$[8]는 집으로 돌려보내 트로이아인들과

그들의 아내들이 죽은 나를 화장할 수 있게 하시오."(7:77-80)

헥토르가 그리스 군대의 장수들에게 일대일 대결을 제안하며 내세우는 결투 조건이다. 여기서 그가 말하는 "내 소마"$_{sōma\ emon}$는 '내 시체'이다. 그렇다면 살아 있는 신체를 가리킬 때는 어떤 말이 쓰일까? 호메로스는 신체에 속한 생명 활동을 가리킬 때 그랬듯이, 살아 있는 신체를 가리킬 때도 데마스$_{demas}$, 귀이아$_{gyia}$, 멜로스$_{melos}$, 데르마$_{derma}$ 등 여러 가지 낱말을 사용한다.[9] 그렇지만 그 가운데 어떤 것도 신체 전체를 나타내지 않는다. '데마스'는 몸집이나 생김새를, '귀이아'는 팔과 다리를, '멜로스'는 운동기관 이외의 신체 부분들을, '데르마'는 살가죽을 가리킨다. 이렇듯 호메로스에게서는 영혼뿐만 아니라 신체도 오직 부분적인 측면에 따라서 파악될 뿐이다. 다시 말해서 영혼과 신체가 모두 몇 가지 부분들의 집합이다. 영혼과 신체의 본성에 관한 한 호메로스는 일종의 '집합론'의 옹호자였던 셈이다.

『일리아스』에서 영혼과 신체 모두 유기적 통일체가 아니라 여러 부분의 느슨한 집합체로 그려진다는 사실은 많은 연구자들의 눈길

---

8 천병희 교수는 "내 자신은"이라고 번역했다.

9 브루노 스넬, 2020, 29쪽.

을 끌었고 논란을 낳았다. 영혼이나 신체가 모두 부분적인 측면에서만 파악될 뿐이라면 전체로서의 개체나 인격체는 어떻게 설명해야 할까?──이것이 논란의 중심 문제였다. 이에 대해 고전적인 대답을 내놓은 사람은 스넬B. Snell이다.[10] 그는 호메로스에게 영혼이나 신체 전체를 가리키는 용어가 없다는 이유를 들어 『일리아스』의 주인공들에게는 인격적 주체성도, 행동을 결정하는 능력도 없다고 주장했다. 스넬에 따르면 "인간 행위는 실제적이고 독립적인 발단을 갖지 않으며, 계획과 행위 모두는 신의 계획이고, 신의 행위다".[11] 같은 맥락에서 그는 "호메로스의 인간은 아직 그 스스로 자기 결단의 발기자로 자각하지 못했다"[12]고 말하면서, 인간이 독자적인 결정의 주체로서 자기 자신을 인식한 것은 그리스 비극의 시대에 와서야 이루어진 일이라고 주장한다. 결정을 내리는 인격성의 근거를 호메로스의 언어에서 찾을 수 없다는 점을 스넬은 그런 주장의 근거로 삼았다.

그러나 '영혼 전체'를 가리키는 용어가 없다는 사실로부터 호메로스의 주인공들에게 인격성과 책임 의식이 없다는 결론을 이끌어 내는 것이 정당한 추론일까? 스넬의 해석이 옳다고 해 보자. 그렇다면 서사시에서 호메로스의 주인공들을 가리키는 고유명사는 무슨 뜻을 가질 수 있을까? 시인이 '아킬레우스의 튀모스'나 '아킬레우스

---

10 브루노 스넬, 2020, 21쪽 이하; 에릭 R. 도즈, 2002, 29~30쪽.

11 브루노 스넬, 2020, 70쪽.

12 브루노 스넬, 2020, 72쪽.

의 발'에 대해서 말한다면, 이는 개별적인 기관들이 하나의 인격체에 귀속됨을 뜻하는 것이 아니고 무엇인가?[13] 주체적 결정과 관련해서도 같은 종류의 반문이 가능하다. 크뤼세이스를 빼앗기지 않으려는 아가멤논의 행동은 그의 탓이 아니라면 누구 탓인가? 아가멤논을 처단하려던 아킬레우스가 아테네 여신의 만류로 칼을 거둘 때 우리가 그것을 아킬레우스의 결정이라고 볼 수 없는 이유가 어디 있을까? 화가 나서 아가멤논을 향해 칼을 뽑으려는 아킬레우스와 그를 제지하는 아테네 여신의 대화를 살펴보자.

> 그에게 빛나는 눈의 여신 아테네가 대답했다.
> "나는 그대의 분노를 가라앉히려고 하늘에서 내려왔다. **그대가
> 내 말에 복종하겠다면** 말이다. 그대들 두 사람을 똑같이 마음속으로
> 사랑하고 염려해 주시는 흰 팔의 여신 헤라가 보내셨다.
> 그러니 자, 말다툼을 중지하고 칼을 빼지 말도록 하라.
> 다만 앞으로 일어날 일에 대해 말로 그를 꾸짖도록 하라."
> […]
> 그녀에게 발 빠른 아킬레우스가 이런 말로 대답했다.
> "그대들 두 분의 말씀이라면, 여신이여! 마음속으로 아무리

---

13 헤르만 프랭켈, 2011, 143쪽. "호메로스적 인간은 욕구(튀모스 혹은 메네스)를 '제압'하거나 '억제'할 수 있었다. 하지만 이때도 한 개인의 인격적 통일성은 유지되었다. 오늘날의 관점에서 보면, 호메로스적 인간은 놀라울 정도로 단일하고 밀착되어 있다."

화가 나더라도 복종해야 되겠지요. 그렇게 하는 것이 더 나으니까요. 신들에게 복종하는 자의 기도는 신들께서도 기꺼이 들어주시는 법이지요."(1:206-218, 강조는 옮긴이)

영웅 아킬레우스와 여신 아테네의 만남에서 최종적으로 여신의 뜻이 관철되는 것은 사실이다. 하지만 그렇다고 해서 아킬레우스에게 아무 의지도 없다고 말할 수 없다. 처음에 '그'는 아가멤논을 처단하려는 뜻을 가졌다. 하지만 여신의 설득에 따라 '자신의 뜻'을 철회한다. 여신은 강제하거나 명령하는 것이 아니라 권유하고 설득한다. "그대가 내 말에 복종하겠다면 말이다." 아킬레우스가 여신의 설득을 받아들이자, 이제 여신의 뜻을 따르는 것이 '그'의 뜻이 된다. 그리고 그는 여신의 뜻을 따름으로써 아가멤논에 복수하려는 자신의 뜻을 다른 방식으로 관철시키려고 한다. 만일 그리스 군대가 패배하고 아가멤논이 궁지로 몰리게 된 것이 본래 아킬레우스의 뜻에서 비롯된 것이 아니라면, 그것은 누구의 뜻이란 말인가? 물론 아테네 여신의 권유는 사실 아킬레우스 자신의 내면에서 들려온 이성의 소리라고 '탈신화적인 해석'을 제시할 수도 있을 것이다. 하지만 여기서도 우리는 '이중적 인과성'을 염두에 두어야 할 것이다. 아킬레우스가 칼을 다시 칼집에 밀어 넣은 것은 그의 결정이자 동시에 여신의 뜻이기도 하다. 그중 어느 하나가 빠진다면, 우리는 '이중적 인과성'에 대해서 말할 수 없다.

『일리아스』에 인격성, 결정, 책임 의식에 대한 분명한 관념이나 심리학적 설명이 없다는 것은 아마도 사실일 것이다. 그러나 '설명'을 하지 않는다고 해서 시인이 그런 심리적 '사실'에 대해 무지했다고 말하는 것은 옛 사람들의 관찰 능력을 과소평가하는 현대인의 자만이다. 그들에게도 두 눈이 있었고, 그들도 우리만큼 호모 사피엔스였다! 아리스토텔레스의 말대로, 원인을 모르고 설명을 못해도 사실에 대해서는 알 수 있다.[14] 호메로스는 다른 여러 가지 점에서도 뛰어난 관찰자였지만, 특히, 인간의 내면에서 일어나는 갈등과 그것이 낳는 행동에 대해서 훌륭하게 관찰하고 자세히 묘사했다는 점에서 탁월한 관찰자였다. 『일리아스』 전체가 하나의 감정, 즉 '분노'의 감정에 대한 서사시가 아닌가! 분노의 감정을 그렇게 세밀하게 추적한 사람이 누구인가?

하데스의 프쉬케

죽음의 순간에 몸을 떠난 프쉬케는 하데스로 간다. '하데스'Haides는 산 자들의 눈에 '보이지 않는 곳'이다. 하지만 산 자들의 눈에 보이지 않는 세계에 머무는 프쉬케에게도 형체가 있다. 그래서 오르페우스나 오뒷세우스 같은 하데스의 방문자가 프쉬케의 본래 주인을 알아볼 수 있다. 몸을 떠난 뒤에도 프쉬케는 생전의 사람과 똑같은 모습

---

14 『형이상학』 I 1, 981a28 이하[조대호 옮김, 2017, 34쪽].

으로 존재하기 때문이다. 다만 이 닮은꼴은 거울상처럼 실체가 없는 '모상' 혹은 '환영'eidolon일 뿐이다. 환영으로서 프쉬케가 어떤 모습으로 하데스에 머무는지를 가장 잘 보여 주는 곳은 『오뒷세이아』, 흔히 '저승편'이라고 불리는 11권이다. 반면 『일리아스』에서는 그 저승세계의 완전한 거주자가 되기 이전 단계의 프쉬케의 모습이 그려진다. 아직 하데스의 문턱을 넘지 못한 파트로클로스의 환영이 꿈속에서 아킬레우스를 찾아오는 장면에서 우리는 프쉬케의 그런 모습을 만난다.

헥토르를 죽여 친구의 원한을 갚은 아킬레우스는 파트로클로스의 시신 곁으로 군사들을 모은다. 떠나간 친구를 애도하고 장례 음식을 나누기 위한 자리다. 식사가 끝난 뒤 다른 병사들은 각자의 천막으로 뿔뿔이 흩어지고 아킬레우스 혼자 남는다. 헥토르를 죽여 복수했지만, 분노가 사라진 자리를 바닷가의 물안개 같은 슬픔이 가득 채운다. 그는 "노호하는 바다의 기슭, 파도가 해안에 부서지는 탁 트인 장소에서"(23:59-60) 탄식하다가 잠이 든다. 헥토르와의 전투에 그도 지쳐 있었고, 그렇게 잠이 든 그의 꿈속에 파트로클로스가 찾아온다.

가련한 파트로클로스의 혼백이 그를 찾아왔다. 그 체격이며
고운 눈이며 목소리며 모든 것이 생전의 그 자신과
조금도 다르지 않았고, 옷도 똑같은 것을 입고 있었다.
그는 아킬레우스의 머리맡에 서더니 그를 향하여 이렇게 말했다.
"그대는 나를 잊고 잠이 들었구려, 아킬레우스여!

내가 살았을 적에는 잊지 않더니 죽고 나니까 잊고 마는구려.

자, 어서 나를 장사지내 하데스의 문을 통과하게 해주시오."

(23:65-71)

파트로클로스의 프쉬케는 생전의 실제 모습과 똑같다. 그의 프쉬케는 하데스에 들어가지 못하고 입구 주변을 배회하다가 아킬레우스를 찾아왔다. 죽은 자들의 프쉬케들이 아직 장례를 치르지 않은 그의 프쉬케를 받아 주지 않아서 화장을 부탁하러 온 것이다. 파트로클로스의 프쉬케는 아킬레우스의 운명에 대해 이야기하면서 자신의 유골을 아킬레우스의 유골함에 함께 넣어 달라는 부탁도 빼놓지 않는다. 아킬레우스는 그를 붙잡으려 하지만 헛수고다. "혼백이 희미하게 비명을 지르며/ 연기처럼 땅속으로 사라졌기 때문이다."(23:99-100) 아킬레우스가 벌떡 일어나서 비통한 목소리로 말한다.

"아아, 그러고 보니 하데스의 집에도 혼백과 환영이 있음이

분명하구나! 비록 그 안에 전혀 분별력이 없기는 하지만."

(23:103-104)

이 구절은 아마도 『일리아스』에서 우리가 확인할 수 있는, 프쉬케의 운명에 대한 가장 명확한 기술일 것이다. 프쉬케는 전혀 의식없이 하데스의 집 안에서 그림자처럼 존재할 뿐이다. 그런 하데스에 대한 더 자세한 묘사는 『오뒷세이아』 11권 '저승편'에 담겨 있다.

『일리아스』에서는 죽은 자의 환영이 산 자를 찾아오지만,『오뒷세이아』에서는 산 자가 죽은 자들의 환영을 찾아간다. 자신을 한 해동안 억류했다가 신들의 명령에 따라 풀어 준 여신 키르케의 지시에 따라 오뒷세우스는 예언자 테이레시아스를 만나 귀향의 길을 묻기 위해서 지하세계로 내려간다. 그런데 살아서 지하세계로 가는 길이 죽어서 가는 길보다 훨씬 더 험하다. 죽은 자는 땅 밑의 지름길로 하데스에 도착하지만, 산 자는 먼 길을 돌아 땅의 경계까지 가야 하기 때문이다. 저승길에 대한 이야기를 듣고 낙심한 오뒷세우스에게 여신 키르케는 저승 여행의 이정표들을 알려 주며 그를 떠나보낸다.

"제우스의 후손인, 라에르테스의 아들이여, 계책에 능한 오뒷세우스여,
그대는 그대의 배를 인도해 줄 길잡이가 없다고 걱정하지 마셔요.
그대는 돛대를 세우고 흰 돛을 펴 놓고, 그냥 앉아 계셔요.
그러면 북풍의 입김이 그대의 배를 날라다 줄 거여요.
그러나 그대는 배로 오케아노스를 건너, 야트막한 해안과
페르세포네의 원림들, 그러니까 키 큰 백양나무들과
익기도 전에 열매가 떨어지고 마는 버드나무들이 서 있는 곳에 닿거든,
그곳 깊이 소용돌이 치는 오케아노스 가에서 배를 육지로 몰도록 하셔요.
그곳에는 퓌리플레게톤 강과, 스튁스 강물의 지류인
코퀴토스 강이 있는데, 둘 다 아케론으로 흘러 들지요.
그곳에는 또 바위가 하나 있고, 요란한 두 강의 합수점이 있어요."[15]

키르케의 안내를 통해 우리는 대략 지하세계의 심상지도를 그려 낼 수 있다. 땅의 언저리를 둥글게 감싸고 도는 오케아노스의 흐름을 따라 서쪽으로 항해하면 서쪽 땅끝 어딘가에 하데스가 있다.[16] 이어지는 오뒷세우스의 이야기에 따르면, 그곳은 "키메리아인들"이 사는 곳이다. 한 점 햇볕도 들지 않는 "어둠과 안개에 쌓인" 땅이다. 그 땅에 도착해서 "야트막한 해안과 페르세포네의 원림들"이 펼쳐진 곳을 찾아 오케아노스를 건너면 지하세계가 시작된다. 키르케는 한 개의 바위와 두 개의 강줄기가 모이는 아케론을 이정표로 제시한다. 죽은 자들의 혼백들은 이 아케론 강 저편의 하데스의 '어두운 곳', 에레보스에 머문다. 후대의 신화에서는 죽은 자의 영혼이 저승의 뱃사공 카론의 쪽배를 타고 강을 건너 하데스 안으로 들어가지만, 오뒷세우스는 그 입구에서 영혼들을 불러내어 그들과 만난다.

지하세계의 영혼들과 만나려면 의식이 필요하다. 오뒷세우스는 먼저 네모지게 구덩이를 파고 죽은 자들을 위해서 제주를 바친다. 꿀 우유와 포도주와 물을 차례대로 붓고 그 위에 밀가루를 뿌린다. 그리고 고향에서 제사를 드리겠다고 서약한 다음 안전한 귀향을 기원한다. 마지막으로 거기까지 가져간 작은 가축들의 목을 따서 피를 구덩이에 담는다. 에레보스의 영혼들을 불러내기 위해서다. 생명이 없는 영혼들도 피 냄새를 맡을 수 있고, 피를 마시면 잠깐이나마 의식이

---

15 『오뒷세이아』 10.504-515.

16 『오뒷세이아』 24.11-14 참고.

돌아와 이야기를 나눌 수 있기 때문이다. 프쉬케들에게 피를 먹게 하는 의식은 의식 불명 환자에게 의식을 되찾게 하는 일종의 수혈 처방인 셈이다.

오뒷세우스가 구덩이에 피를 쏟자 지하세계의 어둠 속에서 수많은 영혼이 냄새를 맡고 몰려 나온다. 『오뒷세이아』 저승편의 이 '면회' 장면은 아주 잘 짜여 있어서, 우리는 거기서 후대 신화와 문학의 여러 주인공을 만나 그들의 이야기를 들을 수 있다. 오뒷세우스는 먼저 동료 엘페노르, 예언자 테이레시아스, 어머니 안티클레이아를 만난다. 그리고 14명의 여인들을 만나는데, 그 가운데는 오이디푸스의 어머니이자 아내 이오카스테도 있다. 마지막으로는 가장 비중 있는 인물들, 즉 아가멤논, 아킬레우스, 아이아스와 같은 트로이 전쟁의 영웅들이 등장하고 헤라클레스와의 짧은 '면회'도 이루어진다.

엘페노르는 오뒷세우스가 지하세계에서 만난 혼령들 가운데 가장 지명도가 낮은 인물이지만, 그가 가장 먼저 등장하는 데는 이유가 있다. 오뒷세우스의 동료이자 부하였던 그는 가장 최근에 죽은 인물이다. 포도주를 마시고 키르케의 궁전 안에서 자다가 긴 사다리를 타고 도로 내려오는 것을 잊어버려 지붕에서 떨어져 죽었다.[17] 하지만 그의 시신은 아직 장례를 거치지 못한 채 키르케의 집에 남아 있다. 그러니까 엘페노르의 영혼은 『일리아스』에서 아킬레우스를 찾아온 파트로클로스의 영혼과 똑같은 상태에 있는 셈이다. 그래서 엘페노

---

17 『오뒷세이아』 10,552 이하.

르의 영혼도 똑같이, 오뒷세우스에게 자신을 화장해 무덤을 세워달라고 부탁한다. 이 점에 관한 한 『일리아스』와 『오뒷세이아』 사이에 아무 불일치점이 없다. 엘페노르의 영혼도 파트로클로스의 영혼과 똑같이 하데스의 문턱을 넘지 못하고 그 주변을 배회하고 있었을 것이고, 그렇기 때문에 피를 마시지 않고서도 오뒷세우스를 알아보고 그에게 가장 먼저 달려올 수 있었다. 하지만 그 뒤에 오뒷세우스에게 다가온 영혼들, 즉 테이레시아스의 영혼이나 안티클레이아의 영혼은 예외 없이 모두 피를 마신 뒤에야 이야기를 할 수 있다. 그들은 모두 하데스의 정식 거주자들이기 때문이다.

테이레시아스의 예언은 오뒷세우스를 안심시킬 만한 것이다. "고생은 해도 고향에 돌아가게 될 것"[18]이고 구혼자들을 처단한 뒤 "안락한 노령에" "부드러운 죽음"을 맞게 될 것이라고 눈먼 예언자가 말한다.[19] 오뒷세우스는 어머니도 만난다. 어머니의 환영에게 듣는 가족의 이야기는 그를 귀향의 열망으로 들뜨게 한다. 페넬로페는 "정말 굳건한 마음으로"[20] 오뒷세우스의 궁전에 머물러 있다. 아들 "텔레마코스는 편안히 제 땅을 지키며, 재판관이면 당연히 참가해야 하는 공평한 회식에서 성찬을 즐기고 있다". 아버지 라에르테스는 도심 밖 포도원에서 남루한 차림새로 밭일을 하면서 아들이 돌아오기를 열

---

18 『오뒷세이아』 11.104-105.

19 트로이아 연작 가운데 『텔레고노스의 이야기』(*Telegoneia*)에서 다루어진다. 2장 89쪽을 참고.

20 『오뒷세이아』 11.181 이하.

망하고 있다. 오뒷세우스의 가족 상봉은 저승에서의 어머니와의 만남에서 시작하는 셈이다. 이 모든 말을 듣고 난 오뒷세우스는—파트로클로스의 환영을 잡으려던 아킬레우스와 똑같이—어머니의 환영을 잡으려고 하지만 세 번에 걸친 시도에도 불구하고 실패한다. 어머니의 환영은 "그림자처럼, 꿈처럼" 그의 두 손을 빠져나갔기 때문이다. 이번에는 산 자가 아니라 죽은 안티클레이아가 아들에게 프쉬케의 운명을 상기시킨다. 죽은 어머니의 말은 『오뒷세이아』의 시인이 우리에게 주는 죽음에 대한 가르침이기도 하다.

> "이것이 곧 인간이 죽게 되면, 당하게 되는 운명이란다.
> 즉 일단 목숨이 흰 뼈를 떠나게 되면,
> 근육은 더 이상 살과 뼈를 결합하지 못하고,
> 활활 타오르는 불의 강력한 힘이 그것들을 모두 없애 버리지만,
> 혼백은 꿈처럼 날아가 배회하게 된단다."[21]

이런 지하세계의 '삶'에서도 기대할 만한 것이 있을까? 오뒷세우스와 아킬레우스의 대화에 대답이 있다. 아킬레우스의 영혼도 오뒷세우스 옆으로 다가와 피를 마신 뒤 그와 대화를 나눈다. 오뒷세우스는 고향에 이르지 못한 채 10년을 떠도는 자신의 신세를 한탄하면서 아킬레우스를 이렇게 추켜세운다.

---

21 『오뒷세이아』 11.218-222.

"나는 아직도 아카이아 땅에 가까이 다가가지도 못하고, 내 자신의 나라를 밟아 보지도 못한 채, 끊임없이 고통만 당하고 있소. 그러나 그대로 말하면,

아킬레우스여, 어느 누구도 이전에 그대처럼 행복하지 못했고, 앞으로도

그럴 것이오. 그대가 아직 살았을 적에, 우리 아카이아인들은 그대를 신처럼 공경했고, 지금은 그대가 여기 사자들 사이에서 강력한 통치자이기

때문이오. 그러니 아킬레우스여, 그대는 죽었다고 해서 슬퍼하지 마시오."[22]

하지만 산 자가 죽은 자에게 건네는 위로를 아킬레우스가 이렇게 물리친다.

"죽음을 놓고 나를 위로하지 마시오, 영광스러운 오뒷세우스여. 나는 이미 죽은 모든 사자死者들을 통치하느니, 차라리 머슴이 되어, 농토도 없고 가산도 많지 않은 다른 사람 밑에서 종노릇 하고 싶소."[23]

지하세계에서 행복한 사람은 없다. 지하세계의 통치자가 지상

---

22 『오뒷세이아』 11.481-486.
23 『오뒷세이아』 11.487-491.

의 품팔이보다 못하다. '품팔이를 하다'라고 옮긴 그리스어 '테테우에인'theteuein은 '고용된 일꾼으로 일을 하다'라는 뜻이다. 자기 땅이 없어서 품팔이 노릇을 하는 것이 테테우에인이다. 기원전 6세기 이래 아테나이 시민들 가운데 가장 낮은 계층의 사람들을 테테스thetes 계급으로 분류했는데, 이 낱말도 바로 테테우에인에서 나왔다. 품팔이는 노예와 달라서 구속된 신분이 아니다. 하지만 그의 처지는 노예 신세보다 더 열악하다. 노예는 붙어서 살 주인집이라도 있지만, 품팔이는 집도 없이 떠도는 인생이기 때문이다. 지하세계의 통치자가 지상의 품팔이, 그것도 부잣집도 아니고 "농토도 없고 가산도 많지 않은 다른 사람 밑에서" 일을 하는 품팔이만도 못하다니, 아킬레우스의 탄식을 우리는 어떻게 받아들여야 할까? 친구의 원한을 갚고 "훌륭한 명성"을 얻은 뒤 기꺼이 죽겠다는 결의를 다지면서 어머니의 만류를 뿌리치던 영웅은 도대체 어디로 간 것일까?

어떤 연구자는 이렇게 말했다. "하지만 어울리지 않는 것이 전혀 없다. 왜냐하면 하데스에서 관점이 완전히 달라졌기 때문이다. 아킬레우스가 죽은 상태에서 그의 영혼은 지난 날 죽음을 껴안을 때 가졌던 것과 똑같은 정도의 격렬함으로 삶을 열망한다."[24] 그렇게 볼 수도 있겠다. 많은 것이 추측 거리로 남지만, 적어도 한 가지는 부정하기 어려울 것이다. 『오뒷세이아』 11권에서 아킬레우스는 한마디

---

24 A. Heubeck and A. Hoekstra (eds.), *A Commentary on Homer's Odyssey*, vol. 2, Oxford: Clarendon Press, 1990, p.106.

말로써『일리아스』의 영웅주의를 죽인다. 그의 말은 '영웅주의의 자살 선언'처럼 들린다. 품팔이의 치욕적인 삶이 영웅의 명예로운 죽음보다 낫다면, 명예를 위한 죽음이 도대체 무슨 뜻을 가질 수 있겠는가? 많은 사람들이『일리아스』의 영웅주의와『오뒷세이아』의 현실주의의 간극에 주목했지만, 저승에서 나누는 아킬레우스와 오뒷세우스의 대화와 헥토르와의 싸움에 나가기 전 아킬레우스와 테티스의 대화 사이의 간격만큼 깊은 틈새를 보여 주는 것도 없다.

하데스와 '축복받은 자들의 섬'

『오뒷세이아』에 그려진 저승세계의 모습을 보면 죽음은 결코 바랄 만한 것이 아니다. 죽음의 세계는 낙樂이 없는 세계다. 그런 죽음을 피하는 방법은 없을까?『일리아스』와『오뒷세이아』, 그리고 이 두 서사시 이외의 다른 신화들이 주는 대답은 저마다 다르다. 그리고 그런 다양한 대답과 비교해 보면 죽음과 영웅들의 사후 운명에 대한『일리아스』의 생각에서 독특한 점이 드러난다.

　　『오뒷세이아』의 저승편에 따르면 아무리 뛰어난 영웅들이라도, 그들이 죽은 뒤 남는 것은 음침한 하데스에 거주하는 프쉬케들일 뿐이다. 하지만 예외가 없지 않다.『오뒷세이아』4권에서 이야기하는 메넬라오스의 경우가 그렇다. 메넬라오스는 다른 사람들과 달리 죽음을 겪지 않고 신들의 인도를 받아 세상 끝에 있는 엘뤼시온 들판으로 가서 영원히 산다. 금발의 라다만튀스가 있는 그곳은 눈도, 폭풍도, 비도 없고 언제나 오케아노스가 보내 주는 서풍이 더위를 식혀 주는 곳, "사람들이 살기에 가장 편한 곳"이다. 신들의 거처인 올림포스의 산정과 비슷하다.[25] 메넬라오스가 헬레네의 남편이고 제우스의 사위이기 때문에 누리는 특혜이다.[26]

제우스의 사위 신분이 죽음에서부터 벗어날 수 있게 할 만큼의 대단한 특권일까? 의문이 들지만, 다른 신화에서 그려진 영웅들의 운명과 비교해 보면 메넬라오스의 경우가 그렇게 특별한 것은 아니다. 많은 신화에 따르면 메넬라오스뿐만 아니라 다른 영웅들도 하데스가 아닌 다른 곳으로 옮겨 가서 영원한 삶을 누리기 때문이다. 예를 들어 트로이아 서사시 연작에 속한 서사시들 가운데『아이티오피스』에서 그려진 아킬레우스의 운명이 그렇다. 앞서 소개했듯이,[27]『일리아스』의 후속편에 해당하는 이 서사시는 아마존의 여전사들이 트로이아의 원군으로 참전하는 데서 시작해 아킬레우스의 죽음까지 트로이아 전쟁에 대해서 이야기한다. 아킬레우스가 파리스의 화살에 맞아 죽는 장면이 바로 이 서사시의 내용이다. 하지만 아킬레우스의 삶은 그런 죽음으로 끝나지 않는다. 화장을 위해 그의 시신을 장

---

25 이 책의 193쪽을 참고.

26 『오뒷세이아』 4.561~569. 헬레네는 공식적으로는 스파르테의 왕 튄다레오스와 그의 아내 레다의 딸이지만, 일설에 따르면 백조의 모습으로 둔갑한 제우스가 레다에게 접근해서 헬레네를 임신시켰다. 그래서 헬레네는 제우스의 딸이다.

27 이 책의 90~92쪽을 참고.

작더미에 올려놓았을 때, 어머니 테티스가 나타나 아들의 시신을 낚아채 "백색의 섬"Leukē nēsos으로 데려간다.[28] 단편만 남은 이 서사시에는 그 뒤 아킬레우스의 운명에 대한 이야기가 누락되어 있지만, 후대의 사람들은 아킬레우스가 부활해서 불사의 존재가 되었다고 믿었다. 플라톤의 『심포지온』에서도 아킬레우스는 "축복받은 자들의 섬"makarōn nēsoi으로 옮겨진 것으로 이야기된다.[29] 그의 불멸은 목숨을 내놓고 친구를 사랑한 것에 대한 명예의 선물이었다. 아킬레우스뿐이 아니다. 헤시오도스의 신화에서는 영웅들이 불멸의 존재로 등극해서 영원한 삶을 사는 것이 드물지 않은 일이다. 트로이아 전쟁에서 싸운 반신의 영웅들 가운데 일부는 죽음을 피할 수 없었지만, 다른 일부는 제우스의 은총으로 세상의 끝에서 새로운 삶을 얻는다. 이들 "복받은 영웅들"이 근심 없이 머무는 "축복받은 자들의 섬"은 한 해에 세 번씩 꿀처럼 달콤한 열매가 맺히는 풍요의 땅이고 그들의 왕은 크로노스이다.[30]

영웅들의 사후 운명에 대한 이런 이야기들과 비교해 보면 사후 세계에 대한 『일리아스』의 관념에는 분명 독특한 점이 있다. 『일리아스』에 나타나는 영웅들의 운명에 대한 생각은 다른 신화들은 물론 『오뒷세이아』의 생각과도 분명한 차이를 보여 준다. 『일리아스』가

---

28 M. L. West (ed.), 2003, p.112.

29 『심포지온』, 179c[『향연』, 강철웅 옮김, 아카넷, 2020].

30 『일과 날』, 166-173c행 이하[천병희 옮김, 2004, 97쪽 이하]. 그리스인들에게 인생은 바닷길의 모험이었고, 섬은 영원한 안식의 장소였던 것 같다.

죽음 이후의 세계에 대해 가진 관념은 일관적이다. 신의 후손인 영웅이건, 비천한 출신이건, 혈통을 가릴 것 없이 모든 사람은 죽는다. 그리고 사람이 죽으면, 프쉬케만이 하데스로 옮겨 가서 그림자의 삶을 이어 간다. 다른 가능성은 없다. 『일리아스』는 메넬라오스의 예외적 특권에 대해서도 언급하지 않는다.

『일리아스』에 담긴 헤라클레스의 이야기를 살펴보면, 영웅들의 사후 운명에 대한 이 서사시의 독특한 관점이 더 분명하게 드러난다. 『일리아스』의 헤라클레스 이야기를 『오뒷세이아』나 다른 신화들에 담긴 헤라클레스 이야기와 비교해 보자.

헤라클레스는 그리스 신화의 최고 영웅이다. 그는 헤라 여신의 미움을 산 결과 온갖 시련을 겪지만 12가지 고역을 모두 이겨 내고 신의 반열에 올랐기 때문이다. 그는 지하세계의 개 케르베로스를 밖으로 끌어내기도 했다.[31] 인간이 이룰 수 있는 최고의 성취를 이룬 영웅이 헤라클레스이고, 그래서 그는 영웅 중의 영웅이다. 『오뒷세이아』의 11권에서 오뒷세우스는 영웅 헤라클레스와의 만남을 이렇게 전한다.

"그 다음으로 나는 강력한 헤라클레스를 보았소. 물론 그것은
그의 환영eidōlon에 불과하지요. 그 자신은 불사신들 사이에서
주연을 즐기고 있고, 위대한 제우스와 황금 샌들의 헤라의 딸인

---

31 『일리아스』 8:362 이하와 『오뒷세이아』 11,623 이하.

복사뼈가 예쁜 헤베를 아내로 삼고 있으니까요."[32]

불멸의 헤라클레스가 헤베를 아내로 취하고 신들 사이에서 술
자리를 즐긴다는 것은 널리 알려진 신화적인 관념이다. 그런데 『오
뒷세이아』의 시인은 그의 환영이 하데스에 있다고 말한다. 이 환영
도 다른 영웅들의 환영과 똑같이 오뒷세우스와 만나 자신의 과거
를 이야기하고 하데스의 집안으로 되돌아간다. 이것을 어떻게 설명
해야 할까? 하데스에 헤라클레스의 환영이 있다는 것과 올륌포스에
서 헤라클레스가 신적인 존재로 살아간다는 것은 서로 양립하기 어
려워 보인다.[33] 그래서 이미 고대 그리스 시대에도 그 두 가지를 함께
언급한 601~604행을 삭제해야 한다는 주장이 있었다. 이런 주장에
동조하지 않는 연구자들은 해당 구절이 『오뒷세이아』의 시인이 가지
고 있던 절충적 의도, 즉 한편으로는 사후 운명에 대한 관념을 유지
하면서, 다른 한편으로는 헤라클레스의 운명에 대한 이전 시기 구술
서사의 신화적 관념을 조화시키려는 의도가 낳은 타협의 비논리적
인 결과라고 본다.

　『일리아스』에서는 어떨까? 이 작품은 곳곳에서 헤라클레스의

---

32 『오뒷세이아』 11,601-604.

33 A. Heubeck and A. Hoekstra (eds.), 1990, p.114; 천병희 옮김, 2004, 138쪽을 참고. 『여인
들의 목록』(단편 25, 25~29행)에 따르면 헤라클레스는 죽어서 하데스로 간다. "하지만
지금은(nyn de) 신이 되어 온갖 불행에서 벗어나/ 올륌포스의 집들에 사는 다른 신들과
같은 곳에서 살고 있다."

출생, 방랑과 시련, 영웅적 행동, 지하세계로 내려가 케르베로스를 끌어낸 일까지 포함해서 신화 속 헤라클레스의 이야기를 소개한다. 『일리아스』 속의 헤라클레스는 이 서사시에 등장하는 모든 영웅의 이상이고 특히 아킬레우스의 모델이다. 수백 척의 함선과 수만의 군사와 영웅들이 이루지 못하는 일을 헤라클레스는 간단히 해냈기 때문이다. 그는 트로이아의 왕 라오메돈의 약속 위반을 응징하기 위해서 불과 여섯 척의 배와 소수의 군사를 이끌고 와서 "일리오스를 함락하고 그 거리들을 폐허로 만들었다"(5:642). 그러니 헤라클레스는 『일리아스』의 영웅들과 다른 차원의 영웅, 영웅 중의 영웅이 아닌가? 하지만 헤라클레스의 이런 다채로운 이야기에도 한 가지가 빠져 있다. 바로 헤라클레스의 불멸성에 대한 이야기다. 오히려 그와 정반대로 『일리아스』에서는 최고의 영웅 헤라클레스 역시 죽을 수밖에 없는 인간으로 그려진다. 파트로클로스의 원한을 갚기 위해 출전하는 아킬레우스는 제우스 신의 사랑하는 아들이었지만 죽을 수밖에 없었던 헤라클레스를 끌어들여 자신의 결의를 다진다.

"이제 저는 나가겠어요! 제가 사랑하는 사람을 죽인 헥토르를
만나기 위해, 제 죽음의 운명은 제우스와 다른 불사신들께서
이루기를 원하시는 때에 언제든지 받아들이겠어요.
크로노스의 아드님 제우스 왕께서 가장 사랑하시던
강력한 헤라클레스도 죽음의 운명ker**을 피하지 못하고**
운명의 여신과 헤라의 무서운 노여움에 제압되고 말았어요.

제게도 똑같은 운명moira이 마련되어 있다면 저도 죽은 뒤

꼭 그처럼 누워 있겠지요. 허나 지금은 탁월한 명성을

얻고 싶어요."(18:114-121, 강조는 옮긴이)

『일리아스』는 내세에 대한 어떤 희망도 남겨 두지 않는다. 『일리아스』의 시인은 죽음을 인간이라면 누구나 피할 수 없는 당연한 운명으로 받아들인다. 영웅들에 대한 다른 신화들은 물론 『오뒷세이아』와 비교해 보아도 이 점이 눈에 띈다. 『일리아스』가 이처럼, 다른 신화적 전통에서 보면 당연하지 않은 사실, 즉 영웅들의 죽음을 당연시하는 이유는 무엇일까?

방금 인용한 아킬레우스의 결의에서 그에 대한 한 가지 대답을 찾을 수 있다고 생각한다. 아킬레우스의 결의가 비장함과 무게를 갖는 이유는 그것이 죽음을 향한 결단이기 때문이다. 죽음을 피할 수 있는 길이 그에게 열려 있다면, 즉 사후의 불멸성이 보장되어 있다면, 그의 결의와 행동이 어떤 무게를 가질 수 있을까? 결의의 무게는 불멸의 가능성에 반비례한다. 그래서 죽지 않는 신들의 결의나 행동은 새털처럼 가볍다.

VI.
호메로스의 상상, 그리스 문명을 낳다

판아테나이아 축제와 『일리아스』의 공연

고대 그리스인들의 예술 감각을 보여 주는 대표적인 유물은 각종 도기다. 포도주를 희석하는 데 쓰인 바닥이 넓은 항아리 크라테르, 올리브 기름 등을 담는 데 사용된 몸통이 날씬하고 목이 긴 레퀴토스, 목이 잘록하고 양쪽 손잡이가 달린 둥근 물동이 암포라 등은 고대 그리스의 유물 전시관의 단골 전시품이다. 영국 박물관의 한쪽에 전시된 기원전 6세기의 암포라도 그 가운데 하나다. 하지만 이 암포라는 호메로스 서사시의 전파 과정을 보여 준다는 점에서 특별한 의의가 있다. 펠로폰네소스 반도의 옛 도시 튀린스 근처에서 출토된 이 암포라의 앞면에는 지팡이 짚은 손을 앞으로 내밀고 연설하는 자세로 서 있는 사람이 그려져 있다.[1] 당시 도기의 채색 방식에 따라 바탕은 검은색이고 형체는 붉은색이다. 연구자들은 도기화의 주인공이 청중 앞에서 호메로스를 공연하는 랍소도스일 것이라고 추측한다.[1] 기원전 6세기 이후 호메로스를 전파한 사람들은 그리스 세계의 동쪽 끝에서 서쪽 끝까지 도시들을 오가면서 축제 무대에서『일리아스』와 『오뒷세이아』를 공연한 랍소도스들이었다. 특히 기원전 6세기의 참주 페이시스트라토스Peisistratos(기원전 600~527년경) 시대에 아테나이에서 열린 판아테나이아 제전은 호메로스 서사시가 전파되는 분수령이 되었다. 참주 정치, 축제, 호메로스 서사시 ——이들 사이에 도대체 무슨 관계가 있을까?

『일리아스』가 기원전 7세기 초에 출현했다는 사실을 다시 떠올려 보자. 그때 벌써 고정된 문자 텍스트가 존재했는지에 대해서는 논란의 여지가 있지만, 한 가지는 확실해 보인다. 기원전 6세기 이후 그리스 세계의 곳곳을 떠돌며 호메로스를 공연한 랍소도스들은 『일리아스』와『오뒷세이아』의 문자 텍스트를 보유하고 있었을 것이다.[2] 이들은 즉흥적으로 공연하는 과거의 아오이도스들과 달리 암기한 텍스트를 공연하는 낭송자들이었기 때문이다. 아테나이의 판아

---

1 "Red-figured neck-amphora with Rhapsode"로 검색하면 바로 이미지를 확인할 수 있다.
2 M. L. West, 1990, p.34. "기원전 525년 참주 히파르코스(페이시스트라토스의 아들)가 대판아테나이아 제전에서 랍소도스들이 일련의 순서대로 그 전체 내용을 공연하도록 행사를 마련했을 때, 랍소도스들은 그들이 표준으로 삼은 통일된 텍스트를 이미 가지고 있었음에 틀림없고, 이들이 낭송에서도 기억에 의존해서 여러 세세한 점들에서는 문자로 기록된 텍스트에서 벗어났다고 하더라도, 그 텍스트는 문자의 형태로 이미 존재했음에 틀림없다."

테나이아 축제는 그런 랍소도스들에게 호메로스 공연과 경연의 최고 무대였고, 참주 페이시스트라토스와 그 아들 히피아스Hippias(기원전 527~510년)는 아테나이의 축제를 대규모 행사로 확장함으로써 공연 무대를 마련한 인물들이었다. 특히 히피아스의 동생 히파르코스Hipparchos(기원전 514년에 피살)는 문예 활동의 후원자로 나서서 "호메로스의 시들을 이 나라에 받아들인 첫 번째 인물"이었다. 그는 기원전 525년 이후, 대판아테나이아 축제에 호메로스 공연을 도입하면서 랍소도스들이 "앞 사람이 끝낸 대목을 이어받아 순서대로" 공연하도록 공연 규칙까지 세웠다고 한다.[3]

'참주 정치'를 '공포 정치'와 동일시하는 사람에게는 이런 역사적 사실이 낯설게 보일 수도 있다. 하지만 한 번 더 따져 보면, 참주 정치와 대중 행사의 결합은 이상한 일이 아니라 당연한 일이다. 지금이나 옛날이나 독재자에게는 당근과 채찍이 함께 필요하기 때문이다. 모든 독재 정치에는 양면성이 공존하며, 그 조합의 방식과 정도에 따라 참주 정치의 우열이 나뉜다. 그리스 참주 정치도 마찬가지다. 우리는 그리스의 '참주'tyrannos나 '참주정'tyrannis이라는 말을 들으면, '무자비한 독재자', '폭군'을 떠올리기 마련이다. 플라톤이 참주에 대한 이런 고정관념을 퍼뜨린 대표적인 인물이다. 그는 『국가』에서 참주를 모든 법과 관습의 금도를 무시한 채 자신의 개인적 욕망

---

3 플라톤, 『히파르쿠스』(*Hipparchus*), 226b6-c1. 이 대화편은 플라톤의 위서로 알려져 있다.

을 채우려는 1인 독재자로, "친부 살해자"로 단죄했다.[4] 하지만 플라톤의 평가는 기원전 6세기에 그리스의 여러 도시에서 권력을 행사한 실제 참주들의 모습과 상당한 거리가 있다. 많은 참주가 경쟁 관계에 있는 귀족 세력을 몰아내고 권력을 독점한 독재자인 것은 사실이다. 하지만 그들 모두가 폭정과 탄압을 일삼는 '폭군'은 아니었다. 참주들 가운데는 소수 귀족의 권력을 빼앗아 대중의 정치적 영향력을 강화하고 대중문회의 발전을 도모한 인물들이 많다. 그리스 역사에서 대표적인 참주로 손꼽히는 페이시스트라토스가 바로 그런 사람이었다. 그는 참주였지만, '이상적인' 참주였다.

페이시스트라토스는 장군으로 있다가 정적들을 물리치고 참주의 자리에 오른 인물이다. 하지만 아리스토텔레스에 따르면 그는 "참주라기보다 중립적이면서 매우 합법적으로 도시를 다스렸다. 그는 모든 다른 일에 자애롭고 온화했으며, 잘못한 사람들에게는 동정적이었다. 가난한 사람에게는 미리 일을 위한 자금을 빌려주어서 농사를 짓고 살도록 하였다."[5] 사람들이 페이시스트라토스의 참주정을 일컬어 "크로노스의 시대", 즉 신화 속의 황금시대라고 부를 정도였다고 하니, 그에 대한 이런 찬사에 다소 거품이 끼어 있다는 것을 인정하더라도 그의 정치를 '무자비한 폭군의 정치'로 몰아가기는 어려울

---

4 『국가』 VIII, 569b; IX, 574d 이하.
5 『아테네인들의 정체』 XVI[『고대 그리스정치사 사료』, 최자영·최혜영 옮김, 신서원, 2002, 66쪽].

것이다. 아리스토텔레스의 기록에 반론을 제기할 사람도 있겠지만, 페이시스트라토스가 솔론-페이시스트라토스-클레이스테네스-페리클레스로 이어지는 아테나이 민주주의 발전사에서 빼놓을 수 없는 인물이라는 데 대해서는 누구도 의문을 품지 않는다.

페이시스트라토스는 대중의 마음을 읽고 대중을 자기편으로 끌어들이는 데도 뛰어난 재능을 갖춘 인물이었다. 그는 무엇보다 아테네 여신의 이미지를 정치에 효과적으로 활용했다. 그는 기원전 561년에 권력을 장악했다가 이듬해 실권하고 10년이 지난 뒤 다시 아테나이로 귀환했는데, 이때 마차 옆자리에 아테네 여신으로 분장한 트라키아의 소녀 화동을 대동하고 도시에 입성했다고 한다.[6] 아테네 여신의 탄생을 기념하는 축제 '판아테나이아'를 대규모 축제로 키운 것도 같은 맥락에서 이루어진 일이다. 전설 속 아테나이의 왕 에렉테우스가 처음 열었다고 하는 판아테나이아 축제는 아테나이의 모든 시민이 참여하는 가장 큰 축제이자 가장 오래된 축제였다.[7] 이 축제는 매년 여름 아테네 여신의 탄생일에 맞춰 개최되었고, 4년째 되는 해 8월에는 규모가 훨씬 큰 '대판아테나이아'가 열렸다. 기원전 566년 이후 이 대판아테나이아를 정례화한 사람이 바로 페이시스트라토스였다. 이 축제는 그리스인들이 좋아하는 '아곤'agon, 즉 경연의 무대이기도 했다. 올림피아 제전(기원전 776년 시작)에 버금가는

---

6 조지 톰슨, 1992, 256쪽.

7 이에 대한 언급은 『일리아스』 2:546-551 참고.

이 제전이 열리는 8일 동안 운동 경기와 같은 다양한 경연이 펼쳐졌는데, 제전의 개막 행사는 무사Mousa의 기술을 겨루는 다양한 장르의 노래 경연이었다. 경연은 현악기 키타라나 관악기 아울로스 반주에 맞춘 서정시 공연에서 반주 없는 서사시 낭송으로 이어졌고, 최고의 하이라이트는 호메로스의 서사시 낭송이었다. 기원전 5세기와 4세기 아테나이와 관련된 고대 자료를 보면, 낭송자들이 공연한 서사시 목록에 호메로스의『일리아스』와『오뒷세이아』가 들어 있다.

대판아테나이아 축제에서 이루어진 호메로스 공연에 대한 대중의 반응은 뜨거웠다. 우리는 그 분위기를 플라톤의 대화편『이온』Ion에서 확인할 수 있다. 플라톤은 기원전 5세기 후반에 활동한 전설적인 랍소도스 '이온'의 이름을 딴 이 대화편에서 2만 명의 관객 앞에서 이루어진 서사시 공연과 공연에 몰입한 관객의 반응을 소개한다. 이온이 낭송하는 순간 사람들은 슬픈 장면을 연상하면서 감정에 복받쳐 눈물을 흘리거나 끔찍한 장면을 상상하면서 공포에 휩싸인다. 소크라테스는 이 감동의 정체가 대체 무엇인지를 이온에게 묻는다.

소크라테스 자, 그럼 이 점에 대해 말해 주시오, 이온. 내 물음에 솔직히 대답해 주시오. 오뒷세우스가 문간으로 뛰어들어 구혼자들에게 자신의 정체를 밝히며 화살들을 자기 발 앞에 쏟는 장면이든, 아킬레우스가 헥토르에게 달려드는 장면이든, 안드로마케나 헤카베나 프리아모스에 얽힌 슬픈 장면이든 그대가 서사시를 훌륭하게 음송하여

청중을 크게 감동시킬 때, 그대는 정신이 온전하시오, 아니면 제정신이 아니시오? […]

이온   소크라테스 선생, 당신은 내게 그 증거를 참으로 생생하게 말하는군요. 내 당신에게 숨김없이 이야기하겠소. 그러니까 나는 뭔가 연민을 자극하는 것을 이야기할 때면 언제나 내 두 눈이 눈물로 가득 차고, 두렵거나 끔찍한 것을 이야기할 때는 언제나 두려움 때문에 머리카락이 곤두서고 가슴이 뛴다오.

소크라테스   어떤가요? 이온. 어떤 사람이 알록달록한 옷과 금관으로 꾸미고서 그중 아무것도 빼앗기지 않았는데 제사나 축제에서 울음을 터뜨리거나 2만 명이 넘는 동료들 사이에 앉아서 아무도 옷을 벗기거나 잘못을 범하지 않았는데 두려워한다면, 우리는 그때 그 사람이 제정신이라고 말할까요?

[…]

소크라테스   그렇다면 당신들은 관객들 중 많은 사람에게 이와 똑같은 일을 한다는 것을 알고 있나요?

이온   물론 잘 알고 있지요. 왜냐하면 나는 매번 연단 위에서 그들이 울음을 터뜨리고 두려움에 사로잡혀 쳐다보며 이야기에 충격을 받는 것을 보니까요.[8]

---

8 『이온』 535b-c[『이온/크라튈로스』, 천병희 옮김, 도서출판 숲, 2014, 25~27쪽].

아리스토텔레스는 『시학』에서 비극의 두 가지 대표적 감정적 효과로 '연민'$_{eleos}$과 '공포'$_{phobo}$를 들었다.[9] 이온과 소크라테스의 대화는 호메로스 공연에서 공연자와 청중 사이에서 어떻게 연민과 공포의 교감이 이루어지는지를 잘 보여 준다. "나는 뭔가 연민을 자극하는 것을 이야기할 때면 언제나 내 두 눈이 눈물로 가득 차고, 두렵거나 끔찍한 것을 이야기할 때는 언제나 두려움 때문에 머리카락이 곤두서고 가슴이 뛴다오." 연민과 공포의 감정에 사로잡힌 공연자와 교감하면서 청중은 "아무것도 빼앗기지 않았는데 […] 울음을 터뜨리거나", "아무도 옷을 벗기거나 잘못을 범하지 않았는데 두려워한다". 이온의 『일리아스』 공연뿐만 아니라 당대의 많은 호메로스 공연에서 청중은 연민과 공포의 감정을, 그리고 그 뒤에 오는 카타르시스를 경험했을 것이다. 이런 감동의 힘은 도대체 어디서 오는 것일까? 소크라테스는 말한다. "호메로스에 대해서 잘 말하는 것은 당신한테 기술$_{technē}$이 있어서가 아니라 당신을 움직이는 신적인 능력$_{theia\ dynamis}$이 있기 때문이지요." 마치 자석이 다른 쇠붙이를 끌어당기고, 이 쇠붙이가 다시 다른 쇠붙이를 끌어당기는 식으로 신적인 능력이 전염된다. 해블록$_{E.\ A.\ Havelock}$은 이렇게 "청중을 끌어들여 자신이 말하는 내용과 거의 병적인 정도로까지 일체감을 갖도록 만드는 예술가의 능력"을 통해서 시적인 '미메시스'를 정의하려고 했다.[10] 플라톤의 시문

---

9 『시학』 6, 1449b; 9, 1452a[천병희 옮김, 2017, 361쪽, 374쪽].

10 에릭 A. 해블록, 『플라톤 서설』, 이명훈 옮김, 글항아리, 2011, 66쪽.

학 비판은 이런 종류의 미메시스를 겨냥한 것이었다.

서사시나 서정시를 가릴 것 없이 모든 시가 무사 여신들의 영감에서 온다는 것은 곧 시인이 무사의 사제임을 뜻했다. 호메로스와 헤시오도스, 그리고 이들을 공연하는 랍소도스들에게는 그런 자존감이 있었다. 하지만 이온과의 대화에서 소크라테스는 시의 권위와 시인의 자존심을 흔들어 놓는다. '공연의 무대 위에 서 있을 때 당신은 제정신인가?'——이것이 소크라테스의 질문이다. 소크라테스는 시의 창작과 공연이 기술에 의한 것이 아니라는 것을 폭로하려고 한다. 시인들이나 공연자들은 스스로 무언가를 깨달아 아는 능동적인 존재가 아니라 알 수 없는 신적인 힘에 끌려다니는 수동적 존재라는 말이다. 이 대화는——『이온』에서 소크라테스와 이온의 대화가 실제로 겨냥한 것이 무엇이건——기원전 5세기에 이루어진 호메로스 공연의 실제 모습과 그것이 대중에게 불러낸 폭발적 반응에 대한 생생한 기록이다. 소크라테스의 대화 상대자 이온도 위에서 소개한 영국 박물관의 암포라에 그려진 랍소도스처럼 2만 명이 넘는 대규모 군중 앞에서 마치 왕처럼 당당한 자세로 지팡이를 짚은 손을 앞으로 쑥 내밀고 '아킬레우스의 분노'에 대해 낭송하면서 사람들에게 연민과 공포의 감정을 불러내는 당대 최고의 엔터테이너였다. 기원전 6세기 이후 호메로스의 서사시가 그리스 세계 전역으로 퍼져 나갈 수 있었던 것은 수많은 '이온들' 덕분이었다.

페이시스트라토스와 그의 아들 히피아스가 랍소도스들을 축제의 무대에 세운 배경에는 물론 정치적 의도가 있었다. 대판아테나이

아는 참주 정치의 대중적 기반을 확보하기 위한 문화 정책의 일환이었다. 랍소도스들의 호메로스 경연 역시 그런 정치적 목적에 부합하지 않았다면, 대규모 축제의 하이라이트를 장식할 수 없었을 것이다. 그런 뜻에서 참주 정치와 비극 공연의 친화성에 대한 플라톤의 비판은 페이시스트라토스의 참주정과 호메로스의 공연에도 그대로 적용될 수 있다. 플라톤에게 비극 작가들은 "참주와 함께 하는 현자들"이고 "참주 정체의 찬양자들"이었다.[11] 하지만 호메로스 공연 배후에 감춰진 정치적 의도를 어떻게 평가하건, 한 가지는 분명하다. 판아테나이아 축제에서의 공연은 호메로스 서사시가 새로운 방식으로 그리스 세계에서 수용되는 데 결정적인 역할을 했다. 알키노오스 궁전의 홀에서 열린 데모도코스의 공연과 2만 명이 운집한 축제에서 열린 이온의 공연을 비교해 보라. 둘 사이에는 18세기 빈의 궁정에서 열린 실내악 공연과 노천 무대에서 열리는 대규모 갈라 콘서트나 아이돌 공연 사이의 차이보다 더 큰 차이가 있다. 『일리아스』의 공연을 즐기는 청중의 범위가 몇몇 귀족에서 수만의 대중으로 늘어났다. 공연자도 달라졌다. 공연자는 즉흥적으로 공연하는 '노래꾼'aoidos에서 이미 정해진 내용의 텍스트를 암송하는 '낭송자'rhapsodos로 바뀌었다. 그와 더불어 『일리아스』에 이르기까지 구술 전통 속에서 끊임없는 변화를 겪었을 트로이아 전쟁 이야기의 진화 과정도 먼 과거의 일이 되어 버렸다. 경연에 규칙이 도입되면서 공연 방식에도 변화가

---

11 『국가』 VIII, 568b[박종현 옮김, 1997, 559쪽].

찾아왔다. 앞서 언급했듯이, 페이시스트라토스의 아들 히파르코스
는 앞 사람이 끝낸 대목을 이어받아 공연하게 함으로써 "호메로스의
서사시들을 순서에 맞게 공연하도록 강제했다"고 하는데, 이를 통해
일종의 릴레이 공연 규칙이 마련된 셈이다. 호메로스의 두 서사시가
'24개의 부분들'rhapsodies로 나뉜 것도 이와 관련이 있을 것이라고 사
람들은 추측한다.

호메로스, 전체 그리스를 가르치다

호메로스의 공연은 판아테나이아 축제의 대표 행사로 자리 잡으면
서 다른 도시의 축제로 퍼져 나갔다. 『이온』의 주인공의 행로가 당시
랍소도스들의 활동 범위를 잘 보여 준다. 소아시아 도시 에페소스 출
신의 랍소도스 이온은 펠로폰네소스 반도의 에피다우로스의 아스클
레피오스 축제에서 벌어진 호메로스 경연에서 우승한 뒤 아테나이
를 찾아오는 길에 소크라테스를 만난다. 이렇듯 호메로스의 서사시
가 떠돌이 랍소도스들의 축제 공연을 통해 여러 도시로 전파되는 과
정은 동시에 그가 전체 그리스의 교사로서 확고한 입지를 굳혀 가는
과정이기도 했다.

　　호메로스의 서사시가 그리스 세계 전역으로 퍼져 나갈 무렵 그
리스에는 공공 교육 기관이 없었다. 사내아이들은 일곱 살부터 대략
6년 동안 사설 '학교'에서 기초 교육을 받았다.[12] 이런 '학교'는 보통

10명 남짓한 아이들이 모여 읽기와 쓰기를 배우는 곳이었고, 교육비는 아이들의 부모가 부담했다. 조선시대의 서당과 같은 곳을 상상해 보면 될 것 같다. 하지만 교육 내용에 차이가 있다. 그리스에서는 교과목에 읽기와 쓰기 이외에도 산수와 악기 연주가 속해 있었고, 연설의 기초 교육도 교과의 한몫을 차지했다. 하지만 학교 교육에서 가장 큰 비중을 차지한 것은 호메로스 읽기였다. 아이들은 그의 서사시들을 통해 글을 익혔고 글쓰기를 배웠으며, 그의 작품 속 시구들을 암송하면서 어린 시절을 보냈다. 여자아이들도 호메로스의 서사시에 대해서 알고 있었다. 이들은 학교에 가지 않았지만, 어머니가 글자를 아는 경우 집에서 글을 배울 수 있었다. 학교 교육에서 호메로스가 차지하는 비중이 높아지면서 『일리아스』와 『오뒷세이아』의 필사본에 대한 수요도 엄청나게 늘어났.

『일리아스』와 『오뒷세이아』가 그리스인들의 의식을 지배하게 되는 것은 시간문제였다. 어려서부터 서당에서 익힌 고전이 조선시대 사대부의 의식에 미친 영향을 가늠해 보면, 호메로스가 미친 영향력의 정도를 쉽게 상상할 수 있을 것이다. 아니, 그리스인들에게 미친 호메로스의 영향은 동양의 고전이 조선시대의 사대부에게 미친 것보다 훨씬 더 컸을 것이다. 호메로스의 서사시는 독서를 위해 서책

---

12 기원전 5세기 '학교' 교육에 대한 일목요연한 기술은 플라톤, 『프로타고라스』, 325c 이하를 참고. 고대 그리스 교육에 대한 보다 포괄적인 논의는 H. I. Marrou, *A History of Education in Antiquity*, New York: Sheed&Ward, 1956, pp.63 이하를 참고.

에 기록된 글귀가 아니라, 청중에게 연민과 공포의 감정을 불러내는 공연의 프로그램이었기 때문이다. 호메로스는 그렇게 그리스 시민들에게 생각과 행동의 좌표이자 삶의 이정표로 자리 잡았다. 특히 시민의 정치 참여가 가능해지고 그에 따라 연설과 논쟁의 문화가 확대되는 상황에서 호메로스의 서사시는 큰 힘을 발휘했다. 시대와 상황을 가릴 것 없이 사람들은 논변을 펼치고 설득을 할 때 으레 호메로스의 서사시의 구절들을 금과옥조처럼 끌어들이곤 했기 때문이다. 이와 관련해서 전해지는 일화가 많다.

기원전 6세기 초, 솔론Solon(기원전 638~558년경)의 시대에 살라미스섬의 영유권을 놓고 아테나이와 메가라 사이에 다툼이 있었다. 오랫동안 지루한 분쟁이 이어졌다. 다툼의 끝이 보이지 않자 양측은 스파르타인들에게 중재를 맡겼다. 그런데 이 심판관들 앞에서 솔론은 『일리아스』의 한 구절을 끌어들여 아테나이인들에게 유리한 판결을 끌어냈다고 한다. "아이아스는 살라미스에서 함선 열두 척을 이끌고 와서 아테나이인들의 대열이 서 있는 곳에 세웠다."(2:557-558)

시라쿠사이의 참주 겔론Gelon(기원전 478년 사망)과 관련된 일화도 있다. 기원전 5세기 초 남부 이탈리아의 식민도시 시라쿠사이는 아테나이와 스파르타에 뒤지지 않을 만큼 강력한 도시였다. 그래서 기원전 480년 페르시아 전쟁 때 아테나이인들과 스파르타인들은 겔론에게 크세르크세스 군대에 맞설 원군을 요청했다. 겔론은 대규모 군대와 전함의 파송을 제안하면서 처음에는 총사령관직을 요구하다가, 이 요구가 거절당하자 한 걸음 물러나 해군 지휘권을 갖겠다고 했다. 헤로도토스의 이야기에 따르면, 아테나이인들은 겔론의 요구를 이렇게 거절했다고 한다.

"하지만 그대가 전 헬라스 군의 지휘권을 요구하다가 생각을 바꿔 해군의 지휘권을 요구하시는 지금 그대는 잘 알아 두십시오. […] 우리 아테나이인들이 해군의 지휘권을 시라쿠사이인들에게 넘길 요량이었다면 우리가 헬라스에서 가장 큰 해군력을 갖고 있다는 것이 무슨 의미이겠습니까! 우리 아테나이인들로 말하자면 헬라스에서 가장 유서 깊고 한 번도 거처를 옮기지 않은 유일한 부족입니다. 그리고 서사시인 호메로스도 일리온에서 군대를 정렬하고 배치하는 데 아테나이인을 당할 자가 아무도 없었다고 말했습니다. 그러니 우리가 이런 말을 한다고 해서 비난할 사람은 아무도 없을 것입니다."[13]

사실 아테나이인들은 『일리아스』의 여섯 곳에서 짧게 언급될 뿐이다. 그 가운데 하나는 트로이아 전쟁에서 아테나이인들을 이끈 메네스테우스에 관한 구절로, "말들과 방패를 든 전사들을 정렬시키는 데 있어서는/ 지상에 사는 인간으로서는 아무도 그를 당할 자가 없었다"(2:553-554)이다. 겔론과의 협상에서 아테나이인들은 이 짧은 구절을 효과적으로 활용했다.

훨씬 더 중요한 정책을 결정하는 데 호메로스를 끌어들인 경우

---

13 『역사』 VII, 161 [김봉철 옮김, 2016, 748쪽].

도 많다. 기원전 4세기 아테나이의 연설가 이소크라테스Isokrates(기원전 436~338년)가 대표적이다. 그리스 전체 도시국가들이 각각 아테나이와 스파르타의 두 편으로 갈라져 싸운 펠로폰네소스 전쟁(기원전 431~404년)으로 인해 그리스 세계가 사분오열되는 것을 목격한 이소크라테스는 전체 도시들이 화합해 페르시아 원정에 나서는 것이 그리스 세계의 총체적 분열을 봉합하는 방안이라고 믿었다. 그에게 '범그리스주의'에 기초한 페르시아 원정은 또 한 차례의 '트로이아 원정'이었다. 물론 거사를 실행하기 위한 가장 절박한 일은 그리스 도시들 사이의 화합이었다. 『일리아스』의 영웅들도 연합군을 조직해서 트로이아 원정에 나서지 않았던가? 이소크라테스는 평생의 정치적 신념인 범그리스주의를 옹호한 최후의 연설 「판아테나이코스」에서 트로이아 전쟁에 참여한 도시의 영웅들을 이렇게 찬양한다.

"메세나는 당대의 인물들 가운데 가장 현명한 네스토르를 낳았고, 라케다이몬은 절제와 정의로움으로 말미암아 제우스의 사위가 되기에 합당한 인물인 메넬라오스를 낳았습니다. 그리고 아르고스인들의 도시는 아가멤논을 낳았으니, 그는 단지 한두 가지의 덕areté을 갖춘 것이 아니라 누구나 열거할 수 있는 모든 덕을 갖춘 인물이었습니다. 이렇게 말하는 이유는 그가 행한 것보다 더 특별하고, 더 훌륭하고, 더 크고, 헬라스인들을 위해 더 유익하고, 더 큰 찬사를 받기에 합당한 위업을 이룬 사람을 세상 어디에서도 찾아낼 수 없을 것이기 때문입니다."[14]

『일리아스』의 아가멤논이 정말 그렇게 "모든 덕을 갖춘 인물"인가? 그가 뮈케네와 그 인근의 넓은 땅을 다스리는 왕이고 트로이아 원정에 가장 많은 수의 함선(100척)을 동원한 실력자임은 틀림없다 (2:569-576). 그는 그리스 원정군의 총수, '왕중왕'이다. 하지만 그에게는 욕심에 비해 투지가 부족하다. 분별력도 떨어진다(14:95). 아킬레우스의 눈으로 보면, 그는 다른 사람의 몫을 빼앗는 "파렴치한 자이고, 교활한 자"(1:149)이다. 그런 아가멤논을 이소크라테스는 "모든 덕을 갖춘 인물"로 미화했다. 시인뿐만 아니라 연설가도 거짓말을 잘한다.[15]

하지만 그 어떤 사례보다 더 생생하게 호메로스의 영향력을 보여 주는 것은 알렉산드로스의 이야기이다.[16] 철학자 아리스토텔레스는 10대 중반의 마케도니아 왕자 알렉산드로스를 가르치기 위해 『일리아스』를 편집했다. 그렇게 『일리아스』는 제왕학의 기본서가 되었다. 알렉산드로스는 이 서사시의 상상 세계에 빠져들었고 아리스토텔레스가 마련해 준 책을 보물처럼 아꼈다. 스물 한 살의 나이에 페르시아 원정에 오른 알렉산드로스가 헬레스폰토스를 건넌 뒤 가장 먼저 한 일은 트로이아를 찾은 일이었다. 그는 거기서 아테네 여신에

---

14 이소크라테스, 「판아테나이코스」(Panathenaicus), 72[*Isocrates*, vol. 2, trans. G. Norlin, Cambridge/Mass.: Harvard University Press, 1929, pp.416~417].

15 아이스퀼로스의 비극에서 그려진 아가멤논의 모습에 대해서는 김기영, 『그리스 비극의 영웅 세계』, 길, 2015, 특히 71쪽 이하를 참고.

16 조대호, 『아리스토텔레스: 에게해에서 만난 인류의 스승』, 아르테, 2019, 152쪽 이하.

게 헌주하고 몸에 기름을 바르고 측근들과 함께 알몸으로 경주를 했다. 그리고 아킬레우스의 묘비에 헌화하면서, "아킬레우스야말로 살아서는 성실한 친구를 만나고 죽어서는 위대한 전령을 만났으니 행복하다"[17]고 말했다고 한다. 아킬레우스가 얻은 불멸의 명성을 얻는 것이 알렉산드로스의 가장 큰 바람이었다. 원정 중에도 알렉산드로스는 '아킬레우스의 분노'를 노래한 『일리아스』를 끼고 살았다. 그는 아리스토텔레스가 편집한 『일리아스』를 단검과 함께 항상 베갯머리에 두었고, 다리우스 3세에게 황금 궤짝을 빼앗은 뒤로는 그 안에 『일리아스』를 보관했다고 한다.

알렉산드리아의 건설과 관련된 일화는 호메로스가 얼마나 알렉산드로스의 무의식 세계 깊은 곳까지 지배했는지를 잘 보여 준다. 이집트 정복에 성공한 뒤 알렉산드로스는 그곳에 자기 이름을 딴 새로운 도시를 건설하려고 했다. 하지만 도시를 어디에 세우는 것이 좋을까? 고민에 고민을 거듭하던 어느 날 알렉산드로스는 이상한 꿈을 꾸었다. 꿈속에서 점잖게 생긴 백발의 노인이 그에게 다가서더니 다음의 시행들을 낭송했다고 한다.

"그런데 아이귑토스의 맞은편 큰 너울이 이는 바다 한가운데에
섬이 하나 있는데, 사람들은 그 섬을 파로스라고 부르지요."[18]

---

17 『플루타르코스 비교 열전』, 7.15.4 이하[『그리스를 만든 영웅들』, 천병희 옮김, 도서출판 숲, 2006, 287쪽].

알렉산드로스는 잠자리에서 벌떡 일어나 카노보스 하구 북쪽에 있는 섬인 파로스로 갔다. 그곳은 바다와 커다란 석호 사이로 뻗어 있는 널찍한 지협과 비슷한, 길고 가는 지대로서 그 끝부분이 큰 포구를 이루고 있었다. 알렉산드로스는 이곳의 빼어난 지형을 보자 "호메로스는 다른 점에서도 찬탄 받아 마땅하지만 더없이 현명한 건축가"[19]라고 말하면서 그 지형에 맞는 도시의 설계도를 작성하라고 명령했다고 한다. 호메로스는 알렉산드로스의 꿈의 세계까지 지배했던 것이다. 니체의 말대로 "꿈꾸는 그리스인들을 다수의 호메로스로, 그리고 호메로스를 한 명의 꿈꾸는 그리스인으로 불러도 결코 부당하지 않을 것이다".[20]

서사시의 기억과 상상

그리스 민주정의 씨를 뿌린 현자 솔론에서 제국의 건설자 알렉산드로스에 이르기까지, 그리스인들에게 호메로스의 서사시는 판단과 행동의 규범을 담은 교과서였다. 그들의 상상 세계는 호메로스에 의해서 지배되었다. 후대 그리스인들의 내면세계뿐만 아니라 그들의

---

18 『오뒷세이아』 4.354-355.

19 『플루타르코스 비교 열전』, 7.26.4[천병희 옮김, 2006, 308쪽].

20 프리드리히 니체, 『비극의 탄생』, 김남우 옮김, 열린책들, 2014, 64쪽.

일상생활 전체가 호메로스의 영향권에서 벗어날 수 없었다. 그런 점에서 호메로스의 서사시가 "부족의 백과사전"tribal encyclopedia[21]이었다는 해브록의 말은 과장이 아니다. 실제로 『일리아스』와 『오뒷세이아』는 온갖 정보로 가득하고, 이 정보들은 재현이 가능할 정도로 상세하다. 전투 장면, 장례 절차, 운동 경기에 대한 기술 등 세밀화 같은 묘사는 물론 무기, 복식, 선박 조립 등에 대한 박물학적 정보가 두 작품에 차고 넘친다. 알렉산드로스가 호메로스를 일컬어 "더없이 현명한 건축가"라고 부른 것을 단순한 과장으로 받아들일 수 없는 이유도 거기에 있다. 하지만 이런 점들만으로 그리스 세계에 미친 호메로스의 영향력이 모두 설명되지는 않는다. 호메로스는 더 본질적인 의미에서 '전체 그리스의 교사'였기 때문이다. 2011년에 나온 『호메로스 백과사전』의 편집자 핀켈베르크M. Finkelberg의 말을 들어 보자.

역사의 모든 시기에 걸쳐 그리스인들은 트로이아 전쟁이 그리스 역사의 시작을 이루는 진짜 역사적 사건이라는 것을 당연한 사실로 받아들였다. 『일리아스』와 『오뒷세이아』는 그리스의 정체성뿐만 아니라 그들이 추구하는 제반 가치와 종교적 믿음을 형성했다. 두 작품은 그들에게 기본 교육의 중심 내용이 되었고 종교적인 예식이나 도시의 공적인 예식에서 낭송되었으며, 정치적인 논의나 법적인 논의는 두 작품의 권위에 호소해서 이루어졌다. 그러므로 시대가 흘러가면

---

21 에릭 A. 해블록, 2011, 46쪽.

서『일리아스』와『오뒷세이아』가 역사적인 관점, 문헌학적인 관점, 문학적인 관점, 철학적인 관점에서 해석의 주된 대상이 되었다는 것은 별로 놀랄 만한 일이 아니다.[22]

호메로스의 서사시가 어떻게 도시의 공적인 예식에서 낭송되었고 기본 교육의 중심이 되었으며 정치적인 논의나 법적인 논의에서 권위의 원천이 되었는지는 이미 앞에서 이야기했으니 다시 되풀이할 필요가 없다.『일리아스』와『오뒷세이아』가 "그리스의 정체성뿐만 아니라 그들이 추구하는 제반 가치와 종교적 믿음을 형성했다"는 말은 또 어떻게 받아들여야 할까?

기원전 1200년 무렵 뮈케네 문명이 파괴되고 거의 500년이 지난 뒤 그리스인들의 새로운 거주지, 이오니아 지방에서『일리아스』가 출현할 때까지 그리스 세계에는 수많은 도시국가가 존재했다. 도시국가의 수는 낮춰 잡아서 수백 개에 이르렀을 것이다. 크고 작은 도시국가들 사이에는 이런저런 갈등이 끊이지 않았다. 하지만 크고 작은 마찰에도 불구하고 그리스인들이 ──비록 느슨한 형태로나마── 민족적 정체성을 유지할 수 있었던 것은 '바르바로이'barbaroi라고 불렸던 외국인들과 자신들이 다르다는 의식이 있었기 때문이다. 이 의식은 유태인들의 선민의식처럼 폐쇄적이거나 견고하지 않았지만, 지중해 전역과 흑해 주변에 걸쳐 흩어져 살던 그리스인들을 하나

---

22 M. Finkelberg (ed.), 2011, p.892.

로 묶을 만큼의 힘이 있었다. 그들이 공유한 문화적 자산 덕분에 가능한 일이었다. 공용어로서 그리스어, 올림포스 신들에 대한 신앙과 신탁의 의식, 올림피아 제전 등이 전체 그리스인의 공유 자산이었다.

호메로스의 서사시는 그리스 세계를 하나로 묶어 준 이런 문화적 연대 의식에 통일성과 정당성을 부여함으로써 그리스인들의 민족적 정체성을 더욱 견고하게 만들었다. 『일리아스』와 『오뒷세이아』는 "수많은 도시국가의 다양한 제도적 유산과 변화무쌍한 그리스 언어권의 세계를 문명과 문화적 정체성의 통일된 서술로 통합해냈다".[23] 이것은 호메로스가 그리스 민족의 과거를 상상 속에 재현함으로써 이뤄 낸 일이었다. 호메로스 이후에 비로소 그리스인들이 '헬레네스'라는 이름으로 불리기 시작한 것은 우연이 아니다.[24] 『일리아스』는 흩어져 사는 사람들이 어떻게 이야기를 통해서 하나의 공동체로 묶이는지를 보여 주는 가장 확실한 증거다.

『일리아스』는 사라진 과거를 기억한다. 물론 이 서사시가 기억하는 것은 역사 속의 실제 뮈케네 세계가 아니라 서사적 상상 속에서 재현된 세계이다. 과거의 기억과 상상은 하나이기 때문이다. 하지만 서사적 상상 속의 기억은 펠로폰네소스 반도나 트로이아 언덕 주변에 폐허만을 남긴 과거의 실제 역사보다 더 큰 힘을 발휘했다. 호메로스 서사시의 기억과 상상 속에서 뮈케네 시대는 영웅들과 신들

---

23 그레고리 나지, 『고대 그리스의 영웅들』, 우진하 옮김, 시그마북스, 2015, 52쪽.
24 『펠로폰네소스 전쟁사』 1.3.1 이하[천병희 옮김, 2011, 29~30쪽].

의 시대로 되살아났고, 상상 속에서 부활한 영웅들과 신들은 후대 그리스인들의 의식을 지배했던 것이다. 핀켈베르크의 말대로 그들이 추구하는 "제반 가치와 종교적 믿음"이 형성된 것이다.

기원전 5세기의 역사가 헤로도토스가 그리스 문화의 대표적 특징으로 소개한 영웅 숭배의 전통과 『일리아스』의 관계를 다시 생각해 보자. 닐손[25]을 비롯해서 20세기 전반기의 권위 있는 종교학자들은 영웅 숭배의 기원을 뮈케네 문명에서 찾으려고 했다. 지금도 관광객의 발길이 끊이지 않는 펠로폰네소스 반도의 무너진 성채들 주변의 거대한 고분들과 거기서 출토된 부장품들이 그런 추측의 배경이 되었다. 하지만 이제 닐손의 주장에 동조하는 사람은 많지 않은 것 같다. 여러 가지 근거에서 그 주장의 설득력이 약해졌기 때문이다. 뮈케네 시대를 배경으로 한 『일리아스』는 영웅 숭배에 대해 아무 언급도 하지 않는다. 또, 영웅 숭배가 뮈케네의 고분에 고고학적인 증거를 남긴 사자 숭배나 조상 숭배와 성격이 다르다는 점도 그동안의 연구를 통해 입증되었다. 사자 숭배가 가문 중심의 예식인 반면, 영웅 숭배는 한 도시의 공적인 예식이었기 때문이다.[26]

그렇다면 영웅 숭배는 언제 시작되었을까? 우리가 확인할 수 있는 한에서, 영웅 숭배에 대한 고고학적 증거는 기원전 10세기 이후로 거슬러 올라간다. 그리스인들 사이에서 과거에 대한 관심이 높아지

---

25 M. P. Nilsson, 1933.

26 W. Burkert and C. Riedwag, 2001, pp.15~16.

고 트로이아 전쟁의 서사가 형성되던 시기에 영웅들에 대한 숭배 전통도 서서히 형태를 갖추어 나갔을 것이다. 하지만 영웅 숭배가 그리스 세계 전체로 확대된 시점은 8세기 이후, 그러니까 호메로스의 서사시가 출현해서 전파되기 시작한 시점과 거의 일치한다. 이런 시기 일치는 결코 우연이 아니다. 『일리아스』의 상상 속에서 뮈케네 시대의 영웅들이 마치 어제의 용사들처럼 되살아났고 사람들은 텅 빈 무덤들과 이름 없는 무덤들을 찾아, 그 장소에 영웅들의 이름을 붙이기 시작했으며 이를 통해 영웅 숭배가 확고한 전통으로 굳어졌기 때문이다.

뒤집어 생각해 볼 수도 있다. 그리스의 땅 곳곳에 폐허의 장소가 남아 있지 않았다면 서사적 상상은 사람들의 의식에 뿌리내리기 힘들었을 것이다. 『일리아스』를 비롯한 트로이아 전쟁의 서사는 이상 국가에 대한 플라톤의 상상처럼 역사적 차원이 빠진 기하학적 공간에서 생겨날 수 있는 평면적 상상이 아니기 때문이다. 기원전 10세기의 그리스인들에게는 멸망한 문명에 대한 기억이 희미하게 남아 있었고, 이런 기억을 살아 있게 한 것은 곳곳에 남아 있던 옛 시대의 돌더미들과 봉분들이었다. 옛 시대의 흔적들이야말로 구술 서사와 『일리아스』의 상상을 불러낸 물질적 토대였던 것이다. 그리고 그렇게 출현한 서사적 상상이 버려진 폐허의 장소에 다시 역사적 생명을 불어넣었다. 서사적 상상의 힘으로. 그렇게 폐허의 장소가 과거의 영웅들에 대한 상상을 낳고, 상상적 서사의 힘은 폐허의 돌무더기를 전설의 장소로 되살려 냈다. 죽어 있던 돌더미들이 서사적 기억과 상상 속에서 되살아나 말하기 시작했다. 심지어 무덤이 없는 곳에서 호메로스의 영웅들에 대한 숭배 예식이 이루어지는 일도 많았다. 그렇게 뮈케네에서는 아가멤논이, 스파르타 인근의 메넬라이온Menelaion에서는 헬레네가, 이타카의 동굴에서는 오뒷세우스가 숭배의 대상이 되었다.[27] 그렇게 본다면, 영웅 숭배는 서사적 상상과 폐허의 장소가 짝을 이루어 탄생시킨 그리스 특유의 전통이고, 그 전통을 뿌리내리게 한 것은 호메로스다.

헤로도토스가 그리스 문명의 또 다른 특징으로 꼽은 올림포스 신들에 대한 신앙은 또 어떤가? 서사시가 그려 낸 영웅들의 시대는 신들의 시대이기도 하다. 앞 장에서 살펴보았듯이, 구술 서사시 속에서 인간들은 신들과 함께 숨 쉬고, 함께 느끼고, 함께 행동한다. 그래서 서사시는 '영웅들과 신들의 행적에 대한 이야기'다. 『일리아스』는 지나간 영웅시대를 상상 속에 재현하는 가운데 신들의 세계를 함께 상상해 냈다. 물론 이 말이, 서사시가 그리스 종교의 기원이라거나 호메로스가 올림포스의 신들의 창조자라는 뜻은 아니다. 올림포스 신들에 대한 믿음은 구술 서사시가 출현하기 이전의 뮈케네 시대로 거슬러 올라가기 때문이다. 이 시기의 문자, 선형문자 B가 사용된 점토판에 이미 '포세이돈', '헤라' 등 올림포스 신들의 이름이 등장한다. 그리스 종교의 기원을 더 앞선 문명에서 찾을 수도 있을 것이다. 기원전 5세기에 살았던 헤로도토스는 "거의 모든 신의 이름이 아

---

27 W. Burkert and C. Riedwag, 2001, p.16.

이귑토스에서 헬라스로 도입되었다"[28]는 말로써 그리스의 많은 신이 이집트의 수입품임을 천명했다. 또, 20세기에 이루어진 연구를 통해 밝혀졌듯이, 그리스 신관의 형성 과정에 미친 오리엔트의 영향도 무시할 수 없다. 이 문제에 관한 한, 신성한 산정에 공동의 거처를 두고 친숙한 가족 관계 속에 있는 올림포스의 신들이 "오리엔트적 관념"이라는 부르케르트의 주장을 다시 상기하는 것으로 충분할 것이다.[29]

이렇듯 여러 갈래의 영향을 수용해서 형성된 그리스 종교는 분명히 다양한 문명의 혼합물이다. 하지만 중요한 것은 그리스 종교의 '다양한 기원들'이 아니라 그 기원적 요소들이 그리스 세계에서 얽게 된 '새로운 형태의 종합'이다. 그리고 이런 시각에서 보면 올림포스 신앙의 정립 과정에서 『일리아스』가 미친 압도적인 영향을 인정하지 않을 수 없다. 다시 한번 헤로도토스의 말을 인용하면, 호메로스는 헤시오도스와 함께 "헬라스인들에게 신들의 족보를 만들어 주었고 신들에게 별명을 붙여 주었으며 여러 가지 명예와 기술을 나누고 그들의 생김새를 일러 주었"[30]기 때문이다. 호메로스가 아니었다면, 올림포스 신들에 대한 신앙은 질서 있는 체계로 자리 잡을 수 없었을 것이다. 호메로스가 아니었다면, 그리스인들은 신들의 역할과 기능도 제대로 분간해 낼 수 없었을 것이다. 그리스 세계로 들어온

---

28 『역사』, 2.50 [김봉철 옮김, 2016, 233쪽].
29 이 책의 201쪽을 참고.
30 『역사』, 2.53 [김봉철 옮김, 2016, 235쪽].

외래의 신들이 새로운 모습을 갖추고, 새로운 질서 속에 편입될 수 있었던 것도 호메로스 덕분이다. 그런 점에서 올륌포스 신들에 대한 그리스인들의 신앙은 이집트나 오리엔트적 관념이 끝나는 곳에서 시작되었고, 그 출발점에 호메로스가 있다. 바로 이런 뜻에서 우리는 호메로스를 '올륌포스 신들의 창조자'라고 불러도 좋을 것 같다.

나지G. Nagy가 올바로 지적했듯이, "고대 그리스와 같은 전통 사회에서 신을 정의한다는 생각은 곧 사회 자체를 정의하는 것"[31]이었다. 아니, 그리스인들에게 호메로스의 신들은, 신 그 이상의 중요성을 가지고 있었다. 그들에게 올륌포스 신들은 사회 현상을 이해하고 판단하는 척도이자, 외부의 자연현상이나 인간 내면의 감정, 생각, 행동을 이해하는 데 필요한 좌표였기 때문이다. 한마디로 올륌포스 신앙은 그리스인들에게 삶의 나침반이었다. 그리스인들은 자연적 사건이나 인간의 행동이나 그 어느 것도 신들의 영향에서 벗어나 있다고 보지 않았다. 인격화된 신들에 대한 그리스인들의 신앙은 그런 점에서 서사시의 세계를 벗어난 그리스 문명의 모든 영역에서 표현되었다. 그리스인들은 가는 곳마다 올륌포스의 신들을 위해서 신전들을 세웠고 신들의 이야기로 신전의 안과 밖을 장식했다. 거기서 공적이거나 사적인 제의를 거행하는 가운데 신들의 이야기를 몸으로 받아들였다. 신들의 형상은 모든 장르의 예술을 지배했다. 기원전 7세기 이후의 조형 예술이나 회화, 즉 그리스의 조각들이나 도기의

---

31 그레고리 나지, 2015, 48쪽.

그림들 가운데 호메로스의 영웅들과 신들을 떠나서 생각할 수 있는 것은 없다. 폐허의 장소에서 출현한 서사시의 기억과 상상이 그리스 문명의 새로운 물질적 토대를 창조해 냈다.

상상이 낳은 그리스 문명

호메로스의 서사시가 출현해서 전파된 시기를 일컬어 '상고기'(기원 전 750~500년)라고 부른다. 아무 기록도 남기지 않은 '암흑시대'(기 원전 1050~750년 무렵)와 그리스 문화가 꽃을 피운 '고전기'(기원전 500~336년) 사이의 시기이다. 이 중간의 시기는 그리스 문명의 청년 기였다. 유럽 문명의 토대가 되는 그리스의 정치, 문화, 예술 등 모든 것의 기틀이 상고기에 갖추어지기 시작했다. 작은 촌락들이 모여서 하나의 도시를 이루었고, 에게해와 지중해 전역에 걸쳐 그리스인들 의 식민 활동이 활발하게 전개되었다. 식민 활동을 통해 그리스 세계 가 동쪽의 흑해 연안에서부터 서쪽 이베리아 반도까지 넓어졌지만, 그리스 문명의 통일성은 엷어지지 않았다. 이는 그들이 하나의 상상 세계를 공유했기 때문에 가능한 일이었다. 당시의 그리스인들에게 는 그리스 세계 전체를 '상상의 공동체'로 결속시키는 이야기, 호메 로스의 서사시가 있었다.

상고기 그리스인들의 삶에서 호메로스의 영향력이 가장 두드러 진 분야는 물론 시문학이었다. 호메로스 이후의 시인들은 그의 작품을 통해 창작의 기술을 연마했고 그의 언어와 상상을 모방했으며 그것을 뛰어넘으려고 애를 썼다. 그들의 상황은 베토벤의 음악을 뛰어넘어야 하는 브람스, 바그너, 말러의 처지와 같았다. 다른 장르인 서정시나 드라마에서 새로운 도약이 이루어졌다면, 그것은 호메로스의 서사시라는 튼튼한 디딤판 덕분이었다. 서정시는 작품의 언어, 운율, 구성 등 모든 면에서 서사시와 다르지만, 둘 사이의 가장 큰 차이는 '관점의 차이'이다. 서사시가 관찰자의 시점에서 과거를 회고한다면, 서정시는 사건의 주체로서 현재적 삶의 희로애락을 노래한다.[32] 다시 말해서 지나간 시대를 회고하면서 그 시대의 사건을 객관적으로 서술하는 서사 시인과 달리 서정 시인은 일도 많고 탈도 많은 현실의 삶을 겪으면서 그 경험에 대한 시인 자신의 주관적 감정을 노래한다. 그래서 그리스의 서정시 안에는 도시의 변화와 식민지 활동 등이 초래한 '유동 사회'의 애환이 그대로 드러난다. 전쟁과 죽음, 예상치 못한 불행과 인생의 무상함, 인간의 무지, 현재를 사는 지혜가 그리스 서정시의 단골 주제다. 하지만 이런 새로움에도 불구하고 서정시는 호메로스 서사시의 언어와 상상에 커다란 빚을 지고 있다.

한 가지 예를 들어 보자. 기원전 7세기 말에 활동했던 시인 밈네르모스Mimnermos는 인생의 순환과 무상함을 이렇게 노래했다.

---

32 아르킬로코스·사포 외, 『고대 그리스 서정시』, 김남우 옮김, 민음사, 2018; 조대호, 「초기 그리스 서정시에 나타난 인간의 한계 의식과 현실 감각」, 『인문언어』, 제6권, 2004, 381쪽 이하를 참고.

우리는 나뭇잎 같으니, 잎은 꽃피는 봄철

태양의 눈빛 아래 몸을 키워 자라도다.

그처럼 우린 짧은 시간 청춘의 꽃을 즐기나,

신들이 보낼 행幸도 악惡도 알지 못하도다.

검은 케르 여신들이 다가오니,

하나는 고달픈 늙음을, 하나는 죽음을 인생의

끝에 두도다. 젊음의 열매는 순식간에

쇠하니, 태양이 땅 위에 퍼져 있을 때뿐이라. […]

기원전 7세기 후반에 이 시구를 듣거나 읽은 사람은 누구나 『일리아스』의 영웅 글라우코스의 탄식을 떠올렸을 것이다.

잎들도 어떤 것은 바람에 날리어 땅 위에 흩어지나, 봄이 와서

숲속에 새싹이 돋아나면 또 다른 잎들이 자라나듯, 인간들의 세대도

그와 같아서 어떤 것은 자라나고 어떤 것은 시들어지는 법이다.

(6:145-149)[33]

그리스 고전기 문학을 대표하는 장르인 비극도 호메로스 서사시가 제공한 풍요로운 상상의 토양에서 자라났다. 기원전 5세기 이후의 그리스 비극 작품 하나하나가 호메로스의 거대한 물줄기에서

---

33 『일리아스』 21:464 이하를 함께 참고.

갈라져 나온 실개울이라고 말해도 과장이 아니다. 그렇지 않다면 어째서 『아가멤논』의 작가 아이스퀼로스Aischylos가 자신의 작품들을 일컬어 "호메로스의 잔칫상에서 떨어진 부스러기들"[34]이라고 불렀겠는가? '비극의 호메로스' 소포클레스는 오이디푸스 가문의 비극을 담은 테바이 서사시 연작을 드라마로 꾸며 유명해졌지만, 『일리아스』의 주인공이 등장하는 『아이아스』와 『필록테테스』도 남겼다. 3대 비극 작가 중 막내인 에우리피데스는 『일리아스』의 여인들을 비극의 주인공으로 끌어들였고, 탁월한 심리 묘사를 통해서 여인들이 겪는 전쟁의 참상과 고통을 고발했다. 그의 작품들 가운데 지금도 남아 있는 건 『헤카베』, 『안드로마케』, 『헬레네』, 『트로이아의 여인들』이다.

그리스 비극은 호메로스의 서사시에서 주인공이나 소재만을 취한 것이 아니다. 아리스토텔레스의 『시학』에서 말하듯이, 호메로스는 비극 작가들에게 어떤 종류의 인물을 취하고 어떻게 그의 성격을 묘사해야 하며, 통일적이고 극적인 플롯을 구성하기 위해서 어떤 행동을 취해야 하는지를 가르쳤다. 비극 작가들에게 시인의 역할과 심지어 '거짓말하는 방법'까지 가르친 것이 호메로스다.[35] 하지만 무엇보다도 『일리아스』는 후대 작가들에게 인간 존재의 깊은 진리를 일깨웠다. 그리스 비극이 실레노스의 염세적 지혜("태어나지 않는 것이 가장 좋지만, 일단 태어났으면 되도록 빨리 왔던 곳으로 가는 것이 다음

---

34 이 책의 163쪽을 참고.
35 『시학』 23, 1459a30 이하; 24, 1460a5 이하 등을 참고.

으로 좋은 일이다."[36])를 드라마 속에서 구현한다면, 그런 비극적 지혜를 후대 그리스인들에게 가르쳐 준 것은 호메로스였다. 파트로클로스의 시신을 두고 싸움을 벌이는 전장을 내려다보면서 제우스는 이렇게 말한다. "대지 위에서 숨 쉬며 기어 다니는 만물 중에서도 진실로 인간보다 비참한 것은 없을 테니까."(17:446) 그리스 비극은 호메로스 서사시의 적자였다. 플라톤이 호메로스와 비극 작가들을 한통속으로 몰아 "아름다운 나라"에서 쫓아내려 했다면, 거기에는 분명한 이유가 있다.

호메로스의 상상은 시문학의 영역을 넘어서도 힘을 발휘했다. 새로운 거처를 찾아 왕성한 개척 활동을 펼친 상고기의 그리스인들은 에게해와 지중해 전역에 걸쳐 새로운 도시들을 건설했다. 그리고 도시마다 신전을 세웠다. 마치 중세의 도시 중심부에 성당이 자리잡고 있듯이, 그리스의 식민도시에도 신전이 들어섰다. 석회암과 대리석의 석조 신전들이 건축되고 안팎에 신상들이 세워졌다. 무겁고 단단한 돌을 밀가루 반죽처럼 다루는 건축 기술이 없었다면, 웅장하면서도 날렵한 모습의 그리스 신전들은 세워질 수 없었을 것이다. 신전과 신상을 세운 것은 건축과 조각의 기술이었지만, 돌덩이에 영혼을 불어넣은 것은 호메로스의 상상이었다. 그리스의 신전들은 호메로스와 헤시오도스가 족보를 세운 신들의 거처였고, 신상들은 두 시인이 가르친 신들의 형상이었다. 더 정확히 말하면 이 신전들과 신상들

---

36 『콜로노스의 오이디푸스』 1224~1228행.

의 진짜 주인공은 헤시오도스의 신들이 아니라 호메로스의 신들이었다. 그리스인들은 우라노스나 크로노스 등 제우스 앞 세대의 신들을 위해서가 아니라 제우스, 헤라, 아테네, 아폴론 등을 위해서 신전을 세우고 신상을 새겼기 때문이다.

그리스의 시인 시모니데스Simonides(기원전 556~468년 무렵)의 말대로, "그림은 말 없는 시이고, 시는 말하는 그림이다". 호메로스의 시사시는 신전의 박공, 메토프, 프리즈에 새겨졌고, 특히 도기의 그림으로 재현되었다. 각종 도기는 그리스 조형 예술의 꽃이다. 청자나 백자가 고려나 조선의 미적 감각을 대표하는 것과 마찬가지다. 다른 점은 청자나 백자의 경우와 달리 그리스 도기의 표면에는 각종 문양과 그림들이 그려졌다는 데 있다. '암흑시대'의 도기들, 즉 기원전 11세기 중반부터 기원전 8세기까지의 도기들은 기하학적 문양이 특징적이다. 오리엔트의 영향을 받은 기원전 8세기와 7세기에는 동물을 그린 도기들이 늘어났다. 하지만 기원전 7세기 이후에는 그리스 신화의 이야기들, 즉 영웅들과 사람의 모습을 한 신들이 각종 도기를 장식하기 시작했다. 당시에 알려져 있던 신화의 거의 모든 모티브가 도기의 표면에 그려져 그리스인들의 삶 구석구석을 파고들었다. 각종 도기는 '요람에서 무덤까지' 그리스인들의 삶을 따라다녔다. 도기들은 기름이나 향료를 담는 병으로, 포도주를 희석하는 술동이로, 물을 긷는 물동이로, 제례를 위한 제기 등 일상생활의 모든 국면에서 사용되었고 사람들과 함께 무덤에 묻혔다.

물론, 신화에서 모티브를 취한 도기화는 호메로스의 서사시에 앞서 출현했으며 그림의 소재는 『일리아스』나 『오뒷세이아』의 이야기들에 한정되지 않는다. 그런 점에서 도기화의 독자성이 있다.[37] 하지만 전체 도기화 가운데 호메로스의 서사시를 재현한 그림의 분량만으로 그의 영향을 따지는 것은 정당한 평가가 아닐 것이다. 우리가 고려해야 할 것은 호메로스의 서사시가 조각가와 화가들에게 회화적 상상을 일깨웠고 눈앞의 대상을 섬세하고 객관적인 시선으로 바라보는 눈을 열어 놓았으며 본질적인 것에 집중함으로써 인상적 효과를 내는 방법을 가르쳤다는 사실이다. 『일리아스』나 『오뒷세이아』를 가득 채운 놀라운 시각적 상상들을 떠올려 보자. "키오스섬 출신의 눈먼 시인"은 백 개의 눈을 가진 아르고스보다 더 예리하게 대상을 꿰뚫어 보면서 살아 움직이는 묘사로 이야기들을 가득 채웠다. 호메로스의 서사시 안에서 회화적 상상을 자극하는 수많은 비유는 망각에 묻힌 과거의 사건들을 생생한 일상 경험의 시각장視覺場 안으로 끌어내는 역할을 한다. 눈먼 시인의 시각적 상상력이 없었다면, 『일리아스』에서 모티브를 취한 유럽의 18세기나 19세기의 수많은 그림들이 어떻게 생겨날 수 있었겠는가? 호메로스는 말로 새기는 조각가이자 말로 그리는 화가였고, 조각가와 화가들은 그런 호메로스를 통해 조형적이고 회화적인 감각을 키웠다.

---

37 K. Junker, "Ilias, Odyssee und die Bildende Künste", in A. Rengakos and B. Zimmermann (eds.), *Homer-Handbuch*, Stuttgart: Metzler, 2011, p.395이하.

상상 세계의 어두운 그림자

나는 호메로스의 상상 세계가 후대 그리스인들의 의식에 내면화되고 그들의 삶에 구체화되는 과정이 중세 기독교의 상상 세계가 중세인들의 의식과 삶을 지배하게 된 과정과 닮았다고 생각한다. 중세인들은 골방에서 혼자 성서를 읽음으로써 성서의 세계를 내면화한 것이니다. 그들은 각종 의식과 전례에 참석했고 성당의 성상들과 성화들을 통해 성서의 이야기와 가르침을 받아들였다. 그리스인들이 『일리아스』와 『오뒷세이아』를 받아들이는 방식도 마찬가지였다. 이 두 작품은——학교에서 교재로 사용되기도 했지만——단순한 읽을거리가 아니었다. 그들은 호메로스의 공연을 보면서——마치 『이온』의 관객들처럼——상상의 현실 속으로 빠져들었고 신전과 성소에서 신들과 영웅들을 기리는 의식에 참여하는 가운데 신전에 새겨진 조각들과 거기 놓인 신상들 앞에서 기도하고 일상의 도구인 도기들을 사용함으로써 상상 세계를 내면화했던 것이다. 그렇게 그리스 세계 전체는 서사적 상상의 힘에 의해 '상상의 공동체'가 되었다. 그런 뜻에서 호메로스의 서사시는 그리스 세계의 '토대를 놓는 이야기'foundational narrative였다.

그리스 문명의 토대가 아직 갖추어지지 않았던 암흑기에 출현한 호메로스의 서사시는 상고기와 고전기를 거치면서 영향력을 키워 나갔다. 이 서사시의 상상력은 전체 그리스인들에게 민족적 정체성의 기반을 제공했고 개인들의 가치 판단이나 종교적 믿음에 방향

을 제시했으며 그리스 문화의 전 영역에 걸쳐 창조의 원천으로 작용
했다. 그런 뜻에서 호메로스가 "전체 그리스를 가르쳤다".[38] 동시에
호메로스의 가르침은 남부 이탈리아에서부터 흑해 주변에까지 흩어
져 있는 1000개가 넘는 그리스의 도시들을 통합하는 힘이자 외부 세
력의 침공에 맞서는 힘이었다. 선조들이 이뤄 낸 10년 전쟁의 이야
기가 없었더라면, 기원전 5세기 말 거대한 제국 페르시아와 맞선 두
차례의 전쟁에서 그리스인들이 기적 같은 승리를 얻어 낼 수 있었을
까? 페르시아 전쟁의 일등 공신인 테미스토클레스는 그리스인들이
많은 수의 페르시아인들과 싸워 "운 좋게" 이긴 것은 "우리가 아니
라 신들과 영웅들 때문"이라고 말했다.[39] 하지만 정오의 태양 아래도
그림자가 진다. 특히 그리스의 도시국가 내부의 권력 투쟁이 심화되
고 도시들 사이의 분열이 전쟁으로 비화되는 상황에 이르자 호메로
스의 상상력이 가진 그림자는 더 길고 짙어졌다. 명예를 추구하는 영
웅의 서사는 악의적 경쟁을 부추겼고, 올림포스 신들에 대한 신앙은
공존의 윤리를 제공하기는커녕 오히려 약육강식의 논리를 정당화하
는 데 이용되기 시작했다.

죽은 영웅들의 이야기에서 '명예의 윤리'를 익힌 살아 있는 영웅
들이 개인의 명예를 위해 공동체를 배신하는 일들이 일어났다.[40] 아

---

38 『국가』 X, 606e[박종현 옮김, 1997, 636쪽].
39 『역사』, 8.109[김봉철 옮김, 2016, 843쪽].
40 세실 모리스 바우라, 2006, 69~70쪽.

버지 페이시스트라토스의 뒤를 이어 권력의 자리에 오른 아테나이의 참주 히피아스는 권력을 빼앗기자 적대 진영인 페르시아 편에 가담했다. 스파르타의 왕 데마라토스는 스파르타의 공동 통치자 클레오메네스와의 경쟁에서 밀려나자 페르시아로 망명한 뒤 이 나라의 그리스 침공(기원전 480년)을 도왔다. 페르시아의 2차 침공 때 살라미스 해전(기원전 480년)을 승리로 이끈 영웅 테미스토클레스의 경우도 마찬가지였다.[41] 그는 전쟁이 끝난 지 10년도 지나지 않은 기원전 471~470년 위험 인물로 지목되어 도편추방 절차에 따라 유배를 당하고 궐석재판으로 사형 선고를 받는다. 그러자 적국 페르시아로 넘어가 관료가 되었다. 기원전 415년 시켈리아에서 아테나이 장군으로 활동하던 알키비아데스의 배신은 더 노골적이었다. 그 역시 궐석재판에서 불경죄로 사형을 선고받자, 조국을 떠나 적국 스파르타에 가담하여 아테나이에 회복 불가능한 해를 입혔다. 이들은 자신의 명예가 손상됐다는 이유로 적을 도와서 조국에 적대적인 행동을 했던 것이다.

"전하께서는 제가 지금 그들을 얼마나 좋아하는지 매우 잘 알고 계십니다. 그들은 저의 명예로운 공직time과 조상 전례의 특권gerea을 빼앗고 저를 나라 없는 유랑자로 만든 자들입니다. 그런 저를 전하의 아버님께서 받아들여 저에게 살림과 집을 마련해 주셨습니다. 분별 있는

---

41 『플루타르코스 비교 열전』 7.28.1 이하[천병희 옮김, 2006, 187쪽 이하].

자라면 마땅히 자신에게 제시된 이런 호의를 거절하지 않고 참으로 감사히 여길 것입니다."[42]

데마라토스는 조국 스파르타에서 "명예로운 공직"과 "특권"을 빼앗겼다. 그가 빼앗긴 것은 아킬레우스가 아가멤논에게 빼앗긴 것과 같은 것, 바로 'timē'와 'geras'였다. '명예를 빼앗긴 아킬레우스가 그리스 군대의 패배를 방관했다면, 나는 왜 그렇게 해선 안 될까?' 데마라토스는 이렇게 생각했을지도 모른다. 명예의 윤리를 내면화한 '영웅들'에게서 공동체의 보존을 위해서 개인의 목숨을 버리는 철학자 소크라테스의 태도를 기대하기는 어려운 일이었다.

올림포스 신들에 대한 믿음도 불거져 나오는 갈등과 분열을 봉합하기 어려웠다. 그리스 군대의 전사들은 "저마다 영원한 신들 중에서 자기가 모시는 신에게 제물을 바치며 죽음과 전투의 노고를 면하게 해달하고 빈다"(2:399). 이와 똑같이 각각의 도시는 각자의 신들에게 다른 도시와의 경쟁에서 이기기를 기도했다. 이럴 때 신들은 도대체 누구 편을 들어야 할까?

기원전 480년 살라미스 해전에서 승리한 뒤 테미스토클레스는 아테나이 함선을 이끌고 패전한 크세르크세스의 군대를 뒤쫓는다. 헬레스폰토스에서 퇴로를 막는 것이 그들의 본래 목표였다. 하지만 테미스토클레스는 이 계획을 철회한다. 그 대신 돌아오는 길에 그는

---

42 『역사』 7.104[김봉철 옮김, 2016, 717~718쪽].

키클라테스 제도의 섬 안드로스를 포위 공격했다. 탐욕을 채우기 위해서였다. 요구한 돈을 안드로스인들이 거절했다는 것이 공격의 빌미였다. 헤로도토스는 테미스토클레스와 안드로스인들의 대면을 이렇게 기술했다.[43]

> 테미스토클레스가 아테나이인들은 두 위대한 신인 설득의 신과 강요의 신을 모시고 왔으니 그 신들에게 반드시 돈을 내놓아야 할 거라고 말하자 안드로스인들은 그에게 이렇게 대답했다. "아테나이인들에게는 유용한 신들이 많이 있으니, 그들이 강대하고 번성하는 것은 당연합니다. 그러나 우리 안드로스인들은 토지가 극히 부족하고 두 쓸모없는 신인 빈곤의 신과 무능의 신이 우리 섬에서 떠나지 않고 항상 머물러 지냅니다. 우리 안드로스인들은 이런 신들을 모시고 있으니 돈을 내놓지 않겠습니다. 아테나이인들의 능력이 우리의 무능력보다 절대로 더 세지 않을 것이기 때문입니다."

침탈에 앞서 벌어진 논전論戰에 신들이 동원된다. 그들은 어려서부터 사람들의 일은 곧 신들의 일이라고 배웠기 때문이다. 투퀴디데스가 기록한 '멜로스섬의 대화'는 더 긴박한 상황에서 이루어졌다. 기원전 415년 해상 제국 아테나이는 자신이 주도하는 해상 동맹에 참여하지 않는 멜로스섬을 찾아가 최후 통첩을 한다. 그러자, 멜로스

---

43 『역사』, 8.111 [김봉철 옮김, 2016, 844~845쪽].

사람들이 항변한다.

"여러분도 아시겠지만, 우리가 귀국의 힘과 아마도 월등한 행운에 맞서 싸우기는 어렵다는 것을 물론 잘 압니다. 하지만 우리는 불의에 대항해 정의의 편에 서 있는 만큼, 신들께서 우리에게도 여러분 못지 않은 행운을 내려 주시리라 확신합니다."[44]

'신들께서 우리에게도…?' 가소롭다는 듯 아테나이인들은 멜로스인들의 항변에 이렇게 대꾸한다.

"신들의 호의를 말하자면, 우리도 여러분 못지않게 거기에 참여할 자격이 있다고 생각하오. 우리의 목표와 행위는 신들에 대한 인간의 믿음과 인간 상호 간의 행동 원칙에 대한 신념에 전혀 배치되지 않기 때문이오. 우리가 이해하기에, 신에게는 아마도, 인간에게는 확실히, 지배할 수 있는 곳에서는 지배하는 것이 자연의 변하지 않는 법칙이오. 이 법칙은 우리가 제정한 것도 아니고, 이 법칙이 만들어지고 나서 우리가 처음으로 따르는 것도 아니오. 우리는 이 법칙을 하나의 사실로 물려받았고, 후세 사람들 사이에 영원히 존속하도록 하나의 사실로 물려줄 것이오. 우리는 이 법칙에 따라 행동할 뿐이며, 우리가 알기에 여러분이나 다른 누구도 우리와 같은 권력을 잡게 되면 우리

---

44 『펠로폰네소스 전쟁사』 5.104 [천병희 옮김, 2011, 485쪽].

처럼 행동할 것이오. 따라서 우리가 신들에게 불이익을 당할 것이라고 두려워할 아무런 이유가 없는 듯하오."[45]

서로 경쟁하는 도시들은 저마다 자신의 신들에게 빌었다. 그렇게 올림포스의 신들은 싸우는 도시들에 평화를 가져다주는 존재가 아니라 오히려 도시들 사이의 경쟁과 다툼을 부추기는 존재로 추락한 셈이다. 『일리아스』에서 올림포스의 신들이 그리스 편과 트로이아 편으로 갈라져 싸우는 것은 상상이었지만, 이 상상은 그리스 도시들 사이의 내전에서 현실이 되었다.

그리스인들은 "전체 그리스의 교사"에게서 신들이 인간의 불행과 비극을 웃고 즐기는 '구경꾼'이라는 것을 함께 배울 수 있었을 것이다. 후대의 사람들은 이 '교사'에게서 영웅들의 명예 추구가 어떻게 휘브리스(과욕)를 낳고, 이 휘브리스가 어떻게 인간의 비극을 낳는지 배울 수도 있었을 것이다. 하지만 실제 그리스의 역사를 살펴보면, 사람들은 호메로스에게서 영웅들의 비극과 신들의 희극 뒤에 숨겨져 있는 그런 가르침을 얻은 것 같지 않다. 그들이 배우고 익힌 것은 전혀 다른 것이었다. 기원전 4세기 이후 그리스인들의 머릿속에는 프리아모스와 아킬레우스의 만남이 떠오르지 않았던 것일까? 아니면 그들의 눈에는 인간의 비참한 운명 앞에서 흘러내리는 '아킬레우스의 눈물'과 '아킬레우스의 연민'이 명예를 잃은 데서 오는 '아킬

---

45 『펠로폰네소스 전쟁사』 5.105 [천병희 옮김, 2011, 485~486쪽].

레우스의 분노'에 비해 아주 사소한 것이었을까? '아킬레우스의 눈물'은 싸움에서 이긴 자만이 흘릴 수 있는 눈물 혹은 악어의 눈물로 보였던 것일까?

◈◈◈

에필로그

◈◈◈

고대 그리스 문명이 서양 문명의 원천이라는 것을 부정하는 사람은 없다. 그렇게 본다면 호메로스의 서사시와 그 안에 담긴 상상 세계는 '원천의 원천'이다. 호메로스의 상상은 그리스의 시문학과 종교 등에 영향을 미치는 데 그치지 않았다. 건축, 조각, 회화 등 그리스 문명을 대표하는 어떤 분야도 호메로스의 상상 세계를 떠나서는 존재할 수 없었다. 그리스 건축을 대표하는 신전들은 돌로 세운 호메로스의 상상이었다. 신전의 안팎을 장식한 조각들은 돌에 새겨진 호메로스의 상상이었고, 각종 도기에 그려진 그림들은 형체와 색깔을 입힌 호메로스의 상상이었다. 플라톤의 한 마디가 모든 것을 요약한다. "이 시인이 전체 그리스를 가르쳤다."[1]

---

1 『국가』 X, 606e[박종현 옮김, 1997, 636쪽].

하지만 호메로스의 예찬자들이나 '학생들'밖에 없었다면, 그리스인들의 창조적 성취는 우리가 지금 알고 있는 것보다 훨씬 더 줄어들었을 것이다. 호메로스는 후대 사람들에게 '신과 같은 호메로스'였지만, "마치 주인에게 달려드는 개들처럼" 그런 신 같은 존재에게 맞서는 한 무리의 지식인들이 있었다. 호메로스의 서사시가 판아테나이아 제전에서 공연되면서 인기의 절정에 오른 기원전 6세기에 등장한 철학자들이었다. '호메로스가 개한테 물려 죽었다'는 전설이 단순한 소문이 아닐 정도로 철학자들의 공격은 맹렬했다.

서양 최초의 철학자로 알려진 탈레스(기원전 624~546년 무렵)의 활동기는 판아테나이아 제전을 확대한 참주 페이시스트라토스(기원전 600~527년경)의 활동기와 거의 일치한다. 탈레스의 고향 도시 밀레토스 역시, 호메로스 서사시의 고향이 그렇듯이 이오니아의 그리스 식민지 지역이었다. 탈레스 이후에 등장한 상고기 철학자들의 활동 무대도 그리스 본토가 아니라 소아시아와 남부 이탈리아의 식민 도시들로 흩어져 있었다. 그런데 그런 공간적 거리에도 불구하고 기원전 6세기와 5세기의 철학자들은 ——쇼펜하우어의 표현대로—— "시대와 시대 사이에 놓인 황량한 공간을 가로지르며" "높은 정신의 대화"를 나누는 정신세계의 '거인들'이었다.[2]

철학자들은 도시를 떠돌며 『일리아스』와 『오뒷세이아』의 텍스트를 외워서 낭송하는 랍소도스들과 달랐다. 그들은 저마다 다른 곳

---

2 F. Nietzsche, 1997, p.356에서 재인용.

에서 다른 목소리를 냈다. 하지만 그런 모든 차이가 무색해지는 지점이 있었다. 각양각색의 철학적 주장들이 호메로스의 시문학에 대한 비판에서 한 목소리로 합쳐졌다. 물론 철학자들도 겉으로는 호메로스의 권위를 부인하지 않는 듯했다. 데모크리토스는 "시인이 영감과 성스러운 숨기운의 도움을 받아쓰는 것들은 모두 지극히 아름답다"[3]고 찬양했고, 헤라클레이토스는 호메로스를 일컬어 "모든 헬라스인 가운데 가장 현명한 자"[4]라고 추켜세웠다. 하지만 이 철학자는 "호메로스는 마땅히 경연 대회에서 쫓겨나 매를 맞아야 한다"[5]고 조롱한다. 독설의 철학자다운 공격이다. 헤라클레이토스는 랍소도스의 낭송을 가리키는 'rapsoidein'을 '매를 맞다'라는 뜻의 'rhapizesthai'로 바꿔 놓았다. 아테나이의 판아테나이아 축제를 비롯해 여러 도시의 축제를 통하여 퍼져 나간 호메로스의 시문학에 대한 신랄한 공격이었다.

'신세대' 지식인들의 날 선 비판은 주로 호메로스의 신관에 집중되었다. 철학자들이 지향한 것은 세계에 대한 새로운 해석이었고, 이를 위해서 가장 먼저 폐기되어야 할 것은, 사람을 닮은 신들을 끌어들여 온갖 자연현상을 설명하려는 신화적 태도였기 때문이다. 철학자들은 자연에서 신화의 베일을 벗겨 버리고 자연을 순전히 물질

---

3 데모크리토스, DK 68B18 [김인곤 외 옮김, 2005, 663쪽].
4 헤라클레이토스, DK 22B56 [김인곤 외 옮김, 2005, 230쪽].
5 헤라클레이토스, DK 22B42 [김인곤 외 옮김, 2005, 226쪽].

적인 인과관계를 통해 설명하려고 했다. 다시 말해서 그들은 '탈신화적 세계 해석'을 추구했으며, 이를 위해서 신들을 이 자연 세계에서 내쫓아야 했던 것이다. 한때 떠돌이 랍소도스로서 그리스 세계 곳곳을 떠돌다가 남부 이탈리아에 정착해, 호메로스의 신관을 배격하는 데 앞장선 크세노파네스의 한마디가 기원전 6세기 이후의 철학자들이 추구한 것이 무엇인지를 압축적으로 보여 준다. 그는 무지개 여신이리스에 대해서 이렇게 말했다. "그들이 이리스라고 부르는 것은 구름이며, 이것은 그 본성에 있어 보랏빛과 붉은빛과 연둣빛으로 보인다."[6]

호메로스의 신들과 신화적 세계관에 대한 이런 비판은 기원전 6세기부터 소크라테스와 플라톤의 시대에 이르기까지 거의 150년 넘게 이루어졌다. 하지만 호메로스에 대한 어떤 비판도 플라톤의 비판만큼 강력하지 않았다. 철학자들이 호메로스를 향해 "주인을 향해 짖어대는 개들"처럼 달려들었다면, 플라톤은 그중 '가장 사나운 사냥개'가 아니었을까? 그는 아예 주인을 집에서 쫓아내려고 했으니 말이다. 플라톤의 비판은 신화적 세계관에 대한 공격이었을 뿐만 아니라, 호메로스의 상상 세계 전체에 대한 전면적이고 체계적이며 전복적인 공격이었다. 그는 사람 같은 신들의 행동, 영웅들의 가치, 여인들의 역할, 죽음과 사후세계를 포함해서 호메로스 서사시에 담긴 모든 것을 비판 대상으로 삼았기 때문이다. 그리고 이런 비판을 통해

---

6 크세노파네스, DK 21B32 [김인곤 외 옮김, 2005, 210쪽].

구축된 대항 이론들을 하나의 체계로 통합했다. 이 체계는 새로운 상상 세계를 제시함으로써 호메로스의 상상 세계를 완전히 뒤엎으려고 한다는 뜻에서 '전복적'이었다. 나는 플라톤의 대화편 『파이드로스』의 한 구절이 그의 전복적 상상의 실상을 함축적으로 보여 준다고 생각한다.

지상의 시인poiētēs 가운데 어느 누구도 지금껏 천궁 위의 구역topos을 찬양한 적이 없고 앞으로도 그에 합당한 찬양을 하지 못할 걸세. 하지만 그 모습은 이러하네. 이제 용기를 내어 그 진상to alēthes을 밝혀야 하는데, 진상(진리)alētheia에 대해 말하는 사람이라면 특히 그렇지. 색깔도 없고 모양도 없으며 만질 수도 없는 실체ousia가 참으로 있는 것이니, 그것은 오로지 영혼psychē의 인도자 지성nous에게만 보이고 참된 인식alēthou epistēmē의 부류와 짝하는데, 그런 것이 그 구역을 차지한다네. 그런데 신의 정신theou dianoia은 지각과 순수한 인식에 의해 영양을 얻고, 합당한 것을 받아들이려고 하는 모든 영혼의 경우에도 마찬가지지. […] 이 인식에는 생성도 속하지 않고 우리가 지금 있는 것들이라고 부르는 각 대상에 따라 달라지는 일도 없이 참으로 있는 것에 속하는 인식이지.[7]

플라톤의 상상은 신화적이다. 하지만 그의 신화적 상상에는 새

---

7 『파이드로스』, 247c-e[『파이드로스』, 조대호 옮김, 문예출판사, 2008, 63~64쪽].

로운 언어가 끼어들고 새로운 세계가 펼쳐진다. 이 세계의 참된 존재는 불멸의 신들과 전혀 다른 존재인 이데아들이다. 신들이 사람의 모습을 하고 있다면, 이데아들은 어떤 구체적 형태도 없다. 각각의 이데아는 "색깔도 없고 모양도 없으며 만질 수도 없는 실체"이다. 이런 실체들과 관계하는 것은 신체와 분리된 영혼이다. 하지만 이 분리의 상태는 죽음 이후의 상태가 아니라 탄생 이전의 상태이다. 가까운 곳에서 이데아들과 교류하는 순수한 영혼은 죽음을 통해 신체를 떠난 뒤의 영혼이 아니라 아직 신체 안에 들어가기 이전의 영혼이다. 그래서 이 영혼은 하데스에서 허깨비 같은 삶을 이어 가는 존재가 아니라 참된 존재의 세계에서 참된 인식의 활기찬 삶을 이어 가는 지성적 존재이다.

하지만 『파이드로스』의 인용문에서 그 무엇보다 우리의 눈길을 끄는 것은 '진리'에 대한 플라톤의 새로운 생각이다. 플라톤은 이데아들을 가리켜 '참된 것' 혹은 '진상'to alēthes이라고 말하고, 이 진상이 앎을 통해 드러난 상태를 '진리'alētheia라고 부른다. 이 진리에 이르는 길은 —서사적 진리에 이르는 길이 그렇듯이— 기억을 요구한다. 왜냐하면 육체를 입은 지상의 존재들에게는 순수한 영혼의 상태에서 경험했던 참된 것들이 잊혀진 상태에 있고, 따라서 그런 망각의 타파, 즉 기억의 소환을 통해서 진리에 대한 인식이 이루어질 수 있기 때문이다. "하지만 여기 있는 것들로부터 지나간 것들을 상기하는 것은 어떤 영혼에게도 쉽지 않은 일이다."[8] 무사 여신들은 전혀 도움이 안 된다. 무사 여신들은 모든 곳에 존재하고 모든 것을 알지만, "천궁 밖의 구역"은 그들의 힘이 미칠 수 없는 곳이기 때문이다. 진리의 장소가 신들과 영웅들의 과거 세계로부터 시간과 공간을 벗어난 경험 이전의 세계로 옮겨진다. 따라서 진리에 대한 참된 인식이 기억을 통해서 이루어진다면, 이런 기억에는 새로운 무사Mousa와 기억술이 필요하다. 플라톤에게는 철학이 '새로운 무사'이고, 철학이 '새로운 기억술'이다. 플라톤의 "아름다운 나라"는 이 새로운 무사가 권력을 장악한 나라다.[9]

만일 호메로스 이후의 어떤 시인이 트로이아인들이 그리스 군대가 남기고 간 목마를 절벽 이하로 떨어뜨리는 에피소드로 트로이아 전쟁 이야기를 끝냈다면, 그것은 호메로스의 서사시를 뒤집는 이야기가 되었을 것이다. 하지만 플라톤의 뒤집기는 그런 시도와는 전혀 다른 차원에서 이루어졌다. 플라톤은 지상의 인간이 기억해야 할 것을 서사적 상상 속의 신들과 영웅들의 세계로부터 철학적 상상 속의 이데아 세계로 바꿔 놓았다. 그리고 이 세계를 배경으로 자연 세계 전체와 인간의 존재, 인간의 사회, 삶과 죽음을 완전히 새로운 관점에서 이해하려고 한다. 『파이드로스』의 플라톤은 이런 전복적 상상의 힘에 대한 자신감에 가득 차 있다. "지상의 시인poiētēs 가운데 어느 누구도 지금껏 천궁 위의 구역topos을 찬양한 적이 없고 앞으로도 그에 합당한 찬양을 하지 못할 걸세." 호메로스의 가르침들에 대

---

8 『파이드로스』, 250a[조대호 옮김, 2008, 70쪽].
9 『국가』 VI, 499d[박종현 옮김, 1997, 418쪽].

응할 만한 대항 이론을 갖춘 철학자의 자신감으로 가득 찬 말이다. 그런 점에서 『파이드로스』가 『국가』 뒤에 쓰인 것은 우연이 아니다. 『국가』는 호메로스에 대한 플라톤의 긴 반론이자 그에 맞서 구축된 대항 이론의 결정체이기 때문이다. 이제 우리에게 남은 일은 『국가』를 자세히 읽어 가면서 플라톤이 호메로스에 대한 긴 반론을 어떻게 펼치고, 그에 맞서는 대항 이론을 어떻게 구축하는지를 살펴보는 일이다.

참고문헌

그리스어·라틴어 원전

『국가』, 『메논』, 『심포지온』, 『에우튀데모스』, 『이온』, 『크리티아스』, 『히파르쿠스』
    J. Burnet (ed.), *Platonis Opera*, 5 vols., Oxford: Clarendon Press, 1900~1907.

『니코마코스 윤리학』 Aristotelis, *Ethica Nicomachea*, ed. I. Bywater, Oxford: Clarendon
    Press, 1894.

『뤼시스트라테』 Aristophanes, "Lysistrata", in V. Coulon and M. van Daele (eds.),
    Aristophane, vol. 3, Paris: Les Belles Lettres, 1967[1928].

『소크라테스 이전 철학자들의 단편 선집』 H. Diels, *Die Fragmente der Vorsokratiker*, ed.
    W. Kranz, Zürich-Hildesheim: Weidmann, 1964.

『시학』 Aristoteles, *Poetics*, ed. S. Halliwell, Cambridge/Mass.: Harvard University Press,
    1999.

『신들의 계보』, 『일과 날』, 『여인들의 목록』 F. Solmsen (ed.), *Hesiodi Theogonia, Opera et
    Dies, Scutum*, Oxford: Clarendon Press, 1990.

『아테네인들의 정체』 Aristoteles, *ΑΘΗΝΑΙΩΝ ΠΟΛΙΤΕΙΑ(Athēnaiōn Politeia)*, ed. H.

Oppermann, Leipzig: Teubner, 1928.

「여인들의 민회」 Aristophanes, *Ecclesiazusae*, ed. R. G. Ussher, Oxford: Clarendon Press, 1973.

『역사』 Herodotus, *Herodoti Historiae*(OCT), 2 vols, ed. C. Hude, Oxford: Clarendon Press 1991[1908].

「위(僞)-헤로도토스」 M. L. West (ed.), *Homeric Hymns, Homeric Apocrypha, Lives of Homer*, Cambridge/Mass.: Harvard University Press, 2003.

『일리아스』, 「오뒷세이아」 D. B. Monro and T. W. Allen (eds.), *Homeri Opera*, I/II, Oxford: Clarendon Press, 1920.

「판아테나이코스」 Isocrates, "Panathenaicus", *Isocrates*, vol. 2, trans. G. Norlin, Cambridge/Mass.: Harvard University Press, 1929.

『펠로폰네소스 전쟁사』 Thucydides, *Thucydides Historiae*, 2 vols., ed. J. E. Powell, Oxford: Clarendon Press, 1942.

『플루타르코스 비교 열전』 *Plutarchi vitae parallelae*, vol. 7, trans. B. Perrin, Cambridge/Mass.: Harvard University Press, 1919.

『형이상학』 Aristotelis, *Metaphysica*, ed. W. Jaeger, Oxford: Clarendon Press, 1957.

「호메로스의 찬가」 M. L. West (ed.), *Greek Epic Fragments*, Cambridge/Mass.: Harvard University Press, 2003.

우리말 번역

『소크라테스 이전 철학자들의 단편 선집』, 김인곤 외 옮김, 아카넷, 2005.

아르킬로코스·사포 외, 『고대 그리스 서정시』, 김남우 옮김, 민음사, 2018.

아리스토텔레스, 『니코마코스 윤리학』, 김재홍·강상진·이창우 옮김, 이제이북스, 2006.

_____, 『수사학/시학』, 천병희 옮김, 도서출판 숲, 2017.

_____, 『형이상학』, 조대호 옮김, 길, 2017.

아리스토텔레스·크세노폰 외,『고대 그리스정치사 사료』, 최자영·최혜영 옮김, 신서
　　원, 2002.

아리스토텔레스·호라티우스·플라톤,『시학』, 천병희 옮김, 문예출판사, 2002.

아리스토파네스,『아리스토파네스 희극 전집 2』, 천병희 옮김, 도서출판 숲, 2010.

투퀴디데스,『펠로폰네소스 전쟁사』, 천병희 옮김, 도서출판 숲, 2011.

플라톤,『플라톤의 국가·정체』, 박종현 옮김, 서광사, 1997.

＿＿＿,『메논』, 이상인 옮김, 이제이북스, 2009.

＿＿＿,『크리티아스』, 이정호 옮김, 이제이북스, 2013.

＿＿＿,『이온/크라튈로스』, 천병희 옮김, 도서출판 숲, 2014.

＿＿＿,『파이드로스』, 조대호 옮김, 문예출판사, 2008.

＿＿＿,『에우튀데모스』, 김주일 옮김, 아카넷, 2019.

＿＿＿,『향연』, 강철웅 옮김, 아카넷, 2020.

플루타르코스,『그리스를 만든 영웅들』, 천병희 옮김, 도서출판 숲, 2006.

헤로도토스,『역사』, 김봉철 옮김, 길, 2016.

헤시오도스,『신통기』, 천병희 옮김, 한길사, 2004.

호메로스,『일리아스』, 천병희 옮김, 도서출판 숲, 2007.

＿＿＿,『오뒷세이아』, 천병희 옮김, 도서출판 숲, 2015.

주석서, 연구서, 논문

강대진,「호메로스『일리아스』의 대결장면의 배치와 기능」,『서양고전학연구』, 제14권,
　　1999, 33~64쪽.

＿＿＿,『호메로스의『일리아스』읽기』, 그린비, 2019.

김기영,『그리스 비극의 영웅 세계』, 길, 2015.

김헌,『인문학의 뿌리를 읽다』, 이와우, 2016.

나지, 그레고리,『고대 그리스의 영웅들』, 우진하 옮김, 시그마북스, 2015.

니체, 프리드리히,「도덕의 계보」,『선악의 저편·도덕의 계보』, 김정현 옮김, 책세상,

2002.

_____, 『비극의 탄생』, 김남우 옮김, 열린책들, 2014.

도즈, 에릭 R., 『그리스인들과 비이성적인 것』, 주은영·양호영 옮김, 까치, 2002.

마틴, 토마스 R., 『고대 그리스의 역사』, 이종인 옮김, 가람기획, 2003.

망구엘, 알베르토, 『일리아스와 오디세이아』, 김헌 옮김, 세종서적, 2012.

바우라, 세실 모리스, 『그리스 문화예술의 이해』, 이창대 옮김, 철학과현실사, 2006.

버낼, 마틴, 『블랙 아테나 2』, 오흥식 옮김, 소나무, 2012.

부르케르트, 발터, 『그리스 문명의 오리엔트 전통』, 남경태 옮김, 사계절, 2008.

슈미트, 아르보가스트, 『고대와 근대의 논쟁들』, 이상인 편역, 길, 2017.

스넬, 브루노, 『정신의 발견』, 김재홍·김남우 옮김, 그린비, 2020.

아렌트, 한나, 『인간의 조건』, 이진우·태정호 옮김, 한길사, 1996.

아슬란, 뤼스템, 『트로이, 신화의 도시』, 김종일 옮김, 청아출판사, 2019.

에커만, 요한 페터, 『괴테와의 대화』, 장희창 옮김, 민음사 2008.

엔데, 미하엘, 『모모』, 한미희 옮김, 비룡소, 1999.

예거, 베르너, 『파이데이아 1』, 김남우 옮김, 아카넷, 2019.

옹, 월터 J., 『구술문화와 문자문화』, 이기우·임명진 옮김, 문예출판사, 1995.

이태수, 「호메로스의 영웅주의 윤리관」, 『서양고전학연구』, 제50권, 2013, 5~32쪽.

이택광, 『세계를 뒤흔든 미래주의 선언』, 그린비, 2008

장영란, 『영혼이란 무엇인가』, 서광사, 2020.

정준영, 「『일리아스』에서 영웅적 자아의 aidōs와 행위패턴」, 『서양고전학연구』, 제33권, 2008, 5~44쪽.

_____, 「서사적 지평에서 바라본 호메로스적 아테(ate)」, 『서양고전학연구』, 제48권, 2012, 5~48쪽.

조대호, 「카오스와 헤시오도스의 우주론」, 『철학』, 제71권, 2002, 51~74쪽.

_____, 「플라톤: 죽음은 육체로부터 영혼의 해방이다」, 정동호 외, 『철학, 죽음을 말하다』, 산해, 2004a.

_____, 「초기 그리스 서정시에 나타난 인간의 한계 의식과 현실 감각」, 『인문언어』,

제6권, 2004b, 381~401쪽.

_____, 「『일리아스』의 신들」, 『헤겔연구』, 제21권, 2007, 117~150쪽.

_____, 「플라톤 철학에서 기억과 영혼」, 『범한철학』, 제66권, 2012, 51~85쪽.

_____, 「므네모쉬네와 므네메: 기억의 신화와 철학」, 조대호 외, 『기억, 망각 그리고 상상력』, 연세대학교대학출판문화원, 2013, 7~54쪽.

_____, 『아리스토텔레스: 에게해에서 만난 인류의 스승』, 아르테, 2019.

조대호·김응빈·서홍원, 『위대한 유산』, 아르테, 2017.

채드윅, 존, 『선형문자 B의 세계』, 김운한·김형주 옮김, 사람과책, 2012.

최혜영, 「고대 그리스 사회의 종교: 여신과 여성」, 『여성과 역사』, 제8집, 2008, 93~120쪽.

케레니, 카를, 『그리스 신화』, 장영란·강훈 옮김, 궁리, 2002.

코른, 볼프강, 『트로이의 비밀』, 조경수 옮김, 돌베개, 2015.

클라인, 에릭, 『트로이 전쟁』, 손영미 옮김, 연암서가, 2016.

톰슨, 조지, 『고대사회와 최초의 철학자들』, 조대호 옮김, 고려원, 1992.

프랭켈, 헤르만, 『초기 희랍의 문학과 철학』, 김남우·홍사현 옮김, 아카넷, 2011.

프리처드, 제임스 B. 편집, 『고대 근동 문학 선집』, 강승일 외 옮김, 기독교문서선교회, 2016.

해블록, 에릭 A., 『플라톤 서설』, 이명훈 옮김, 글항아리, 2011.

Arend W., *Die typischen Scenen bei Homer*, Berlin: Weidemannsche Buchhandlung, 1933.

Assmann J., *Das kulturelle Gedächtnis*, München: C. H. Beck, 2007.

Bowra C. M., *Tradition and Design in the Iliad*, Oxford: Oxford University Press, 1930.

_____, *Ancient Greek Literature*, Oxford: Oxford University Press, 1933.

Burkert W., *Greek Religion*, trans. J. Raffan, Malden: Blackwell, 1985.

Burkert W. and Riedweg C., *Kleine Schriften I: Homerica*, Göttingen: Vandenhoeck & Ruprecht, 2001.

Eckermann J. P., *Gespräche mit Goethe*, ed. F. Bergemann, Berlin: Insel Verlag, 1955, p.221.

Edwards M. W., *Homer: Poet of the Iliad*, Baltimore and London: The Johns Hopkins University Press, 1987.

Felson N. and Slatkin L., "Gender and Homeric epic", in R. Fowler (ed.), *The Cambridge Companion to Homer*, New York: Cambridge University Press, 2004.

Finkelberg M. (ed.), *The Homer Encyclopedia*, 3vols., Malden–Oxford: Wiley–Blackwell, 2011.

Graziosi B., *The Gods of Olympus*, New York: Picador, 2014.

_____, *Homer*, Oxford: Oxford University Press, 2016.

Griffin J., *Homer on Life and Death*, Oxford: Clarendon Press, 1980.

Halwachs M., *Les cadre sociaux de la mémoire*, Paris: Librairie Félix Alcan, 1925.

_____, *La mémoire collective*, Paris: Presses universitaires de France, 1950.

Harrison J., *Prolegomena to the Study of Greek Religion*, Princeton: Princeton University Press, 1991[1903].

Heubeck A., *Die Homerische Frage*, Darmstadt: Wissenschaftliche Buchgesellschaft, 1988[1974].

Heubeck A. and Hoekstra A. (eds.), *A Commentary on Homer's Odyssey*, vol. 2, Oxford: Clarenden Press, 1990.

Hirschberger M., "Götter", in A. Rengakos and B. Zimmermann (eds.), *Homer-Handbuch*, Stuttgart: Metzler, 2011.

Junker K., "Ilias, Odyssee und die Bildende Künste", in A. Rengakos and B. Zimmermann (eds.), *Homer-Handbuch*, Stuttgart: Metzler, 2011.

Katz M. A., "The divided world of *Iliad* VI", in H. P. Foley (ed.), *Reflections of Women in Antiquity*, New York: Routledge, 1981.

Kirk G. S., *The Songs of Homer*, Cambridge: Cambridge University Press, 1962.

Korfmann M., "From Homer's Troy to Petersen's Troy", in M. M. Winkler (ed.), *Troy: from Homer's Iliad to Hollywood Epic*, Malden: Blackwell, 2004.

Kullmann W., *Die Quellen der Ilias(Troischer Sagenkreis)*, Wiesbaden: Franz Steiner Verlag,

1960.

_____, "Ergebnisse der motivgeschichtlichen Forschung zu Homer (Neoanalyse)", in R. J. Müller (ed.), *Homerische Motive*, Stuttgart: Franz Steiner, 1992a.

_____, "Oral Poetry and Neoanalysis in Homeric Research", in R. J. Müller (ed.), *Homerische Motive*, Stuttgart: Franz Steiner, 1992b.

_____, "Homer and Historical Memory", in E. A. Mackay (ed.), *Signs of Orality: the Oral Tradition and its Influence in the Greek and Roman World*, Boston: Brill, 1999.

_____, *Realität, Imagination und Theorie*, ed. A. Rengakos, Stuttgart: Franz Steiner Verlag, 2002.

_____, "Ilias und Aithiopis", *Hermes*, vol. 133, 2005.

_____, "Ilias", in A. Rengakos and B. Zimmermann (eds.), *Homer-Handbuch*, Stuttgart: Metzler, 2011.

Latacz J., *Troia und Homer*, München–Berlin: Koehler & Amelang, 2001.

Lesky A., *Geschichte der griechischen Literatur*, Darmstadt: Wissenschaftliche Buchgesellschaft, 1971.

_____, "Divine and Human Causation in Homeric Epic", in D. L. Cairns (ed.), *Oxford Readings in Homer's Iliad*, Oxford: Oxford University Press, 2001, pp.170~202.

Lord A. B., "Composition by Theme in Homer and Southslavic Epos", *Transactions of the American Philological Association*, vol. 82, 1951, pp.71~80.

_____, *The Singer of Tales*, eds. S. Mitchell and G. Nagy, Cambridge/Mass.: Harvard University Press, 1960.

Lösler W., "Mündlichkeit und Schriftlichkeit", in A. Rengakos and B. Zimmermann (eds.), *Homer-Handbuch*, Stuttgart: Metzler, 2011.

Lyons D., "Women", in M. Finkelberg (ed.), *The Homer Encyclopedia*, vol. 3, Malden–Oxford: Wiley–Blackwell, 2011.

Marrou H. I., *A History of Education in Antiquity*, trans. G. Lamb, New York: Sheed&Ward, 1956.

Mountjoy P., "Troia VII Reconsidered", *Studia Troica*, Bd. 9, 1999, pp.295~346.

Nagy G., *Homeric Questions*, Austin: University of Texas Press, 1996.

Nietzsche F., "Die Philosophie im tragischen Zeitalter der Griechen", in K. Schlechta (ed.), *Werke III*, Darmstadt: Wissenschaftliche Buchgesellschaft, 1997, pp.349~413.

Nilsson M. P., *Homer and Mycenae*, London: Methuen, 1933.

Parry M., *The Making of Homeric Verse: The Collected Papers of Milman Parry*, ed. A. Parry, Oxford: Oxford University Press, 1971.

Paul A., *Die Barmherzigkeit der Götter im griechischen Epos*, Wien: Notring, 1969.

Pseudo-Longinus, *Vom Erhabenen*, trans. Reinhard Brandt, Berlin: Akademie-verl., 1966.

Schadewaldt W., *Iliasstudien*, Darmstadt: Wissenschaftliche Buchgesellschaft, 1966[1938].

Seeck G. A., *Homer eine Einführung*, Stuttgart Reclam, 2004.

Stafford B. E., "Personification in Greek Religious Thought and Practice", in D. Ogden (ed.), *A Companion to Greek Religion*, Malden: Blackwell, 2007, pp.71~85.

Urlich von Wilamowitz-Moellendorff, *Die Ilias und Homer*, Berlin: Weidemannsche Buchhandlung, 1920[1916].

Weber G., "Der Troianische Krieg: Historische Realität oder poetische Fiktion", in A. Rengakos and B. Zimmermann (eds.), *Homer-Handbuch*, Stuttgart: Metzler, 2011.

West M. L., "Archaische Heldendichtung: Singen und Schreiben", in W. Kullmann and M. Reichel (eds.), *Der Übergang von dern Mündlichkeit zur Literatur bei den Griechen*, Tübingen: Gunter Narr Verlag, 1990.

_____, *The Making of the Iliad*, Oxford: Oxford University Press, 2011.

Wolf F. A., *Prolegomena ad Homerum*, Halis Saxonum: Libraria Orphanotropheiin, 1795.

Wright F. A., "Position of Women", in M. Cary et al. (eds.), *The Oxford Classical Dictionary*, Oxford: Clarendon Press, 1966[1949].

찾아보기